Xavier Müller

Xavier Müller est docteur ès sciences, journaliste et écrivain. Il a collaboré, entre autres, au *Journal du CNRS*, à *Science & Vie* ou encore à *Phosphore*. L'auteur partage son temps entre le journalisme et l'écriture de romans. Son genre de prédilection : le thriller scientifique, où l'invraisemblable devient possible. Père de deux enfants, il vit en Bretagne.

ERECTUS

L'Armée de Darwin

ÉGALEMENT CHEZ POCKET

ERECTUS

ERECTUS : L'ARMÉE DE DARWIN

XAVIER MÜLLER
avec la collaboration de Virginie Jouannet

ERECTUS

L'Armée de Darwin

XO EDITIONS

MIXTE
Papier issu de
sources responsables
FSC® C003309

L'éditeur de cet ouvrage s'engage dans une démarche
de certification FSC® qui contribue à la préservation
des forêts pour les générations futures.

Pour en savoir plus :
www.editis.com/engagement-rse/

ISBN : 978-2-266-32239-3
Dépôt légal : janvier 2022

À Prune et Paol.

PROLOGUE

Il y a maintenant un peu plus de sept ans, l'humanité a bien failli être dévastée par une pandémie éclair qui a changé la face du monde.

Issu des manipulations hasardeuses d'un laboratoire, le virus Kruger a fait régresser les espèces de plusieurs millions d'années : la faune, la flore, mais aussi les hommes, changés en *Homo erectus* et plongés dans un cauchemar, frappés d'amnésie.

Anna Meunier, paléontologue atypique dans le monde de la science, Stephen Gordon, médecin directeur du département des maladies transmissibles à l'OMS, et son adjoint, Lucas Carvalho, se sont lancés dans une course contre la montre pour enrayer ce processus terrifiant d'inversion de l'évolution. Yann, le compagnon d'Anna, a lui-même été contaminé par le virus. Il est devenu un *erectus*. Et pour Anna, un étranger… À l'instar de ce chercheur en biologie marine qui sillonnait les océans avant d'arborer les traits d'un être préhistorique, quelque cent mille hommes, femmes et enfants ont subi cette métamorphose, qui menaçait de contaminer le reste de la population. Tandis que des extrémistes en appelaient au génocide des *erectus*, ceux-ci étaient parqués dans des centres de rétention, parmi lesquels le zoo de Vincennes.

Grâce aux antiviraux découverts par Linn Visnar, une biologiste suédoise prix Nobel de médecine, la pandémie a été contenue *in extremis*.

Les « premiers hommes » ont ensuite été parfaitement protégés dans trois réserves sur les continents africain et sud-américain ainsi que sur le sous-continent indien, dans lesquels ils vivent libres et autonomes. Mais d'abord déclarés stériles, les *erectus* se sont révélés capables de se reproduire. Cette incertitude et l'absence d'un vaccin ont fait émerger à nouveau partout dans le monde un courant « anti-*erectus* », violent et radical, prônant leur stérilisation.

Entre-temps, Anna est devenue directrice de la réserve au Kenya et du Center For Living Prehistory – le Centre de la Préhistoire vivante –, où Yann évolue en pleine nature avec ses semblables. Elle consacre sa vie à l'étude des *erectus* et à l'éducation d'Alice, la fille qu'elle a conçue avec Yann, lorsqu'il était encore *sapiens*. Celui qu'on appelle désormais Oreille-Cassée est le chef du clan de la Pierre-Levée. Elle n'a qu'un espoir : retisser le lien avec l'homme qu'elle aimait et protéger la communauté des *erectus* des menaces de plus en plus nombreuses qui la visent.

Mais c'était compter sans le virus.

Et sans la *deuxième vague*…

– I –

APRÈS LE KRUGER

– 1 –

Grande réserve du Kenya,
J – 30.

Trois ombres détalaient à travers la plaine, courbées dans l'effort. Leur vitesse était surprenante, même à cette distance.

« On les tient ! »

La radio crépita, pas assez pour masquer la jubilation de Ben, qui conduisait le second Hummer.

Ricky répondit d'une voix neutre : « Je les vois », et accéléra légèrement. Il vérifia le radar de drones. Rien dans les cent kilomètres. Logiquement, ils seraient tranquilles pendant au moins deux heures…

Ben observa le nuage de poussière qui s'élevait derrière eux. Chaque essieu était équipé d'une soufflerie, une méthode simple mais efficace pour effacer leurs traces. D'habitude, les raids se faisaient en hélico furtif, mais depuis que la couverture aérienne avait été renforcée, Owen Firth, le patron, avait ordonné de se concentrer sur les clans d'*erectus* proches de la frontière électrifiée. « Frapper vite, prélever tout ce qui peut l'être », c'était le nouveau mode opératoire.

À l'arrière du véhicule, Georg remuait, vérifiant leurs armes. À cinquante ans, l'Ukrainien restait l'un des meilleurs commandos de la bande. Rapide, brutal et sans scrupules. Avec Ben, ils s'étaient portés volontaires pour le sale boulot, tandis que Ricky et Tomaso se chargeaient des captures. À eux quatre, ils formaient un groupe suffisamment mobile et parfaitement entraîné.

Ricky se mit à sourire. L'adrénaline lui procurait chaque fois le sentiment de vivre à fond. Bien meilleur qu'un rail de coke…

– 2 –

Lodge du Centre de la Préhistoire vivante (CLP), Kenya, J – 30 et J – 29.

Anna hésita longuement devant le miroir en pied. La robe mettait en valeur sa silhouette élancée, mais il faudrait enfiler une paire de talons et elle craignait d'envoyer un message trop explicite. Son visage était marqué par la fatigue. *J'aurai bientôt quarante-cinq ans*, songea-t-elle en examinant les fines ridules qui griffaient ses tempes. Alice, sa fille, appelait ça les étoiles de ses yeux. Anna avait perdu l'habitude de faire des efforts de coquetterie, l'essentiel de sa penderie se résumait à des pantalons de toile, des tee-shirts, un chapeau de brousse et ses inévitables paires de baskets montantes.

— Tu as peur qu'il te demande en mariage ?

Alice se tenait sur le seuil de sa chambre, les yeux brillants de malice. À sept ans, elle ne lui ressemblait en rien. Cela la surprenait parfois, presque au malaise.

Anna était brune avec des yeux verts et sa beauté l'avait souvent handicapée dans un milieu où l'intelligence s'appariait davantage à des physiques franchement moins spectaculaires. Alice serait ravissante. Mate de peau, les pommettes hautes, le nez légèrement épaté, la bouche rouge et charnue, elle atteignait déjà sa mère aux épaules. Les yeux d'un bleu perçant adoucissaient l'impression de sauvagerie, sauf quand elle se butait ou se mettait en furie. Elle était d'une étonnante maturité et la plupart des gens lui donnaient onze ou douze ans. Le plus déroutant, néanmoins, restait son exceptionnelle clairvoyance…

Anna répliqua d'un ton désinvolte, soucieuse de ne pas laisser voir son trouble.

— Pourquoi tu dis ça ! C'est un ami…

La petite poursuivit avec un sérieux mâtiné d'ironie.

— Maaaman ! Tu crois que je vois pas comme il te regarde ! Et toi ?

— Moi quoi ?

— Lucas t'adore. Il te vénère et il est divorcé. Et vous avez une histoire depuis l'Antiquité, alors…

— Alors quoi, mademoiselle Je-sais-tout ? De toute façon, nous n'avons pas d'histoire, comme tu dis…

Alice savait qu'elle avait dépassé la limite. Avant de se faire réprimander, elle enlaça sa mère et pressa sa joue contre son ventre. Elle ferma les yeux et sentit la tristesse qui émanait d'elle. Elle aurait voulu lui rendre sa joie, supprimer toutes ses inquiétudes.

Mais sentir les choses ne suffisait pas toujours.

Anna se glissa hors du lit. La pendule indiquait 8 heures. Ils avaient fait l'amour toute la nuit.

Passionnément. Lucas Carvalho dormait, étalé en étoile de mer. Elle frissonna en songeant au plaisir qu'elle éprouvait dans ses bras. Il la connaissait parfaitement et… il l'aimait. Assez pour lui demander de réfléchir à leur relation. Mais on ne devient pas un couple quand six mille kilomètres vous séparent. Plus un mariage raté. Et des souvenirs trop lourds.

Elle prépara du café, mit la table pour deux. Dehors, les employés s'affairaient déjà aux tâches quotidiennes. Personne ne venait la déranger quand elle recevait, sauf en cas de coup dur. Elle contempla le jardin clos, son luxe d'expatriée. Un acacia majestueux en forme de parasol se dressait devant l'aile principale du lodge. Le bâtiment en L se composait de trois bungalows reliés par une véranda ouverte, qui alliaient modernisme et tradition swahilie. Adossé à la grande réserve, le lieu avait quelque chose d'un éden. Anna l'adorait, autant pour le sentiment de sécurité que parce que les gens qu'elle aimait y vivaient.

La veille, elle avait raconté à Lucas combien Mary Abiker faisait merveille à l'intendance, puis elle avait parlé de Kyle, le fils de Mary, qui venait de fêter ses vingt ans et de Ny, le grand-père adulé… soudainement métamorphosé en *erectus*.

Avant d'être contaminé par le virus régressif, Ny s'appelait Dany. Dany Abiker. Il était responsable du refuge animalier de l'extraordinaire parc Kruger, en Afrique du Sud. Un homme admiré de tous, doux, cultivé, doué d'un incomparable sens du monde animal. C'est lui qui avait découvert la première bête préhistorique vivante : un *Gomphotherium*, version ancestrale de l'éléphant… Lucas Carvalho était alors l'envoyé spécial sur le terrain de Stephen Gordon, le responsable du département des maladies transmissibles à l'OMS. Il avait caché Ny au moment où on parquait les *erectus*. Ny était le seul « régressé » à vivre hors de la réserve. Cette dispense officieuse était tolérée grâce au statut particulier d'Anna et à son héroïsme lors de la pandémie Kruger.

Quand cette dernière avait éclaté, Anna était considérée comme une paléontologue quelque peu « farfelue ». Ses recherches d'anomalies fossiles pouvant attester d'une régression de certaines espèces soulevaient scepticisme et moqueries. Or, le virus lui avait donné raison de la pire des façons ! Oui, les gènes présents dans l'ADN poubelle pouvaient se « réveiller ». Il avait suffi qu'un laboratoire pharmaceutique travaille clandestinement sur ces gènes oubliés pour infecter le cycle de la vie en provoquant la plus terrible menace que l'humanité avait eu à affronter. Anna Meunier n'avait pas seulement travaillé sur le virus et ses effets. Après la régression de Yann, elle s'était battue pour la cause des *erectus*. Elle avait failli y laisser sa vie lors de la bataille que s'étaient livrée une bande d'*erectus* rebelles et des militaires français dans les allées du Muséum d'histoire naturelle de Paris. Depuis, elle était considérée comme une icône par les milieux pro-*erectus* et le symbole à abattre par les anti. C'est en partie à cause de cette notoriété encombrante qu'elle voulait continuer à diriger le Centre de la Préhistoire vivante et à étudier les clans, en veillant à ce que personne ne vienne perturber ses protégés.

Anna soupira, vaguement contrariée. Elle n'avait pas eu le temps d'aborder le problème de la fertilité des *erectus*, raison officielle du voyage de Lucas, désormais successeur de Stephen Gordon. Lucas devait retourner à l'aéroport vers midi. Ce départ précipité enrageait Anna, mais elle se garderait de lui montrer à quel point.

Elle refusait de quitter le Kenya. Lui, répétait qu'en Europe elle pouvait décrocher un poste prestigieux. Elle se fichait de la gloire. Pour ce que ça lui avait coûté !

Avec ses collègues des réserves indienne et sud-américaine, Anna avait conscience d'être en première ligne. C'est à eux qu'on demanderait des comptes en cas d'accrochages entre tribus. Cela arrivait rarement. Il y avait de la nourriture en abondance et les clans se montraient généralement pacifiques. D'ailleurs, ce n'étaient pas d'éventuelles querelles de territoire qui la préoccupaient, mais plutôt la pression qui montait partout dans le monde. Avec la menace des pandémies et les changements climatiques qui avaient entraîné une vague migratoire, l'époque était à la prudence, voire à la paranoïa. Les *erectus* en faisaient les frais. Comme si ces êtres extraordinaires pouvaient être comparés à un virus…

La découverte de leur fertilité avait failli tourner au désastre. Heureusement, les réserves remplissaient à merveille leur rôle. Pas d'interférence, une barrière électrique gigantesque qui interdisait les intrusions et une armada de drones pour garder un œil sur les clans. Une fois marqués, les *erectus* n'étaient plus censés être au contact des *sapiens*. En cas de maladie ou d'accident, on n'intervenait pas. Jusqu'à présent, les *erectus* ignoraient qu'ils étaient surveillés.

Cette politique de « l'intervention minimale » était la meilleure réponse aux « raciologues », ces groupes qui voyaient dans les *erectus* un danger potentiel devant être éradiqué sans pitié. Les plus modérés prônaient une rétention de type « zoo », les radicaux préconisaient la stérilisation forcée et la relégation dans des terres inhospitalières, au fin fond de la Sibérie ou dans des îles perdues. Mais la rigueur des protocoles leur coupait l'herbe sous le pied. À quoi bon exiler des tribus qu'on ne voyait pas et qui ne faisaient jamais parler d'elles ?

Bien entendu, cette absence de visibilité nourrissait de nombreux fantasmes chez les complotistes, mais c'était là un moindre mal.

— Tu rêves à notre nuit ?

Anna sursauta, manquant de s'ébouillanter au passage. Lucas la dévisageait avec son sourire en coin. Elle rougit, envahie par un mélange de désir et d'agacement. Il semblait inoxydable. Une silhouette imposante, un teint de miel dû à son métissage, des yeux légèrement bridés et des lèvres charnues faites pour les baisers.

— Pas exactement. Mais c'était b… bien. Tu veux un café ?

— Un café et ta bouche.

— Lucas…

— Anna, je sais ce que tu vas dire. Tu restes ici et moi, je travaille à Genève la plupart du temps. On devrait y réfléchir…

— Tu n'es pas venu ici pour ça, je me trompe ?

Cet homme avait le don de la rendre fragile et rongée par le doute. Elle détestait ce sentiment. C'était pareil autrefois, quand Yann lui reprochait de se consacrer à son métier au détriment de leur vie de couple. Il rêvait d'un enfant à l'époque, mais n'avait jamais vu Alice.

Il n'a même pas su qu'elle existait..., songea-t-elle en regardant « l'anneau météorite » qu'elle portait à la main gauche.

Elle ressentit un brusque assaut de colère. Pourquoi était-ce encore aux femmes d'accomplir les plus grands efforts ? Et pour quelle raison renoncerait-elle à sa vie ici ? Même si cela s'éloignait de la paléontologie à proprement parler, son travail d'observation des *erectus* était passionnant, une occasion unique d'étudier le passé de l'humanité *in vivo* ! Qui aurait voulu changer cela pour un poste illustre et très administratif, à part un imbécile prétentieux ?

Lucas était en train de parler. Elle s'efforça de l'écouter.

— Désolé d'y revenir, mais tu le sais mieux que quiconque, les virus sont comme des feux qui couvent, on ignore quand ils vont se réveiller. Cela fait sept ans qu'on étudie le Kruger et on a un matériau fantastique. Seulement, tant que les *erectus* constitueront un foyer infectieux potentiel, on devra tous continuer d'avaler nos pilules d'antiviraux.

— Et donc ?

— Anna… Tant que les *erectus* existeront et se reproduiront, ils serviront de réservoir au virus. Si le Kruger mute et se répand à nouveau dans la faune, nous en serons responsables… Le monde vit en sursis depuis presque une décennie. Il suffirait d'une étincelle pour le faire replonger et, cette fois, ce sera bien pire, parce que les gens savent à quoi s'attendre. La peur prendra comme un feu de brousse, attisé par les raciologues.

Anna étouffa l'irritation qui montait en elle.

— Qu'est-ce que tu attends de moi ?

— Je veux que tu m'aides à défendre l'idée d'une grande campagne de stérilisation. Viens à New York. L'ONU a nommé des commissions pour statuer sur le problème de la fertilité. D'énormes progrès en génétique ont été réalisés. Il existe des moyens de…

— De quoi ? De transformer les *erectus* « libres » en êtres génétiquement modifiés, des « HommesGM », comme on le lit dans les médias ? Ne compte pas sur moi pour t'aider dans cette tâche. Ils ont déjà subi leur mutation, autant dire une horreur absolue. À présent, tu veux en faire quoi ? Des réservoirs d'informations sur pattes ?

— C'est pourtant l'unique solution. Il ne s'agit pas de les castrer, bon sang, juste de les empêcher de procréer ! Tu imagines les réactions quand il faudra ouvrir une autre réserve ? Si les naissances continuent à ce rythme, on y sera contraints, à moins de rompre le point d'équilibre entre gibier et population. Les raciologues pourront s'en donner à cœur joie, et eux ne se gêneront pas pour demander leur relégation dans des camps. Inutile alors de te faire un dessin.

— Tu te rends compte que tu pars du même postulat que les pires racistes ? Et connaissant mon histoire avec Yann, tu penses vraiment que je donnerais ma bénédiction pour ta campagne ? Ce sont des êtres humains ! Tu ne crois pas qu'ils ont le droit de vivre autant que nous, qu'ils ont les mêmes droits fondamentaux ? Tu vois, Lucas, cela fait dix mois que je me demande où on va tous les deux ; eh bien, c'est clair, maintenant. Toi et moi, on n'appartiendra jamais au même camp. Tu chercheras toujours à « neutraliser » nos ancêtres pour éviter que ta saloperie de virus rejaillisse. Quant à moi, je serai toujours de leur côté. Mon rôle est de les protéger. Alors, je garde mon poste, et je n'irai sûrement pas jouer les alibis à l'ONU. J'ai déjà donné il y a sept ans, tu te rappelles ?

Lucas ouvrit les bras, autant par impuissance que dans l'espoir de l'apaiser. C'était un geste de reddition, elle le comprit aussitôt, une façon de bannir la distance qui venait de s'installer entre eux.

Elle hésita, tremblant de tout son corps. Si elle refusait de céder, ce serait la rupture. Or, elle avait besoin de lui. Besoin de sentir sa peau. Son odeur…

Le téléphone d'Anna vibra, tressautant sur la table. Une lumière clignotait, inhabituelle. Une alerte code 3.

Oubliant Lucas, elle décrocha, la bouche sèche.

— C'est la panique, patronne. Un massacre, déclara Mpho au bout du fil.

Mpho… son fidèle adjoint. Âgé d'une trentaine d'années, ce Rwandais originaire d'une famille tutsie adorait son métier. Il avait vécu en Europe avant de retourner sur le continent africain. C'était un passionné de football européen, un type d'un optimisme farouche. Anna lui faisait entièrement confiance.

— Combien d'*erectus* sont impliqués ?

— Au moins un, mais c'est moche.

— On a un numéro d'identification ?

Mpho laissa planer un silence, assez pour glacer le sang d'Anna. *Yann ?* Elle ne le supporterait pas. Pas comme ça. Pas aujourd'hui.

— Oui. Le clan de Wuan.

Anna avait changé le nom trop humain de son ex-compagnon en Wuan. Pour elle, néanmoins, il restait Yann.

— Lui ?

— *A priori* non. On a retrouvé les restes d'Okou.

— Des restes, tu dis ?

— Oui. Il a été bouffé.

— Par des bêtes ?

— Non… les clichés montrent des traces suspectes.

— Ça s'est passé quand ?

— Cette nuit.

— Pourquoi n'ai-je pas été prévenue ?

— Le nouveau responsable de la sécurité. Il a pensé que ça pouvait attendre ce matin. Je viens d'envoyer une équipe sur les lieux.

— J'arrive !

Lucas l'observait sans pouvoir masquer son inquiétude. Elle soupira, brusquement épuisée en songeant à ce qu'elle allait voir.

— Un problème ? s'enquit-il.

— Oui… Écoute, je ne peux pas rester. De toute façon, c'est sûrement mieux. Tu n'as qu'à aller voir Mary et les autres, ça leur fera plaisir.

— Anna, j'ai été idiot. Je ne veux pas qu'on se quitte sur une dispute. Je ne te demanderai plus rien… Simplement de ne pas me rejeter.

Elle hocha la tête sans oser croiser son regard. Pas question qu'il la serre dans ses bras, elle serait fichue d'éclater en sanglots et ils n'avaient plus le temps.

— D'accord. Déjeune tranquille, va voir les autres. Je m'habille et je file. J'essaie de rentrer avant ton départ, mais je ne te promets rien.

— C'est si grave ?

— Je n'en sais rien. C'est juste que…

Elle grimaça un sourire. Elle ne pouvait rien lui dire, pas maintenant, alors qu'il professait la stérilisation.

Elle repensa aux paroles de Mpho. *Des traces suspectes…*

Il n'avait pas précisé, mais elle avait parfaitement compris.

Des traces de dents erectus.

Elle eut l'impression vertigineuse de retourner en arrière, sept ans auparavant, sur l'île du bois de Vincennes. Le souvenir qui l'avait hantée jaillit avec une netteté implacable. La dépouille de la créature et le groupe d'*erectus* penchés dessus. L'odeur métallique du sang, les bruits ignobles de la chair qu'on arrache. Et Yann, son homme, la main ouverte, lui offrant sa part du « festin ».

Cette nuit-là, affamés, les *erectus* avaient dévoré le corps d'une de leurs semblables qui venait de mourir. Depuis lors, cela ne s'était pas reproduit. Il pouvait y avoir des guerres de territoire, quelques affrontements mortels, mais pas de cas de cannibalisme, dans aucune des réserves. Bien sûr, les drones n'étaient pas infaillibles, mais tôt ou tard, ils auraient découvert la pratique si elle avait ressurgi.

Or, jusqu'à ce jour, il n'y avait rien.

– 3 –

Grande réserve du Kenya,
J – 29.

Le Volant surgit dans le ciel, précédé par le bruit du tonnerre. Jamais la tribu n'en avait vu de semblable, aussi grand et terrible. Dans son ventre de fer, la bête portait des hommes.

Oreille-Coupée cria de mettre les enfants à l'abri avec les mères. Les autres *erectus* le nommaient ainsi en raison d'une cicatrice à l'oreille. Celle-ci avait pour origine un accident de plongée quand Oreille-Coupée était encore le brillant océanographe Yann Le Bel. Un vestige de sa vie de *sapiens* qu'il avait oublié comme tout le reste de son ancienne existence, depuis son réveil du Grand Sommeil, plus de sept ans auparavant.

Le Volant planait au-dessus d'eux. Soudain, il se fendit par le milieu et cracha trois Tikaks, accrochés à un lien. Tikaks, c'est ainsi qu'ils appelaient les hommes à deux pattes en armes…

Oreille-Coupée s'accroupit, étourdi par une vague puissante. Odeur ancienne. Images de son visage triste.

An-na.

Comme les Tikaks prenaient pied sur le sol, il se releva d'un bond, à peine surpris de la découvrir en chair et en os.

Elle se tenait devant lui. Son regard vert brillait. Elle se pencha et il sentit son besoin de fouiller les pensées.

Cette fois, pourtant, il était prêt. Il avait appris les mots.

Elle avança, les mains tendues, paumes ouvertes vers le ciel. Elle ne portait pas de fusil, contrairement aux autres. Personne ne bougeait. À part les enfants, tous avaient eu affaire aux Tikaks, avant d'arriver sur la grande terre. Ils se rappelaient leur violence aveugle.

An-na était la seule qui était venue parmi eux.

Sa voix était claire, mais il perçut de la fatigue et de la peur.

— Yann… Wuan, je suis Anna. AN-NA. Tu me reconnais ? Toi, Wuan. Moi, Anna.

Il grogna en guise d'assentiment. *Cacher les mots et les pensées.*

— Okou est mort. Tu comprends ?

Elle ouvrit grand les yeux, puis les ferma et retint son souffle, aussi rigide qu'une branche.

Wuan poussa fort dans son esprit et sentit que sa tête était pleine de brume. Il vit soudain ce qui lui faisait peur, la vision d'un corps mangé, mais pas celui d'Okou. C'étaient de vieilles images d'avant la grande réserve.

Alors, il comprit. Elle ne connaissait pas les Esprits qui les avaient traqués. Elle croyait que les siens avaient mangé Okou. Elle venait pour découvrir la vérité…

D'un geste, il commanda aux autres de s'éloigner et se mit en marche en direction du Ventre de la Pierre. Comme pour lui montrer sa bonne volonté, An-na ordonna aux Tikaks de rester en arrière, avant de le suivre. Il entendait son souffle alors qu'elle s'efforçait de mettre ses pas dans les siens.

Le chasseur sentait le danger émaner de la femme : elle venait de l'autre côté, du côté des Tikaks. Pourtant, son instinct le menait en avant… An-na et lui avaient des souvenirs plus forts que sa méfiance. Elle l'aiderait peut-être à comprendre d'où venaient les Esprits guerriers et pourquoi ils tuaient ceux des clans. Pourquoi d'autres disparaissaient. Chaque tribu avait une histoire semblable. Des chasseurs avalés par la nuit qui ne rentraient jamais.

Alors qu'il écartait le voile des lianes pour pénétrer dans la Pierre-Levée, il entendit son cri de surprise.

Il s'empara d'une torche qui brûlait toujours et avança dans la première salle, où les colliers des chasseurs endormis racontaient leurs exploits.

An-na voulut s'arrêter mais, d'un grognement, il lui fit comprendre qu'elle devait le suivre. Sa peau avait une senteur étrange et pourtant presque familière.

Souvenirs.

Arrivés dans la seconde salle, il leva le feu devant le dessin.

Sur la muraille, des ombres menaçantes : quatre Esprits guerriers aux corps et aux visages recouverts de peau noire, aussi luisante que celle des serpents.

Seuls leurs yeux et leurs bouches donnaient l'aspect de la vie. Ils portaient des armes…

Wuan était si absorbé par la vision que les paroles de la femme le firent sursauter.

— Wuan… Cette fresque, qui l'a dessinée ?

Il la fixait sans faire mine de comprendre. An-na lui demanda :

— Ici… des Tikaks ?

Il hocha la tête en signe d'assentiment.

— Mais, c'est impossible, Wuan… Okou est mort, tu le sais ?

Une nouvelle fois, il hocha la tête. An-na cherchait à dire quelque chose. Il poussa encore dans son esprit. Derrière la peur, les mots étaient si nombreux qu'il en fut étourdi.

Elle sortit un étrange caillou plat de son pagne, presque aussi grand que sa paume. Oreille-Coupée songea d'abord à un silex. Elle tendit le bras. La pierre s'éclaira. An-na s'était mise à parler sans le regarder. Il y avait trop de mots. On aurait dit qu'elle s'adressait à l'air…

— Je suis dans une grotte de la tribu 12. Visiblement un lieu funéraire, un genre de… nécropole. Pas eu le temps de filmer la première salle. Mais le plus dingue, c'est la fresque. On dirait des diables noirs ou… ou des hommes en tenue de commando. Avec un genre de fusil. Et munis d'un genre de masse et de filets… Impossible que la fresque date d'avant leur arrivée. Il y a trop de détails… et le commando porte un sigle qui ne permet aucun doute. RP. La police de la réserve…

Sur le Net.

Vous avez maté la dernière vidéo des RR ?
On parle de cannibalisme au Kenya !
Marmotte19

Quoi ! C'est quoi, RR ?
LucyFer

Un groupe qui se dit raciste et raciologue.
Mais il chope souvent des bonnes infos.
Marmotte19

Mouais, ils sortent ça d'où ? Parce que t'as aussi
des gus qui pensent que personne n'a marché
sur la Lune et dans le genre gros *fake*...
LucyFer

Cc les amoureux ! Alors, on rigole moins, non ?
Manforever

Tiens, tu nous manquais, Man !
LOL, t'es au courant ?
LucyFer

Des *erectus* qui se bouffent entre eux ?
Ça fait que commencer.
Manforever

Totalement d'accord avec Manforever.
Qui sait ce qui se passe réellement dans les réserves,
à part quelques VIP comme Anna Meunier ?
Accessoirement l'ancienne copine d'un *erectus* !
Et les massacres ? Pourquoi personne n'est au courant ?
misspandemia

Des massacres, ça veut pas dire qu'ils se bouffent entre eux. D'ailleurs, si t'en parles,
c'est que c'est pas si secret que ça…
les_erectus_sont_mes_meilleurs_amis

Les massacres, c juste des mises en scène
pour gagner l'empathie de l'opinion publique.
Oh les pauvres *erectus*, regardez comme ils souffrent
de malnutrition et sont obligés de s'entre-tuer
pour survivre ! Agrandissez leurs réserves
et ils redeviendront gentils ! Et pendant ce temps,
ils se bouffent entre eux…
comme ils ont bouffé des gens au début !
misspandemia

Dans tes rêves, misspandemia ! Ils ont des drones,
un système de surveillance de ouf ! Ton discours pue
la propagande, un bon gros *fake* !
les_erectus_sont_mes_meilleurs_amis

Les massacres nous détournent de la seule
vraie question. Pourquoi l'OMS ne nous dit pas
la vérité sur le virus ?
LucyFer

Savetheplanet, t'es par là ?
Marmotte19

Salut, Mar. Ça chauffe pas mal ici !
Savetheplanet

T'en penses quoi ?
Marmotte19

Le truc du cannibalisme ? Bizarre.
Paraît que ce serait un mec qui bosse pour le CLP qui aurait balancé l'info.
Savetheplanet

Moi, je dis que ça pue un peu. Tu te rappelles comment le Kruger a commencé ? Tu te rappelles Koalamaster, Misspink ? Ils sont devenus quoi ?
Marmotte19

Aucune idée. Mais j'aurais tendance à faire confiance au CLP. Ils ne sont pas fous.
Savetheplanet

C'est pas un bruit qui court, c'est du 100 % validé !
Et après, y en a qui vont encore prendre la défense de nos gentils papys/mamies préhistos !
Au fait, je suis RR.
Manforever

Tiens, ça m'aurait étonnée.
Comme misspandemia, j'imagine.
LucyFer

Ça te gêne ?
Manforever

Tant que tu essaies pas de me bourrer le crâne, je m'en fous.
LucyFer

C quoi qui te branche ? L'OMS ou tes bestioles arriérées ?
Manforever

Précisément le trafic de préhistoriques.
Je fais un mémoire dessus. J'ai besoin d'infos,
alors si tu en as, je suis preneuse.
LucyFer

Ça se pourrait.
Manforever

On se MP. Je te file une adresse jetable
et on se cale. Ça te va ?
LucyFer

Méfiante. J'aime ça. Ça marche, balance.
Manforever

Je suis pas ta nounou, Lu, mais fais gaffe
quand même. Les RR sont pas des tendres.
Savetheplanet

Suis pas née de la dernière pluie.
Et je fais que demander.
LucyFer

Tu vois, mec ! Ça c une meuf !
Manforever

Tu parles de vérité, LucyFer, mais quelle vérité ?
Putain, tu vois le mal partout.
L'OMS fait du mieux qu'elle peut !
les_erectus_sont_mes_meilleurs_amis

Réfléchis ! RÉSERVE AFRICAINE = TERRITOIRE
DE 450 000 KM^2. Et on voudrait nous faire croire
qu'on a réussi à contenir le virus aussi efficacement
que dans un laboratoire biologique de sécurité
maximale ? Je te fais un dessin ou tu captes ?
LucyFer

Sorry, moi pas comprendre.
Moi retardé intellectuellement.
les_erectus_sont_mes_meilleurs_amis

LE KRUGER EST DEHORS. Et vous aurez bientôt des preuves de ce que j'avance.
LucyFer

Tu sous-entends quoi, là ?
Savetheplanet

Trop tard, mec. Elle a raccroché. Tout ce que j'espère, Save, c'est de ne pas revivre ce cauchemar.
Marmotte19

– 4 –

Environs de Genève, Suisse,
J – 28.

Lauryn, alias LucyFer, envoya son adresse IP provisoire à Manforever. Avec ce pseudo débile, la fille de Stephen Gordon, l'ancien responsable du département des maladies transmissibles à l'OMS, craignait le pire, mais elle n'avancerait jamais sans prendre de risques ! Cela faisait six mois qu'elle cherchait un point d'entrée et c'était la première fois qu'elle se sentait proche de décrocher quelque chose.

Évidemment, elle connaissait les RR. Jusqu'à présent, elle avait préféré garder ses distances avec les groupuscules anti-*erectus*. D'abord par prudence, ensuite parce qu'ils déliraient tellement qu'il était impossible de trier le vrai du *fake*. De toute façon, il fallait être coopté, dans ce genre d'organisation. Montrer patte blanche, c'est-à-dire avoir un discours bien rodé ou, encore mieux, une histoire personnelle avec les *erectus*. Un truc bien sanglant.

Elle aurait pu parler de son père, mais c'était piégeux. De toute façon, il n'existait plus en tant que tel.

En attendant que Manforever lui balance une adresse Skype sécurisée, elle ouvrit sa penderie et réfléchit à la tenue qu'elle mettrait. Des Docs, un short et un sweat manches longues. Elle préférait crever de chaud plutôt que de se faire mater les seins. Pourvu qu'il soit pas trop vieux. Un jeune serait plus facile à manipuler.

Elle hésita à se faire une queue-de-cheval. Le côté boucles blondes plaisait aux mecs et la faisait surtout paraître innocente. Aguicher juste assez pour qu'il oublie de se méfier. Le type était un bon gros bourrin. Elle n'en ferait qu'une bouchée !

Elle s'approcha du miroir et se contempla sans indulgence. *J'ai vingt-quatre ans et j'en parais dix-sept. Une jolie petite cruche qui croit aux contes de fées.* Elle ravala un ricanement. Combien d'années avait-elle passées à regarder des séries de vampires et d'amours contrariées ? Tout ce temps gâché… Chaque fois qu'elle fixait son reflet, Lauryn Gordon éprouvait une sensation étrange, comme un dédoublement. Les médecins y voyaient une trace de son *black-out*. Il avait duré presque douze ans. Douze ans disparus dans le brouillard de la dépression dans laquelle la mort de sa mère l'avait plongée. Maintenant qu'elle avait repris pied dans la réalité, elle devait vivre avec l'idée de ne jamais revoir son père.

Tu ne serais pas un peu maudite, ma vieille ?

Lauryn serra férocement les paupières pour chasser les larmes.

La psy lui avait donné une méthode de respiration. Elle se mordit l'intérieur des joues, presque au sang. La douleur l'ancrait dans le présent.

Elle repensa au fil de la conversation Internet. Elle n'aurait pas dû citer l'OMS. Elle s'était laissé bêtement embarquer. Et cette annonce débile ! « Vous aurez bientôt des preuves de ce que j'avance. » Pourquoi pas s'afficher avec le panneau « activiste », tant qu'elle y était ! Heureusement que Manforever était trop occupé à la draguer pour relever. Il faudrait se montrer plus prudente, à l'avenir.

L'obsession de Lauryn pour le Kruger plongeait ses racines dans l'allée 12 du cimetière des Rois, à Genève. Une pierre tombale s'y dressait au nom de Stephen Gordon. Aujourd'hui encore, ce nom sonnait de façon familière pour ceux qui avaient suivi de près la gestion de la pandémie. Stephen Gordon y avait tenu un des rôles principaux en tant que directeur du service des maladies transmissibles. Il s'était battu contre le virus avant d'être contaminé à son tour. Son enveloppe charnelle avait rejoint une réserve pour y être parquée avec d'autres *erectus*.

À sa sortie de la clinique où on traitait sa « dépression », Lauryn avait souhaité faire ériger une sépulture symbolique. Le père qu'elle avait connu y était bel et bien enterré. Quant à l'autre, l'*erectus* anonyme, la seule chose qu'Anna, sa marraine, avait daigné lui avouer, c'était qu'on l'avait envoyé dans la réserve sud-américaine.

Anna qui prétendait ignorer ce qu'il était devenu…

À toute chose malheur est bon. La régression de son père avait agi comme un séisme mental qui l'avait sortie de sa névrose. Six mois après la fin de la pandémie, Lauryn avait émergé de son état de catatonie.

« Le virus a transformé le père en bête et a rendu son humanité à la fille, un genre de *Belle et la Bête* revu et corrigé », avait chuchoté le médecin chef à une infirmière, persuadé qu'elle dormait.

La nuit suivante, elle s'était introduite dans son bureau, avait cassé des tubes en verre qu'elle avait d'abord remplis de son propre sang, et sur lesquels elle avait noté un simple mot : « Ebola ». Elle s'était sentie presque vengée en entendant la sonnerie d'évacuation au petit matin.

Ils étaient restés parqués dans le jardin des heures avant de pouvoir remonter.

Un mois après l'incident, Lauryn retournait dans la maison des environs de Genève, auprès d'Eva, sa nounou. « Je suis soumise au régime de semi-liberté », s'amusait-elle à déclarer aux rares visiteurs. En dépit de sa majorité, Eva et Anna attendaient qu'elle donne des gages d'équilibre. Et Margaret Christie, la grande amie de son père qui avait combattu la pandémie Kruger aux côtés de Stephen, venait la voir régulièrement. Très soucieuse de l'état psychologique de Lauryn, la directrice de l'OMS, malgré son poste extrêmement prenant, avait toujours une attention pour elle : un livre, un bouquet de fleurs ou une fringue sympa à lui offrir.

Lauryn s'était appliquée à rassurer ces trois bonnes fées pendant deux longues années. Deux années à mimer une joie qu'elle était loin d'éprouver. Sourire, manger, se maquiller, prendre des cours par correspondance, choisir ses propres vêtements. Écouter de la musique. Nouer des relations amicales. Étudier. Surfer sur le Net. Se renseigner. Apprendre à danser. Avoir son premier rapport sexuel et faire semblant d'aimer ça.

Souvent, elle ressentait l'impression d'un terrible gâchis de n'avoir pas su profiter des moments où son père était encore là. Elle gardait un souvenir très diffus du *black-out*. Ce qu'elle se rappelait avec force en revanche, c'était l'amour qui irradiait de lui, ses attentions maladroites, son allure de rock star, les DVD qu'il lui apportait et ses « je t'aime ».

Quand c'était trop dur, elle se scarifiait les poignets.

Dorénavant, elle avait un combat à mener. Elle s'y préparait.

Elle s'était juré de faire tout son possible pour éviter que le Kruger ne revienne, quel que soit le prix à payer.

Le signal lui indiqua qu'elle avait reçu un e-mail de Manforever, qui lui avait envoyé un numéro de portable accompagné du prénom « Buck ».

– 5 –

Desolation City, Alabama,
J – 28.

L'homme se faisait appeler Skull. Le surnom lui allait comme un gant, il n'avait réellement que la peau sur les os et son teint blafard n'était pas sans évoquer une tête de mort. Dans une autre vie, néanmoins, Skull était synonyme de puissance.

Il avait été ce type à la force imposante, dont l'autorité naturelle lui valait respect et crainte. Les petits malfrats le redoutaient comme la peste et leurs chefs, prudemment, évitaient de lui chercher des noises.

L'apogée de sa vie, il l'avait atteint à trente ans, en intégrant le SWAT, l'unité chargée des interventions à hauts risques dans la ville de New York. Il venait d'épouser Eden, il ne craignait ni dieu ni diable.

Sans doute aurait-il dû.

La dégringolade était venue de façon insidieuse. Il n'était pas le seul. Tous les gars du peloton avaient besoin de relâcher la pression, tous avaient participé à l'effondrement. Ils avaient de foutues bonnes raisons ! L'adrénaline qu'il fallait bien évacuer, à coups de bières ou de whiskies, les filles pâmées qui s'offraient et prises debout, dans le couloir des toilettes, les bagarres, quand ce n'était pas un passage à tabac, parce qu'un type leur avait manqué de respect.

Chaque jour, ils risquaient leur peau. Chaque putain de journée ! Cela valait quelques égards.

À la maison, Eden râlait et les disputes étaient devenues systématiques. Il l'aimait, sacrément même, mais qui aurait supporté sans broncher ses reproches et ses cris ? Skull n'était pas un saint et n'avait jamais prétendu l'être.

Le début de la fin s'était pointé avec la bavure et ces putains de droits civiques que les gauchistes agitaient pour un oui ou pour un non. Un dealer dézingué dans son pieu. Le problème, c'est que Skull avait arrosé large et buté la petite amie, une fille encore mineure. Dans le bordel général, un gosse de l'appartement mitoyen avait pris une bastos. Rien de fatal, mais les voisins avaient gueulé, leurs portables brandis pour filmer.

La vidéo avait tourné sur les réseaux et engendré un mouvement de protestation. Malgré la compréhension de sa hiérarchie, l'unité avait été dissoute.

Skull avait atterri à la brigade fluviale de New York. Il commençait à boire le matin, désormais. Eden avait cessé de rouspéter, mais son silence était plus mordant que ses insultes. Il avait tenu un an avant de déraper. Une bagarre de trop à cause d'une remarque déplacée de son chef. Le mec avait fini à l'hosto et lui au département du logement.

La pandémie du Kruger qui avait frappé la ville de plein fouet n'avait rien arrangé. Skull n'avait plus la force de se battre. En réalité, il se foutait des *erectus* comme il se foutait du monde en général.

L'important, c'était de se tenir au sec et d'attendre que ça passe. Au sec n'était pas vraiment l'expression appropriée, d'ailleurs. À l'époque, il descendait une à deux bouteilles de whisky par jour.

Eden était partie. Skull avait définitivement plongé.

Un ancien du SWAT l'avait convaincu d'accepter un poste d'adjoint dans un bled d'Alabama. Un trou paumé pour les paumés, qui portait bien son nom. Ça n'avait pas duré.

Désormais, il était Skull le fantôme, un SDF sans passé, dont l'avenir se résumait à chercher de quoi tenir jusqu'au lendemain. Il rendait de menus services contre un billet : décharger un camion, réparer une barrière, surveiller un dépôt quelques heures, porter un paquet à des mecs louches, Skull se foutait de savoir quoi.

Il logeait dans d'anciennes chiottes d'une station-service désaffectée. Face à son lit de fortune, il avait installé un empilement de caisses où tenait l'essentiel de ses biens : trois albums photos, deux pantalons treillis, quatre pulls, des chaussettes dépareillées, un slip quasi neuf et des bonnets en tricot, un réchaud et une casserole qui faisait office d'assiette, un journal datant de 2018 qui relatait un exploit de leur unité, un livre de poésie d'Eden dont il récitait des vers contre une pièce, un crucifix – sa mère était une véritable grenouille de bénitier –, un sac à dos et une paire de chaussures en cuir qu'il gardait précieusement et graissait chaque mois. Un jour, il aurait l'occasion de les porter. Les chaussures, c'était tout ce qui restait à un homme encore debout…

Ce soir-là, exceptionnellement, Skull n'était qu'à moitié ivre. Il avait travaillé tard chez le vieux Clint, à vider son grenier. Clint envisageait des travaux d'agrandissement pour recevoir ses petits-enfants. Skull avait récupéré une lampe en étain qu'il revendrait peut-être et un beau billet de cinquante, déjà entamé par l'achat de son whisky.

Il avait bu dehors et la douceur de l'air l'avait incité à traîner près de la bibliothèque, sur un banc du parc.

La nuit était tombée sans qu'il y prête attention. Au milieu du chaos de ses divagations, émergeaient des images qui le faisaient délirer : Eden qui lui avait refusé une seconde chance, ces putains de gauchistes qui étaient la plaie de l'humanité, l'ingratitude des gens.

Quand il finit par remarquer l'homme, ce dernier se tenait campé juste devant lui, jambes légèrement écartées. Au moins cent kilos de muscles. *Sait se battre, le mec. Gaffe.* L'intuition d'un danger le dégrisa un peu. Pas longtemps. Dans les mains gantées de cuir – *pas la meilleure idée avec cette chaleur* –, un billet de cinquante avait fleuri.

Deux Grant dans la même journée ?

L'occasion était si belle qu'elle balaya toute autre considération du cerveau passablement imbibé de Skull.

— Faut faire quoi ? Tuer ma mère ? C'est un peu tard…

Il ricana, fier de sa blague. Voilà qui inciterait le gus à le traiter correctement.

— Contente-toi de me suivre et tu en palperas deux autres.

Le géant avait un timbre neutre, presque doux, qui sonnait sinistrement. D'un autre côté, l'absence de formes était le signe que la proposition était nette, non ? Du doigt, il désignait un gros 4 × 4 aux vitres teintées.

Skull décida de le tester à sa façon.

— Cent cinquante ? Tu veux quoi ? Parce que je suce personne, mec, et je vends pas mon cul.

— Sans vouloir te vexer, t'es pas mon genre. Juste besoin d'un témoin.

— Un témoin ?

— Pour un testament qui nécessite d'être contresigné par deux étrangers. Cela doit rester parfaitement anonyme. C'est dans tes cordes ou bien je dois m'adresser ailleurs ?

— Putain, non ! Enfin, ouais ! Pour le prix, je peux même t'écrire un poème. C'est ma spécialité.

— J'en demande pas tant. Juste une heure de ta soirée et ta signature.

— Une heure ! Tu files ton papelard et je t'arrange ça en dix secondes chrono.

— Non. On fait ça dans les règles. Le testament se trouve dans une villa située en dehors de Desolation.

— C'est plus de l'anonymat, c'est de la parano, ton truc.

— Pas de souci. Si le deal ne te convient pas…

— Oh ! Prends pas la mouche, je te suis…

Il rangea sa bouteille dans son havresac. Maintenant qu'il était décidé, un truc le turlupinait. Il emboîta le pas au type. Treillis noir, démarche souple. *Nerveux ?* Son allure réveillait son vieil instinct de flic. Le géant ouvrait déjà la porte arrière du véhicule. Pourquoi pas devant ? *Parce que tu schlingues, et monsieur préfère encore te traiter comme un gros richard qu'on trimballe que comme son meilleur pote*, se raisonna Skull, légèrement étourdi par l'excitation.

Penser trop fort, c'était sa seule erreur.

Concentré à saisir ce qui clochait, il ne vit pas la seringue. *Le type n'a pas demandé si j'avais mes papiers. Comme si...*

Il éprouva la douleur de la piqûre et réagit avec un temps de retard, levant le bras dans un geste de défense. Sa main palpa la seringue plantée dans la carotide.

Pompée par son cœur battant, la drogue l'emporta dans un tourbillon noir.

Il n'eut même pas conscience qu'on le poussait sur la banquette.

Quand le 4 × 4 quitta la petite ville de Desolation pour ne jamais y revenir, il ne resta de Skull que son sac déchiré et une bouteille de whisky aux trois quarts vide et soigneusement rebouchée.

– 6 –

Lodge du Centre de la Préhistoire vivante (CLP), Kenya, J – 28.

En arrêtant la Jeep dans la cour du lodge, Anna fut prise d'un bref étourdissement. Elle venait de passer plus de vingt heures au bureau et avait à peine dormi. La peinture découverte dans la grotte continuait de la hanter. Elle avait pris le risque d'envoyer les clichés par messagerie cryptée à Arun Singh et Martin Quinteros, ses collègues du Centre de la Préhistoire vivante en Inde et en Amérique du Sud. Un risque, car en dépit des précautions, ils n'étaient pas à l'abri d'un piratage.

Ils étaient tombés des nues, ce qui ne l'avait guère réconfortée. Chacun d'entre eux déplorait cependant des « prélèvements » de préhistoriques, c'est-à-dire d'animaux et de plantes qui avaient régressé, à l'intérieur même des réserves. Les braconniers nouvelle génération étaient prêts à toutes les audaces. Les mesures de sécurité et les menaces de sanctions – des amendes pharaoniques et de la prison ferme – les avaient simplement contraints à s'outiller en conséquence. Le mode opératoire ressemblait à un véritable raid : repérage par drone du gibier, assaut et prélèvement à bord d'un hélicoptère furtif, le tout mené en quelques minutes, puisque la zone était sous le maillage d'une surveillance radar.

Parfois, ils se faisaient choper. Le plus souvent, ils s'en tiraient.

La fresque découverte dans la grotte racontait une histoire autrement plus grave. Restait à savoir à quel point. Représentait-elle ces braconniers ? Et si c'était le cas, pourquoi des chasseurs de préhistoriques s'en seraient soudainement pris aux *erectus* ?

Mpho, le fidèle adjoint d'Anna, avait lancé une recherche afin de déterminer si d'autres indices avaient pu leur échapper. Rien. Cela n'avait aucun sens. Aucun.

— T'étais où ? J'ai eu peur pour toi !

Alice se précipita vers sa mère et la serra dans ses bras. Son étreinte était si puissante qu'Anna en eut le souffle coupé. *Je devrais l'inscrire à la danse*, pensa-t-elle fugacement. Parfois, sa fille lui faisait peur. Ses capacités hors normes… Elle chassa l'embryon de soupçon loin de son esprit.

— Et pourquoi donc, ma puce ? J'ai prévenu Mary que je rentrais ce matin.

— À cause des *erectus* morts.

Comment avait-elle appris ? En dehors de Mpho, personne n'était censé savoir. Avant qu'elle ne puisse l'interroger, la fillette se dégagea, toute inquiétude envolée.

— Tu vas être contente.

— Ah oui ? Tu as décroché un A ?

— Pffff. Y a pas que l'école dans la vie ! C'est Ny ! Il a réussi le test de Kyle !

— Waouh ! Fabuleux !

— Tu sais même pas de quoi je parle.

— Non… mais je sais que Kyle trouve toujours des exercices formidables. Tu me montres ?

— Viens.

Elle tira sa mère vers l'aile est, où vivaient les Abiker. « À nous cinq, on est une famille "préhistoriquement" recomposée ! » avait l'habitude d'affirmer Alice. « Le clan le plus improbable de la Terre ! » répliquait Kyle. *Et le seul foyer au monde qui réunisse sous le même toit un* erectus *et des individus d'ascendance variée*, pensait Anna, amusée.

Quand elle avait accepté de diriger le Centre de la Préhistoire vivante, sa prise de fonction avait été assortie d'une condition : que Dany Abiker, l'ancien directeur du refuge animalier du parc Kruger, soit hébergé au lodge, en compagnie de sa fille Mary et de son petit-fils Kyle.

Dany avait été l'une des premières victimes du virus. En toute logique, il aurait dû rejoindre ses semblables ; cependant, la prestigieuse directrice avait obtenu gain de cause. Officiellement, Dany était un projet de recherche. Officieusement, il donnait un sens à la vie de Kyle et de Mary. Et pour Anna, leur présence était un immense réconfort. Tous avaient vécu des deuils tragiques, un compagnon, un père, des amis… ce n'était pas seulement une question d'entraide, mais aussi une promesse d'avenir.

Dany Abiker – ou Ny, comme l'avait rebaptisé Kyle – était la preuve vivante que les *erectus* étaient des êtres en pleine évolution.

Depuis qu'il avait treize ans, Kyle s'était acharné à lui apprendre à parler. Anna se demandait si c'était pour cette raison, et grâce au lien extrêmement fort qui les unissait, que Ny avait fait des progrès remarquables. Il s'exprimait de mieux en mieux.

Même si elle détestait se l'avouer, tout cela la troublait. La plupart des gens voyaient les *erectus* comme des créatures sauvages, impulsives, agressives, en un mot, bestiales. Chaque fois qu'on l'invitait à donner des conférences devant une salle comble pour y présenter le mode de vie dans les réserves, les mêmes questions revenaient : « Est-il vrai qu'il leur arrive de manger leurs enfants ? », « Vous pensez qu'ils ont une conscience ? », « Sont-ils capables d'attachement ? ».

Outre la méconnaissance et le traumatisme réel dû à la pandémie du Kruger, ces interrogations dénotaient un sentiment de supériorité, celle de la « race » humaine face au peuple primitif de la savane, forcément barbare.

Bien sûr que les *erectus* avaient une conscience ! Il suffisait de longer la clôture pour s'apercevoir que des trous étaient creusés par endroits, des cavités de plus d'un mètre qui butaient sur le treillis de métal. Des outils abandonnés sur place montraient qu'on avait excavé le sol à l'aide de silex en forme de pelle. Non seulement, les *erectus* étaient dotés d'intelligence, mais ils avaient conscience qu'une frontière les tenait enfermés dans des prisons à ciel ouvert. Ces trous n'étaient rien d'autre que des tunnels d'évasion…

Leurs progrès étaient faramineux. Ce n'étaient plus les êtres terrifiés ou furieux parqués ici dans la panique… Durant sept ans, ils avaient formé des clans, conçu des enfants et appris le sens de la communauté. Ils échangeaient à l'aide de signes, se regroupaient autour des feux ou sous leurs abris, coopéraient pour chasser, pêcher, bâtir des huttes, raclaient les peaux pour se vêtir et, plus étonnant encore, façonnaient des colliers. Ils broyaient des écorces pour obtenir teintures ou enduits, ils fabriquaient des outils et des ustensiles, ils utilisaient des torches, récoltaient des graines dans des calebasses, ils nouaient leur chevelure et se badigeonnaient de boue et de cendre, ce qui, avec les colliers, démontrait leur goût pour les parures. Et voilà qu'Anna venait de découvrir des signes funéraires manifestes et le premier art pariétal !

— Hey ! Vous en avez mis du temps !

Kyle les attendait sur la terrasse, visiblement impatient. Grand et athlétique, les cheveux décolorés par le soleil, il avait des traits doux qui lui donnaient une allure de fragilité trompeuse. Sous ses airs d'ange, Kyle était intrépide, peu enclin à l'indulgence quand on traitait d'écologie ou du droit des *erectus*. En avril, il avait intégré l'Institut pour le changement climatique et l'adaptation à Nairobi. Il était par ailleurs un geek ultradoué, au point que plusieurs universités américaines et australiennes avaient tenté de le séduire. L'étudiant n'en avait cure. Il se sentait africain et c'était sur ce continent qu'il lutterait. Évidemment, la présence de Ny n'était pas étrangère à ses choix…

En trois mois, Kyle avait changé, il semblait plus mûr et décidé. Anna se sentit submergée par une vague de tendresse.

— Alors, il paraît que tu as encore fait des merveilles !

— J'avais demandé à la miss de garder le secret, mais autant essayer d'arrêter un ouragan. La prochaine fois, j'attendrai qu'elle atteigne l'âge de raison !

Alice le dévisagea, consternée. Pour une fois, l'afflux d'émotion était plus fort que sa sagacité. Tout ce que disait, pensait et faisait Kyle avait valeur de vérité absolue. La fillette avait décrété qu'ils se marieraient l'année de ses dix-huit ans. Elle ne doutait pas d'elle ni du temps qu'il restait, mais parfois, elle craignait que son grand amour ne tienne pas la durée. D'autant qu'il n'était pas au courant de son adoration. Et qu'il avait vingt ans.

— Je suis raisonnable ! Et je sais me taire, c'est juste qu'avec maman, c'est pas pareil ! Toute façon, tu allais lui dire.

— OK, mademoiselle J'ai-le-dernier-mot. Venez, il est dans le salon et j'arrive plus à le déscotcher de là !

— Tu lui apprends quoi, cette fois ?

En dépit de son épuisement, Anna était vraiment curieuse.

— Le calcul !

— Tu plaisantes ?

— Pas une seconde. Ni deux, ni trois…

Il cligna de l'œil pour souligner son trait d'humour.

L'ex-responsable du refuge du parc Kruger vivait en zone de quarantaine. Cela faisait partie des modalités imposées. Il habitait un trois-pièces doté de vitres incassables. Le salon donnait sur un espace extérieur entièrement grillagé. Lors de ses escapades – à l'intérieur du lodge ou dans le parc –, il était chaperonné par Mpho ou l'un de ses adjoints. Kyle n'avait pas l'autorisation de sortir seul avec lui. Anna non plus.

Ils pénétrèrent dans la pièce principale, tandis qu'Alice demeurait dans le couloir d'accès. Les enfants ne pouvaient se retrouver en présence d'un *erectus* sans surveillance, et Mpho travaillait d'arrache-pied au QG.

Celui qui avait été autrefois Dany Abiker se tenait assis devant un boulier. De loin, il aurait pu faire illusion, mais dès qu'on approchait sa différence éclatait : front court plissé par l'attention, yeux vifs roulant dans des orbites profondes, cou puissant et bras très développés. Ses doigts épais couraient avec célérité sur les petites sphères colorées. Il avait conservé de son époque *sapiens* sa cicatrice en L qui tailladait sa joue droite et sa chevelure blanche. Son accoutrement – un bermuda rose et une chemise hawaïenne bleu turquoise – rendait le spectacle saisissant, presque comique.

— Je n'y crois pas ! Ny ? Tu peux m'expliquer ce que tu fais ?

La créature grommela quelques mots incompréhensibles, trop captivée pour se donner la peine d'articuler.

— Laisse tranquille le « génie au travail ». Regarde, je me suis inspiré de la méthode Montessori. Le boulier n'a que des avantages : la manipulation ancre la capacité à visualiser, le développement cognitif et la concentration. S'il arrive à maîtriser suffisamment son outil, il pourra faire non seulement des opérations simples, type additions, soustractions, mais peut-être bien plus. Imagine le champ incroyable d'expérimentations que ça lui ouvre !

— Tu ne rêves pas un peu fort, là ?

— Anna ! Combien de fois tu m'as dit de ne pas trop espérer ? Et combien de fois Ny a déjoué toutes les interprétations limitées qu'on a de ces gens !

— Tu as raison, pardonne-moi…

Elle se massa les tempes, cherchant un argument pour calmer l'enthousiasme de Kyle.

— Tu te fais du souci pour cette histoire de massacre ? demanda-t-il. Peut-être qu'il faudrait revoir les procédures de sécurité, je pourrais t'aider…

— Bon sang, qui t'a répété ça ? J'ai interdit à Mpho d'en parler. Un gardien ?

— Non, Internet.

Le jeune homme s'empourpra violemment. Heureusement, Anna était trop catastrophée pour remarquer sa gêne. En réalité, il ne mentait qu'à moitié. La Toile bruissait déjà de théories complotistes, mais c'est Lauryn Gordon qui l'avait prévenu. Tous deux correspondaient depuis un an via les réseaux sociaux, mais ne s'étaient jamais croisés « en vrai ».

L'étudiant était le seul à connaître la véritable identité de LucyFer, et à savoir que sous le radicalisme de ses postures se cachait une jeune femme flanquée d'une blessure inguérissable. Ils n'évoquaient presque jamais ses liens avec Ny. Le sujet la mettait mal à l'aise. Ils parlaient néanmoins des *erectus*, des réserves, mais aussi de musique, de politique et de leurs engagements pour la planète. Parfois, elle se refermait comme une huître et semblait lui en vouloir. Kyle avait toujours son grand-père, *erectus* ou non. « Moi, avec mes parents, c'est la double peine », disait-elle pour le provoquer.

Qu'aurait-il pu répondre ? « Ben, moi, je m'éclate à nouer des liens avec un être extraordinaire qui porte en lui l'âme de Dany Abiker ! »

Lauryn n'était pas la seule à considérer excessif l'engagement pro-*erectus* du jeune homme. Sa mère non plus ne comprenait pas bien pourquoi il passait tout son temps libre en compagnie de Ny. Mary avait encore du mal à accepter la métamorphose de son père. Comme Lauryn, la douleur du traumatisme l'empêchait de voir ce qui subsistait chez les régressés. Leur part irréductible d'humanité.

Malgré leur mémoire défaillante, un lien demeurait, aussi léger que l'air, aussi doux que la tendresse ; Kyle n'aurait su l'expliquer avec des mots. Il savait simplement que ça existait.

Il reprit, dans l'espoir qu'Anna lui en dise un peu plus.

— J'ai lu des trucs dégueulasses sur Internet. Certains commencent à propager des rumeurs de…

Il jeta un coup d'œil à l'enfant qui les observait derrière la vitre et ajouta plus bas :

— … de cannibalisme ?

— Je n'ai pas le droit d'en discuter, surtout qu'une enquête est en cours. Sache qu'il y aura toujours des gens pour imaginer le pire…

Kyle haussa les épaules. Elle était sans doute la seule à saisir ce qu'il voyait derrière la créature simiesque. *L'humanité est un incroyable potentiel.*

Anna le dévisageait, intriguée. Lui qui se méfiait des rumeurs, pourquoi accordait-il tellement d'importance à celle-ci ?

Il était presque l'heure de déjeuner et Mary devait les attendre. Ils saluèrent Ny, qui leur répondit d'un grognement distrait, et rejoignirent Alice.

— Je vais devoir repartir ce soir. Je dormirai probablement au bureau. On a encore une vidéoconf avec les autres réserves.

— Ne t'inquiète pas pour la petite, la rassura Kyle. On s'en charge. Pas vrai, puceron ?

— M'appelle pas comme ça, je déteste !

— J'ignore ce que je ferais sans ta mère et toi ! souffla Anna.

— Et moi ?

Alice se dressait sur ses ergots, vexée.

— Toi, toujours, mon amour.

— Kaï… re-garde Naï !

Pendant qu'ils plaisantaient, l'*erectus* s'était approché de la vitre pour interpeller l'étudiant. Trépignant d'excitation, il tendit la main, le pouce replié dans la paume, puis articula :

— Qua-tre. Com-me Qua-tre-Dé-fen-ses. Je leur dire. Je leur ap-prends !

Anna ravala un cri. Ny ne pouvait pas se souvenir du surnom donné au premier préhistorique découvert dans le monde ! L'éléphanteau présentait quatre défenses comme ses ancêtres, les *Gomphotherium*.

C'était forcément un hasard. Kyle l'abreuvait de vidéos et de photos, et il avait certainement vu un troupeau évoluer. Ça n'en restait pas moins un exploit ! Il venait de faire le lien entre le chiffre quatre et le nombre de défenses, ce qui signifiait qu'il pouvait non seulement compter, mais aussi réutiliser son savoir et l'appliquer au monde qui l'entourait.

Voilà la réfutation idéale à fournir aux adeptes de la stérilisation. Pour peu qu'on revoie les lois de non-intervention, les *erectus* évolueraient très vite. Jusqu'à présent, pour ne pas influer sur leur développement, les contacts étaient proscrits ; mais si on décidait de changer les critères et qu'on mettait en place une « ingérence éducative » ?

Kyle se tenait devant la vitre. Ny s'était calmé. À les voir ainsi face à face, le jeune homme et l'ancêtre, Anna fut traversée par une idée fulgurante.

— Je leur dire. Je leur ap-prends !

Le dire à qui, Ny ?

Elle ravala sa question. Elle était épuisée. Pourtant, son instinct lui hurlait que ces deux-là dissimulaient quelque chose. Et que si elle ne parvenait pas à comprendre quoi, leur petit monde ne tarderait pas à voler en éclats.

– 7 –

Madagascar, environs du parc national d'Andasibe-Mantadia, J – 28.

Progressant sur un sentier boueux de la jungle, cela faisait cinq heures que les deux Malgaches portaient un brancard de branches et de lianes, où gisait le blessé. Sa vie ne tenait plus qu'à un fil.

Une pluie tiède se mit à tomber, entravant leur marche. Autour d'eux, des arbres au tronc massif s'élançaient vers le ciel. Bako manqua de trébucher sur une racine. Faly poussa un râle, tordu de douleur sur la civière de fortune. Il faisait penser à une noix brisée.

Ils l'avaient découvert à l'aube, à quelques pas seulement de leur campement. Que s'était-il passé ?

Juan avançait à marche forcée, sans jamais tourner la tête. Bako lui envia sa place un bref instant. Au moins, il pouvait regarder ailleurs…

Bako n'était pas un trouillard. Il trafiquait depuis ses treize ans et il avait déjà vu des morts, mais ce n'était rien comparé au corps martyrisé de Faly. C'était la faute de cette forêt ! Elle était comme envoûtée depuis plusieurs mois. Des espèces régressives avaient fait leur apparition, semblant tombées du ciel : des lémuriens, des tortues, des phasmes géants et ailés… Rien à voir avec le « paradis de la faune et de la flore » vanté par les brochures touristiques !

Avec Faly et Juan, ils avaient capturé une demi-douzaine de proies, les plus faciles à piéger, avant de les revendre au marché de la capitale, Tananarive.

Les préhistoriques représentaient le nouvel or vert de la jungle, mais le paradis s'était mué en enfer. Des sentiers disparaissaient avalés par des fougères géantes, des troncs poussaient en une nuit. Dans les clairières longeant le parc, le riz cultivé en terrasses avait cessé de croître en touffes éparses pour se changer en gerbes drues. On aurait dit qu'un dieu farceur jouait avec la forêt… À présent, ce dieu les punissait d'avoir touché aux bêtes régressées et Faly payait leur crime.

Ils quittèrent enfin le couvert de la jungle et pénétrèrent dans Andasibe, une bourgade articulée autour d'une rue principale bordée de frêles maisons coiffées de tôle. Une atmosphère de ville fantôme y régnait. La pluie diluvienne avait cessé, mais les habitants demeuraient terrés chez eux. L'enseigne d'un restaurant au nom français, *Les Orchidées*, battait au vent sur ses charnières rouillées.

Sur le brancard, Faly eut une quinte de toux. Le sang jaillit et macula son menton.

Il parut reprendre conscience. Il ouvrit l'œil qui lui restait et roula une pupille affolée. L'orbite gauche, évidée, était encore sanguinolente.

Bako se plia en deux, persuadé qu'il allait vomir. Devant, Juan gronda :

— Accélère !

Le dispensaire d'Andasibe occupait un long bâtiment de brique, situé en lisière de jungle. Un scientifique américain l'avait racheté deux ans auparavant. Les rumeurs les plus farfelues couraient sur son compte : mécène, bienfaiteur, savant fou, misanthrope, tyran... À la vérité, peu de locaux pouvaient se vanter de l'avoir croisé. Owen Firth était l'homme invisible, mais il régnait sans conteste sur cette bourgade paumée.

On racontait que l'étranger avait défrayé la chronique avec l'une de ses prouesses médicales.

Depuis son arrivée, les activités touristiques avaient tari, quasiment du jour au lendemain. Cela aurait pu être problématique sans les largesses de Firth. Guides, hôtes de gîte, cafetiers et même braconniers avaient été dédommagés d'une façon ou d'une autre. L'Américain employait les gens du village à toutes sortes de tâches et payait bien. Très bien, même. En contrepartie, il exigeait une loyauté absolue. Il avait été clair sur les règles : pas de racontars, pas de tapage, aucune trahison !

Si les salles, côté village, n'avaient pas changé de fonction – on était censé y recevoir les malades et les blessés –, Firth avait fait construire au fond du parc un laboratoire ultraperfectionné. Les machines dernier cri étaient révisées chaque semaine, à cause de l'humidité ambiante : spectrophotomètres, appareils d'IRM, assistants robotisés, scanners, lasers, analyseurs séquentiels, microscopes-vidéos, incubateurs et un circuit rigoureusement étanche de tri et d'analyses.

Jour et nuit, une dizaine de laborantins s'y affairaient. Tous étaient malgaches et leur CV avait été passé au crible : compétences, histoire personnelle, fiabilité. Seuls ceux qui avaient obtenu 100 % des points avaient été retenus. Les plus talentueux et les plus dévoués. La raison de leur fidélité importait peu. Certains s'étaient vendus, d'autres avaient cédé au chantage. Owen Firth voulait des gens acquis corps et âme. Ils travaillaient sous la férule d'une jeune Française ambitieuse. À vingt-neuf ans, Estelle Naudin n'était pas seulement l'une des microbiologistes les plus prometteuses de sa génération, doublée d'une ex-violoncelliste virtuose – un accident avait interrompu son parcours de soliste –, c'était aussi une carriériste passionnée. L'excitation de participer au plus grand projet scientifique de tous les temps l'avait convaincue de rejoindre Firth, quitte à balayer deux ou trois scrupules sous le tapis.

La théorie de Firth était aussi éblouissante qu'audacieuse : puisque l'humanité allait droit dans une impasse – évolutive, biologique, écologique, idéologique… – alors, il fallait incurver sa course.

Le virus Kruger avait été le signal ! Il présentait une alternative fabuleuse au « Crépuscule des hommes-dieux », celui que Firth avait annoncé dans son livre du même nom devenu un best-seller, et pour lequel on l'avait conspué et humilié.

De l'ouvrage d'Owen, Estelle avait retenu des pages entières. Parfois, quand la fatigue et les doutes la harcelaient, elle s'en récitait des passages.

Ce jour-là encore, elle murmura pour elle-même :

« L'humanité est parvenue à une impasse évolutive. En fait, *stricto sensu*, il n'y a plus d'évolution humaine, parce que la médecine pallie tous les défauts du corps, les répare tous. Myopes, aveugles, handicapés, malades de pathologies génétiques, les hommes survivent et transmettent leurs gènes délétères à leur descendance, alors qu'il y a seulement quelques siècles, l'évolution les aurait éliminés. Ce qui semble bien à son échelle est pourtant un progrès ambivalent qui affaiblit l'espèce au risque de la mener à sa perte en cas de cataclysme ou d'une pandémie majeure. Nous, véritables dieux sur Terre, maîtres de la matière et de la nature, devons nous préparer à notre future chute. Après avoir évolué durant sept millions d'années, *Homo sapiens* marque le pas. »

Réconfortée par le rituel, Estelle expira en s'efforçant de faire le vide. C'était comme avant un concert, quand on accordait son instrument.

Elle était prête.

Avant de se mettre au travail, la jeune directrice vérifia les cellules expérimentales hermétiques alignées sur les paillasses. À l'intérieur, un phasme géant bougeait au ralenti. À côté, une orchidée noire, d'une taille impressionnante. Le plus beau spécimen vivant, et de loin le plus précieux, avait l'allure d'un géranium. La plante n'occupait qu'une moitié de sa cellule. L'autre moitié se limitait à un lit d'humus et une graine.

Jery, le laborantin responsable de la flore, se tenait devant. Il semblait nerveux, sans doute à cause du sérum.

Il inséra ses bras dans les manchons étanches, saisit la pipette, l'ouvrit et, délicatement, fit couler trois gouttes. Aussitôt, l'humus frémit. *On dirait qu'il bouillonne*, pensa Estelle. Une tige verte qui venait d'émerger se mit à pousser en accéléré. En moins d'une minute, la graine avait donné un arbrisseau de trente centimètres de haut. Encore une minute et trois fleurs splendides s'épanouissaient. Leurs pétales blanc et rose – neuf exactement – avaient la forme d'une coupe. Grâce au sérum, le géranium avait viré magnolia, l'ancêtre de tous les arbres à fleurs apparu au Crétacé, cent trente millions d'années plus tôt.

Estelle s'arracha au spectacle et alla s'installer à son bureau. Le patron exigeait deux rapports quotidiens, matin et soir. Il serait satisfait, le programme se déroulait sans accroc.

Elle ouvrit sa messagerie cryptée et tapa très vite :

> Bonjour, Owen,
>
> Le virus fait des merveilles. Non seulement, il fait régresser les géraniums, mais il accélère le métabolisme de façon incroyable, bien au-delà d'un facteur dix mille. Exactement comme nous l'espérions !

Estelle leva la tête, distraite par les coassements des grenouilles. Les lémuriens s'étaient mis de la partie et lançaient leurs cris désagréables. Contrairement à Owen Firth, elle détestait la jungle. Elle revit soudain la salle du Royal Albert Hall de Londres, lors de sa dernière représentation publique. Elle avait joué les suites de Bach. Cinq mille personnes pour l'applaudir… *Cela n'aura bientôt plus aucune importance. Un souvenir du vieux monde…*

La porte s'ouvrit brutalement sur une infirmière, Elisoa.

— Vous ne pouvez pas entrer sans vous annoncer !

— Il y a deux hommes à l'accueil. Ils ont dit qu'ils étaient d'Andasibe, mais ce sont des braconniers.

— Vous leur avez expliqué que le dispensaire était fermé ?

— Bien sûr, mais…

— Quoi ?

— Ils ont un blessé. Ils prétendent l'avoir découvert dans la forêt.

— Et ?

— Il faut ausculter cet homme. On a pris des radios. Il a les jambes et les bras brisés. Ses amis disent qu'il est *samba*.

— Qu'est-ce que cela signifie ?

— Cela peut se traduire par « abîmé », mais c'est un terme qu'on emploie pour une maison ou un jouet. Je crois que c'est grave.

La fille la regardait, les yeux écarquillés. C'était à cause des rumeurs… Bientôt, ils ne pourraient plus feindre l'ignorance.

Samba. Un homme cassé.

Estelle referma sa boîte e-mail sans envoyer son message.

Le temps qu'elle arrive, le Malgache avait déjà passé l'arme à gauche. Ils firent néanmoins tous les examens requis, avant d'enfermer le corps dans un suaire inviolable. Ils renvoyèrent les hommes qui l'avaient amené avec une liasse de billets. Dans la salle de consultation, Estelle vérifia une nouvelle fois la radio prise aux rayons X, qui montrait une bouillie humaine. Le torse se réduisait à un puzzle de dizaines de pièces, comme broyé par la main d'un colosse.

Il a dû souffrir le martyre avant de succomber, songea la biologiste.

Une gravure au mur attira soudain son attention. Jusqu'à cet instant, elle ne l'avait jamais regardée. C'était une caricature du XIXe, surmontée d'un titre volontairement grotesque : *L'Arbre cannibale et mangeur d'hommes !* L'artiste avait représenté une sorte d'ananas géant affublé de branches-tentacules retenant un homme en train de gesticuler. Dans le tronc creux, on devinait deux silhouettes humaines sur le point d'être digérées ou dissoutes.

Qui avait eu l'idée saugrenue d'accrocher ce tableau ici ?

Elle s'approcha de la fenêtre. La pluie avait cessé. Le ciel s'éclaircissait au-dessus de la canopée. Une Jeep stoppa devant le dispensaire. Son patron en sortit, laissant le soin à trois de ses employés de vider le coffre. Dans les caissettes, Estelle reconnut des plantes et deux lémuriens.

Elle se dépêcha de le rejoindre, alarmée à la pensée qu'elle n'avait pas envoyé son rapport.

Chaque fois qu'elle retrouvait Owen, Estelle se demandait dans quelle mesure il jouait de son apparence : la soixantaine, d'une maigreur élégante, toujours souriant, l'homme aimait s'affubler d'un costume froissé à la coupe impeccable et d'une casquette plate. Dès que le temps le permettait, il ajoutait un gilet de tweed et optait pour le béret traditionnel écossais. Cela lui donnait l'air d'un lord quelque peu excentrique. Paraît-il qu'il cherchait à ressembler à sir Sean Connery. La coquetterie était l'une de ses rares faiblesses, une forme de vanité qui était, selon elle, la marque d'un esprit véritablement brillant.

Owen Firth était en train de se laver les mains quand elle pénétra dans la pièce. Avant de la saluer, il prit le temps de s'essuyer soigneusement, puis enfila une paire de gants en cuir dont il ne se départait quasi jamais.

Estelle s'efforça de prendre un ton léger.

— Owen… Je crois que nous devrions reporter les prochains tests.

Firth la fixa sévèrement, brusquement assombri.

— Il y a un problème dans les analyses ?

Il s'exprimait avec un reliquat d'accent oxfordien, cultivé durant ses années de doctorat dans la prestigieuse université anglaise.

— Non, les analyses sont parfaites. Mais, il y a une heure, on nous a amené un type, sans doute un braconnier. Cage thoracique broyée, jambes et bras brisés. Il est mort en arrivant ici. Je pense que… qu'un figuier étrangleur a poussé autour de lui.

Firth s'installa tranquillement à son bureau et alluma son ordinateur avant de répliquer.

— Nous savions que le projet aurait son lot de désagréments, n'est-ce pas ?

Il avait parlé sur un ton pincé, signe chez lui de franche réprobation. Mais Estelle refusa de se laisser impressionner.

— Nous devrions faire une pause, le temps d'évaluer les rumeurs. Imaginez si les gens se mettent à déblatérer…

— Vous avez fait le nécessaire pour dédommager ceux qui ont amené cet homme ?

— Oui.

— Dans ce cas, il n'y a aucune raison de paniquer.

— C'est le troisième en deux mois. S'il y en a d'autres, cela finira par s'ébruiter.

— Et alors ? Qui irait suspecter une mission scientifique ? Nous cherchons de nouvelles espèces, non ?

— Certes, mais… cela va un peu vite.

— Estelle, je vous ai embauchée pour profiter de vos formidables compétences en matière de biologie, pas pour avoir une vue d'ensemble. La peur est mauvaise conseillère et vous êtes en train de déraper. Ce que nous accomplissons, personne ne l'a accompli avant nous. Il ne s'agit pas d'un tripatouillage d'une quelconque molécule qu'on ajouterait à la liste des OGM ! C'est sur l'évolution de l'espèce, qu'on travaille ! Quand nous aurons réussi, vous pourrez être fière de vous. Songez à la forêt. *Ya pihi irakema.*

— Ce qui signifie ?

— « Je t'aime », en yanomami[1]. Mais je préfère la traduction littérale : « J'ai été contaminé par ton être. » J'ai été contaminé par la forêt. Nous le sommes tous.

Estelle hocha la tête, pensive.

En adorateur de la jungle, Firth avait tendance à croire que tous les biologistes partageaient sa fascination. Son enthousiasme la rasséréna. Il avait raison. Leur projet était bien trop important pour hésiter.

Ya pihi irakema.

Dans l'armée de Darwin – c'est ainsi que Firth désignait les bataillons de ses fidèles serviteurs –, la rumeur voulait que le patron avait perdu un fils et que cette disparition l'avait rendu fou. Il se serait alors enfoncé

1. Langue amérindienne parlée par les Yanomami, peuple des forêts d'Amérique du Sud.

dans la jungle, à la recherche d'un chaman qui aurait pu lui ouvrir un passage dans le monde des morts. Il aurait rejoint une tribu yanomami et il serait resté deux jours et deux nuits assis à attendre que le sorcier accepte de l'initier. Le vieux sage l'aurait plongé dans une transe dont il serait sorti transformé, couvert de poussière, à moitié amnésique et courbaturé, parce qu'il aurait dansé jusqu'à l'épuisement.

Alors, seulement, le grand dessein lui serait apparu !

Un monde résolument nouveau, germé de la souillure et de l'imperfection originelles, désencrassé de la folie des *sapiens*, de leur inconséquence. Une espèce affranchie des carcans de la petitesse et de ses propres limites.

L'homme né de la forêt serait à même de recréer un chaos harmonieux là où ses prédécesseurs n'avaient produit que du désordre mortifère.

Owen attendit qu'Estelle quitte la pièce, avant de se connecter grâce au logiciel de cryptage que lui avait fourni l'Israélienne.

Un message venait de tomber. Il l'ouvrit et le lut :

De : Heisenberg
Cher Owen, avez-vous fini ?

Il pianota sur son clavier :

De : Firth
Presque. La flore et la faune se comportent comme prévu.
De : Heisenberg
Tout se déroule parfaitement, alors ?

Owen songea au braconnier mort broyé. La dernière phase des tests ne souffrirait aucun délai, tant pis s'ils laissaient des traces. En un sens, le risque rendait les choses plus belles.

De : Firth
Absolument.
De : Heisenberg
Pouvons-nous considérer la phase 1 comme achevée ?

Owen prit un moment pour réfléchir. Estelle avait encore une dizaine d'échantillons à examiner, rien qui puisse changer le résultat final.

De : Firth
Oui. On attaque la phase 2 en conditions réelles sur nos sujets. Mettons en place les équipes.
De : Heisenberg
Parfait. La date de l'opération est maintenue ?
De : Firth
Affirmatif. C'est pour demain, comme prévu.

En refermant le capot de l'ordinateur, Owen Firth éprouva une bouffée d'impatience. Les dés étaient jetés. D'ici à quelques jours, le monde serait plongé dans le chaos. Personne sur Terre n'était préparé à affronter ce qui viendrait…

C'est ainsi que cela doit se passer.

Dehors, un lémurien chipa le reste d'un kaki tombé au sol et fila jusqu'à un figuier étrangleur, à l'assaut des racines aériennes. Le parasite prenait l'apparence d'une énorme liane et s'enroulait autour de son arbre hôte. Puis, il le comprimait avec une force inouïe. Jusqu'à le tuer.

Le Malgache s'est trouvé au mauvais endroit au mauvais moment. Pas de chance.

Leur mission à Madagascar était terminée. Owen partirait le soir même pour le *sertão*, au Brésil. Estelle recevrait la consigne de fermer le dispensaire et de lever le camp dès le lendemain. Il aurait pu la prévenir, mais il préférait avoir un coup d'avance. Il avait donné ses instructions pour qu'on mette le feu au dispensaire. Cela valait mieux que n'importe quel nettoyage.

Il se dirigea vers l'ancienne pharmacie, là où battait le cœur de l'armée de Darwin. Un simple réduit imprégné de l'odeur âcre de l'eau oxygénée. Ses « protégés » y logeaient à l'abri, dans des boîtes en plastique alignées sur des étagères. Dans chacune d'elles, plusieurs dizaines de moustiques en apparence ordinaires…

Comme toujours quand il venait les nourrir, deux fois par semaine, Owen ressentit une émotion profonde. Un vrombissement emplissait l'air. Au début, le bruit lancinant l'avait gêné, mais désormais, il aimait cette mélopée dissonante.

Ces moustiques étaient le fruit de cinq années de recherches. Firth veillait sur eux comme sur un véritable trésor, un miracle de biotechnologie sur le point de changer le monde. Sans eux, le virus qu'ils avaient fabriqué serait aussi utile qu'une cuillère pour creuser un puits.

À son approche, les insectes se mirent à tourbillonner, pris de frénésie. L'heure du sang était venue ! Le vrombissement s'intensifia. Un voile de gaze couvrait le devant des boîtes. Au centre, un repli du tissu formait une ouverture en guise de sas.

Owen retroussa sa chemise. Sa chair était rouge, constellée de boutons. Il ne craignait pas les démangeaisons, pas plus que la douleur. Ce n'était finalement qu'une projection du cerveau. Une illusion primitive créée par l'évolution pour que la proie fuie son prédateur.

Or, le prédateur, ici, c'était lui.

Le visage de son père lui apparut soudain, vision incongrue à l'instant de se recueillir, mais Firth s'en amusa.

Le vieux aurait encore trouvé à redire ! C'était un pasteur assez obtus, qui prônait une religion quasi créationniste. D'un côté, il y avait le Bien soumis à mille commandements, de l'autre, le Mal caché dans les détails, habitant chaque plaisir, chaque élan débridé. Quant à la passion scientifique qui s'était emparée de son fils, il la considérait comme la marque du diable.

Benjamin Firth était mort juste après la parution du manifeste d'Owen, et ce dernier se plaisait à penser que sa dédicace l'avait peut-être poussé dans la tombe.

Sur la page de garde du *Crépuscule des hommes-dieux*, il avait noté :

Cher père,
L'homme moderne n'est plus qu'un cimetière à gènes corrompus. Adam et Ève souffrent d'Alzheimer et Dieu s'amuse aux dés dans un trou noir nommé abîme.

Ton fils apostat
À jamais

Il plongea le bras à travers la gaze. Les moustiques foncèrent sur l'épiderme à vif. Firth garda les yeux fermés, en proie au ravissement. Dans sa tête, le bruissement aigu se changea en pulsation.

Bientôt.

– 8 –

Grande réserve kényane,
J – 28.

La compagne *erectus* de Wuan était morte. Tuée au cours d'un nouveau massacre perpétré près d'un clan voisin. Une fois encore, les assaillants avaient agi en toute invisibilité.

Alertés par l'activité anormale sur une rive du lac, les drones avaient filmé des *erectus* en pleine panique. Certains erraient, d'autres restaient figés devant une carcasse. Et puis, un chasseur était apparu. Sur la vidéo, on reconnaissait parfaitement Wuan.

Anna avait mis quelques secondes à comprendre que le grondement étrange qui lui tordait le ventre venait de Yann.

C'était un cri terrible, de douleur et d'effroi. Arrivé devant la dépouille, il tomba à quatre pattes, huma longuement les restes sanguinolents.

La caméra zooma, révélant une tête quasiment détachée du cou.

Fille-de-Lune, c'était son nom, avait les yeux ouverts. Le corps montrait des entailles profondes de plusieurs centimètres aux endroits où s'accumulait la graisse, au niveau du ventre, des joues et des cuisses. Vu l'aspect des blessures, la chair avait probablement été déchirée à l'aide de silex. Plus loin, un second cadavre encore plus mal en point.

Anna s'était obligée à regarder jusqu'au bout, pendant que Mpho lui livrait le compte rendu de ses recherches.

— Il y a un problème d'empreintes. Soit il n'y en a pas suffisamment, soit elles ont été effacées. Ça ne colle pas. Ça m'étonnerait que le clan voisin soit impliqué. Pourquoi s'en prendre à ces femelles, à ton avis ?

— Je n'en sais rien. Les *erectus* ne tuent pas ainsi. Ils utilisent la même technique que leurs ancêtres il y a deux millions d'années, en pourchassant leurs proies pendant des jours jusqu'à ce qu'elles s'effondrent, épuisées. L'être humain est le meilleur coureur d'endurance du monde animal : même les chevaux sont des petits joueurs face à nous.

— Les femelles ont été surprises, visiblement. Elles portaient un sac plein de plantes et d'écorces. Les pêcheurs de l'autre tribu devaient les attendre sur les bords du lac afin de procéder au troc. On a trouvé une nasse attachée à une liane avec deux perches du Nil.

Anna s'efforça de réfléchir calmement. Régulièrement, les clans échangeaient des outils ou de la nourriture, poisson contre viande, fruits contre graines… La rencontre avait eu lieu à l'aube, probablement pour éviter aux femmes le trajet sous la chaleur. Elles n'étaient qu'à deux heures de marche de leur clan. Ça expliquerait qu'elles soient parties seules. Elles ne craignaient rien.

— Et les pêcheurs ?

— On n'est encore sûrs de rien, mais deux individus semblent manquer dans la tribu du lac.

Anna repassa les images.

Les drones avaient commencé à filmer bien avant que les *erectus* soient sur place. Après avoir crié, humé et couru en rond, ils s'étaient accroupis, les yeux fermés et s'étaient balancés d'avant en arrière. Anna avait songé à de vieux juifs cognant leur front sur le Mur des lamentations. Une forme de prière ? Depuis qu'elle avait vu les peintures rupestres, elle observait les *erectus* d'un autre œil.

Un détail l'intriguait. Yann avait surgi exactement une heure et demie après la découverte, trempé de sueur et à bout de souffle.

Elle stoppa la vidéo à l'instant de son apparition et sentit monter une nausée. Elle lutta pour ne pas éclater en sanglots. Mpho attendait ses instructions.

— On y retourne et tant pis pour leurs foutues consignes de non-ingérence !

Elle voulait être là pour Yann, ou Wuan, peu importe son nom. Pour lui et pour comprendre ce qui lui échappait.

Vingt-quatre heures avaient passé depuis le massacre, pourtant, le village était calme. Les corps avaient disparu, probablement enterrés avec les autres.

Anna et Mpho étaient venus désarmés, en signe de paix. Les *erectus* leur accordèrent cette fois peu d'attention. Ils ne semblaient ni surpris ni alarmés, mais bizarrement apathiques… *ou fatalistes.* Quand soudain, Wuan surgit devant eux, le visage fermé. Il était accompagné par un enfant aux yeux rougis. *Son fils, le demi-frère d'Alice.* Anna s'arracha à sa contemplation et tendit la main, effleurant le bras du chasseur.

— Je suis désolée, Yann… Wuan. Tu es…

— Tris-te.

Elle ne comprit pas tout de suite. Sans doute parce que le mot était inimaginable dans sa bouche. *Triste.* Deux syllabes qui comblaient le vide ouvert entre eux. Le Rwandais lui agrippa le bras pour la faire reculer.

Elle ordonna d'un ton pressant :

— Laisse-moi, Mpho. N'interviens pas !

Ensuite, tendrement, pour ne pas l'effrayer, elle s'adressa à Yann.

— Tu… tu connais notre langue ?

— Oui.

— Comment tu as appris ?

— Ce-lui-qui-par-le.

— Je ne comprends pas. Celui… ? Qui est-ce ?

— Tu le con-nais.

Ce fut une déflagration. Une seule personne avait enseigné leur langage à un *erectus* ! Mais en imaginant que ce soit Kyle, comment aurait-il pu transmettre quoi que ce soit aux clans de la réserve ? Il n'avait jamais passé la barrière électrique !

— C'est impossible.

Yann la toisait, une lueur étrange au fond de ses pupilles noires. De la compréhension ? Ses larges narines laissèrent échapper un soupir. Elle insista :

— Dis-moi qui ! Explique-moi !

— Tu le con-nais.

Elle éprouva l'envie de le secouer jusqu'à lui faire cracher une réponse. Les mots changeaient tout entre eux. Il n'était plus seulement Wuan l'*erectus*, ni le « Yann » qu'elle espionnait derrière son écran d'ordinateur, reflet improbable de son ancien grand amour. En s'exprimant, il devenait à la fois plus proche et terriblement étranger. *Comme si, en me cachant l'essentiel, il m'avait trahie*, pensa la jeune femme. Faute de savoir quoi lui demander, elle se raccrocha à la première chose qui lui passa par l'esprit.

— Tu sais qui je suis ?

— An-na.

Derrière eux, Mpho se racla la gorge. Il murmura d'une voix blanche :

— Patronne…

— Laisse, je t'ai dit ! OK, je suis Anna, oui. Et toi, Yann, Wuan.

Il répéta :

— Wou-ann.

Elle hocha la tête, bouleversée.

— Wuan, qui sont les diables dessinés dans la grotte ?

Du doigt, elle désigna le chemin qu'ils avaient emprunté la dernière fois.

— Des hom-mes.

— Des hommes ? Comme nous ? Ou comme toi et les chasseurs ?

— Toi et lui.

Elle hocha la tête et risqua la question suivante en priant pour que ça ne gâche pas tout.

— Ce sont eux qui vous tuent ?

Il acquiesça, les poings serrés. Ses yeux étincelaient. La rage l'irradiait.

— Pourquoi ? Pourquoi ces hommes vous tuent ? Pourquoi ils vous *mangent* ?

— Pas tués tou-jours. Pour pren-dre nous…

Il parut hésiter, mal à l'aise.

— Ils cap-tu-rent. Des chas-seurs. Des fem-mes. Beau-coup. Et tuent Fille-de-Lu-ne !

L'enfant émit une plainte, et Anna prit conscience qu'il avait dû comprendre qu'ils parlaient de sa mère. Ce petit bonhomme la dévisageait, les yeux écarquillés sous la barre touffue des sourcils, haletant. Wuan posa la main sur la tête de son fils, qui se calma aussitôt. Puis, les deux *erectus* observèrent Anna. Elle rougit violemment. On aurait dit qu'ils lisaient dans son âme.

Elle murmura :

— Je suis désolée, Wuan, désolée pour toi et ton… fils. Désolée pour ta femme. Je vais chercher ces hommes, je vais…

— Hom-mes com-me toi.

— Non ! Tu ne comprends pas…

Le silence se fit. Il semblait refuser d'en dire plus. Anna était trop bouleversée pour le pousser dans ses retranchements. Une petite voix lui chuchotait que c'était bien assez. Assez de révélations. Assez de proximité.

Le pressentiment qui la tenaillait n'avait fait que s'accroître. Une menace sourde, affolante. Elle avait déjà connu ça, sept ans auparavant.

Ça n'a rien à voir. Mais pourquoi des hommes auraient voulu tuer ou enlever des *erectus* ? Et pourquoi de tels simulacres de cannibalisme ?

Pour égarer les soupçons...

Anna s'éloigna à reculons, sans quitter Yann des yeux. Avant toute chose, elle devait interroger Kyle. Ensuite…

Ensuite, on verra bien. Cela n'a rien à voir avec le Kruger. Rien !

– 9 –

Canton, Chine,
J – 27.

Pour la troisième fois en dix minutes, Lauryn Gordon vérifia qu'elle n'avait pas de message. Buck, alias monsieur Bourrin, alias Manforever, restait muet, alors qu'il n'avait pas cessé de la saouler de ses discours sur « la préconscience du monde barbare qui nous attire comme un trou noir ». Du charabia qui fleurait la théorie du complot. Il n'empêche qu'il lui avait juré être un expert sur le marché noir d'animaux régressifs vivants et lui avait promis qu'elle trouverait autant de préhistoriques qu'elle en rêvait.

Il ne mentait pas pour le marché noir. Il l'avait invitée sur des forums du *darkweb*. Drogues et armes s'y échangeaient, mais aussi des vestiges bien vivants de la pandémie Kruger. Officiellement, tous les animaux contaminés à l'époque avaient été euthanasiés ou enfermés dans les réserves, mais des bêtes et des plantes étaient passées entre les mailles du filet. Vous vouliez enrichir votre serre et placer, aux côtés de vos aras d'Amazonie, un véritable archéoptéryx ? Vous rêviez de goûter à l'aileron d'un requin qui nageait dans les mers de l'ère tertiaire ? Rien de plus facile du moment que vous étiez prêt à mettre le prix, cent mille dollars pour le premier et le double pour le second.

Lauryn sentit son pouls s'accélérer. Le Kruger était dehors et le monde n'en avait pas fini avec le virus ! Sa conviction se confirmait grâce à l'enquête qu'elle menait depuis des mois et qui l'avait amenée de Genève jusqu'à cette chambre d'un hôtel miteux de Canton. Elle essuya son front mouillé de sueur. La clim était naze et les murs si fins qu'elle entendait le vieux couple d'à côté se disputer. Soudain, une sonnerie retentit et son logiciel de messagerie afficha enfin un courrier. Buck avait répondu. Son contact se nommait Modernhabilis. Suivaient un numéro et une phrase sésame.

Fébrile, elle recopia « Fouine cherche petites bêtes qui montent » et cliqua sur « envoi ».

Débile, comme texte. En un sens, c'était presque rassurant. Aucune triade n'aurait inventé une formule aussi ridicule. La réponse arriva très vite, cette fois. On l'attendait dans quinze minutes dans un marché de la ville, avec l'argent de son passage. Elle suivrait les instructions données par texto. *Un jeu d'enfant*, pensa-t-elle.

Elle retira de son sac à dos l'enveloppe qui contenait une épaisse liasse de billets et la plaqua sur sa peau, rabattant dessus l'élastique de son boxer. Elle avait dû raconter des craques à son banquier quand elle était allée retirer ces vingt mille dollars. Ce n'était qu'une infime partie de l'héritage que son père lui avait laissé. Elle n'aurait pas pu mieux l'employer. Elle s'était aussi inventé des vacances chez une copine italienne pour justifier son absence auprès d'Eva et Margaret. Ensuite, Lauryn vérifia que l'appareil photo miniature logé dans le bouton de son jean fonctionnait. Il suffirait d'actionner le minuscule interrupteur pour expédier les clichés.

Elle se dépêcha de se connecter à sa messagerie habituelle et tapa à la hâte :

Je vous avais promis des preuves
que le Kruger se balade gentiment dehors.
Eh bien, je ne vais pas vous décevoir.
Restez en ligne, des photos devraient suivre.
LucyFer

Elle tenait enfin sa preuve.

Le marché Qingping de Canton était l'un des plus fameux de la planète. On y trouvait tout ce qui se mange, y compris des espèces régressives. À la fois excitée et remplie d'une appréhension sournoise, Lauryn avançait dans une ruelle jalonnée d'échoppes qui proposaient des ailerons de requin et des ailes de chauve-souris, de la poudre de rhinocéros, des chapelets de serpents, des varans et des salamandres, des nids d'hirondelle empilés et des tas d'oiseaux, parmi lesquels elle crut reconnaître des hiboux. Pour le reste, c'était une avalanche de créatures indéterminées débitées en morceaux – peaux, plumes, organes et humeurs qui entraient dans la composition de la médecine locale. Çà et là, des panonceaux annonçaient « VRAI

KRUGER ! » en caractères chinois, qu'elle avait appris à lire.

« Avance et prends la première à droite. Quelqu'un te conduira », lui indiqua un nouveau message.

Malgré son impatience, Lauryn ralentit le pas en épiant les alentours. Il y avait toujours un risque de tomber entre les mains d'arnaqueurs trop heureux de se faire une *laowai* – « une étrangère » – et demander une rançon. Avec son pseudo ronflant, qui sait si Modernhabilis n'entrait pas dans cette catégorie ?

Ses craintes redoublèrent en arrivant au cœur du marché. Elle était la seule Occidentale et les regards courroucés lui faisaient sentir que sa présence était juste tolérée. Un garçonnet se planta soudain sur son passage.

— Kruger ?

Il paraissait bien trop petit pour un guide, pourtant, elle hocha machinalement la tête. Il tourna les talons en lui faisant signe de le suivre. Ils parcoururent deux cents mètres, avant qu'il ne lui indique un homme du doigt et décampe aussitôt. Elle se prit à le regretter. Le Chinois arborait une longue cicatrice qui remontait du menton à la tempe. Sans dire un mot, il tendit une main ouverte. Le geste était sans équivoque, il réclamait l'argent. Elle eut à peine une seconde d'hésitation avant de se dépouiller adroitement de la liasse. Elle avait décidé, à présent, il fallait plonger !

L'instant d'après, elle franchissait la porte d'un entrepôt en compagnie de l'homme à la cicatrice.

Le lieu était plongé dans le noir. Une forte odeur de fauve lui sauta au visage, puis des sons l'enveloppèrent. Bruissements, feulement aigu. La porte claqua derrière son dos, puis la lumière jaillit, brutale, et l'aveugla momentanément. Elle provenait de puissants projecteurs au plafond.

Son cœur rata un battement. Comme au poker, elle avait payé pour voir et elle était servie. Elle connaissait les espèces régressives sur le bout des doigts. Dans cet entrepôt immense, un condensé de la grande pandémie s'offrait à ses yeux. Un *Gomphotherium* somnolant dans une cage à peine assez vaste pour le contenir. Un couple d'archéoptéryx caquetant dans leur volière. Des félins à crocs démesurés. Des oiseaux inquiétants.

Deux Asiatiques venaient à leur rencontre, armés de fusils-mitrailleurs. Elle se raidit, sur le qui-vive.

— File ton téléphone.

L'homme à la cicatrice s'exprimait dans un anglais dépourvu d'accent.

— Pardon ?

— Ton téléphone. On te le rendra à la sortie.

— OK.

Elle tira son portable de sa poche, vérifia qu'il était verrouillé. Son guide redoutait probablement qu'elle enregistre. Elle s'y était préparée. Les deux autres interpellèrent l'homme avec animation. On aurait dit une engueulade. *Tant mieux, qu'ils se disputent tant qu'ils me fichent la paix !* Elle se tourna de façon à capter les premières cages et leur contenu, puis effleura l'interrupteur de son appareil photo, espérant que les clichés seraient suffisamment nets.

— Alors, qu'est-ce que tu achètes pour tes patrons ?

Le type était déjà sur son dos. Elle compta deux respirations, de manière à masquer sa nervosité. Manforever lui avait conseillé de se faire passer pour une intermédiaire. C'était monnaie courante sur le *darkweb*, aucun richard ne se serait fourni directement. En revanche, elle n'avait pas trop le profil des trafiquants. Tout était histoire de conviction. *J'achète pour le compte d'un client suisse. Je suis habituée à ces milieux privilégiés. J'ai le profil adéquat. Une garce pleine aux as qui en veut encore plus !*

Quand elle répondit, sa voix ne trembla pas.

— Je ne sais pas encore. Donne-moi quelques minutes supplémentaires pour regarder.

— Tu te crois au zoo ? Je t'en laisse deux, pas une de plus.

Tout en inspectant les cages, Lauryn enregistra un maximum d'informations. Son appareil, fixé à la ceinture, ne photographiait que les clapiers au sol. Tant pis ! Elle n'allait pas se tortiller pour avoir un meilleur angle de vue. Les préhistoriques semblaient en bon état. Elle se demanda s'ils avaient veillé à dératiser les lieux, et ne put s'empêcher de frissonner. Ces mecs étaient totalement inconscients ! Les rongeurs avaient été le vecteur de contamination numéro un lors de la pandémie Kruger.

Subitement, elle se figea, ahurie. Un cheval à robe rousse piétinait dans une cage, ses gros yeux noirs écarquillés sous l'afflux de clarté. Sa petite taille aurait pu le faire passer pour un poney, mais un trait anatomique ne laissait aucun doute sur sa véritable identité : les jambes de l'animal se prolongeaient de trois doigts, comme les pattes d'un émeu. *Miohippus*, un ancêtre du cheval.

Elle déglutit, bouleversée, et se tourna vers le Chinois qui la surveillait, goguenard.

— Je peux prendre une photo pour mon client ?

— Non.

— Dommage. C'est le genre de bête qui l'intéresse. Comment vous l'avez eue ?

— Pas de questions, on ne t'a pas prévenue ?

— Si, mais ça ne coûte rien de demander.

Sa question était de pure forme. Elle avait profité du mouvement pour se mettre face à l'animal, dans l'espoir d'obtenir une meilleure photo. À chaque effleurement, le cliché s'envolait sur la Toile. Elle refréna un sourire à l'idée de l'excitation qui devait régner sur le fil de la discussion.

Au fond de l'entrepôt, un peu à l'écart, une forme attira son attention. Une sorte de cube recouvert jusqu'au sol par un drap.

— Qu'est-ce qu'il y a là-dessous ?

— Celui-là n'est pas à vendre.

— Mon patron a beaucoup d'argent.

— Inutile d'insister.

— Je peux au moins voir de quoi il s'agit…

Consciente de friser les limites, elle avançait tout en parlant et était sur le point de soulever la toile. Elle n'eut pas le temps d'achever son geste, le balafré lui attrapa le poignet. Il serra si fort qu'elle eut l'impression de recevoir une décharge électrique. Il devait s'attendre à la voir gémir, mais elle resta muette. Elle ne percevait quasiment pas la douleur. Elle avait passé douze longues années à ne rien ressentir. Il lui était facile de se replonger dans le même état d'esprit pour se blinder.

Si tu veux sortir d'ici, continue à jouer les garces prêtes à tout.

— Allez, montre-le-moi. Cela doit être quelque chose d'unique, si tu le réserves à un client spécifique. C'est qui, cet acheteur ? Un émir, un homme d'affaires russe ?

Elle s'attendait à ce qu'il desserre son étreinte, mais il n'en fit rien. Elle insista d'un ton rude.

— J'ai payé pour voir. Vingt mille dollars, ça donne le droit d'être curieux, non ?

— Erreur, tu as payé pour voir ce que je voulais bien te montrer, mademoiselle Gordon.

Entendre son nom lui fit l'effet d'un uppercut. LucyFer n'était pas un simple pseudo, c'était un alter ego quasi invincible ! En revêtant sa seconde peau, la jeune femme parvenait à oublier la recluse amnésique et indifférente qu'elle avait été. Son double numérique enquêtait, apostrophait les réseaux, charmait les mecs utiles, débarrassée de l'effroyable mal de vivre qui paralysait « Lauryn ». Mieux, son avatar repoussait la fatalité et ce sentiment d'être marquée par le sceau du malheur. Il l'avait sauvée du suicide. Dépouillée de son masque, Lauryn se sentait aussi vulnérable qu'un homard nu.

Elle tenta pourtant de reprendre contenance et toisa l'homme d'un air méprisant. Il lui retourna son regard et murmura avec une sorte de gourmandise :

— Surprise ? Tu croyais vraiment qu'on ne vérifiait pas l'histoire de nos clients ?

— Manforever est de mèche avec vous ?

— Ce mec n'est qu'un minable rabatteur qui aime bien se monter la tête avec des conneries apocalyptiques, pas vraiment le style de la maison. Mais ce genre de paumé a aussi son intérêt, la preuve… Parfois, il nous envoie un client vraiment sérieux. Ou, sans le savoir, un flic infiltré. On n'a plus qu'à trier. Il nous a refilé tes coordonnées et on a craqué ton profil.

Lauryn s'efforça de garder la mine impassible. Elle avait été d'une naïveté crasse, mais le type avait ses vingt mille dollars. Que pouvait-il lui faire de si terrible ? La passer à tabac ?

Il poursuivit, comme s'il avait lu dans ses pensées.

— Lauryn Gordon, alias LucyFer. Fille de Stephen Gordon, ancien responsable à l'OMS, mordu par un *erectus* et envoyé dans la réserve d'Amérique du Sud. Souffrant d'un cas unique de grave dépression. Ramenée à la vie après la disparition tragique du père. Tu vois, on sait pas mal de choses sur toi.

Ce n'était pas normal. Pas autant de détails. Pas pour vingt mille dollars. Et elle n'aimait pas ce « on » qui laissait entendre un groupe ou une organisation. Lauryn se rendit compte combien il serait facile de l'enlever. Elle était riche. Un rapt suivi d'une demande de rançon. Ses pensées s'emballaient, terrifiantes. La jungle avec les FARC. L'EI et ses exécutions. Les geôles libyennes. Le Mexique et les *desaparecidos*. Et ces milliers de malheureux qui disparaissaient à travers le monde parce qu'on n'avait pas payé les ravisseurs. Ou parce que c'était plus simple.

— Après tout, si tu tiens tellement à regarder…

Le balafré tendit sa main libre vers le tissu occultant ; de l'autre, il resserra sa prise. Cette fois, Lauryn sentit la douleur fuser. À moins que ce ne soit la peur.

— Je m'en fous, de votre bestiole !

— Tu te défends bien, pour une gamine, mais ça ne sera pas suffisant…

Le voile glissa, comme un rideau ouvrant sur une scène. À cet instant, Lauryn aurait tout donné pour être aveugle. Le spectacle était pire que ce qu'elle aurait pu imaginer.

Pas une bête. Pas même un *erectus* aux orbites creuses.

Un homme.

Il gisait, recroquevillé sur lui-même, probablement drogué, car ni le bruit ni la lumière ne suscitèrent chez lui la moindre réaction.

Elle bafouilla, étourdie de terreur.

— Pourquoi ? Ce n'est pas…

— Non. Ce n'est pas, comme tu dis… Mais voilà un sujet appelé à connaître un destin fulgurant. Et puisque tu es si curieuse, mademoiselle Gordon, je crois que tu vas lui tenir compagnie. Ce sera intéressant pour la suite de ton enquête, pas vrai ?

— Je vous en prie… je ne dirai rien. Je peux vous payer. Et vous savez où me trouver !

— Trop tard, il fallait y penser avant de jouer les fouineuses. Et puis, je peux te l'avouer, maintenant. Ton silence, on s'en fout. D'ici peu, tu n'auras plus rien à déclarer. Et tout le monde sera occupé ailleurs. Très occupé. Li Qiang !

Il interpellait un de ses hommes. Elle n'aurait pas dû le provoquer.

— Le sérum ! Tout de suite ! Zhang Jun, tu filmes !

Après quoi, il se pencha tout près, au point qu'elle renifla son haleine chargée de bière et de tabac.

— Tiens-toi tranquille encore une minute, mademoiselle Gordon. Tu vas faire un petit voyage au pays des rêves… ou des cauchemars.

Lauryn tenta de se débattre et laissa échapper une plainte. Autant faire plier une barre de fer. Elle vit l'autre Chinois approcher, brandissant une seringue. Elle voulut crier ou supplier, mais la peur l'étouffait. *S'il vous plaît ! Pas ça. Je ne veux pas perdre conscience.* Le produit anesthésiant brûlait comme une coulée acide. En se sentant partir, elle essaya de se raccrocher au visage du balafré. *Je ferai tout ce que...* Ses pensées s'engourdissaient, liées par une glu épaisse. Elle fixa la cicatrice qui hachait la joue grêlée de son agresseur. *Serpent... vicieux...* Ce fut sa dernière vision avant d'être happée dans un tourbillon de fureur.

Le feu propagé dans ses veines dilatait les chairs, fouaillait chaque nerf et carbonisait son esprit. Elle tomba sur le sol et commença à convulser, les lèvres retroussées, dévoilant ses dents mouillées de salive écumante. Ses yeux roulaient et son front parut onduler. En se débattant, elle déchira sa chemise, révélant un ventre secoué de tremblements. Sur sa peau, les frissons montaient par vagues, longues et douloureuses.

Elle grognait, à présent, les mains frappant le béton, les yeux révulsés.

Les hommes avaient prudemment reculé et observaient la métamorphose, fascinés. Zhang Jun filmait, comme on le lui avait ordonné. C'était la première fois qu'ils voyaient ça en direct.

Wang Wei aurait dû attendre d'être au labo. Toujours son fichu orgueil. La fille lui avait valu un affront sévère, or il n'était pas habitué à courber la tête. En apprenant que cette Gordon avait remonté la piste de l'une de ses principales sources d'approvisionnement, le patron avait piqué une gueulante mémorable.

Avec sa notoriété, cette garce aurait pu les emmerder sérieusement. Évidemment, c'est sur Wang Wei que c'était retombé ! Alors, il n'avait pas résisté. Qu'elle soit traitée comme une bête, puisqu'elle les aimait tant !

Owen Firth avait exigé que la métamorphose soit intégralement filmée. Il n'avait rien dit sur les conditions.

Dans sa cage, le *Gomphotherium* émit un barrissement sourd.

— Bienvenue en enfer, miss Gordon ! s'exclama-t-il en caressant sa cicatrice que cette folle lui avait griffée.

Sur le Net.

@LucyFer : T où ? C quoi c clichés de ouf ?
misspandemia

Je crois qu'elle a trouvé sa filière…
elle balance du lourd !
Qui va nous dire que
les *erectus* sont de gentils petits singes, après ça ?
Manforever

Confonds pas tout, Man.
Pourquoi LucyFer ne répond pas ?
Savetheplanet

Aucune idée, « Savethenounou ». Elle doit être trop
occupée. Mais tu peux peut-être nous apprendre
le petit nom de ces bestioles ?
Manforever

Archéoptéryx, *Gomphotherium*, *Smilodon*,
et… putain ! C'est dingue !
Savetheplanet

Accouche ! Tu me fous les jetons, Save !
misspandemia

Le dernier cliché. On dirait un *Miohippus. Ou un Mesohippus.* Je suis pas certain. Il vivait il y a 30 à 40 millions d'années dans ce qui est aujourd'hui l'Amérique du Nord.
Savetheplanet

Un ancêtre du cheval, super !
les_erectus_sont_mes_meilleurs_amis

PTDR ! Le flip ! J'ai cru que t'avais repéré l'ancêtre des vampires, le *Draculus satanicus* !
misspandemia

Désolé de casser l'ambiance, mais ça ressemble pas trop à une visite au musée, ce truc.
@LucyFer : Tu nous fais quoi ? Caméra cachée ?
Marmotte19

C'est ce que je me tue à vous dire !
La meuf enquête sur les trafics de régressés !
C un genre d'infiltrée !
Manforever

Qu'est-ce que t'en sais ? T'es un foutu voyant ?
Marmotte19

Je lui ai refilé un tuyau.
Manforever

Ça fait combien de temps qu'elle répond plus ?
Savetheplanet

2 heures. Merde !
misspandemia

Et les photos ?
Savetheplanet

Celle du cheval, la dernière,
ça remonte à une heure.
misspandemia

Vous balisez pour rien ! Elle a du ressort, la petite !
Manforever

Ah ouais ? T'en sais quoi, toi ? T son coach ?
les_erectus_sont_mes_meilleurs_amis

Il y a un truc qui cloche.
Savetheplanet

Chuis d'accord. C pas normal que LucyFer réagisse
plus alors que sa ligne est active.
Marmotte19

Pas juste ça. Le cheval. Il ne figurait pas
parmi les animaux touchés par la pandémie
d'il y a sept ans. Il y avait bien un zèbre
qui avait régressé, mais pas de canasson !
Savetheplanet

Autrement dit ?
les_erectus_sont_mes_meilleurs_amis

Autrement dit, ce *Miohippus* est le fruit
d'une nouvelle contamination. PUTAIN !
Savetheplanet

OMG !!
Marmotte19

Arrête ton char ! Tu cherches à nous expliquer quoi ?
Une nouvelle contamination de quoi ?
Manforever

Pas fun, Save ! Si c'est encore pour taper
sur les régressés, ce sera sans moi !
les_erectus_sont_mes_meilleurs_amis

Le Kruger se trouve à l'extérieur des réserves
et il y a des gens qui ont bidouillé les gènes
de ce cheval ! Alors, c'est un peu tôt pour savoir
si c'est les trafiquants ou je ne sais quel groupe
terroriste, mais ce que vous voyez là,
c'est une nouvelle espèce régressive !
Et elle ne date pas d'il y a sept ans.
Elle date d'aujourd'hui !
Savetheplanet

Mais le virus ? On est immunisés, non ?
Marmotte19

Immunisés grâce aux antiviraux. Ça te paraît cool
de savoir qu'on peut créer des espèces
à partir du Kruger ?
Savetheplanet

Putain, non !
Marmotte19

Déconne pas ! Ils vont trouver un vaccin !
Manforever

Eh bien, moi, j'applaudis ! Peut-être que cette fois,
le monde va réagir ?!
On attend quoi pour stériliser
ces bêtes ? On attend quoi pour les parquer ?
On attend quoi pour se protéger VRAIMENT ?
misspandemia

Je connais pas ta vie, pandemia, mais on dirait que
t'as jamais eu de frère ou de sœur, de parents
ou quelqu'un que tu aimes qui s'est retrouvé
transformé ! Tu veux quoi ? Qu'on les élimine ?
les_erectus_sont_mes_meilleurs_amis

Si on me donne à choisir entre les buter
et revivre la pandémie, alors oui.
Je veux bien les tuer jusqu'au dernier !
misspandemia

On va commencer par balancer les photos
sur les réseaux avec le hashtag #Krugerleretour !
Faut faire pression,
je suis d'accord avec @misspandemia.
Manforever

Ouais. Hashtag #lecauchemarrecommence.
Marmotte19

– 10 –

Lodge du Centre de la Préhistoire vivante (CLP), Kenya, J – 26.

— Dis-moi la vérité, Kyle.

— La vérité ? De quoi tu parles ?

Le jeune homme avait beau la regarder droit dans les yeux, Anna comprit que sa désinvolture était une feinte.

— Les *erectus* connaissent notre langage, tu le savais ?

— Comment je pourrais ? Tu ne m'as jamais laissé pénétrer dans la réserve.

— Ce n'est pas une réponse. Tu es le seul qui a pu établir un contact avec ton… avec Ny. Le seul au monde à avoir appris à un *erectus* à parler. Alors, je te repose la question. Comment est-il possible que les *erectus* de la réserve soient capables de parler ?

Kyle baissa la tête, et elle comprit qu'il cédait.

— C'est Ny…

— Quoi, Ny ? C'est lui qui leur a appris ? Tu te fiches de moi ?

— Non.

— Alors, il va falloir être un peu plus convaincant, si tu veux que je te croie !

— Le problème, c'est que c'est inimaginable… Il utilise un genre de…

— Parle, bon sang !

— De la télépathie.

— Tu te fous de moi ?

Elle sentit la colère monter. Une rage confuse, inexplicable. Il y avait trop de données, trop d'hypothèses parfaitement dingues. D'abord, ces massacres et maintenant…

Son regard.

Le souvenir la foudroya. La façon dont Wuan la fixait. L'impression d'être devinée et cette gêne éprouvée devant l'enfant *erectus*. Avait-elle pensé à Alice ? Et même si… comment pourrait-il savoir qu'il était parent d'une petite *sapiens* ! Cette dernière connaissait l'identité de son père biologique. Anna avait jugé que la vérité valait mille fois un mensonge impossible à tenir. En grandissant, inévitablement, sa fille aurait appris le secret de ses origines. En revanche, jamais elle n'avait envisagé que l'*erectus* puisse percevoir ce lien de parenté.

L'étourdissement la fit chanceler. Elle entendit vaguement Kyle s'inquiéter et secoua la main pour lui signifier que ça allait passer. Elle avait simplement besoin de respirer.

Non. Si Yann avait compris pour Alice, il aurait forcément laissé paraître une émotion.

La télépathie ! C'était de la folie pure !

Un détail la turlupinait cependant, et Anna se concentra dessus pour ne pas sombrer. Une chose qu'elle avait vue dans les vidéos. Les chasseurs se balançant, les yeux clos. Wuan surgissant à bout de souffle sur la rive du lac une heure et demie plus tard.

Ils l'avaient prévenu.

Kyle disait vrai. Les *erectus* étaient capables de communiquer entre eux par la pensée. Aussi fou que cela paraisse, cela levait tant de mystères !

Elle se redressa lentement. Ce n'était pas le moment de flancher. Quelque chose clochait.

— Est-ce que Ny sait que tu es son petit-fils ?

— Oui. D'une certaine façon. Il sait qu'on se connaissait autrefois. Qu'on était liés. Il dit que c'était avant le Grand Sommeil. Comme la mort, pour eux.

Le Grand Sommeil...

Elle se demanda si Wuan avait conscience qu'eux aussi avaient été liés autrefois, avant ce qu'il appelait le Grand Sommeil. Peut-être que oui. L'interroger serait une autre façon de faire voler en éclats la politique de non-ingérence des réserves. Comment réagiraient les autorités en apprenant que les *erectus* pouvaient communiquer, parler, comprendre ?

C'était tellement énorme !

Finalement, la non-intervention avait fonctionné dans les deux sens. Si on suivait le raisonnement de Kyle, les *erectus* avaient appris le langage de Ny et sans doute beaucoup d'éléments liés à son quotidien.

Elle le questionna, brusquement alarmée.

— Qu'enseignes-tu à ton… à Ny ? À part le langage et le calcul, je veux dire…

— Rien de particulier.

— Et Alice ?

Le garçon s'empourpra une nouvelle fois. Anna sentit son sang geler dans ses veines.

— Elle est au courant de ses « dons » ?

— Non ! Enfin… il n'y a pas de raison. Ils s'aiment bien, tous les deux. Ils… ils jouent pas mal ensemble, mais ce n'est pas un secret !

— Non, bien sûr. Excuse-moi si je m'emporte, mais tu aurais dû me tenir informée. Pourquoi tu n'en as rien fait ?

— Je suis désolé. C'est juste que j'ai eu peur de ta réaction. Tu diriges la réserve, et tu dois observer la politique appliquée aux *erectus*. Comment les gens réagiraient s'ils savaient ?

— C'est bien le problème…

Impossible de balancer ce genre de bombe sans précaution. Elle songea à Lucas, avant de chasser l'idée de le contacter. Pas tout de suite. Pas après ce qu'il avait tenté de lui expliquer à propos de la stérilisation. Il y avait quelqu'un, cependant… une femme que Lucas respectait profondément et qui pourrait certainement l'aider à considérer la situation plus objectivement.

Sept ans plus tôt, la Suédoise Linn Visnar avait dirigé la *dream team* de chercheurs qui avait trouvé une parade au Kruger. Auréolée de son Nobel de médecine – décerné bien avant la pandémie –, c'était sans conteste la scientifique la plus admirée au monde. Une icône intouchable et considérée comme « pro-*erectus* » par les médias, qui avaient vite fait de catégoriser les gens.

Linn travaillait à présent en Angleterre, auprès de l'Institut royal de biologie moléculaire de Londres. À soixante ans, son physique de prêtresse de l'Olympe en imposait toujours autant. Coiffée d'une lourde tresse brune, seule concession à sa féminité, Linn ne se maquillait jamais. Son œil bleu foudroyait les médiocres comme les imprécis, mais elle n'avait pas son pareil pour tirer le meilleur de ses collaborateurs.

Anna savait combien Lucas respectait cette femme hors du commun. Son antidote était une véritable prouesse qui lui avait valu, avec son équipe, un nouveau Nobel. Il admirait aussi sa rigueur scientifique, son éloquence et sa curiosité.

Toutes deux avaient eu l'occasion d'échanger à de nombreuses reprises, mais depuis qu'Anna avait pris la direction du Centre de la Préhistoire vivante, elle avait peu à peu tourné le dos à la recherche pour se consacrer à un domaine beaucoup plus terre à terre. Ce jour-là, elle n'était pas loin de s'en mordre les doigts…

Elle prit la précaution d'appeler par la ligne sécurisée, sans vraiment réfléchir à son entrée en matière.

La voix amicale lui procura aussitôt un soulagement.

— Anna Meunier ! Quel plaisir de vous entendre ! Je pensais justement à vous ! Comment vont nos ancêtres ? Bien, j'espère ? J'ai appris ces affreuses rumeurs, mais j'imagine que vous avez bien d'autres occupations que de vous soucier de ces horreurs…

— Bonjour, Linn, j'espère que je ne vous dérange pas. Je me demandais… J'ai vu Lucas Carvalho, qui m'a fait part de la position que l'OMS va défendre à l'ONU, cette campagne de stérilisation…

— Oh, je vois. Vous êtes choquée…

— À vrai dire, oui. J'imagine qu'en votre qualité de biologiste, vous partagez ses craintes, mais moi, je vois chaque jour évoluer ces hommes et ces femmes, qui, aussi préhistoriques soient-ils, représentent une part de notre humanité ! J'ai du mal à supporter cet « eugénisme » sécuritaire !

Le petit silence qui suivit sa tirade la plongea dans la confusion. Linn Visnar devait endurer ce genre de discours trop souvent. Elle n'avait aucune leçon à recevoir…

— Quitte à vous surprendre, Anna, je vais vous avouer une chose que je me garde de proclamer trop haut : le Kruger est une occasion trop belle d'étudier les mécanismes génétiques de la régression, de sonder des gènes cachés, d'explorer un continent secret. Ma position est claire, et je la défendrai bec et ongles : hors de question de laisser les *erectus* se faire « neutraliser » à coups de castration. Je veux bien envisager une limitation des naissances pour rassurer les inquiets qui voient venir la surpopulation dans les réserves, mais selon moi, c'est un problème du passé.

— Eh bien ! Je pourrai vous citer la prochaine fois qu'on m'attaquera sur ma politique trop douce ?

— Faites… Ces rumeurs seront bientôt de l'histoire ancienne.

— Les *erectus* ne sont pas cannibales, j'en ai la certitude.

— Quand bien même !

— Mais aux yeux de l'opinion publique, c'est important !

— Chère Anna, je crois que vous vous souciez trop de l'opinion générale. Quant à ces accusations d'anthropophagie…

— Elles sont fausses, je le sais ! Les *erectus* développent des talents qu'on était loin de soupçonner…

— Qu'entendez-vous par là ?

— Ils apprennent très vite, ils transmettent leurs connaissances, ils… ils ont des rites funéraires et…

Anna s'arrêta. Elle ne pouvait pas le dire. Pas ainsi, entre deux portes. Il fallait qu'elle soit sûre de ne rien déclencher d'irréversible. Elle se rabattit donc sur une question bateau :

— Au fait, où en est-on avec le vaccin contre le Kruger ? Vous avancez ? Cela simplifierait sans doute beaucoup la vie de mes pensionnaires si on pouvait assurer aux populations qu'elles ne risquent plus rien !

— Les progrès sont lents. Bien plus qu'on ne l'imaginait quand on a trouvé les antiviraux. Je ne vais pas vous embêter avec les détails, mais on touche à la génétique et je n'irai pas bâcler le travail pour faire plaisir à ces messieurs de l'ONU. Ils oublient qu'on ne piétine pas le jardin d'Éden comme une vulgaire pelouse ! Nous sommes à l'orée d'un territoire inconnu et absolument stupéfiant, croyez-moi, et cela ouvre des perspectives extraordinaires !

— Linn, j'ai peur de mal comprendre. Vous cautionnez les recherches sur les préhistoriques ?

— Vous pensiez que les études étaient réellement stoppées ? Enfin, Anna, c'est d'une crédulité rare, venant d'une femme de votre envergure ! Ce que je veux dire, c'est…

Anna n'écoutait plus les arguments de la biologiste. L'idée qui lui était venue soudain lui semblait bien trop énorme, un rapprochement idiot avec une expression qu'elle avait employée. *Jardin d'Éden.*

Elle prit congé abruptement en prétextant un rendez-vous.

Après avoir raccroché, Linn Visnar resta un long moment devant la baie vitrée qui offrait une vue saisissante sur la Tamise. Elle se demanda ce que sous-entendait l'ex-paléontologue en parlant de « talents » s'agissant des *erectus*. Elle n'avait pas insisté. Anna semblait suffisamment sous pression. Mais elle n'appréciait pas du tout le tour qu'avait pris leur échange.

Une notification de sa messagerie interrompit ses réflexions.

Tom Besnehard. Il avait inscrit « URGENT » en majuscules. Elle siffla d'agacement. Tom était un excellent chercheur, mais terriblement conformiste. Il aimait tellement marcher dans les clous qu'il finissait par se gâcher.

> À : Linn Visnar
> Linn,
> Je crois que je tiens une piste prometteuse. J'espère avoir bientôt la confirmation de tests décisifs, mais je peux d'ores et déjà vous annoncer que le vaccin est à notre portée ! J'attends votre appel.
> Tom

Son doigt effleura la souris. Elle hésita un peu, puis cliqua sur « supprimer ».

Tom allait tourner en rond quelques jours avant de la solliciter à nouveau. Il était poli à mourir.

Dans la foulée, elle décida de parer au plus pressé. Il fallait s'assurer que la directrice du Centre de la Préhistoire vivante n'aille pas semer la zizanie au pire moment.

– II –

COMPLOT

Le hashtag créé par Manforever, #Krugerleretour, était devenu viral, au point que l'homme qui se cachait derrière ce pseudo, Buck, s'était dévoilé sur la Toile. Il voulait qu'on reconnaisse son rôle. Buck Hicks avait beau détester son patronyme, il était celui qui avait sonné l'alarme. Le lanceur d'alerte dublinois qui avait réveillé le monde !

Il avait accepté de témoigner dans les colonnes du *New York Times* et de *USA Today*. Sans compter l'interview sur Fox News. Il s'était grillé sur les réseaux, mais il était désormais l'icône des « anti-E ». Un activiste. Presque un penseur…

#Krugerleretour avait levé les foules. Partout, on manifestait. Pro et anti se déchaînaient sur les réseaux sociaux. Bientôt, ils s'affronteraient sur le terrain si on laissait la situation s'envenimer !

Les gouvernements réfléchissaient à des mesures symboliques – nouvelles lois contre le trafic, référendums, promesses d'agir –, les experts tentaient de calmer le jeu, et on avait demandé aux responsables des réserves d'envoyer des communiqués lénifiants.

Les peurs accumulées depuis sept ans semblaient rejaillir avec une violence accrue. Tout le monde était touché. Certains voulaient voir leurs anciens parents traités comme des humains à part entière, quelques illuminés allant même jusqu'à réclamer pour eux la liberté de circuler. Les modérés prêchaient une simple limitation des naissances selon des quotas stricts, et les radicaux exigeaient une castration chimique définitive, arguant que les « ancêtres » n'étaient qu'un accident de l'histoire épidémiologique, une aberration et un péril pour toute l'humanité !

Un homme était sur le point de leur donner raison.

– 1 –

Rome, Italie,
J – 26.

Satanés moustiques !

Les moteurs de l'avion venaient de s'allumer et Victor Gallion soupirait d'aise quand il perçut le détestable bourdonnement. Ils avaient effectué la moitié de leur voyage aller, depuis Dubaï, et il n'avait qu'une envie, prendre une douche glacée !

Il jeta un coup d'œil à son fils avachi dans le siège côté hublot, coiffé d'un casque Bluetooth vert fluo. Il voulut se redresser et sentit une piqûre sur sa cuisse – il était en bermuda ! D'un geste mécanique, il s'infligea une claque violente. En examinant sa paume, il remarqua une goutte de sang et un dépôt noirâtre, ce qui restait de l'insecte. Au moins, il l'avait eu ! Victor haïssait ces bestioles. Non seulement, ça vous sciait les nerfs, mais en plus, ça grouillait de particules virales potentiellement porteuses de la fièvre jaune, la dengue et toutes les joyeusetés des régions tropicales.

Barbara, son ex, avait une théorie là-dessus, comme sur à peu près tous les sujets psy à la mode : « Quand on a ton imagination galopante, devenir gardien d'une start-up innovante dans le domaine médical, c'est l'assurance de voir ta paranoïa hypocondriaque grimper en flèche ! Même une ville aussi aseptisée que Dubaï ne peut rien contre ça ! »

Lassée du sable et des températures caniculaires – et sans doute des manies de son mari –, Barbara avait divorcé deux ans plus tôt. Victor ne s'était toujours pas fait à l'idée. Ils s'étaient mis d'accord sur la garde de Théo, leur fils finirait le lycée à Dubaï, puisqu'il y avait tous ses copains. Ensuite, il rentrerait en France.

Victor se mit à siffloter la mélodie du *Pont de la rivière Kwaï*, les quelques notes composant le thème principal qui lui revenaient quand il était heureux, et se dépêcha d'envoyer un SMS, avant de basculer son téléphone en mode avion :

Ça y est, on redécolle ! Direction – 2 millions d'années !

Ce serait son dernier échange avec le monde extérieur.

Le vol Dubaï-Rio de Janeiro était l'inévitable étape avant leurs vacances, près de vingt-huit heures de voyage et une correspondance ! Victor avait réservé un bungalow, non loin de la réserve sud-américaine. Si l'accès à celle-ci était interdit, les lodges du « Préhisto-Park » se situaient dans une forêt régressive, une implantation extraordinaire acquise après un accord international. Cette exception écologique était destinée à réparer les dégâts majeurs causés à la forêt amazonienne après des décennies de déforestation. Le virus régressif réintroduit – l'OGkrug, comme certains l'avaient rebaptisé – était issu de semences stériles. Cela permettait de maîtriser la flore : les espèces mais aussi leur développement, et ainsi la superficie totale de ces nouveaux poumons verts. Cela garantissait donc une sécurité optimale.

Le gouvernement brésilien en avait profité pour relancer son industrie touristique qui, depuis l'ouverture de ces sept parcs préhisto-écologiques, avait gagné un million de visiteurs annuel. À défaut de côtoyer des *erectus*, les touristes évoluaient dans un univers assez proche. Les tour-opérateurs proposaient conférences, découverte de la flore ancienne, visites de huttes et de grottes, nombre d'ateliers silex ou chasse à l'arc, pêche ou cueillette, et « barbecue paléolithique ».

Théo n'avait que huit ans lorsque la pandémie Kruger avait éclaté, mais il avait été très préservé. Du coup, il se préoccupait assez peu des civilisations préhistoriques. C'était un gamin accro aux jeux vidéo, qui n'hésitait jamais à charrier les « pro-E » du lycée, qu'il qualifiait de *losers*.

Victor s'était pourtant convaincu que le parc brésilien le ferait changer d'avis. En lisant la brochure qui promettait de « partir à la conquête de nos origines » et de « remonter le temps à la rencontre de nos ancêtres », il avait craqué. Son fils fêterait ses quinze ans là-bas. Ce serait l'occasion de resserrer les liens. Théo le rendait en partie responsable de la séparation d'avec sa mère. Bien sûr, il n'imaginait pas réussir à le traîner en randonnée, mais le bungalow possédait une connexion

Internet parfaite – il s'en était assuré – et le complexe, une salle de jeux 3D dernier cri !

En vrai mordu de la préhistoire, Victor ne désespérait pas de lui transmettre le virus. En trois ans, d'ici qu'il passe son bac, ils auraient le temps de nouer des relations plus profondes.

Les passagers du vol 512 étaient paisibles. On ne servirait pas le déjeuner avant trois bonnes heures et certains somnolaient, fatigués de s'être levés aux aurores. Victor était bien trop excité pour dormir. Il commanda une eau gazeuse en plus de son café, et se plongea dans une revue spécialisée, éditée par les CLP. Théo s'acharnait sur sa tablette *gaming*, un cadeau hors de prix de Barbara. *Toujours moins cher que notre séjour*, s'avoua-t-il avec un pincement au cœur. *Tu t'es fichu sur la paille pour un cadeau qui te fait plus plaisir qu'à lui. Pas étonnant qu'il te snobe !*

Victor remua, mal à l'aise. Son fils ne le snobait pas. C'était juste cette sale période de l'adolescence. La sienne, il l'avait détestée. Théo n'était pas malheureux. Et puis, il avait ses copains, non ? Sa mère lui manquait, mais ils passeraient trois jours à Paris au retour.

Victor pianota sur la tablette intégrée au siège avant et fit défiler le menu des vidéos disponibles. Des polars, quelques thrillers et beaucoup de comédies romantiques. Aucun film catastrophe. La dernière section indiquait « préhistoire ». Consciente que Rio de Janeiro attirait de nombreux touristes aficionados, la compagnie aérienne proposait une trentaine de films autour de cette période, dont certains venaient de sortir !

Il cliqua sur *Les hommes du passé, une leçon pour notre avenir ?*. Le documentaire fit défiler une mosaïque des maîtres de la pensée évolutionniste : Taylor, Lamarck, Spencer, Wallace, Darwin, Mendel, Haeckel, Bunge et Firth, scientifique qui résumait à lui seul la complexité de ce courant théorique. Victor se rappelait vaguement que cet homme avait été le centre d'une polémique virulente. Il aurait été incapable de la détailler – le futur de l'humanité ? Il se souvenait cependant d'une pétition qui avait circulé pour le déchoir d'un prix assez prestigieux.

Une citation jaillit sur l'écran en réponse à sa mémoire défaillante : « Nous, véritables dieux sur Terre, maîtres de la matière et de la nature, devons nous préparer à notre future chute. Après avoir évolué durant sept millions d'années, *Homo sapiens* marque le pas. »

Le visage souriant du généticien balaya la sentence, comme pour démentir tout pessimisme, tandis que la voix off annonçait le titre de l'ouvrage dont l'extrait était tiré : *Le Crépuscule des hommes-dieux*.

Bon sang, oui ! Victor se rappelait, à présent ! Il avait acheté le bouquin à l'époque, mais ne l'avait jamais lu ! Il s'enfonça dans son fauteuil, satisfait à l'idée de rattraper ses lacunes, quand un mouvement brusque détourna son attention. Le passager voisin s'agitait, les genoux encombrés d'un bagage. Victor s'étonna de ce manque de sens pratique.

Le type trépignait, visiblement en proie à l'angoisse.

En général, les phobiques se manifestaient surtout au décollage. Bizarre…

De l'autre côté de la travée, Daniel Harrison calculait le temps écoulé. Deux heures qu'il tenait sa mallette sur les genoux. Il aurait dû la ranger dans le compartiment du haut, en toute logique, mais par superstition, il ne voulait pas s'en séparer. Il faut dire à sa décharge qu'il n'était qu'apprenti terroriste. Rien à voir avec les types radicalisés et surentraînés qu'on a l'habitude de se représenter.

L'agent de contrôle n'avait même pas soulevé un sourcil lors du passage de la mallette au scanner : elle était apparue quasiment vide – s'y trouvaient rangées trois chemisettes pour ne pas attirer la curiosité. On aurait pu lui demander d'ouvrir son bagage, et faire capoter toute la mission. *Pourtant, le douanier n'y aurait vu que du feu !*

Il souleva ses mains posées sur le cuir et les frotta discrètement sur les accoudoirs en velours. Il était moite d'appréhension et son petit déjeuner jouait les yoyos dans son estomac… Harrison n'avait rien d'un athlète. À trente-neuf ans, il pesait quatre-vingt-deux kilos pour un mètre soixante-cinq, souffrait d'insomnies et d'une tendance à la dépression. Il était aussi un ardent défenseur des *erectus* et travaillait au laboratoire de génie génétique – le LGG – du Cap, en Afrique du Sud. Selon lui, l'être humain n'était qu'une décharge génétique où s'accumulaient des erreurs dans l'ADN. Les *erectus*, en revanche, incarnaient une forme de perfection.

À le voir, ce jour-là, on aurait pu le prendre pour un clodo, si l'on oubliait sa mallette en cuir. Une barbe négligée, des mèches de cheveux gras mouillées de sueur, un costume froissé et passablement élimé. Il savait qu'il était la cible de moqueries de ses collègues.

Harrison était un homme réservé, néanmoins habité par une puissante ambition. Il avait des difficultés à prendre la parole en public et quand il y était obligé, un bégaiement juvénile finissait de l'humilier. Bien entendu, on ne lui connaissait aucune relation amoureuse.

Il n'en avait pas.

Une chercheuse du labo s'était plainte à la DRH d'avoir reçu des textos déplacés de sa part. Sans l'excellence de son travail reconnu internationalement, Daniel aurait probablement été viré. Il avait fait l'erreur de voir dans les yeux brillants d'une femme une attirance sexuelle, ce n'était qu'une admiration de scientifique. La méprise lui coûtait cher. On le considérait désormais comme un génie affligé de tendances perverses.

Il était plongé dans ses mauvais souvenirs, quand une hôtesse se pencha sur lui. Son parfum, discret, acheva de l'affoler.

— Vous ne vous sentez pas bien, monsieur ? Souhaitez-vous un calmant ?

Il secoua la tête, projetant une goutte de sueur, et s'agrippa à sa mallette, non sans remarquer le sursaut de recul de l'adorable jeune femme.

Victor s'agaçait silencieusement de son agitation. Le type était visiblement paniqué et il finirait par contaminer tout le monde s'il continuait à se tortiller de la sorte. Il hésita à lui adresser la parole, lui conseiller de prendre un whisky, par exemple. Théo s'était endormi, comme un môme. Par le hublot, Victor aperçut l'éclat mat de l'océan. Cette immensité lui procurait chaque fois un frisson, la pensée qu'ils pourraient s'écraser sur l'eau rendue aussi dure que la pierre…

Le barbu remua, et Victor stoppa la vidéo, incapable de se concentrer. Ce mec n'était pas net… Il suivit son regard éperdu, remarqua un blond impeccable assis cinq sièges devant, avec une mallette posée à ses pieds.

On aurait cru la jumelle du bagage auquel son voisin s'accrochait. Le « nazi » non plus ne l'avait pas rangée dans son compartiment. Un hasard ? Sa nature paranoïaque fit flairer à Victor l'amorce d'un danger, un truc qui n'aurait pas dû se trouver dans le tableau.

Le blond venait de se lever et se dirigeait vers les toilettes avec sa mallette. C'était quoi, ce cirque ? Son alarme mentale monta d'un cran et il secoua le bras de Théo pour le prévenir qu'il quittait sa place quelques instants :

— Je m'absente une minute.

— P'pa ! Tu me réveilles pour me dire ça ?

— Excuse, j'ai eu peur que tu te demandes où j'avais disparu. Je veux juste vérifier quelque chose auprès d'un passager.

— Vérifier quoi ? Tu le connais ?

— Je ne suis pas sûr. Ne t'inquiète pas, je reviens…

Le blond avait laissé le reste de ses affaires à sa place. Profitant de l'apathie des voyageurs, Victor s'empara de sa veste d'un geste parfaitement naturel, puis effectua un demi-tour pour se diriger vers les toilettes à l'extrémité opposée. Grâce à Dieu, la cabine était vide. Il verrouilla la porte, puis se dépêcha de fouiller la poche intérieure de la veste.

En découvrant le portefeuille, il fut saisi d'un doute terrible. *Qu'est-ce qu'il te prend, gros malin ? Comment vas-tu te justifier si on te pince avec ça ?*

Pourtant, son malaise grandissant lui soufflait qu'il ne se trompait pas. Les porteurs de mallette se connaissaient, il en était convaincu. Au minimum, ils manigançaient un truc pas clair, un trafic quelconque. Au maximum… Il vit soudain les tours jumelles de New York transformées en torches géantes et les silhouettes minuscules tombant comme des pierres. Ces images du 11-Septembre étaient si nettes qu'il hoqueta, les coudes cognant contre les parois. Une odeur de désinfectant flottait dans l'air. Il songea à leur avion propulsé dans le vide.

Tu es de la génération traumatisée, mon vieux. Est-ce qu'il y a un immeuble à des centaines de kilomètres à la ronde ? Non, alors ! Tu avais l'âge de ton fils quand les tours s'écroulaient et, ensuite, il y a eu la pandémie…

Sa paranoïa, si utile dans son travail, le mettait dans une situation impossible… En dépit de cet accès de conscience, il extirpa du portefeuille un badge magnétique et une carte d'identité au nom d'Elton De Klerk, vivant à Adélaïde, en Afrique du Sud. Il trouva aussi plusieurs cartes de crédit et un permis de conduire, ainsi que des bons de réduction.

Le désappointement se mêla à une vague de soulagement. Il n'y avait rien de compromettant là-dedans. Le nom d'une société figurait sur le badge : Gillian Research. Le dessin d'un moustique sur un planisphère ornait la partie droite du rectangle en plastique.

Victor pianota vivement sur son portable, histoire de trouver des infos. La poignée de la porte bougea soudainement. Il se dépêcha de tout ranger et sortit en souriant à la jeune passagère qui patientait. Il avança aussi vite que possible, mais sans courir, en priant pour que De Klerk n'ait pas eu le temps de regagner sa place, et franchit le rideau de séparation. Le siège était miraculeusement vide, mais sa mallette était là, entrouverte.

Il lâcha la veste dessus et continua d'un pas plus calme pour rejoindre sa place. Ce n'est qu'en s'asseyant qu'il constata que son voisin surexcité avait disparu. En revanche, sa mallette était sur le siège, ouverte elle aussi. Devant le spectacle de trois chemises soigneusement pliées, Victor se sentit très bête.

Il fallait vraiment qu'il arrête de voir des catastrophes partout. L'année dernière, il avait passé une batterie de tests médicaux pour un simple malaise. On lui avait diagnostiqué une faiblesse des artères liée au stress. Même si le conseil n'avait pas été explicité clairement, on lui avait fait comprendre qu'envisager de changer de job serait une amorce de remède.

— Fausse alerte, j'ai dû confondre avec quelqu'un d'autre.

Son fils ne l'écoutait pas, il s'était déjà rendormi, la joue contre le bord de l'appui-tête. Il hésita à le secouer pour lui raconter son coup de flip. Théo se moquerait de lui et ils en rigoleraient. À moins qu'il ne se fâche franchement.

Il se cala dans son siège. Une mer de nuages avait remplacé le ciel bleu, effaçant l'océan en contrebas. Son malaise n'avait pas tout à fait disparu et cela le culpabilisa. Au lieu de s'occuper des autres, il aurait dû réfléchir au moyen de redevenir le père que le petit Théo adorait.

Peut-être que ce voyage était une mauvaise idée. Il avait la sale habitude de penser que sa passion était forcément digne d'intérêt, mais son égoïsme ne ferait que creuser un peu plus le fossé entre Théo et lui. Son fils se fichait totalement des *erectus*. Pire, ça le barbait. À Dubaï, les gamins d'expats se souciaient finalement assez peu de l'état du monde. Quant aux canicules de plus en plus préoccupantes, ils les oubliaient en montant la clim. C'était sa faute. Il voulait sans cesse imposer ses vues, faire des blagues « pourries », comme disait Théo, et il négligeait l'essentiel. Il avait encore trois ans à vivre avec son fils, avant que celui-ci ne rejoigne une fac ou une grande école, autant en profiter un maximum !

Il ferait mieux de se reposer pour anticiper le décalage horaire qui l'attendait à l'arrivée.

Victor ferma les yeux et sentit les endorphines du sommeil affluer dans son sang. Une partie de lui-même s'étonna de sombrer aussi vite, surtout après ses initiatives à la James Bond. C'était comme une anesthésie : bouche pâteuse, esprit engourdi. Un sursaut d'alerte le tira du vertige. Il s'évertua à ouvrir les yeux, puis s'efforça de bouger la main. Elle était aussi lourde que du plomb. Il luttait à présent entre un début de panique assourdie et l'attraction du lâcher-prise. Il parvint à pivoter la tête et, la vision étrangement brouillée par un nuage mouvant, il comprit que tout le monde dormait à poings fermés. Et la place de son voisin était toujours vide.

Pas bon, ça ! Anormal !

La brume mentale qui l'enveloppait s'opacifiait. Il était privé de mouvements, condamné à rester conscient dans un corps immobile. Il songea à un vieux bouquin qu'il avait lu autrefois d'un homme enfermé dans son corps. *Le Scaphandre et le Papillon*. Il tenta de gémir dans l'espoir d'alerter Théo. À cette seconde, il lui parut essentiel de le toucher.

Une voix métallique, aussi dure que l'acier, résonna soudain dans l'habitacle. Était-il seul à l'entendre ?

– 2 –

Sanya, sud de l'île chinoise de Hainan,
J – 26.

Elle émergea de la nuit comme d'une longue apnée.

Mal... Animale ? Souviens-toi ! Mal...

Les mots collaient à sa langue, si imprécis qu'elle sentit monter une peur panique. *Mon nom ? Qui je suis ?*

Elle se redressa lentement et fut surprise par la force de ses bras. Sa peau ne portait aucune trace d'ecchymose. Sur une impulsion, elle se mit debout d'un bond. Ses cuisses étaient musclées, incroyablement. Son corps lui semblait à la fois familier et changé, comme une personne qu'on retrouve après une longue séparation. Elle plissa les yeux, agressée par la lumière de l'ampoule. Ça sentait le détergent sur un vague relent d'urine.

Folle... je suis folle ? Fille cinglée...

Elle regarda autour d'elle, mais le décor l'intéressait moins que de clarifier le désordre en elle. Elle détailla les lieux sans rien reconnaître. Une pièce carrelée, un matelas fin. Un robinet et des toilettes. Un miroir encastré dans le mur.

Elle approcha à pas prudents.

Le visage l'observait. Familier, lui aussi, et pourtant, elle fut incapable de le nommer. *Reflet.* Les mots lui revenaient en mémoire, en flots drus. Elle se pencha vers son reflet et fouilla les yeux clairs.

C'était elle, sans être complètement elle.

LucyLauryn.

Le mot claqua dans son crâne. Son nom.

— Je suis Lucy.

Sa voix était enrouée, rauque, sa gorge si douloureuse. Elle devina qu'elle avait dû crier longtemps.

Un souvenir affleura à sa conscience. Un homme qui la tenait, qui la piquait. Elle était tombée et le feu avait envahi ses veines.

Pourquoi le passé était-il si embrouillé ? Elle se rendit compte qu'en essayant de retrouver son histoire, elle ne faisait qu'attiser la panique. Une part de sa mémoire refusait qu'elle se souvienne.

Sous la peau diaphane, les veines étaient visibles, une résille bleue qui irriguait le corps, les muscles légèrement saillants.

Ses pommettes… Lucy n'avait pas ces pommettes hautes, comme taillées à la serpe. *Visage anguleux. Le tien et pas le tien.*

La porte s'ouvrit dans un cliquetis assourdissant. Un homme se tenait sur le seuil. Il brandissait un objet. *Taser, ça s'appelle un Taser !* Lucy avait goûté à sa morsure paralysante lors d'une manifestation, mais elle était incapable de savoir où et pourquoi elle avait défilé.

Elle garda le silence, attentive à ses sens aiguisés. Le gardien dégageait une odeur de café et de légère sueur. Nerveux et pourtant sûr de son pouvoir. *Comment le sais-tu ?*

— Viens. Suis-moi.

Elle obéit, parce qu'il n'y avait rien d'autre à faire et qu'elle voulait comprendre qui elle était. D'ailleurs, le garde-chiourme l'effrayait moins que la terreur née de sa propre confusion.

Ils traversèrent une salle encombrée de cages où des bêtes s'agitaient. Elle les connaissait. Le mot claqua encore : *préhistoriques !* Lucy avait retrouvé les trafiquants, ceux qu'elle poursuivait et qui vendaient des animaux contaminés…

Ils longeaient à présent des cellules aux parois vitrées, qui, à en croire la présence de paille et de restes de nourriture, devaient avoir servi dans un passé proche. En face, elle remarqua des appareils de laboratoire.

Un centre de recherches, devina Lucy. Elle ignorait d'où lui venait cette conviction. Soudain, elle distingua une silhouette dans l'une des cellules. La créature simiesque était assise devant un ordinateur. Ses grosses mains couraient sur le clavier.

Impossible.

Tout lui revenait. Les *erectus* étaient le produit d'un virus, ils avaient plongé deux millions d'années en arrière. Comme les animaux préhistoriques. Avec toutefois une différence notable : la régression animale avait été encore plus radicale, avec des bonds de dizaines ou de centaines de siècles en arrière. Le bond en arrière avait profondément bouleversé la vision de l'homme moderne sur ses ancêtres, la sensation de sa finitude, la fragilité des sociétés...

L'idée lui faisait mal. Un manque si profond qu'elle vacilla et faillit trébucher.

Dans la dernière salle, un petit homme affligé d'un nez bulbeux les attendait, un Chinois d'allure fragile. Lucy sut aussitôt qu'elle pourrait le pulvériser facilement. Celui-ci exsudait un mélange nauséabond. Cette fois, l'avalanche de sensations faillit la submerger. *Déodorant bon marché. Mépris. Il a mangé des œufs ce matin. Il a tué des créatures.*

Elle ignorait d'où lui venaient ces informations, mais elles étaient aussi flagrantes que des preuves numérotées.

L'homme lui sourit en s'inclinant légèrement. À ses côtés, elle remarqua un *erectus* qu'on avait habillé d'un pantalon et d'un polo.

— Je m'appelle Wu Tian et je suis enchanté de vous accueillir, Lauryn Gordon. C'est un honneur. J'admirais beaucoup votre père. Vous avez des souvenirs de ce qui est arrivé avant ?

Mon père disparu... Elle en eut le souffle coupé et repoussa cette pensée pour affronter son geôlier. Cet avorton possédait un grand pouvoir de nuisance, mais la colère pouvait l'aider à combattre sa peur. *Je m'appelle Lucy, à présent, c'est mon nom de guerre !*

Lucy valait tous les Wu Tian de la Terre !

— Bien. Je suppose que votre mémoire est encore défaillante. Quoi qu'il en soit, j'aimerais vous examiner. Vous allez vous allonger ici.

Du doigt, il désigna l'un des deux fauteuils ergonomiques aux allures de chaises longues. En haut du dossier reposait un inquiétant casque relié par des câbles à un empilement d'appareils électroniques.

Elle recula, envahie par une peur innommable. *La piqûre. Le feu dans mes veines. Cette chose qu'on a faite à mon corps et à mon esprit !*

— Allons, Lauryn, vous vous allongerez ici de gré ou de force. Koko, peux-tu aider Mlle Gordon, s'il te plaît ?

Elle se sentit happée par une poigne ferme et se laissa entraîner. Les mains de Koko conservaient des vestiges du passé arboricole de la lignée humaine et ses paumes, longues et fines, se terminaient par des doigts puissamment crochus. Elle aurait pu se défendre, elle en avait la force, elle le sentait, mais le type au Taser serait aussitôt sur elle. Elle préférait encore qu'on la triture plutôt que de perdre conscience une nouvelle fois.

L'avorton lui entrava les poignets, les mollets, puis la tête. Ensuite, il se pencha vers elle, la mine faussement compatissante.

— Ne vous faites pas trop de souci, Lauryn. Vous avez déjà passé le pire. Savez-vous ce qu'est l'onde de la mort ?

Comme elle s'obstinait à ne pas répondre, il régla quelques boutons sur l'appareil qui surplombait le fauteuil, et se laissa tomber sur un tabouret à roulettes. Il revint vers elle en roulant. Il souriait toujours.

— C'est une onde électrique qui parcourt le cerveau au moment précis où celui-ci franchit la frontière qui sépare la vie et la mort.

Il attendit une réaction qui ne venait pas, haussa imperceptiblement les épaules. Il savait qu'il avait toute son attention.

— Pourquoi est-ce que je vous parle de ça ? Je suis un explorateur de la condition humaine et ce qui se situe entre nos deux oreilles est pour moi le meilleur terrain de jeu. J'ai réussi à mettre en évidence des signaux proches de l'onde de la mort dans le cerveau des *erectus*. Attention, il n'est pas question ici de mettre leur vie en danger. C'est un stade largement dépassé ! Qu'est-ce que vous en déduisez ?

Ses yeux fiévreux la fixaient, au bord de la folie. *Il est capable de tout pour avoir une réponse, pourtant, il est fragile, facile à tuer. Attends le bon moment.*

— Ah, c'est vrai, vous ne voulez pas coopérer. Eh bien, je vais le dire à votre place. Cela signifie que le cerveau de nos cousins *Homo erectus* fonctionne différemment du nôtre, qu'il peut mobiliser des ressources dans la vie quotidienne que nous n'utilisons que dans nos ultimes instants. C'est une découverte incroyable qui va révolutionner la neurologie. Vous imaginez les conséquences ? Depuis la fin de la pandémie, nous traitons les *erectus* comme s'ils étaient des brouillons de l'homme, des ébauches de ce que nous sommes devenus. Je pense qu'au contraire, ils nous surpassent dans de nombreux domaines. Quelqu'un m'a offert la possibilité de mettre en évidence ce phénomène, et si tout se passe bien, vous le rencontrerez bientôt. La science de la cognition ne sera plus jamais la même.

Il marqua une pause afin de saisir une seringue et LucyLauryn se mordit la langue au sang pour ne pas hurler. Il enfonça l'aiguille dans un flacon, puis aspira le liquide. Il effleura son bras, en quête d'une veine.

— Quand je dis « notre » cerveau, très chère Lauryn, je commets une erreur. Vous êtes un cas à part. Une élue parmi la première vague des nouveaux régressés. Il y a eu des ratés. Il y en aura encore. Mais quand on voit la perfection que vous représentez… Je dois dire toutefois que vous avez droit à un traitement spécial. J'ignore qui vous avez embêté, mais vous pouvez prendre votre punition comme une chance. Maîtrisez-vous l'onde de la mort aussi bien que nos amis *erectus* ? Si tel est le cas, alors vous compterez parmi nos plus grands espoirs.

Lucy craqua. Malgré ses efforts, la peur l'avait vaincue. Elle demanda en bredouillant :

— Je vais… perdre la mémoire ?

— Vous pensez à la piqûre d'hier ? Non, je vous rassure. L'injection du virus induit toujours un genre de coma. Aujourd'hui, c'est très différent. Moins douloureux et sans effet amnésique. En revanche, je dois vous prévenir : soit vous survivez au choc, soit vous claquez. Un quitte ou double. Je n'avais personne d'autre à disposition.

Se détournant d'elle, il donna un ordre en mandarin.

À la périphérie de son champ de vision, Lucy vit Koko s'allonger sur le second fauteuil.

AP

Associated Press – Dépêche
Par Angela Fall
6:00 a.m., heure locale

Drame aérien

(Dakar, AP) Des débris du vol 512 de la compagnie Emirates ont été aperçus non loin des côtes du Sénégal. Une équipe a été envoyée sur le secteur des recherches et une épave a été repérée en zone peu profonde.

AP

Associated Press – Dépêche
Par Angela Fall
4:00 p.m., heure locale

Enquête sur le vol 512

(Dakar, AP) À la suite de l'observation de l'état de plusieurs corps, une équipe de virologues vient renforcer le dispositif des recherches afin de procéder à des analyses. Des mesures sanitaires strictes ont été ordonnées et l'armée s'est substituée aux équipes de plongeurs déjà sur place, qui seront placées en quarantaine.

– 3 –

Lodge du Centre de la Préhistoire vivante (CLP), Kenya, J – 26.

— Ton amoureux a appelé. Il veut te parler. C'est urgent, il a même dit.

— Ce n'est pas mon amoureux. Je t'ai déjà expliqué.

— Si…

Alice dans toute sa splendeur. L'enfant se tenait campée sur le seuil du salon, vêtue d'un short effrangé qui avait dû être rouge avant de s'user jusqu'à la trame, d'un tee-shirt trop grand décoré d'un bel accroc, les cheveux en bataille. Elle balançait des vérités avec l'aplomb de la certitude. Aucune prétention là-dedans, mais une assurance qui n'en finissait plus de tourmenter Anna. Une maturité pareille à même pas huit ans, ce n'était pas normal…

Elles en avaient discuté, avec Mary. Son amie insistait pour tester la petite. En cas de précocité, certaines méthodes aideraient Alice à vivre sa différence plus facilement. Mais Anna s'y opposait. Il n'était pas question de stigmatiser sa fille déjà à moitié orpheline, étrangère dans son pays d'adoption, vouée à la dualité quoi qu'elle fasse. Pourtant, sa plus grande crainte, elle n'osait l'avouer : et s'il ne s'agissait pas de surdouance ?

La nuit précédente, Anna avait rêvé du Muséum d'histoire naturelle. Du drame survenu à Paris. Cela n'était pas arrivé depuis longtemps. Son cauchemar finissait toujours au moment où le militaire tirait sur Yann. Le sang de l'*erectus* l'éclaboussait une fois encore, se mêlant au sien. Puis, elle tombait et, dans son ventre, l'enfant bougeait. *C'est ainsi que cela s'est passé, exactement.*

Elle secoua la tête, irritée de ne pas réussir à faire la part des choses entre son boulot et sa vie privée. Son pressentiment prenait racine dans les derniers événements, pas dans le passé. Alice allait bien. C'était juste une petite fille un peu trop gâtée qui vivait en compagnie d'adultes.

Alice attendit de voir sa mère émerger de ses pensées pour l'interroger avec malice :

— Tu vas l'appeler ?

— Non, pas aujourd'hui.

— Pourquoi t'es fâchée contre lui ?

Elle la toisait, les sourcils froncés.

— Je ne suis pas… C'est plus compliqué que ça.

— Parce que tu continues de penser à papa !

Il n'y avait pas la moindre trace de doute dans la voix de sa fille : elle affirmait et aucune protestation ne la ferait vaciller. Anna préféra ne pas répondre. Ces petites batailles qui l'amusaient d'ordinaire l'épuisaient ce matin. Le pire, probablement, c'était le sentiment de solitude. Elle n'avait personne à qui se confier, pas même Mary Abiker, qui ne s'était jamais vraiment remise d'avoir perdu son père, contaminé par le Kruger et transformé en *erectus*. Comment Anna avait-elle pu basculer dans un tel sentiment d'angoisse ? Elle se rendit compte que ce malaise avait commencé avec la découverte des corps mutilés dans la réserve.

Elle n'appellerait pas Lucas. Trop de questions insolubles, trop de mystères… Par-dessus tout, elle aurait l'impression de trahir Wuan. *Il parle et il comprend des choses. Non… il les pressent, comme Ny !* Cela changeait tout.

Anna avait bien conscience qu'elle ne pourrait pas garder éternellement le silence, mais elle savait aussi qu'en parlant, elle mettrait en branle un mouvement impossible à contenir. Elle avait vu les médecins à l'œuvre au moment où la pandémie avait éclaté. Elle se rappelait les *erectus* émergeant de l'oubli, terrorisés face aux blouses blanches, les tests, les examens et l'indifférence obtuse de ces hommes…

Il fallait d'abord élucider cette histoire de massacres. Révéler le potentiel des *erectus*, au moment où on les soupçonnait de cannibalisme, reviendrait à les condamner aux yeux de l'opinion publique.

La conversation avec Linn Visnar lui revint à l'esprit, réveillant une sale impression. Un détail qui la turlupinait et qu'elle devait absolument retrouver… Elle y réfléchirait plus tard. Pour l'instant, sa fille l'observait de trop près.

Anna emprunta un ton plein d'entrain.

— Ça te dirait de faire une virée avec moi ?

— En Jeep ?

— Parfaitement !

— Trop bien ! On emmène Kyle ?

— J'imaginais plutôt une balade entre filles. On pourrait aller en ville, traîner, faire du shopping.

— Et manger une glace ?

— Et manger une glace.

— Et voir un film ?

— Ce qui te fait plaisir. C'est ta journée. Tu décides du menu et des activités !

— T'es la meilleure des mamans ! Et la plus belle ! Et la plus cool !

— J'ai surtout la plus géniale des filles, ça aide…

L'espace d'un instant, Anna oublia ses angoisses. Tant pis pour l'ordre du jour. De toute façon, elle ne résoudrait rien en ne faisant que cogiter.

— Je préviens Mpho pendant que tu enfiles une jupe ou un bermuda sans trous, sinon on risque de te confondre avec une jeune chimpanzée, demoiselle !

— Oui, chef !

La journée était idéale. Le mercure ne dépassait pas les vingt-trois degrés, le ciel était couvert mais aucun orage ne menaçait. Elles roulaient en musique – un des premiers Billie Eilish… Parfois, un village surgissait au détour d'un lacet, fait de quelques maisons en terre séchée ou de parpaings coiffés de tôle. Chaque fois, des bandes de gamins qui jouaient nu-pieds se mettaient à courir derrière la voiture en agitant les bras.

Anna aurait voulu que ce voyage ne se termine jamais, heureuse comme elle ne l'avait pas été depuis longtemps. C'était comme boire de l'eau fraîche ou retrouver son équilibre.

Elle avait rêvé cette nouvelle existence pour Alice, loin de Paris et des souvenirs terribles qu'avait laissés la pandémie. Une vie à refaire au milieu d'une nature sauvage où tout devenait simple, où le ciel ressemblait vraiment au ciel, où la nuit étincelait de millions d'étoiles, où les clans vivaient comme aux premiers temps de l'humanité. Tout le reste comptait si peu…

Le barrage surgit au bout de la route, totalement incongru sur la bande de macadam.

Anna ralentit, et la Jeep emprunta une allure de sénatrice, alors que la jeune femme cherchait à comprendre pourquoi quelqu'un avait jugé bon de contrôler les véhicules dans ce territoire quasi désert. Si près de la réserve. S'il s'était passé quelque chose, Mpho l'aurait prévenue. Elle vérifia son écran d'un coup d'œil. Personne n'avait appelé.

Alice s'était redressée, visiblement alarmée.

— Ils font quoi ?

— Je l'ignore, ma puce.

Elle eut la tentation de piler avant de repartir en sens inverse, ce qui était parfaitement stupide. Depuis que la réserve existait, l'aide internationale avait renfloué les caisses du pays – ce qu'on appelait ici la manne *erectus* ; on avait construit des hôpitaux, des écoles, développé les infrastructures pour un « nouveau Kenya ». Progressivement, les tensions politiques et sociales s'étaient apaisées ; quant aux problèmes de banditisme récurrents dans les années 2020, ils appartenaient au passé. Même les villes comme Nairobi,

Mombasa et Kisumu, réputées dangereuses, étaient devenues tranquilles.

D'ailleurs, Anna n'avait aucune envie de gâcher la journée.

— M'man, si tu veux qu'on rentre, on rentre.

— Oh, c'est bon, ma puce, j'imagine qu'il doit y avoir un accident quelque part devant.

Il fallait qu'elle arrête de l'appeler « ma puce » à tout bout de champ. C'était un signe de nervosité et Alice le savait.

Elle détailla les hommes campés au milieu de la route. Ils étaient trois, deux Noirs et un Blanc massif, dont elle distinguait mal les traits à cause de la casquette enfoncée sur son front. *Pas des militaires. Des flics ?* Ils n'en avaient pas l'uniforme, mais l'allure frimeuse et déterminée. Un gros 4 × 4 barrait le passage. Ils se tenaient devant, les bras ballants. Deux étaient armés. Elle chercha un insigne, celui de la réserve, mais les gardes affectés à la sécurité étaient tous vêtus de kaki. Or, ces types portaient des treillis noirs.

J'aurais dû faire demi-tour.

Elle abaissa sa vitre et s'efforça de prendre un ton normal. L'un des hommes s'approcha de la voiture d'un pas tranquille et se pencha, si près qu'elle renifla son haleine aigre.

— Que se passe-t-il, messieurs ?

— Contrôle du véhicule.

— Ah oui ? Pourquoi ?

— Vous êtes bien Anna Meunier ?

— Je n'aime pas votre ton.

Elle prit sa décision en formulant sa réponse. Sa main bougea pour saisir le levier de vitesse. Simultanément, la portière s'ouvrit brutalement, elle se sentit littéralement arrachée au siège. La ceinture qui la retenait claqua sèchement et elle vola dans les airs.

Le type avait tranché la lanière avec une lame qu'il approcha de sa gorge.

Alice se mit à hurler.

Le Blanc se dressa soudain devant elle. Son visage était laid, épaissi par un nez bulbeux.

— On se calme, sinon tu vas nous énerver ce gars, là. OK ?

La petite hoqueta, à moitié asphyxiée par la panique.

— Ma fille ! Laissez ma fille, s'il vous plaît.

— Toute seule sur la route ? Tsss, quelle maman ferait une chose pareille ?

— Prenez l'argent, j'ai un peu de monnaie. Prenez ma carte, je vous donnerai le code. Prenez tout, la voiture, mon téléphone. Vous aurez le temps, avant qu'on nous retrouve…

— Je crois que tu n'as pas pigé. Tu viens avec nous et la gamine aussi. C'est non négociable. Quelqu'un a très envie de te rencontrer.

— Non ! On va me chercher et vous aurez… des ennuis. Mieux vaut nous laisser ici, vous comprenez ? Je suis…

— Je sais qui tu es, je te connais même très bien, madame la directrice. Moi, je m'appelle Ricky. Et quand je te dis qu'on y va, c'est qu'on y va.

Elle eut un éblouissement. Une pensée qui venait de la foudroyer.

— Les *erectus* morts, c'est vous ?

— Maligne avec ça… Qu'est-ce que tu en dis ? Tu crois que j'ai trouvé une façon de pénétrer derrière tes grosses barrières et que je me suis amusé à pourchasser tes singes ?

— C'est pas des singes !

— Ouh là ! La fille vaut largement la mère !

Alice s'agitait furieusement, traînée par le troisième homme. Elle paraissait hors d'elle, presque hystérique de rage.

— T'es tout pourri ! C'est toi qui les tues ! Tu les tues, tu les prends, tu t'en fiches de leur faire mal ! C'est pas des singes et toi, t'es pire que la plus sale bête au monde, t'es pire que de la bouse de vache !

— Eh bé ! C'est ta mère qui t'a élevée comme ça ?

L'espace d'une seconde, ils s'affrontèrent du regard, puis Anna se tourna vers Alice.

— Calme-toi, bébé. Laisse-moi parler avec le monsieur. Je t'en prie, ma puce ! Calme-toi !

— Ça sert à rien, maman. Il va nous endormir !

— Qu'est-ce que tu racontes ?

Elle voulut se retourner et affronter leur ravisseur, mais il était trop tard, il venait de la piquer dans la veine du cou. Presque aussitôt, elle éprouva un engourdissement terrible.

— La vérité sort toujours de la bouche des enfants.

Il souriait. *Ricky sourit*, pensa-t-elle fugitivement. Il fallait qu'elle se bouge, qu'elle lui explique. Il était sûrement moins méchant que laid. Sa fille était trop petite pour qu'on lui fasse du mal. *Elle n'aime pas les piqûres.*

La dernière question lui tourna un peu plus la tête, juste avant de plonger dans l'oubli.

Comment tu as su qu'il allait nous endormir, ma puce ?

– 4 –

Côtes du Sénégal,
J – 25.

Les parois du sous-marin de poche étaient tapissées par les appareils de mesure, commandes, radios et radars, *un bordel sans nom*, estima Linn Visnar, qui détestait le désordre. Elle avait quitté Londres au plus vite. Elle s'efforça de repousser l'impression d'asphyxie qui la tenaillait depuis qu'elle s'était glissée à l'intérieur de cette boîte de conserve, une demi-heure plus tôt. Avec le pilote, ils étaient trois à se partager l'espace, un tube d'à peine deux mètres de diamètre aussi encombré que le métro à l'heure de pointe.

Le militaire chargé de l'accompagner sur le site de l'épave parlait non-stop d'une voix désagréable, presque assourdissante.

— … mélange de nickel et d'acier, cinq centimètres d'épaisseur, qui résiste à la pression…

Elle serra les dents pour ne pas crier. C'était la rançon de la notoriété. Linn Visnar n'était plus considérée comme une femme encore séduisante, mais comme une grosse tête qu'on pouvait remplir à sa guise de notifications, commentaires ou renseignements exhaustifs. On ne lui ficherait donc jamais la paix ?

Elle rêvait d'avoir une heure en solitaire, pour réfléchir. Elle n'en aurait probablement pas le temps avec l'autopsie qui l'attendait…

Son chaperon était un petit homme suant dont elle ne se rappelait plus le nom, simplement le grade, major de marine. On aurait dit un guide pour touristes, alors qu'il émargeait sans doute aux renseignements. Une couverture plutôt astucieuse.

Il s'approcha de son oreille, l'obligeant à lui prêter attention.

— L'engin a été construit à la suite du *Deepsea Challenger*, le submersible conçu pour atteindre le *Challenger Deep*, le point le plus profond jamais mesuré, à dix mille neuf cents mètres, au large des îles Mariannes.

Linn étouffa sa panique sous un masque de politesse et acquiesça lâchement :

— Passionnant…

— Nous descendons à trois mille mètres, largement en deçà de nos capacités, n'ayez aucune crainte.

— J'imagine que l'observation ne se fera pas par ces hublots ?

Le major lui adressa un sourire rayonnant. Le faisait-il exprès ? Linn sentit sa paranoïa augmenter. Pourquoi l'avait-on mandée en urgence, quand il suffisait de lui expédier un compte rendu détaillé ?

— Ce petit joujou est bardé de caméras, de bras télescopiques et de projecteurs, une véritable araignée savante capable de se glisser partout…

Linn ravala un hoquet. L'impression de confinement augmentait à mesure que le sous-marin s'enfonçait, mais c'était probablement un effet de son imagination. Deux heures avant d'embarquer, elle avait reçu un message sécurisé. Elle devait se rendre à Londres dès le lendemain pour une réunion. C'était un code 4. Impossible à sécher. Le patron ne comprendrait pas… Soit elle bouclait le travail d'autopsie cette nuit, soit elle se débrouillerait pour prendre sa journée. Auréolée de son prestige, Linn Visnar pouvait se permettre à peu près tous les caprices.

Elle n'était cependant pas tranquille. Trop d'urgences en trop peu de temps. Elle se demanda pour la centième fois si elle n'avait pas été un peu vite en besogne en lâchant le nom d'Anna Meunier. Il faudrait qu'elle s'assure qu'on la traitait bien.

Le major savait probablement ce que les plongeurs avaient découvert dans cette fichue carcasse, mais il n'attendait qu'une relance pour l'assourdir avec sa logorrhée.

Pendant qu'elle paniquait, il s'était tu. Le silence lui parut brusquement insoutenable. Elle fit un immense effort pour se raisonner.

Pas de projection. Ce n'est pas forcément ce que tu crois. Il peut y avoir une autre explication…

Le major semblait avoir perçu son malaise. Il enchaîna sobrement :

— Nous sommes sur site, regardez.

Sur l'écran, un puissant faisceau de lumière accrocha la bouche béante du fuselage. Avant qu'elle ne puisse intégrer l'incroyable vision, le premier corps jaillit, encore sanglé dans son fauteuil. Il lui fit l'impression d'un diable surgissant du néant, la face grimaçante et les traits déformés par la régression.

Mon Dieu, pas ça !

Elle avait beau être prévenue, Linn Visnar gardait l'espoir insensé que c'était une méprise, qu'on l'avait appelée pour tout démentir.

Quand elle se décida à parler, elle ne reconnut pas sa propre voix, altérée par la peur.

— Des corps ont été remontés ?

— Un seul.

— Quoi ! Pourquoi ne pas me l'avoir montré avant… *ça* ?

— Ordres d'en haut. Nous allons passer au-dessus de la carcasse. Elle est fendue en deux, c'est comme ça que nous avons pu décompter les dépouilles et faire un premier tri.

— Par tri, vous voulez dire, distinguer les corps intacts des…

— *Erectus*, oui. Même si, au début, nous avons cru qu'ils avaient tous régressé.

— C'est un peu tôt pour les qualifier ainsi, major.

— Je n'ai rien à vous apprendre sur le sujet, madame, mais il y a sept ans, j'étais de ceux qui ont débarqué sur le baleinier japonais *Yushin Maru 2*. Vous avez dû en entendre parler, tout l'équipage s'était transformé. On les a découverts dans la coquerie, pleins de vermine et de bouffe avariée, rendus à moitié fous par la chaleur. Alors, pour ce qui est de les reconnaître, vous pouvez me faire confiance. Tenez, je ne vous ai pas menti…

Il désignait une large fissure qui s'évasait jusqu'à fendre la carlingue en deux. À travers la déchirure béante, on distinguait parfaitement les rangées des sièges du 747 et les passagers accrochés par leur ceinture de sécurité. Ils avaient dû périr du choc, ou bien noyés, car la plupart étaient indemnes de lésions visibles, en dépit de leur métamorphose. Certains semblaient rêver les yeux ouverts, d'autres, recroquevillés, paraissaient plongés dans une feinte léthargie. L'eau les parait d'un reste de frémissement, entre sommeil et mort, et les gardait prisonniers, figés dans un instant impossible – cette seconde où l'appareil s'était enfoncé dans l'océan.

Le pire ne résidait pas dans cette vision dantesque, mais bien dans le tri dont parlait le major.

Un couple dont les habits avaient partiellement été déchirés sous l'enflure des muscles. Un homme dont les bras dépassaient de ses manches de chemise, grotesquement démesurés. La peau découverte montrait de longs poils noirs.

Dans la rangée derrière, pelotonné à côté d'un passager à demi affalé sur son accoudoir, un jeune au faciès caractéristique, orbites creuses, boudin de chair marquant le front fuyant, mâchoire prognathe. Puis, un groupe de régressés, dont une hôtesse, qu'on reconnaissait à l'uniforme, qui semblait avoir été frappée par la mort en pleine transformation, visage paisible et membres surdéveloppés.

Quoi qu'il se soit passé, le phénomène avait dû se produire de façon très accélérée. Sinon, il y aurait eu des alertes.

Une version du virus Kruger cent fois plus virulente.

Linn Visnar dénombra deux corps intacts sur vingt-trois.

C'est impossible ! Il n'a jamais été question de ça !

Le doute infime qui rongeait son esprit depuis qu'elle avait adopté les thèses de Firth lui noua soudain les tripes. Elle s'efforça de le repousser, comme on chasse une bête répugnante, et secoua la tête dans un geste de dénégation. *Aberrant !* Owen n'avait rien d'un collapsologue ! Contrairement à certains confrères qui étalaient leurs lamentations dans des tribunes catastrophistes, il refusait l'idée que l'évolution humaine arrivait à une impasse. Il croyait au « révolutionnisme ». Or, ce qu'elle distinguait là-dessous n'avait pas grand-chose à voir avec ses belles promesses.

Il s'est trompé, songea-t-elle encore, mais le spectacle des corps tordus par la régression réduisit à néant sa pitoyable tentative de défense. Ce n'était pas un accident. Pas avec plus de vingt métamorphoses…

La pensée enfla jusqu'à l'évidence : Owen Firth avait menti.

Sur le Net.

Je voudrais pas vous affoler, les gars, mais ça craint. Après les singes qui se bouffent entre eux, les préhistoriques qui se reproduisent comme des petits lapins, un pote m'a juré que les Russes développent un super *erectus*, genre zombie qui fait tout ce qu'on ordonne.
Ça vous rappelle quelque chose ?
misspandemia

Et moi, j'ai entendu que c'était les Chinois, comme quoi...
Marmotte19

Perso, j'en suis resté aux préhisto.
Depuis les photos de LucyFer, ça bombarde.
Le problème, c'est de distinguer le vrai du faux.
Savetheplanet

Si t'as du temps à perdre, Save...
Les préhistos sont juste des bêtes !
Manforever

Pas possible ! Je croyais que les *erectus*
étaient juste des singes ? Faudrait savoir !
Savetheplanet

M'embrouille pas, Save,
t'as parfaitement pigé ce que je veux dire.
Manforever

Fais gaffe, mon pote, Man, alias Buck Hicks,
est une célébrité, maintenant !
Marmotte19

T'es jaloux, Marmotte ! Ou t'es juste emmerdé
de jamais prendre parti ?
Au fait, qui a entendu parler du crash du 747 ?
Manforever

Sans vouloir te vexer, Man, tout le monde.
Marmotte19

J'ai lu qu'ils avaient remonté des cadavres de singes.
Manforever

WTF ??
misspandemia

Perso, j'ai les mêmes infos. Ils auraient voyagé
en soute. Probable qu'ils transitaient
pour aller dans des labos.
Winteriscoming

Russes ou chinois ? PTDR.
Et qui es-tu d'abord Winteriscoming ?
Savetheplanet

Juste un gars qui n'a pas envie
de se transformer en un débile de singe.
Winteriscoming

Pardon de déranger, mais tout ça, c des conneries !
Des *erectus* dans un avion de ligne ?!!
les_erectus_sont_mes_meilleurs_amis

Y a pas plus sourd qu'un âne qui veut pas boire.
misspandemia

Je te kiffe grave, avec tes dictons à 2 balles.
Marmotte19

Laisse tomber, je flippe trop !
On doit faire quelque chose, non ?
On va pas attendre que ça recommence, si ?
misspandemia

Entièrement d'accord. D'abord,
exiger la castration des singes !
Winteriscoming

Et regrouper les réserves en une seule,
plus facile à surveiller. C'est au programme des RR.
Manforever

Quoi d'autre ? Vous avez pas prévu
un bon petit génocide ?
Savetheplanet

Trop dég. Je me tire !
les_erectus_sont_mes_meilleurs_amis

Tu nous manqueras pas ! @Savetheplanet :
Tu captes le danger à les laisser se multiplier ?
Manforever

C'est pas trois milices et demie qui vont changer
la politique décidée à l'ONU. Je peux te le dire.
Pendant la première pandémie,
il y a des types comme toi qui y ont laissé leur peau.
N'est-ce pas, Marmotte19 ?
Savetheplanet

Oui je m'en souviens bien, mais tu proposes quoi ?
Marmotte19

J'en sais rien. Attendre. Recouper les infos.
Et se tenir prêts !
Savetheplanet

Je dis ça, je dis rien : après-demain,
le mouvement prévoit des manifs pour la castration.
Tout le monde est invité. Avis aux amateurs.
Manforever

J'en serai !
misspandemia

Carrément !
Winteriscoming

– 5 –

Londres, Angleterre,
J – 24.

Owen Firth fulminait, en proie à une rage intérieure qu'il ne pouvait se permettre de laisser éclater. La tournure des prochains jours dépendait de son sang-froid. Chaque action, chaque choix serait déterminant. L'opération Darwin était lancée.

Quelques jours auparavant, il avait quitté Madagascar pour rejoindre le labo clandestin destiné à recevoir les passagers du vol 512, en plein *sertão* brésilien. Tout était prêt, même le champagne pour lui et son équipe.

Après la disparition de l'appareil des radars, il avait établi un plan d'urgence et sommé tous les coalisés de se présenter à ses « bureaux londoniens », dissimulés sous la façade d'un entrepôt du quartier des docks, dans l'East End. Seule une réaction immédiate pourrait remédier à d'éventuels dégâts. Autrement dit, il fallait frapper vite et fort.

Le crash était un faux pas intolérable. Firth ne comprenait pas ce qui avait pu mal tourner. L'infestation par les moustiques était l'ultime test *in vivo*. De Klerk et Harrison avaient été dûment entraînés et n'importe lequel des deux était capable de faire voler l'avion de ligne.

De Klerk était aux commandes quand l'accident s'était produit. Il n'avait rien signalé avant de s'écraser.

Firth songea aux premières constatations effectuées par les virologues. C'était la panique. Sur la vingtaine de corps plus ou moins complets, deux corps ne montraient aucun signe de régression en *erectus*. Les autorités devaient patauger pour savoir comment des *erectus* censés être parqués dans des réserves inviolables s'étaient retrouvés à bord d'un vol touristique.

Il devait se calmer avant la réunion. En dépit du bordel, les résultats étaient fantastiques. Même en intégrant une marge d'erreur, cela signifiait que le nouveau virus fonctionnait une fois sur dix.

10 % d'hommes et de femmes augmentés ! Et le reste composera un formidable réservoir de troupes !

Sa colère le disputait à l'exaltation. Sans ces deux imbéciles incapables de détourner un avion, Owen aurait admiré ses créatures de ses propres yeux.

La première vague de son armée.

L'accident mettrait en alerte toutes les instances internationales, OMS en tête. Il devait accélérer le scénario méticuleusement établi. C'était jouable, à condition de prendre des mesures.

Une semaine. Il venait de perdre une semaine !

Sa messagerie recommença à tinter. Il avait convoqué la crème des scientifiques qui bossaient pour lui.

À part Linn Visnar, personne n'était encore au courant de la découverte des corps *erectus*. Mais il ne se faisait pas d'illusions, c'était une question d'heures avant que le Net bruisse de rumeurs.

Linn l'avait appelé la veille, paniquée. Elle avait été envoyée sur place pour superviser les premières autopsies. Le spectacle l'avait assez secouée pour qu'elle refuse d'honorer le rendez-vous et il avait fallu toute la force de persuasion d'Owen pour qu'elle revienne sur sa décision.

L'indépassable et incorruptible Linn...

Tout être porte en lui des failles, il suffit de les connaître pour avoir un levier. Voilà au moins une leçon que son pasteur de père lui avait enseignée, gravée dans sa chair à coups de ceinturon. Selon Benjamin Firth, le péché prenait sa source en Ève, évidemment ! La corruption originelle courait ainsi de femme en femme, jusqu'à la sienne, dépravée jusqu'à la moelle...

Le pasteur s'était marié avec Jacqueline sur un coup de fièvre qu'il avait fini par considérer comme une ruse du démon.

La Française était une brillante chimiste dotée d'un charme étourdissant. Sa vitalité aurait dû le dégoûter, or il s'était laissé enivrer, avait fait son siège, promis la lune et l'avait épousée. L'arrivée de l'enfant avait brisé le frêle équilibre amoureux. Jacqueline avait commencé à sombrer, non sans révéler sa véritable nature. Elle s'ennuyait en femme de pasteur, et son fils était bien trop insignifiant pour la combler. Elle traitait Owen en petit chien attendrissant, mais trop quémandeur. Peu à peu, elle déserta le domicile pour se réfugier dans son labo de « campagne », comme elle le nommait par dérision. Durant ses études à Berkeley, en Californie, elle avait expérimenté le LSD. À l'époque, la substance jouissait encore d'une aura pseudo-scientifique auprès des étudiants. Décidée à sortir de sa vie étriquée, Mme Firth se jeta corps et âme dans l'exploration des drogues de synthèse.

Le couple résista encore trois années, avant que Jacqueline ne s'enfuie en abandonnant le fils au père. Elle mourut d'overdose quelque temps plus tard. Owen avait quinze ans et il ne l'avait jamais revue.

Était-ce là que se nichait sa faille intime ? Dans l'abandon d'une mère trop brillante ou bien dans la rigueur d'un père dénué de bienveillance ?

Firth s'était persuadé que ces carences avaient forgé sa force de caractère, les négligences d'un parent et les exigences de l'autre s'annulant réciproquement. Il se considérait toutefois comme une exception.

Dans le cas de Linn, la nostalgie et l'orgueil ne faisaient pas bon ménage.

La biologiste n'avait pu se résoudre à voir s'échapper le formidable réservoir de recherches que représentaient les *erectus* parqués dans des réserves, inaccessibles. Leur stérilisation, surtout, lui paraissait un crime contre nature. Sur ce point, ils étaient parfaitement d'accord.

Elle serait furieuse, mais n'oserait pas l'attaquer frontalement. C'était encore trop frais, trop énorme pour qu'elle admette les conséquences de sa découverte, sans quoi elle n'aurait jamais répondu à sa convocation.

La fine connaissance d'Owen de la prétendue âme *sapiens* n'avait pas toujours porté ses fruits. Cathy Crabbe l'avait snobé. La première scientifique à avoir identifié le Kruger, devenue une véritable légende, s'était éloignée du monde de la recherche. Traumatisée par la pandémie, cette spécialiste des zoonoses avait délaissé ses tubes à essai pour se consacrer à sa famille qu'elle avait fondée sur le tard. Depuis quelques années, elle travaillait d'arrache-pied pour une association de lutte contre les violences faites aux femmes et ne voulait plus entendre parler de virus ou de n'importe quelle petite maladie. Malgré ses nombreuses sollicitations. *Cesse de ressasser le passé. Tu n'as pas eu besoin de cette idiote de féministe, concentre-toi sur le présent.*

Firth refréna un ricanement. Il maîtrisait la situation. Tout était prêt pour la réunion. Jusqu'à aujourd'hui, personne n'avait remis en cause le projet Darwin, mais le crash révélerait inévitablement des dissensions inopportunes. Ça aussi, il l'avait anticipé. Le détournement d'un avion de ligne n'était qu'un détail et ses collaborateurs n'allaient pas tarder à le comprendre.

Pour sa part, il avait réglé le problème en excluant la possibilité de reculer. C'était un choix radical, d'autant plus extrême qu'il engageait les autres. *Au chaos de l'anarchie, j'oppose le chaos naturel.* Heureux de sa formule, il la nota sur son téléphone portable, histoire de ne pas l'oublier.

Il songea avec un plaisir pervers à Anna Meunier. Elle était désormais hors circuit. Ce n'était pas tant le danger – minime – qu'elle représentait qui avait poussé Linn à la livrer à Wu Tian, mais la beauté du symbole. L'icône de la pandémie Kruger deviendrait son égérie… ou sa créature, selon l'effet des expérimentations…

Une sonnerie interrompit ses cogitations. L'un de ses hommes de main l'informait que trois visiteurs venaient d'arriver.

Bien entendu, ils avaient tous un chauffeur attitré chargé de les mener à bon port, dans un bureau aussi éphémère que le passage d'Owen Firth en Angleterre, pays où il avait tant brillé dans sa chère université d'Oxford.

— Je croyais que nous ne devions jamais nous rencontrer !

La colère déformait les traits de l'océanographe François Meurice, mais Owen Firth feignit d'ignorer sa fureur. À eux dix, réunis autour de la vaste table en acajou, ils représentaient le cerveau de l'armée de Darwin ! Sans la crainte de les alarmer inutilement, il aurait volontiers immortalisé l'instant. Ces hommes et femmes d'exception l'avaient aidé à accomplir l'œuvre de sa vie, la plus déterminante depuis les débuts de l'humanité. Ce qu'il s'apprêtait à faire ne l'amusait qu'à moitié. S'il avait pu, Owen en aurait épargné certains. Il les observa une dernière fois tels qu'ils étaient, indemnes, en guise d'adieu silencieux.

Estelle Naudin, la directrice du labo malgache, semblait partagée entre sa fidélité et un désarroi violent. Elle avait été la cheville ouvrière des tests sur la faune et la flore, et il avait fini par l'apprécier, en dépit de son émotivité encombrante. En outre, sa vénération le flattait, lui qui avait appris à se méfier de sa propre vanité. Encore une leçon de son père…

Andreas Heisenberg, en revanche, était du genre coriace. Colérique et prétentieux, ce chimiste allemand renommé aux allures de rugbyman militait au parti écologiste en parallèle de sa carrière scientifique, avant de mettre au point la méthode de production à grande échelle du virus. Ombrageux donc, mais gros bosseur…

François Meurice, lui, était considéré comme l'un des meilleurs chercheurs en virus marins, avant de prendre sa retraite anticipée pour se lancer dans la défense des océans. Homme de conviction un peu borné, il leur avait apporté une contribution précieuse, mais c'était un empoisonneur fini, tout le contraire de Shilayi Ramanujan, le biologiste indien chargé de l'élevage des moustiques et de leur transformation en organismes génétiquement modifiés. Shilayi était un modèle de discrétion, qui semblait ne pas avoir de vie privée. Jamais Owen n'avait regretté de l'avoir recruté, près de six ans auparavant. Il n'aurait pas non plus grand mal à l'oublier, c'était ce genre d'homme dont on se souvient seulement en cas de besoin…

Gal Bakshi était l'un de ses chouchous. Détentrice de la médaille Fields – l'équivalent du Nobel de mathématiques, si celui-ci avait existé –, spécialiste de cryptographie et en charge de leur sécurité informatique, l'Israélienne avait conçu un logiciel de communication codé inviolable. C'était elle qui avait trouvé la faille du système de surveillance des réserves. Jolie brune qui plus est, si on aimait le genre ardente pasionaria.

Firth appréciait de travailler avec les femmes, elles étaient méticuleuses et enthousiastes, mais leur inclination pour le pathos les rendait imprévisibles ; c'est pourquoi il ne les épargnerait pas. Sauf l'une d'entre elles, pour une raison purement pratique.

Avec Linn Visnar, qu'on ne présentait plus, trois généticiens étaient venus en renfort : le Russe Arkadi Vassiliev, d'abord, spécialiste en pathologie génétique, qui s'était mis en congé pour raisons médicales afin de les rejoindre. Arkadi était un génie paranoïaque qui pouvait s'avérer pénible et Firth n'était pas mécontent de ne plus avoir à s'encombrer de ses menaces.

Ben Johnson, ensuite, qui n'avait rien à voir avec son homonyme athlète, si ce n'est un palmarès époustouflant, en génétique des populations pour sa part. Il représentait l'idéal du savant équilibré. Même si sa spécialité n'était pas cruciale de prime abord, il avait établi des projections précieuses sur l'évolution du patrimoine génétique.

Le petit dernier, enfin, Doug Wilson, un être étonnamment falot. Neurobiologiste expert en épigenèse, l'Américain serait probablement resté à sa place si ses positions en matière de transhumanisme ne l'avaient marginalisé. Conspué par ses collègues, Wilson s'était peu à peu rapproché d'un radicalisme très éloigné de sa nature réservée. Il avait suffi de lui vanter le cercle prestigieux de ses futurs collaborateurs en flattant son amertume. Darwin serait la plus éclatante des vengeances ! Venu sur le tard, Doug était le plus timoré, le plus rancunier aussi, et celui que Firth regretterait le moins.

— Vous allez nous laisser mijoter longtemps ?

Quand Firth l'avait recruté, Meurice harcelait les chalutiers japonais coupables de chasser les baleines régressives ; il en avait gardé des façons offensives qui faisaient plus de bruit que d'effet. L'homme se sentait trahi, c'était probable, et la peur de la prison le rendait provocant.

Owen décida de s'amuser un peu.

— Vous avez parfaitement raison, François, et croyez-moi, je suis le premier à regretter d'avoir enfreint notre règle numéro un. Nous ne devions jamais nous rencontrer. Certains d'entre vous viennent de loin et leur voyage n'a pas été de tout repos.

— Notre confort est le dernier de vos soucis ! rugit Andreas Heisenberg. C'est quoi, cette urgence qui nécessite de modifier les plans au dernier moment ?

— La disparition du vol 512.

— Qu'est-ce que ça vient faire ici ?

— C'était le test ultime et, grâce à Linn Visnar, présente parmi nous, je peux vous annoncer qu'il s'agit d'un franc succès !

La cacophonie qui suivit apaisa son stress. Firth n'était jamais aussi bon que quand il affrontait l'adversité. Il observa comment Linn accusait le choc, sous le feu des questions. Quand il estima que chacun s'était suffisamment défoulé, il reprit la parole.

— Que les choses soient claires. Personne n'était au courant, excepté ces imbéciles de pilotes qui ont lamentablement échoué près des côtes sénégalaises.

— En quoi est-ce censé nous rassurer ? Pourquoi nous n'avons pas été prévenus ? Personnellement, je n'aurais jamais voté pour un détournement d'avion !

Heisenberg le défiait du regard, manifestement bien décidé à prendre la tête de la dissidence. Il était si prévisible que Firth dut ravaler un sourire.

— Il fallait mener un test à grande échelle. Pour cela, je devais disperser notre virus de la façon la plus naturelle, selon le même mode opératoire qui sera utilisé dans les jours à venir. J'avais donc besoin d'un espace clos, afin d'éviter les interférences sujettes à caution, et d'un « public de cobayes » captif, si j'ose dire. Le crash n'était évidemment pas prévu, mais dans notre malheur, nous avons eu de la chance. L'avion s'est écrasé dans une zone peu profonde, et une partie du fuselage a été retrouvée intacte, avec une vingtaine de corps à l'intérieur. Les virologues ont appelé Linn à la rescousse et lui ont fait parvenir les constatations préliminaires. Je suis heureux de vous apprendre que nous avons obtenu un taux de 10 % de réussite !

— Vous êtes dingue ! Ce n'était pas du tout ce qui était prévu !

— *Dingue ?* Alors que je vous prédis un succès total ? Dites-moi, cher Andreas, pourquoi avez-vous décidé de vous engager aux côtés de l'armée de Darwin ? Si c'était pour faire de la dentelle, vous pouviez tout aussi bien rester dans votre club des Verts ! Je vous l'ai promis et c'est presque chose faite, à présent : nous allons remettre l'homme au centre d'un monde viable, avant que la planète n'implose !

— Eh bien, moi, je n'ai jamais signé pour ça, Owen ! En admettant que l'accident ne soit pas de votre fait, il est quand même de votre responsabilité. Mais, il y a pire…

Linn Visnar laissa planer un silence destiné à apporter plus de force à ses arguments. Elle n'en avait pas besoin, les autres étaient suspendus à ses lèvres.

— 10 %, cela signifie que neuf personnes sur dix ont régressé dans ce foutu avion, je ne vois donc aucune victoire là-dedans. Nous étions convenus de mener les expériences pour ranimer certains gènes ancestraux, pas pour réveiller de nouveaux *erectus* ! Comment pouvez-vous vous réjouir ! Les instances internationales réclameront la mort de ces pauvres gens ! Et je ne parle même pas des réserves ! C'est une nouvelle guerre que vous voulez ?

— Linn, je vous en prie, ne versez pas dans la dramaturgie ! Cette expérience est la plus phénoménale jamais réalisée dans l'histoire de l'homme. Regardez plutôt !

Il désigna l'écran, où une vidéo commençait. Estelle Naudin crut reconnaître la forêt malgache. Quand le film passa aux expériences menées sur la faune et la flore endémiques, elle en eut la confirmation. Firth avait fait un montage terriblement efficace. La caméra s'attardait tantôt sur la forêt qui semblait pousser à vue d'œil, tantôt sur les organismes génétiquement modifiés en pleine éclosion. Graine ou arbre, la vie germait sous leurs yeux, irrésistible, impérieuse, toute-puissante. Quand vint le tour de la faune – en l'occurrence, un ara, un lémurien et une chauve-souris –, la transformation accélérée des bêtes leur arracha des hoquets. À l'époque de la pandémie du Kruger, jamais la chauve-souris n'avait régressé. Ils assistaient donc à une métamorphose inédite du mammifère dans sa version originelle, celle de l'*Onychonycteris finneyi*. Son nom s'incrusta sur la dernière image, avant de disparaître dans un bruissement d'ailes.

Pendant une minute, le silence régna. Linn avait baissé la tête et semblait avoir gelé sur place. Les autres réfléchissaient à ce qu'ils venaient de voir. Ces scientifiques n'étaient pas naïfs, ils s'étaient engagés en dépit des risques. Ils avaient tous quelque chose à perdre, mais ils l'avaient accepté au nom de l'humanité – du moins, sa meilleure part.

Gal Bakshi rompit le silence avec circonspection. Admettre certains sacrifices était une chose, avoir trois cent cinquante-deux disparus sur la conscience en était une autre.

— J'imagine que vous ne nous avez pas convoqués pour nous apprendre le sort de ces malheureux passagers. La messagerie cryptée aurait suffi… Cet… accident change un peu la donne, non ? Quelles sont ses implications pour chacun de nous ?

— Gal, vous êtes décidément un brillant esprit !

— Épargnez-moi les flatteries. À quoi rime cette présentation ? Je crois que nous aimerions tous en arriver au fait !

— Soit. Tout d'abord, je peux vous assurer que vous ne reprendrez plus l'avion. Interpol ne tardera pas à connaître vos identités et il est inenvisageable que vous vous jetiez dans leurs pattes. D'ici un jour ou deux, les forces de police débarqueront chez vous et dans vos laboratoires pour vous arrêter. Votre vie civile est terminée. Je suis désolé.

— Quoi ! C'est une plaisanterie ? Il n'a jamais été question de ça !

Heisenberg recommença à vitupérer en menaçant de quitter le navire. Avec le Russe, l'océanographe français et l'Américain Doug Wilson, ils formaient le ventre mou de leur armée. Rien de vraiment surprenant…

Estelle Naudin, assise en bout de table, semblait plongée dans ses pensées. Elle n'était ni médium ni psychologue, mais elle devinait un changement profond chez leur mentor. Sa pondération avait disparu, gommée par un sentiment inédit : de l'insensibilité. *Il n'est pas désolé.* L'évidence lui retournait l'estomac. Elle sentit la nausée monter et serra les dents. La peur l'envahit au point de la faire frissonner. Firth était-il cet esprit brillant qu'ils avaient suivi aveuglément ou un futur tyran ? *Le pacte de Faust... On s'est engagés sans jamais douter...*

Elle parla d'une voix blanche, qui imposa le silence aux autres.

— Comment savez-vous que nos noms seront bientôt connus d'Interpol ?

— Peu importe comment je le sais.

— C'est un point qui me semble essentiel, au contraire !

— Estelle a raison, approuva le Russe en serrant les poings. Nous nous sommes entourés de précautions infinies pour dissimuler nos activités. Interpol n'a aucun moyen de remonter jusqu'à nous.

— Disons que le crash a rebattu les cartes. Mais n'ayez aucune inquiétude pour la suite de Darwin. Votre rôle dans le complot prend fin aujourd'hui.

— Impossible, s'insurgea Meurice. Vous savez comme moi qu'une inconnue pèse sur la transmission du virus aux espèces marines. Les travaux de laboratoire ne nous garantissent pas que les océans seront impactés, surtout avec le vecteur choisi. Vous avez voulu des tests sur la faune et la flore de Madagascar. Je vous avais prévenus, pourtant, que nous devions les étendre à la zone marine. Depuis le départ, il était convenu que nous procédions à des aménagements éventuels du virus si le besoin s'en faisait sentir. Rappelez-vous la première pandémie ! Nous avons eu droit à des monstres que nous avons eu le plus grand mal à exterminer... Un confrère de l'époque, Yan Le Bell, s'est même fait contaminer par une de ces créatures.

— Je crains, hélas, que ces rectifications ne soient plus d'actualité.

Cette désinvolture ne fit qu'accroître l'effroi d'Estelle, mais tant qu'ils n'auraient pas plus de précisions, Owen les tenait.

— Je vous trouve très détaché, pour quelqu'un qui vient de nous annoncer que nous allons devenir des fugitifs.

Elle caressait encore l'infime espoir qu'il sortirait une botte secrète qui réglerait tous leurs problèmes, en les houspillant d'avoir douté de lui !

Heisenberg choisit cet instant pour entrer en éruption. Son visage était devenu cramoisi.

— Naudin a raison ! Si vous voulez le fond de ma pensée, je crois que c'est vous qui avez contacté Interpol ! Je me trompe ? Jamais je n'aurais dû vous suivre dans cette aventure. Vous nous avez trahis !

— Arrêtez de lancer des accusations sans preuve, Andreas, vous m'offensez…

Heisenberg se leva d'un bond, le doigt pointé vers le généticien.

— Osez dire le contraire ! Vous m'aviez promis que la police ne remonterait jamais jusqu'à moi ! Nos noms ne devaient figurer sur aucun document !

Le teint blême, Gal Bakshi enfonça le clou :

— J'ai piraté le réseau informatique d'une université russe pour que vous puissiez réaliser les calculs de structures de virus sur leurs ordinateurs. Même si quelqu'un découvrait nos agissements, il est impossible de remonter jusqu'à nous, pas avant des mois, en tout cas ! Andreas a raison, si nos noms sont connus d'Interpol, c'est nécessairement qu'il y a eu une fuite. Et si ce n'est pas vous, Owen, alors qui ?

Tous se dévisageaient, brusquement soupçonneux. Firth hésitait à les laisser débattre. Réunissez neuf cerveaux au QI moyen de 140, insufflez une situation de crise, quelques doutes, et cela tournera inévitablement à la foire d'empoigne. Les scientifiques n'étaient pas mieux lotis que des imbéciles, prompts à la bêtise et aux petites mesquineries. Il avait beau connaître les travers humains, chaque fois qu'il y était confronté, cela le confortait dans son combat.

L'homme devait changer, de gré ou de force !

Il agrippa son attaché-case, attentif à la sensation de puissance qui l'envahissait. Il était temps de siffler la fin de la récréation.

— C'est moi. Je viens d'envoyer vos noms à Interpol, lâcha Owen.

— Vous ?

Estelle secouait la tête, totalement décontenancée.

— À ma décharge, je gagne quelques précieuses journées avant qu'ils ne remontent à moi.

— Mais… c'est totalement stupide ! Ces quelques jours nous auraient suffi aussi !

La jeune femme le fixait, abasourdie, blessée. On aurait dit une gamine privée de son jouet favori. Il éprouva la tentation un peu perverse de la consoler.

— Ma chère enfant, avec les informations que chacun d'entre vous détient, la régression pourrait être inversée, ou du moins largement entravée, ce qui finirait inévitablement par compromettre notre projet. Nous ne voudrions pas cela, n'est-ce pas ? J'ai donc le désagréable privilège de vous annoncer que votre rôle s'achève avec le premier acte.

— De quoi parlez-vous ? Quel premier acte ?

Linn Visnar avait jailli de son siège et reculait vers la porte. Il ne s'en soucia pas.

— La reprise de la pandémie, bien sûr.

— Quoi ? Vous délirez, Owen… Notre but n'a jamais été de faire régresser l'humanité pour relancer son évolution, mais de rendre l'homme meilleur et…

— Épargnez-moi votre credo, chère amie. L'introduction du nouveau virus n'est que le préambule, une phase préparatoire. Vous n'en étiez simplement pas informés. Mais je vous remercie, vous avez tous été extrêmement coopératifs.

— Et la seconde partie du plan ?

Estelle tentait de se relever, aussi pâle qu'un cierge.

— Désolé, mais nous n'avons plus le temps pour un exposé. Sachez seulement que les choses sérieuses commencent maintenant. L'armée de Darwin n'est tout simplement pas celle que vous croyez…

Il souleva sa mallette, en caressa le cuir d'un geste presque sensuel.

— Mes chers amis, quand un personnage finit ses tirades, il est voué à disparaître en coulisses, c'est la loi du théâtre. Je suis heureux de vous avoir connus. J'ai presque envie de vous dire « non, ne vous levez pas », mais ce serait inutile. Vous avez tous bu notre délicieux café additionné d'un puissant anesthésique issu d'une petite grenouille d'Amazonie, une molécule dix fois plus puissante que le curare. On trouve des merveilles dans la nature quand on prend la peine de chercher.

Le Français agitait les bras d'un air bravache, mais la peur se lisait en lui :

— C'est ça, votre neuroleptique anesthésiant ? Vous vous êtes fait rouler…

— Je l'ai rapporté moi-même d'une de mes missions. Ah oui, j'oubliais une précision : il s'attaque spécifiquement aux nerfs des jambes. François, je vous en prie, vous voulez bien essayer de vous lever, s'il vous plaît ?

François Meurice devint livide en se rendant compte qu'il était cloué à sa chaise. Tous poussaient sur les accoudoirs dans une tentative pitoyable de se mettre debout. Andreas bascula à terre, puis resta là, aussi impuissant qu'un scarabée retourné.

— Firth, à quoi vous jouez ?

— N'ayez crainte, les effets sont très courts, je ne tiens pas à provoquer un arrêt cardiaque…

Cette feinte bienveillance ne rassura personne. Estelle pleurait, les yeux écarquillés. Linn regardait fixement leur mentor, comme frappée par la foudre. Elle songea à Anna Meunier, sacrifiée pour complaire à un fou, puis à son travail qui resterait inachevé. Doug gémissait désagréablement. L'Indien avait clos ses paupières férocement pour ne pas voir la suite. Quant à Ben et Arkadi, stupéfiés, ils semblaient suivre les efforts de l'Allemand qui se tortillait sur le sol.

Gal Bakshi parvint à se lever en tremblant de tous ses membres, les mains appuyées sur la table. Elle bredouilla :

— Mon thé…

— Votre thé est parfaitement bio, ma chère Gal ! Ne soyez pas surprise, vous êtes la seule que j'ai épargnée. Il se trouve que j'ai vraiment besoin de vous. Je peux compter sur votre collaboration ?

L'Israélienne lorgna honteusement ses collègues et ravala une protestation. Linn lui fit un pauvre sourire. Tout était joué et perdu d'avance.

— Je vous invite à sortir maintenant. Je sais que toutes les femmes cherchent à ne jamais vieillir, mais un coup de jeune de deux millions d'années, je crains que vous n'appréciiez pas.

— Qu'allez-vous leur faire ?

— Oh, je crois que vous avez parfaitement compris.

— Je suis tellement désolée…

Gal détourna la tête, incapable de supporter la vision de ces gens assis autour de la table, paralysés. Une phrase de l'Évangile selon saint Matthieu voletait dans son esprit, d'une ironie sinistre : « Rentre ton épée, car tous ceux qui prennent l'épée périront par l'épée. »

Elle tituba vers la porte et se glissa hors de la pièce. Le type qui l'avait menée à travers le dédale des containers lui fit signe d'attendre.

Firth avait ouvert sa mallette. Un essaim de moustiques s'en échappa, provoquant des cris de terreur. Tous se jetèrent au sol, cherchant un abri sous la table, rampant vers l'issue de secours. Tous, à l'exception de Linn, qui se contentait de le toiser, les traits figés sous un masque inexpressif.

Owen Firth la salua d'un bref hochement de tête. Il aimait la bravoure.

Un moustique se posa sur son avant-bras. Il le laissa s'abreuver de son sang. Après tout, cette petite créature avait bien le droit de participer à la fête.

Communiqué

Chers *Homo sapiens,*

Avant le retour d'*Homo erectus*, nous avons été les uniques représentants du genre *Homo* pendant trente mille ans. Comment avons-nous employé cette solitude ? Nous nous sommes approprié l'espace, nous avons bâti des villes, creusé des mines. Nous avons construit des fusées pour aller sur la Lune, avant de lancer des milliers de satellites dans le ciel. Nous avons mis à profit l'intelligence incomparable dont la sélection naturelle nous a dotés. Mais nous avons aussi réduit des peuples en esclavage, minéralisé les sols, dévasté les forêts, saccagé l'environnement. Nous avons persisté à croire que nous avions tous les droits parce que nous possédions les clés de cette merveille qu'est la Terre. Deux mots définissent notre espèce aujourd'hui : arrogance et aveuglement. Nous sommes l'armée de Darwin et nous remettons la Terre dans l'état dans lequel l'homme l'a trouvée. Nous remettons les compteurs à zéro.

L'armée de Darwin

– 6 –

Lodge du Centre de la Préhistoire vivante (CLP), Kenya, J – 24.

Kyle, Mpho et Mary avaient sillonné les routes. Ils avaient appelé partout, en vain. Anna et Alice s'étaient volatilisées sans laisser aucune trace, si ce n'est la vieille Jeep qu'on avait retrouvée sur le bas-côté, à une quarantaine de kilomètres. À l'intérieur, le portable d'Anna.

La police enquêtait et une équipe mandatée par l'OMS devait arriver le soir même. Lucas Carvalho, retenu à Londres, avait appelé plusieurs fois pour se faire répéter invariablement qu'il n'y avait rien de neuf, aucune revendication.

Ils pensaient tous à un groupuscule terroriste. Djihadistes de sinistre mémoire ou, pourquoi pas, racios anti-*erectus*. Le dernier en date, « l'armée de Darwin », faisait l'objet d'une investigation, même si les menaces émises dans son communiqué restaient assez vagues. Des indices sérieux l'incriminaient dans le détournement du vol 512.

Les gens n'avaient pas oublié la pandémie mondiale et les ravages qu'elle avait causés. Certains y voyaient un espoir ou une étape, tragique mais nécessaire, qui avait permis l'émergence d'une véritable politique écologiste. Pour preuve, les territoires jouxtant les réserves avaient été pacifiés, des forêts régressives y poussaient désormais, strictement délimitées. Au Kenya, le désert verdissait peu à peu. En Chine, la région entourant la ville de Sanya avait été dépolluée. Pourtant, ces progrès ne comptaient pas aux yeux d'une majorité de la population, et le mouvement anti-*erectus* avait gagné en ampleur et en violence au cours des deux dernières années. Ça allait des modérés, inquiets à l'idée d'une nouvelle pandémie, aux fanatiques apocalyptiques.

Des manifestations étaient prévues le lendemain à travers le monde entier. En première ligne, les « anti-primaires », pour qui les *erectus* étaient à peine plus que des singes savants.

Anna Meunier représentait une proie de choix pour ces cinglés. Sans compter son histoire personnelle, elle symbolisait, en tant que directrice du CLP, tout ce qu'abhorraient les anti. Quant à l'enlèvement d'Alice, c'était une tragédie.

Kyle n'avait rien pu avaler depuis l'enlèvement d'Anna et Alice. Il tournait en rond, s'agaçait des mines lugubres des autres. Quand Mpho lui proposa de repartir sur les routes, il refusa. Il éprouvait le besoin impérieux de rejoindre Ny dans l'espoir de calmer son esprit survolté.

En pénétrant dans l'unité sécurisée, l'étudiant ressentit une impression de paix si forte qu'il en frissonna.

Ny l'observait derrière la vitre. Contrairement à ses habitudes plutôt joviales, il restait immobile, les traits empreints de gravité.

Il sait.

Kyle fit glisser la porte vitrée et la referma soigneusement. Il doutait qu'on vienne les déranger, mais il voulait être seul avec son vieil ami. Dans son cœur, il ne le considérait plus vraiment comme son grand-père. La notion était beaucoup trop éloignée de la réalité.

Bien des fois, ses proches – même sa mère – l'avaient interrogé sur leur relation, la façon dont il considérait l'ancêtre. Il ne savait jamais quoi répondre. Il aurait fallu raconter leurs silences et l'entente viscérale qu'il ressentait. L'état de paix et de tendresse. La confiance absolue qui les unissait. Ce lien qui se passait de mots, parfois, et qui, pourtant, avait permis à l'*erectus* d'apprendre le langage de Kyle.

Il s'avança vers lui, effleura sa main. L'autre ne bougeait toujours pas, attentif et grave.

— Elles ont disparu. Alice et Anna.

— J'ai vu.

— Tu sais où elles sont ?

— Non. Vu dans toi. Ta tê-te. Tu peur.

— Ny, tu peux voir dans la tête d'Anna ?

— Non.

— Et d'Alice ?

— Un peu. Elle dort.

— Ça veut dire quoi, elle dort ?

— Je n'en-tends pas sa tê-te.

— Elle est… blessée ? Morte ?

— Non. Rê-ve. Je vois. C'est trop loin.

— Tu penses qu'elles sont loin ?

— Oui. Je ne peux pas voir. Plus voir.

— D'accord.

Kyle réfléchissait à plein régime, à mesure qu'il parvenait à comprendre ce que signifiaient les phrases hachées de Ny. Une idée le traversa, si folle qu'il commença par la repousser. Pourtant, c'était le seul moyen de faire quelque chose. Plus le temps passait, plus Anna et Alice étaient en danger. Ça le rendait malade. Malade d'imaginer la peur de la petite, ce que ses ravisseurs pourraient lui faire subir. Il la connaissait suffisamment pour savoir combien elle pouvait se montrer téméraire. Elle n'écoutait rien ni personne quand elle se mettait un truc en tête.

Comme toi.

Il étouffa un gémissement. Il devait faire quelque chose.

N'importe quoi.

Le fossé ouvert derrière le portail était plus symbolique que véritablement dissuasif. Ny le franchit d'un bond et tendit sa large pogne afin d'aider le garçon à grimper.

Ses sens fourmillaient sous l'afflux des messages. Odeurs de terre, de poussière et d'écorce brûlée au feu du soleil. Fumet âcre des hordes, viande et sueur. Arôme du vent salé par les remugles d'un étang.

Le ciel était plus vaste qu'il ne l'avait jamais vu, aussi loin que remontait sa mémoire. Pâleur de nacre grise, striée de bleu. La ligne d'horizon se fondait dans celle des arbres, très en avant, et les collines semblaient bondir au-dessus de la plaine.

Cette nuit, Ny avait appelé ceux du clan de la Pierre-Levée, comme le garçon le lui avait demandé.

Ils rejoignirent le bosquet d'arbres à saucisses. Une petite rivière sinuait entre les pierres. L'*erectus* désigna la direction de l'est. Les autres les attendaient en amont.

Depuis qu'il avait désactivé un sas dans la grande barrière électrique, Kyle s'efforçait de ne pas songer à sa mère et à Mpho, ni aux conséquences possibles de son acte.

Pour la première fois de sa vie, il éprouvait une certaine méfiance vis-à-vis de Ny. Quelque chose le poussait à s'en remettre à lui, sans qu'il comprenne vraiment quoi. Il soupçonnait son ex-grand-père de l'avoir induit à cet accès de révolte, comme s'il lui avait soufflé l'idée. Et aussitôt, il rejetait cette pensée, trop folle et perverse.

Les *erectus* patientaient, accroupis sur une large roche plane qui surplombait une petite cascade. L'endroit était idyllique et d'un calme absolu.

Ils les virent arriver, mais n'esquissèrent pas un mouvement. Quatre hommes et quatre femmes, vêtus de pagnes courts.

Kyle avait l'impression d'évoluer dans un film. Ici, il était l'anomalie. Un *sapiens* parmi les *erectus*.

Il leva la main en guise de salut et accrocha un regard.

Wuan.

Il le sut à l'instant, sans aucune raison si ce n'est cette voix induite, celle qu'il pensait être soufflée par l'esprit de Ny.

Il s'adressa à Wuan, tandis que son ancêtre venait s'accroupir à ses côtés.

— Je suis Kyle, l'ami de Ny et d'Anna. Elle a disparu et nous avons peur.

Il n'avait pas vraiment prévu de discours, mais il se doutait que les mots seuls avaient moins d'importance que ce qu'il pensait et ressentait. Pendant près d'une minute, le silence régna.

— An-na cap-tu-rée ?

— Je… je crois, oui !

Aussitôt, un tourbillon s'empara de son être. On aurait dit un frémissement de chaleur qui empoignait son front et aspirait ses réflexions. Au lieu de lutter, il ne résista pas à l'appel, comme il avait coutume de le faire avec Ny.

Ils me sondent.

Ses pensées voletaient, fugaces, rapides, pareilles à un essaim. *Ou une fourmilière.* Le programme de stérilisation. La représentation du virus Kruger, étoile mortifère qui flottait sur la bannière des raciologues. Le rire d'Anna. La peur qui couvait depuis sa disparition. Des hommes en armes. La barrière ouverte. Une ville embouteillée. Le visage d'Alice. Une manifestation déroulant ses pancartes. Appel au calme. Appels aux meurtres. L'unité fermée de son aïeul. Le visage d'Alice, encore…

Il tomba à genoux devant les chasseurs, en proie à une nausée terrible. Son cœur battait si fort qu'il crut qu'il allait claquer là, sous leurs yeux.

Les pensées tournoyaient follement sous son crâne. Cannibalisme. Mensonge. Programme de castration. Alice qui insiste : « Qui est mon père ? » La une du

New York Times figurant un chasseur *erectus* surmonté d'une question : « Et demain ? » Mary pleurant devant la vitre de l'unité.

Il gémit, broyé par l'afflux des souvenirs, avant de s'apercevoir que Ny se tenait accroupi à ses côtés et lui caressait le front, comme pour l'aider à s'ouvrir davantage.

N'aie pas peur.

La pensée disparut, chassée par un kaléidoscope d'autres images, trop rapides pour qu'il les imprime : bouches, lettres, froid, œil, angoisse… Soudain, un arbre formidable germa devant lui, si vaste qu'il recouvrit le ciel. C'était l'arbre des origines, l'arbre de vie, porté par Gaïa.

Le cadeau des *erectus*.

Il s'écroula, évanoui.

– 7 –

Royal London Hospital, Angleterre,
J – 24.

Elle s'était traînée dehors, encore groggy, avait hélé un taxi en maraude. Une fois affalée à l'arrière, elle avait commandé « À l'hôpital le plus proche, vite ! » et, devant l'expression effarée du chauffeur, s'était dépouillée de son argent.

Grâce au ciel, Linn Visnar était prévoyante. Elle ne sortait jamais sans s'assurer de disposer de trois cents livres sterling en liquide. Plus deux petites seringues remplies du vaccin Kruger, celui-là même qu'elle niait avoir découvert. Une production ultraconfidentielle et une garantie « en cas de malheur ».

Le vaccin était précieux, mais pas magique. Au mieux, il ferait office de retardateur. Elle était infectée par un virus autrement plus puissant que l'ancien Kruger.

Tandis que le Pakistanais traversait le quartier des docks, Linn s'était repassé le film des minutes qui venaient de s'écouler. Elle avait attendu la dernière seconde, quand la porte s'était refermée sur cet enfoiré de Firth, et alors que les autres rampaient et hurlaient de terreur, elle s'était injecté l'antigène. Les deux ampoules.

Elle aurait pu se montrer téméraire et partager le remède avec Estelle Naudin, qu'elle appréciait beaucoup. Ou Ben Johnson, avec qui elle avait travaillé sur la transmission du patrimoine génétique. Un type brillant et d'une rare gentillesse. Son empathie n'allait cependant pas jusque-là. Pas avec le risque de se transformer avant d'avoir atteint un service hospitalier.

Il fallait tout tenter.

Tandis qu'elle reprenait lentement ses forces, Linn avait été témoin de la métamorphose express de trois de ses collègues : Vassiliev, Meurice et la charmante Estelle. Ça avait commencé par des spasmes. Les malheureux s'étaient recroquevillés en position fœtale, sans doute pour contrebalancer l'effet du tsunami qui les secouait. Leur peau palpitait et gonflait affreusement, irriguée par les vaisseaux sanguins noirâtres. Linn n'avait pas détourné les yeux. Elle assistait, fascinée, aux effets de leur virus, celui qu'ils avaient créé ensemble.

Owen Firth se flattait d'inventer l'homme nouveau, mais ça !…

Ses collègues s'étaient mis à râler, puis le sang avait jailli avec la force d'un geyser, éclaboussant leurs joues, le cou, dégoulinant sur la moquette. C'est en voulant reculer hors d'atteinte que Linn avait compris que les effets de l'anesthésiant se résorbaient. Elle s'était hissée debout, les jambes tremblantes.

L'étrange mal qui avait pris possession du trio s'étendait à tout leur corps : les muscles boursouflés qui faisaient craquer les chemises, les jambes qui s'incurvaient, les mâchoires qui saillaient, massives, révélant une dentition monstrueuse. Sous la barre osseuse du front, les yeux s'enfonçaient dans les orbites, le teint s'altérait et la peau se couvrait de poils drus.

La jolie Estelle n'était plus qu'une créature hirsute au regard fou.

Autour d'eux, les cris avaient cessé. Les conjurés épargnés par la régression avaient sombré dans le coma. Ils se réveilleraient probablement d'ici un jour ou deux, avec des facultés augmentées.

Et moi ?

En comprenant que la mue allait bientôt s'achever, Linn s'était traînée jusqu'à la porte. Elle ignorait de quoi seraient capables les nouveaux *erectus*. Leur mémoire serait-elle altérée ?

Owen et l'équipe du professeur Wu Tian avaient traité plus de deux cents cobayes humains, jamais il n'avait parlé de régressions aussi radicales. Selon lui, le nouveau virus ne faisait qu'ajouter des capacités.

Une forme asymptomatique, évidemment !

C'est ce qui l'avait tellement effrayée face au fuselage éventré. Constater les dégâts infligés par la régression. Comment avait-elle pu le croire ? Elle s'était montrée aveugle au point d'accepter les enlèvements, parce que la fin justifiait les moyens… Quelle folie !

Le Kruger est revenu et c'est toi qui lui as redonné vie ! Il est simplement encore plus puissant et maléfique.

Durant le trajet en taxi, elle avait tenté de juguler la panique en réfléchissant à la suite. Puis en arrivant à l'hôpital, elle avait composé le numéro de Lucas Carvalho. Ils s'appréciaient et lui seul serait capable de saisir l'urgence de la situation. Elle repoussa la pensée d'Anna, neutralisée par sa faute. Lucas et elle se connaissaient…

Il décrocha aussitôt. Par chance, il se trouvait à Londres, pour un congrès sur les maladies tropicales.

Elle alla droit au but dans l'espoir que cela suffirait.

— Bonjour, Lucas, c'est Linn Visnar. Vous devez me rejoindre au Royal London Hospital aussi vite que possible. Je viens d'être infectée par un virus qui s'apparente au Kruger. Ne me demandez rien, contentez-vous de venir. J'ignore combien de temps il me reste, et si je risque de perdre conscience, mais chaque seconde compte.

— J'arrive.

Ce laconisme la réconforta brièvement, jusqu'à ce qu'elle ressente les premiers assauts d'une fièvre galopante.

L'établissement public drainait une foule de patients visiblement accoutumés à attendre. Les gens s'entassaient dans le hall d'accueil des urgences placardé d'affiches de campagnes sanitaires.

Linn montra ses papiers – sa réputation était le meilleur des coupe-files – et demanda à être examinée par l'interne de service. À la place, l'infirmière chef arriva en courant – Vineeta Danhi, proclamait son badge – et tendit le bras afin de la soutenir, mais Linn l'arrêta d'un « non » brutal.

— Il faut m'isoler en chambre stérile, tout de suite. Dites au personnel de revêtir une tenue de protection, celle qu'on utilise pour Ebola.

— Je ne peux…

— Maintenant !

— Le médecin va vous examiner. Vous devez passer par le box des consultations…

— Vous ne comprenez pas… L'interne n'y pourra rien. Je suis porteuse d'un virus dévastateur…

Ses perceptions étaient en train de s'altérer. La biologiste fut saisie par un bref désespoir. Tout allait trop vite ! En moins d'une minute, sa vue s'était condensée en une vision en tunnel, brouillée par des ondes bigarrées, les bruits allaient et venaient, les odeurs l'agressaient : éther, sang, urine et Javel, mais aussi l'haleine et la sueur de l'infirmière, qui se tenait prudemment à deux mètres de distance. *Elle a ses règles*, pensa Linn, avant de s'effondrer sur le sol carrelé.

Elle avait dû perdre conscience un moment, car quand elle releva la tête, l'infirmière portait un masque et la fixait avec inquiétude. Un médecin l'avait rejointe et répétait d'une voix curieusement grinçante :

— Vous m'entendez ?

— Un homme va se présenter à l'accueil. Il se nomme Lucas Carvalho, il est directeur à l'OMS. Je dois lui parler. Il vous dira quoi faire.

— Madame Visnar…

— Non, docteur. Nous n'avons pas de temps à perdre en explication. Je suis infectée par une nouvelle forme du Kruger.

— Ce n'est pas po…

— Vous savez qui je suis ? Si je vous affirme que c'est le Kruger, en pire, croyez-moi sur parole.

— Alors, dites-moi quoi vous donner.

— Rien, à part une intraveineuse de soluté. J'ai une migraine épouvantable.

— Pas de triptans ?

— Non, je préfère éviter les interférences. Docteur, je ne plaisante pas. Vous devez me laisser seule et étanchéifier toutes les portes. Personne ne doit venir ici, sauf Lucas Carvalho, c'est entendu ?

L'homme se tourna vers l'infirmière pour lui chuchoter quelque chose. Puis, il disparut de la pièce.

Linn sentit à peine qu'on lui faisait une piqûre et perdit la perception du temps. Elle voulut se raccrocher à ce qui l'entourait, l'aiguille des secondes qui trottait sur la pendule, la couleur mouvante des murs, tout plutôt que d'imaginer ce qui était en train de se produire, que de penser à ses chances de survie. Sa migraine lui martelait les tempes comme un tambour d'apocalypse, au point qu'elle aurait pu décrire son mal, une douleur rouge qui tournoyait derrière ses sinus, plongeait des tentacules jusque dans sa poitrine, autour du cœur battant. Par instants, elle sombrait dans un hébétement des sens, avant de revenir à la réalité douloureuse, comme un bouchon au fond de l'eau remonte à la surface.

Au bout d'une éternité, le visage de Lucas surgit, masqué d'une visière translucide. Il était venu ! Elle n'était plus seule !

Linn poussa une plainte de joie et de terreur mêlées. Il lui parlait, mais elle leva la main pour lui intimer de se taire.

— Écoutez-moi jusqu'au bout, Lucas. Je travaillais avec Owen Firth à l'élaboration d'un virus issu du Kruger. Nous voulions changer le monde, créer des hommes plus forts, plus intelligents et en accord avec la planète… Tout a commencé avec l'infertilité des *erectus*. Je ne pouvais pas me résoudre à voir ce patrimoine génétique se perdre, simplement pour des histoires de prudence génocidaire. Vous devez comprendre, Lucas ! Ce virus était une occasion trop belle d'étudier les mécanismes génétiques de la régression et de sonder des gènes cachés. Pour moi, c'était comme explorer un continent secret, j'étais consternée à l'idée que ces êtres incarnant notre passé disparaissent faute de pouvoir se reproduire ! Quand les transferts dans les réserves se sont généralisés, j'ai pu inverser le processus chez certaines femelles, pas toutes, ce qui explique le taux assez bas de fertilité. J'ignore si Owen a compris mon rôle, mais il m'a contactée il y a six ans et convaincue que nous devions inventer une nouvelle biodiversité plus écologique pour le monde. C'est ainsi qu'il nous a présenté la chose, à moi et aux autres… Ils sont dans un entrepôt, près des docks, vous demanderez au chauffeur de taxi qui m'a amenée ici. Sa carte… dans mon sac…

Elle pâlit brusquement en prenant conscience de ce qui l'attendait. Lucas Carvalho la dévisageait dans un mélange d'horreur et de fascination. Elle reprit la parole, malgré la migraine qui continuait de marteler ses tempes.

— Nous avons commencé à travailler sur la faune et la flore, et nous avons obtenu des résultats fantastiques. Imaginez qu'on est capable de faire renaître la forêt amazonienne, de rééquilibrer les écosystèmes en fonction du territoire et de recréer des biotopes compatibles avec leur faune ! Les perspectives étaient vertigineuses !

Elle s'interrompit de nouveau, comme accablée par cet élan superflu. Elle ne serait plus là pour voir ce qu'elle avait voulu bâtir…

Combien de secondes me reste-t-il ? Et après ?

— Owen répétait que si nous changions les plantes et les animaux sans faire évoluer les hommes, tout cela ne servirait à rien. Il avait raison… du moins, je le pensais jusqu'à ce matin. Alors, nous avons étudié le Kruger, non pas pour le vaincre, mais pour le modifier. Ensuite, nous avons capturé des *erectus* pour explorer leurs facultés perdues au fil du temps et les transférer aux humains d'aujourd'hui. En résumé, des sens hyperdéveloppés, un système cardio-vasculaire à toute épreuve, des mécanismes cellulaires anti-cancer, comme chez les éléphants. Le virus a été élaboré à Madagascar et doit toucher tous les cycles du vivant. En le dispersant sur la planète entière, nous devions lancer la plus formidable révolution écologique depuis que l'*Homo erectus* s'est dressé sur ses jambes. Un homme nouveau serait né, doué de talents… Mais Owen… Il est fou. Il veut…

La céphalée lui coupa le souffle. Il y avait tant à dire… mais comment expliquer l'incroyable espoir d'un monde idéal alors que vous vous tordez de douleur, trahie par la personne qui était censée tous vous sauver ?

Elle s'aperçut que Lucas était en train de parler. Elle fit un effort terrible pour l'écouter.

— … que ça n'a pas de lien, mais Anna a disparu. Est-ce que…

L'écho du remords qui l'avait saisie deux heures plus tôt lui arracha ses derniers mots.

— Anna est à… Sanya, en Chine… Ils l'ont… enlevée… ma faute…

Épuisée, elle expectora une nuée de gouttelettes pourpres. Un spasme la traversa, puis un deuxième. Ses yeux s'écarquillèrent sous le coup de l'effroi.

Pas ça ! Pas la régression !

Jusqu'à cet instant, elle avait refusé d'envisager le pire. Elle acceptait de mourir. Elle acceptait même d'être transformée, mais pas de sombrer dans la spirale de l'involution. Toute sa vie, depuis l'adolescence, Linn l'avait consacrée au savoir. Sa seule raison d'être, c'était son intelligence fulgurante et sa carrière de chercheuse. Elle y avait sacrifié les hommes, la maternité. Régresser, c'était retourner à l'état animal. Ne plus être. Rayer de la surface de la terre Mlle Visnar, prix Nobel de médecine.

Sous le regard horrifié de Carvalho, elle suffoqua, secouée de frissons. Elle avait l'impression qu'on enfonçait sous sa peau des aiguilles parcourues d'un courant électrique. Ses os brûlaient. Sa peau. Chaque cellule, portée à ébullition… Elle comprit que le virus était en train de reprogrammer son corps tout entier et qu'elle n'y pouvait rien. À part noter l'extrême violence du processus, ultime sursaut de son incroyable cerveau.

Elle sut alors pourquoi Owen avait épargné leur vie. *Cela n'a plus aucune importance, à présent, il est seul maître à bord…*

Ce fut la dernière pensée intelligible de Linn Visnar.

– 8 –

Sanya, Chine,
J – 24.

Une lumière douce caressait la joue d'Anna quand elle se réveilla. Elle provenait d'une lucarne, à deux mètres de hauteur.

Alice !

Elle roula sur elle-même pour se hisser contre le mur, cherchant sa fille du regard. La cellule de trois mètres sur trois était vide, à l'exception du matelas où on l'avait couchée. Il portait des taches suspectes qu'elle mit sur le compte de l'humidité, avant de s'apercevoir qu'il s'agissait de dépôts d'urine.

Son angoisse monta d'un cran, mais elle s'efforça de la juguler. Des cris lointains lui parvenaient, rumeurs plus animales qu'humaines. L'un d'eux lui évoqua le *Pliobates*, l'ancêtre commun du gibbon et des grands singes. Se trouvait-elle dans la réserve ? Elle ne pouvait pas se fier à ses sens, vu son état. Elle avait été droguée, elle en accumulait tous les signes : bouche pâteuse, migraine et tournis. L'envie de se laisser aller au désespoir la submergea. Depuis la naissance d'Alice, Anna était terrifiée à l'idée de la perdre. Même son ambition, la passion qui l'avait menée à sillonner le monde, l'avait quittée. À la fin de la pandémie Kruger, six ou sept laboratoires de paléontologie parmi les plus grands lui avaient fait un pont d'or pour l'accueillir, y compris le plus prestigieux de tous, l'Institut Max-Planck d'anthropologie évolutionniste, à Leipzig. (Même ce vieux réac de Nicolas Barenski s'était roulé par terre pour la faire revenir au Muséum d'histoire naturelle de Paris.) Si elle était partie en Allemagne, elle aurait disposé d'importants moyens et aurait baigné dans une atmosphère universitaire riche en rencontres stimulantes. Tout en aurait été changé, même son histoire avec Lucas, probablement… Elle avait refusé, pour se consacrer à l'enfant et aux *erectus*. À présent, elle se demandait quelle folie l'avait poussée.

Pourquoi les avait-on enlevées ? Était-ce la directrice du CLP qui les intéressait ? Pourquoi prendre Alice, sinon pour exercer une pression ? Où l'avaient-ils emmenée ?

Cette dernière question la rendait dingue.

Elle cria le nom de sa fille plusieurs fois, à s'en déchirer la gorge. Rien. L'angoisse la fit défaillir et elle se laissa glisser contre le mur. Toute son âme l'appelait.

Maman ?

La voix parfaitement reconnaissable remplissait sa tête.

Maman, ne crie plus, écoute.

Anna était en proie à une hallucination. Mais le timbre était si net, l'intonation si familière qu'elle retint son souffle et murmura :

— Alice, ma puce, c'est toi ?

Oui. N'aie pas peur. Je suis pas blessée. Ils m'ont mise dans une cellule au bout du couloir.

Anna lutta contre l'envie de vomir. C'était impossible ! Elle souffrait sans doute des effets de la drogue. Elle chuchota pourtant, le cœur battant la chamade :

— Comment se fait-il que je t'entende ?

Je pense dans ta tête. Kyle et... et Ny m'ont appris. Ne te fâche pas, m'man !

C'était elle ! Sa façon de s'excuser après coup ! C'était... *Les* erectus *utilisent la télépathie... Alice passe du temps avec Ny. Ils s'aiment beaucoup.* Les paroles de Kyle lui revinrent en rafales, et l'évidence la foudroya : *Alice parle dans ma tête.*

Tout s'expliquait enfin, ces détails dérangeants, ce qu'elle n'avait pas voulu comprendre, la maturité incroyable de l'enfant, sa capacité à deviner les pensées ou les sentiments des autres, les phrases qu'elle terminait à votre place.

Le tourbillon était trop fort. Souvenirs et hallucinations se mélangeaient, à la lisière de l'inconscience. Anna revit la cuisine de l'appartement de Paris avec ses murs jaunes, l'horloge en forme d'éléphant dont la trompe donnait les heures. Sur l'encadrement de la porte, les marques au crayon qui indiquaient la taille de sa fille, la rapidité singulière de sa croissance. À trois ans, elle mesurait déjà un mètre quinze, vingt de plus que la moyenne de ses camarades d'école. Sa précocité lui avait valu une remarque de la maîtresse : « Votre enfant doit être placée dans un établissement spécialisé. Elle doit comprendre qu'elle n'est pas seule au monde. » Comment avait-elle pu oublier ? C'était un Noël neigeux, on venait de proposer à Anna la direction du CLP et elle avait le cœur léger. Une montagne de paquets s'empilait au pied du sapin. Alice les avait tous devinés avant même de commencer à les déballer. Quand Anna cachait un bonbon dans son dos, sa fille savait systématiquement dans quelle main. Comme elle identifiait, sans les voir, les rares personnes qui leur rendaient visite…

Elle sut alors que ce qu'elle redoutait depuis si longtemps était vrai : le fœtus avait été exposé au virus du Kruger, dans le Muséum, lors de l'ultime attaque lancée par les soldats contre les *erectus* rebelles. La scène lui revint en accéléré, sa blessure au cuir chevelu, Yann atteint par une balle à l'épaule, le sang qui l'éclabousse…

Si Anna avait eu le cœur à philosopher, l'ironie de la situation aurait pu la faire sourire : Yann Lebel avait engendré une petite fille, et Wuan, l'*erectus*, l'avait infectée.

Ça va, m'man ?

Alice l'avait probablement sentie dériver, d'une façon ou d'une autre.

Elle bredouilla un « oui », consciente que la seule chose importante était que sa fille était saine et sauve.

Tu veux que je te raconte ?

— Bien sûr, ma puce.

Les hommes ne m'ont pas droguée. Ils ont dit que si j'étais sage, tu ne serais pas blessée. On est montées dans un avion.

— Alors, on n'est plus au Kenya ?

Non. On est à Sanya, en Chine. Je l'ai vu dans leur tête, même quand ils m'ont collé une cagoule puante dessus. J'avais peur, j'ai pas trop l'habitude de lire les pensées des étrangers, surtout les méchants, mais je voulais pas qu'ils te fassent du mal, alors je me suis forcée. Au début, c'était difficile, mais plus je sentais leurs pensées, plus j'oubliais que j'avais peur, tu comprends ?

— Oui, mon cœur, parfaitement…

Tu crois qu'ils vont nous tuer, après ?

— Oh, ma chérie, bien sûr que non. Ils veulent simplement… faire pression sur moi ?

Le silence régnait, elle s'effraya.

— Alice ?

Quoi ?

— Rien. C'était juste pour vérifier… Tu te souviens quand je t'ai emmenée voir l'île du bois de Vincennes où ton père m'a offert la bague taillée dans une météorite que je porte tous les jours ? Tu te souviens des rats qu'on entendait faire du bruit ?

Maman, si tu essaies de me rassurer avec une histoire de rats, c'est loupé.

— Qu'est-ce que j'ai fait, tu te souviens ?

Tu m'as prise dans tes bras et tu m'as serrée contre toi.

— Ferme les yeux et pense très fort à cette image, tu veux ? Vas-y.

Il s'écoula quelques secondes, puis la petite voix s'éleva :

Ça y est.

— Qu'est-ce que tu ressens ?

C'est doux. Calme.

— Je veux que tu te concentres sur cette émotion, d'accord ?

L'épuisement d'Anna commençait à lui donner le tournis, mais elle fit un effort surhumain pour ouvrir son esprit, afin d'aider sa fille à lire en elle.

Ça marche, je me sens mieux.

— C'est bien, mon amour, tu es formidable !

Tu sais, sur l'île, on n'était plus seules, je me rappelle.

— Comment ça ?

C'était comme si papa était là, avec nous. On était tous les trois. C'est un peu bête, parce que je l'ai jamais rencontré...

— Non, ce n'est pas bête, je t'ai parlé de lui. Je t'ai dit combien il était formidable. Et même après... il m'a sauvé la vie.

Elle hésitait à aller plus loin. À questionner Alice sur ce qu'elle savait exactement à propos de ses dons. Cette timidité était sûrement idiote, surtout dans de telles circonstances.

Papa aimait l'escalade. Il avait un mousqueton porte-bonheur.

— Oui, c'est vrai. C'était un mousqueton bleu métallique... Il y accrochait des bracelets brésiliens, un nouveau pour chaque site d'escalade qu'il découvrait... Il comparait les parois rocheuses à des paysages...

Anna trébuchait sur chaque fin de phrase et sentait son horizon s'obscurcir à nouveau. Alice essayait de lui dire quelque chose, mais elle n'avait plus la force de réfléchir.

La voix chuchota.

Papa me manque.

— Moi aussi, il me manque.

Je voudrais remonter le temps pour le voir.

— Moi aussi, j'aimerais... remonter...

Le mal qu'elle avait toujours redouté faisait son nid dans la chair de son enfant. Cela l'affolait. Elle n'avait jamais osé se confronter à l'évidence, jusqu'à aujourd'hui. Trop tard ?

Maman, il y a un autre prisonnier. Une fille !

La voix l'arracha à son engourdissement. Elle avait dû s'endormir. Elle faillit demander « Comment le sais-tu ? » avant de se raviser. Elle posa les mains sur le mur de sa cellule, comme pour se rapprocher d'Alice.

— Tu es sûre ?

Oui, elle est dans une pièce à côté de moi. On a fait connaissance. Elle parle anglais et je connais même son âge. On a bavardé pendant que tu dormais. Ça fait un jour entier !

— Oh !

On est devenues amies. Elle adore les animaux, comme moi. Elle connaît toutes les espèces régressives, comme le Gomphotherium *ou ton préféré, l'oiseau archéoptéryx !*

— Comment elle s'est retrouvée ici ?

Elle a mis en colère des trafiquants de préhistoriques. Elle m'a expliqué qu'ils les revendaient à des terroristes pour leurs expériences. Elle s'appelle LucyFer, mais son vrai nom, c'est Lauryn.

— Mon Dieu ! Des espèces régressives...

C'est pas le pire. Elle dit qu'ils font aussi des trucs sur les erectus. *Des tests sur leur cerveau.*

— Alice, tu es sûre ? Elle se trompe peut-être parce qu'elle a très peur ?

Je crois pas. Ils l'ont attachée pour faire pareil avec elle. Ils ont relié son cerveau à celui d'un erectus *avec des fils électriques. Elle me l'a montré.*

— Mais ce n'est pas possible, chérie…

Maman, tu comprends pas. Lauryn peut lire aussi dans la tête des gens. Elle dit qu'on lui a fait une piqûre qui l'a changée.

Totalement réveillée, Anna réfléchissait aussi vite que possible. Il fallait éviter qu'Alice panique. Ce qu'elle laissait entendre était bien pire que ce qu'elle avait imaginé. Il ne s'agissait plus seulement d'un trafic de préhistoriques, mais d'expérimentations médicales. D'une façon ou d'une autre, des gens cherchaient à maîtriser le virus du Kruger, sept ans après la pandémie.

Dans quel but ?

Elle repoussa l'afflux d'interrogations et respira lentement avant de chuchoter :

— Tu lui as dit quoi, sur nous ?

Rien. J'étais pas sûre que c'était pas une espionne des méchants, même si je ne pense pas qu'elle mente.

— Ça ne l'a pas étonnée ?

Non, parce qu'elle a l'habitude de se cacher. Elle dit que son père était quelqu'un d'important qui s'est battu contre le Kruger. Qu'il est devenu un erectus.

— Attends une seconde, elle s'appelle Lauryn comment ?

Je sais pas. Elle m'a pas dit.

— Et son âge ?

Vingt-quatre ans.

Lauryn Gordon enlevée ! C'était dingue, et pourtant, qui d'autre ?

— Ma puce, je vais te demander de faire un effort. Tu dois aller lire son nom dans sa tête. Tu peux faire ça ?

Pourquoi ?

Alice s'était refermée comme une huître. Elle s'était visiblement attachée à sa voisine, malgré sa prudence.

Anna détestait l'idée de la brusquer, mais elle devait savoir.

— C'est important. Est-ce que son nom est Gordon ?

Alice hésitait. *Elle n'aime pas lire les autres quand cela devient une intrusion. Ou bien, elle ne mesure pas son pouvoir. En dépit de ses capacités, c'est encore une môme, bon sang ! Et moi, je l'oblige à...*

Anna inspira profondément pour se calmer. C'était comme apprendre une langue nouvelle. La langue de sa petite fille chérie. Elle devait y aller doucement, pas à pas. Ne rien forcer. Elle fit de son mieux pour rester aussi neutre que possible, l'esprit ouvert et tranquille.

Oui, c'est Gordon.

Alice avait probablement senti son effort. Anna éprouva une vague de gratitude et de pitié. Elle aurait tellement voulu toucher sa fille, à cet instant !

— Merci, mon cœur, tu es très courageuse. Je t'ai demandé ça parce qu'on se connaît, Lauryn et moi. J'aimais beaucoup son père. Alors, quand vous reparlerez, tu pourras lui dire qui je suis. Et interroge-la sur tout ce qu'elle sait à propos des expériences.

Les gonds grincèrent et le battant s'ouvrit sur une silhouette massive. Trompée par son accoutrement – un pantalon et un polo –, Anna mit quelques secondes à comprendre ; son improbable geôlier avait la face écrasée et le nez épaté sous la barre boursouflée du front, caractéristique des régressés. Sa peau était néanmoins plus claire que la moyenne.

L'*erectus* lui fit signe de la main.

— Viens, ordonna-t-il d'une voix rugueuse.

Anna ferma son esprit comme on claque une porte. Elle ignorait si cela serait efficace, mais elle l'espérait. Elle ne voulait pas que sa fille « l'entende », pas plus que son étrange gardien.

Ils longèrent des box vitrés, traversèrent une salle remplie de cages vides, des labos où des hommes et des femmes travaillaient, penchés sur leurs machines. Quasiment tous étaient asiatiques. Alice avait donc probablement raison. *Sanya, en Chine.* Elle s'accrocha à ces mots pour ne pas penser à ce qui l'attendait au bout.

Dans une cellule, elle remarqua un *erectus* accoutré d'un survêtement Nike. Il faisait face à un jeu de formes utilisé à l'école maternelle et enfilait les cercles, les triangles et les carrés à une vitesse impressionnante. Était-ce ainsi qu'ils les éduquaient ? De la même façon que Kyle avec son grand-père ?

Ces *erectus* avaient tous été capturés à la faveur de prétendus massacres, elle le comprit brusquement. Des prélèvements effectués dans chacune des trois réserves, au fil des années, et qui avaient nourri un trafic clandestin. Combien d'hommes ou de femmes ? Et combien, parmi eux, avaient-ils été estimés morts au cours d'une chasse ou simplement disparus à la suite d'un accident ?

Quelque chose lui disait que les expérimentations n'avaient rien à voir avec l'apprentissage des rudiments de calcul ou d'anglais. Ce n'était que « l'endroit » du décor, mais elle fonçait vers le pire.

Ils pénétrèrent dans un nouveau labo. Un Asiatique aussi frêle qu'un adolescent les accueillit avec un large sourire. Un nez en patate défigurait ses traits fins.

Un pressentiment lui glaça les sangs. Elle songea à Alice, seule dans sa cellule, à sa terreur si elle laissait la peur la gagner, avant de prendre conscience que la distance affaiblissait sans doute son pouvoir de perception. Penser à sa fille lui avait permis de retrouver contenance. Un adage enfantin lui revint en mémoire, absurde et dérisoire – « C'est le premier qui parle qui a perdu ! » –, et elle fit front, bien décidée à garder le silence.

L'homme avait peut-être compris la manœuvre, car il s'esclaffa.

— Madame Meunier, je suis positivement ravi de vous compter parmi nous. Je suis le professeur Wu Tian, un de vos fervents admirateurs.

D'un geste, il lui désigna un fauteuil, et il attendit poliment qu'elle s'assoie avant de faire de même.

— Vous avez fait la connaissance de Koko. Qu'en pensez-vous ?

— Ce que j'en pense ? Rien de particulier…

— Oh… quel dommage ! Pour une championne de la cause *erectus*, j'imaginais que vous seriez conquise.

— Et moi, je trouve vos manières très douteuses, pour un admirateur.

— Certes. Mais vous avez gêné quelqu'un, et nous avions le choix entre une méthode expéditive et une invitation un peu forcée. J'ai plaidé pour celle-ci, je l'avoue.

— Et ma fille ?

— Disons qu'elle ne sera utile que si vous vous montrez rétive à nos manières de faire.

— Cessez ce petit jeu du chat et de la souris. Que voulez-vous exactement ?

— Regarder la télévision en votre compagnie. Ensuite, je vous expliquerai ce que vous brûlez de savoir…

Les manifestations géantes avaient débuté aux quatre coins de la planète. Partout, des rubans de contestataires envahissaient les rues des capitales, des villes et même des villages. Rubans verts pour les pro-*erectus*, écolos, collapsos, altermondialistes, zadistes, décroissants ou adeptes d'un retour à une nature toute-puissante.

Face à eux, les rubans bleus des anti-E, inconditionnels de la castration des *erectus*, défenseurs des camps de relégation. Dans ce groupe majoritairement violent, on trouvait aussi les inévitables survivalistes tendance fasciste, raciologues convaincus que les gouvernements fricotaient pour mettre au pas le peuple.

– 9 –

Tokyo, Japon,
J – 23, 17 h 01.

Le carrefour de Shibuya, qui détenait le titre de plus grand croisement de la planète, était noir de monde. Un double cordon de policiers séparait les manifestants pro et anti qui brandissaient leurs banderoles : « N'ÉRUCTEZ PAS SUR LES *ERECTUS* », « GAÏA AIME TOUS SES ENFANTS », « ÉCOCIDE = GÉNOCIDE » contre « *ERECTUS* = DANGER D'EXTINCTION », « PLANÈTE DES SINGES, TRÈS PEU POUR MOI », « LES ANCÊTRES AU CIMETIÈRE ! »

Les panneaux publicitaires qui couvraient les façades des immeubles diffusaient l'image d'un chasseur primitif surmonté du slogan « NON COUPABLE ». Des messages du même acabit s'affichaient à Pékin, sur la place Tian'anmen, et à Moscou, sur la place Rouge. En anticipant le mouvement, les écolos avaient déjà remporté la première manche !

Kishi Sāto se tourna vers son compagnon, le front plissé par l'agacement. Le matin même, elle avait revêtu une tenue indigo qui proclamait fièrement son appartenance au camp des « bleus ».

— Ces lavettes nous font passer pour des meurtriers.

— Et alors ?

Ichiro lui imprima une bourrade. Il l'avait probablement accompagnée dans l'espoir de lui arracher une séance de pelotage… Kishi sentit sa colère monter. Ce crétin ne pensait qu'à traîner en buvant des bières, alors qu'il se passait enfin un truc géant !

Autour d'eux, l'ambiance était électrique. Elle se dressa sur la pointe des pieds pour tenter d'apercevoir le début du cortège, et avisa un garçon à l'allure de *bad boy*, le genre qui la faisait chavirer en secret. Brun, plutôt basané, vêtu d'un sweat pourri à l'effigie d'un cerveau bleu cobalt. Il lui retourna un regard entendu, avant de vociférer : « Les singes au zoo ! » Elle profita d'un mouvement de foule pour s'approcher de lui. Il l'apostropha avec entrain.

— Tu viens au Parlement ? On prévoit d'occuper la place.

— Je… Oui ! Bien sûr !

— Nous, c'est la milice des Hommes purs, si tu demandes.

— OK, moi, c'est Kishi, et… voilà Ichiro, qui essaie de nous rejoindre.

— Ton mec ?

— Pas vraiment.

Elle s'empourpra de honte. Le garçon ne lui avait même pas dit son prénom. Il avançait, le poing levé, pareil à un guerrier.

Kishi n'avait pas emporté de bouffe, ni de sac de couchage, mais cette liberté la grisa.

C'était un bon jour pour rompre avec l'indécision. Et avec cet imbécile d'Ichiro.

– 10 –

Montevideo, Uruguay,
J – 23, 5 h 01.

À Montevideo, Sergio venait de se réveiller en sursaut. Il se débarrassa de la couverture, heurta le bras de David. La bouffée de joie qui le saisit balaya les restes de sommeil.

Ils avaient prévu de défiler aux couleurs de l'arc-en-ciel, mais par solidarité avec les *erectus*, David était partisan de bannir la couleur bleue. Ils en avaient discuté une partie de la soirée, sans trouver de compromis. Un arc-en-ciel sans bleu, c'était comme un canard sans pattes. Leur controverse s'était achevée sur une fabuleuse séance de baise.

En réalité, Sergio se fichait de tailler dans l'emblème des LGBT, du moment que le drapeau restait reconnaissable. Il avait beau râler, il adorait ces conversations débiles sur la nécessité de choisir entre le rap et le blues, un plan cul et l'abstinence, le noir chic et le violet *too much*. C'était le genre de détail qui lui donnait l'impression de vivre en couple. David resterait deux mois, cette fois. Ce matin, cela paraissait une éternité, mais d'ici trois ou quatre semaines, Sergio se mettrait à compter les jours en essayant de ralentir le temps. Son amant aurait pu facilement emménager à Montevideo, ça n'aurait rien changé au business, mais il trouvait toujours des raisons pour maintenir le statu quo. David adorait la Grosse Pomme. Il y avait ouvert sa première galerie. Il exposait désormais du *street art* sur trois continents. N'empêche, Sergio évitait de lui mettre la pression. Rien de pire qu'un mec collant pour flinguer une histoire d'amour.

Il sourit dans la pénombre.

Je suis amoureux.

Ça ne lui était jamais arrivé auparavant.

Dans la cuisine, il mit la radio en sourdine. La météo annonçait quinze degrés et une journée ensoleillée. Pendant que le café passait, il récapitula ce qu'il restait à faire. Le drapeau avec ou sans la bande de bleu, leurs sacs à dos à préparer avec de quoi boire, un coup-de-poing américain et une bombe lacrymo. Ils mangeraient dans un bar à tapas ou au *Jacinto*, en fonction des événements. Les anti devaient se regrouper à l'ouest de la ville, les pro à l'est. Les défilés convergeraient vers la Rambla, avant de remonter jusqu'à la vieille ville. Après, tout dépendrait de la confrontation. Sergio ne redoutait pas la bagarre, mais il y avait plus romantique pour leur troisième journée ensemble.

Deux mois entiers, pour certains, c'est toute une vie. Enjoy, *mec !*

Autant se mettre à la couture tout de suite. David serait flatté de voir que son avis l'avait emporté. Ce serait comme un signe. *Une déclaration d'amour*, sourit Sergio.

Il prit sa tasse de café fumant, ouvrit la porte-fenêtre. Accoudé au balcon, il inspira profondément les parfums de sa ville natale.

Ce serait une fabuleuse journée.

– 11 –

Tokyo, Japon,
J – 23, 17 h 15.

Un bourdonnement sonore attira l'attention de Kishi. Le bruit provenait d'un drone qui évoluait à une dizaine de mètres au-dessus des manifestants. Sûrement l'une des caméras-espions de la police. L'engin survola la tête du cortège, qui avançait en déployant une large banderole : « NOUS SOMMES TOUS (ISSUS) DES *ERECTUS* ! » Puis, il se figea en vol stationnaire. Il était énorme, au moins deux mètres d'envergure. La vision de ce bourdon géant planant à une trentaine de mètres de leur position lui parut subitement inquiétante.

Kishi voulut stopper, mais le mouvement de la foule était trop puissant. Le *bad boy* tourna la tête et lui fit un clin d'œil. Elle ouvrit la bouche pour le prévenir. *De quoi ?*

Elle parvint enfin à s'arrêter. L'avant du drone bascula en arrière. Le *bad boy* s'en aperçut également et, en voyant la grimace étonnée du garçon, Kishi le trouva soudain moins mignon. Ichiro était en train de la dépasser, il n'avait visiblement rien capté. Un clapet s'ouvrit sur les flancs de l'appareil. Une nuée s'en échappa. *Des moustiques ?*

Les insectes flottèrent quelques secondes, avant de fondre sur les manifestants, si dérisoires que Kishi commença à rire. Des mains s'élevèrent, frappant l'air. Quelques cris, des « ho » de surprise. Machinalement, elle se remit en marche. Unc démangeaison lui brûla la joue.

— Ichiro !

Autour d'elle, la foule se cabrait. Ce n'était plus un défilé, mais un désordre de bras et de jambes, le début d'un chaos. Kishi tomba à quatre pattes. Un corps roula contre elle. Le monde était en train de s'assombrir. Quelqu'un lui écrasait la main. Faute de trouver la force de se relever, elle se laissa glisser par terre, huma l'odeur du macadam.

Puis, elle ferma les yeux.

– 12 –

Montevideo, Uruguay,
J – 23, 5 h 15.

Le renommé M. Freeman, l'homme qui frayait avec le gratin du monde culturel, ronflait la bouche ouverte. Sergio l'observa, attendri. Il venait de prendre sa douche. Il faillit se glisser contre lui, décida plutôt de se refaire un café. Ensuite, il attaquerait le travail de couture…

Il avait acheté le drapeau LGBT spécialement pour l'occasion. C'était idiot de retrancher la bande bleue, quasiment de la censure, mais ça ferait plaisir à David. Son amant militait pour un tas de mouvements : Black Lives Matter, LGBT, Greenpeace ou Extinction Rebellion. Et les pro-*erectus*, bien sûr. En réponse à ceux qui l'interrogeaient sur les raisons de son engagement, David invoquait volontiers son patronyme, Freeman, et l'obligation de se battre au nom de ses ancêtres esclaves. C'était dit sur le ton de la blague, mais l'idée le galvanisait.

C'est aussi pour ces raisons, bonnes ou débiles, que Sergio l'aimait.

Il consulta son portable. Aucun nouveau message. Dans le bar où ils avaient rendez-vous, ils seraient une bonne cinquantaine, déguisés, en civil, à pied, en rollers. L'idée du char avait été abandonnée. Trop Gay Pride.

Il retourna sur le balcon. Il faisait encore nuit noire. Le quartier était calme. Résidentiel. Il appréciait son appartement un peu vieillot, hérité de ses grands-parents. « Petit-bourgeois », le taquinait David. Cela ne l'ennuyait pas, au contraire. Sergio adorait ce piment de savoir l'autre différent : galeriste branché et militant d'un côté, informaticien petit-bourgeois de l'autre.

Il s'apprêtait à rentrer quand un frémissement l'alerta. Une chose qui n'aurait pas dû se trouver là en cette saison.

Un nuage de moustiques.

On aurait cru qu'il était téléguidé, qu'il fonçait droit sur lui.

C'est la curiosité qui le fit rester.

Il n'eut pas le temps de fermer la fenêtre.

– 13 –

Antenne londonienne de l'OMS, Angleterre, J – 23.

Quand l'enfer se déchaîna, Lucas Carvalho faisait face à un public averti : une vingtaine de médecins membres de l'OMS, deux agents du MI6 mandés en urgence et une certaine Hillary Jake, de la section antiterroriste d'Interpol. C'est Lucas qui avait tenu à la présence des représentants de l'ordre. Il craignait que le temps leur manque. Au mieux, ils seraient ridicules. Au pire…

La veille au soir, après avoir supervisé le transfert de Linn Visnar dans une unité médicalisée de haute sécurité – ces mêmes unités qui fonctionnaient à plein lors de la précédente pandémie –, il avait appelé Alan Mac Dills, le directeur général de l'antenne de l'OMS à Londres, qu'il avait quitté quelques heures plus tôt au congrès sur les maladies tropicales lorsque Linn lui avait téléphoné. Les deux hommes avaient passé la nuit à établir un plan d'action.

Anna lui manquait plus que jamais. Ils avaient déjà affronté le Kruger ensemble et sa disparition le minait. En attendant, il avait mis deux hackers sur la piste de Sanya. Une seule idée le réconfortait : Owen Firth n'avait pas enlevé Anna par pur sadisme. Il comptait forcément sur sa coopération.

Lucas récapitula ce qu'il savait de l'homme. Malgré un parcours magistral, le type avait tous les attributs d'un prophète, ce qui, en matière scientifique, n'augurait rien de bon. Pionnier de la manipulation génétique au début des années 2000, il avait soigné des enfants souffrant d'immunodéficience, ceux qu'on appelait les bébés bulle. Le traitement consistait à injecter un gène dans les cellules sanguines, afin de réarmer les globules blancs inopérants chez les petits patients. La thérapie génique était certes testée depuis la fin des années 80, mais Firth avait été le premier à obtenir des résultats spectaculaires. Son succès avait fait de lui une icône de la génétique, du moins jusqu'à la sortie de son livre *Le Crépuscule des hommes-dieux*. À partir de là, le savant s'était éloigné des circuits balisés, sacrifiant une part de sa réputation. Son entêtement, son orgueil et le radicalisme de ses théories évolutionnistes lui avaient valu l'inimitié de beaucoup de ses pairs. Quelques-uns montèrent une cabale, afin de démontrer les dangers de la pensée « firthienne ». On l'accusait de déterminisme biologique et d'anthropologie génétique biaisée, bref, de vouloir réinventer un monde « naturel » selon des lois idéologiques, peu importe les moyens !

Les confessions de Linn Visnar étaient à la fois terrifiantes et vagues. Si Firth ignorait que son identité était désormais connue – si cela avait une quelconque importance –, il possédait néanmoins plusieurs coups d'avance sur eux. Tant qu'il était en liberté, il fallait envisager une action d'éclat. Et puis, il y avait le « communiqué Darwin ». Selon toute vraisemblance, le message à connotation messianique provenait de son organisation…

La réunion avait débuté à 8 heures. Après avoir exposé les faits bruts, Lucas avait évoqué la possible résurgence d'un virus de type Kruger, que l'on avait déjà baptisé « virus Ganesh ». Au Royal Hospital, Vineeta Danhi, l'infirmière qui avait reçu la célèbre biologiste infectée, avait songé au dieu au gros corps d'enfant et à la tête d'éléphant, sidérée par la transformation de Linn Visnar en un être simiesque. Lucas avait trouvé la comparaison pertinente et avait gardé le nom. Depuis, toutes les hautes autorités de santé et les médias parlaient du virus Ganesh. En référence au dieu du panthéon indouiste qui, dit-on, supprime tous les obstacles…

Linn Visnar avait régressé de deux millions d'années. Elle n'était pas encore sortie du coma, et il était trop tôt pour déterminer s'il s'agissait du virus Kruger « simple » ou d'une forme évoluée, comme elle l'avait suggéré avant de sombrer. Mais vu sa transformation physique, il y avait fort à parier qu'elle rejoindrait bientôt ses semblables dans l'une des trois réserves. *Quelle terrible ironie du sort*, avait songé Lucas, *pour celle qui a joué les apprenties sorcières et rendu fertiles les* erectus *!*

Depuis la première vague dévastatrice du Kruger, des simulations de crise épidémique avaient été effectuées dans toutes les grandes villes, et c'était justement sur ces schémas que Lucas et Alan s'étaient appuyés pour établir les grandes lignes de leur plan. Face au danger, même potentiel, des mesures antiterroristes seraient nécessaires. Des policiers équipés de matériels antibactériologiques, combinaisons étanches et masques intégrés, le renfort de l'armée, des patrouilles dans le métro et à tous les points sensibles des villes, particulièrement les gares et les aéroports. En cas d'infection, les zones contaminées devaient être bouclées de façon parfaitement étanche. Personne, à l'exception des scientifiques autorisés, ne devait s'approcher de l'épicentre. Ce serait le boulot d'une équipe spécialisée venue de l'hôpital le plus proche.

La bonne nouvelle, c'est que les campagnes massives de dératisation avaient bien fonctionné. Il était illusoire de croire qu'on pouvait supprimer la population entière de rongeurs – elle s'élevait à des dizaines de milliers d'individus par ville moyenne –, néanmoins, les chercheurs du Massachusetts Institute of Technology parlaient d'une baisse de 90 % du nombre de rats, ce qui était un chiffre réaliste vu l'ampleur des moyens engagés. L'expansion d'une nouvelle pandémie serait donc ralentie.

Parmi son auditoire, la colère et le scepticisme avaient succédé à la stupeur. On lui avait demandé de répéter son histoire. On avait réfuté ses hypothèses. Certains médecins s'étaient emportés, d'autres demeuraient interdits, accablés par la perspective d'une nouvelle épidémie.

Seule Hillary Jake ne semblait pas surprise. C'était une femme séduisante d'une cinquantaine d'années, aux faux airs de Julianne Moore. Chez elle, cependant, le glamour s'effaçait derrière une impassibilité remarquable. Elle n'était pas intervenue une seule fois depuis le début de la réunion, mais ses yeux brillaient d'intelligence.

Elle profita d'une pause-café pour attirer Lucas dans un coin, et l'attaqua sans sommation.

— Monsieur Carvalho, avant d'en venir au but, je dois vous prévenir que je possède un doctorat en biologie moléculaire et de solides connaissances en virologie. J'ai bossé quinze ans pour un labo de recherches sur le mamavirus. Interpol m'a engagée juste après la vague Kruger. Depuis lors, nous suivons la menace pandémique avec la plus grande vigilance, certains diront avec un brin de paranoïa. Or, la séance d'aujourd'hui prouve le contraire. Voilà sept ans, l'humanité a dû affronter la catastrophe la plus terrible de son histoire. Il s'en est fallu d'un cheveu pour que nous tombions au rang des espèces en voie d'extinction. Puis, il y a eu ces antiviraux qui, à mon sens, tenaient plus du coup de bol que de la panacée. Nous avons estimé que contenir les *erectus* dans des réserves revenait à endiguer une marée avec un tas de sable. Par conséquent, nous avons créé une antenne uniquement vouée à la recherche de vilains petits virus. L'équipe se relaie nuit et jour depuis six ans. Et nous avons découvert certaines choses. En Inde et à Madagascar, notamment. Des préhistoriques infectés par un nouveau virus.

— Où ça ?

— Chez un trafiquant d'espèces protégées ou totalement illicites.

— Pourquoi ne pas avoir prévenu l'OMS ?

— Cela date d'une semaine. Et sans vouloir vous vexer, Lucas Carvalho, votre institution a encore pas mal d'efforts à faire en matière de réactivité.

— Comment pouvez-vous être sûrs qu'il ne s'agit pas d'animaux des réserves ?

— Parce que les espèces incriminées ne font pas partie de la première vague. Regardez…

Elle lui tendit discrètement son portable. On y voyait la photo d'un lémurien.

— Comme tous les primates, les lémuriens possèdent des ongles aux doigts, à l'exception du deuxième orteil, doté d'un ergot, ce que les biologistes nomment une griffe de toilette. Zoomez sur les pattes de cette adorable peluche… Elle est parfaitement griffue. Autrement dit…

— Le lémurien n'est plus un lémurien.

— Voilà. Ce mammifère a perdu sa spécificité anatomique en remontant le cours du temps.

— Vous avez analysé son sang ?

— C'est comme ça que l'on a découvert le virus. Le micro-organisme qui l'a fait régresser accrédite les aveux de Linn Visnar. Il s'agit probablement de votre virus Ganesh. Nous devons comparer les contenus génétiques de Linn et du lémurien en urgence. Ce qui m'amène au second point de mon exposé.

— Bigre ! Je crains le pire !

— Le projet VIRUS. Nous avons…

— C'est quoi, ça ?

Alan tendait le doigt en direction de la fenêtre.

Un drone volait droit sur eux. Le truc était monstrueusement grand, d'un noir d'ébène. Arrivé à trois mètres de la baie vitrée, il stoppa pour faire du surplace, ondulant imperceptiblement en l'air. La scène recelait une menace indéniable et tous se levèrent, prêts à fuir. Un sas était en train de s'ouvrir dans le flanc de l'engin, d'où jaillit une multitude d'insectes. Quasi simultanément, la vitre se moucheta de points noirs, par dizaines, puis par centaines.

— Des moustiques…

La nuée était devenue si dense qu'elle assombrit la pièce.

— Quelqu'un peut me dire…

— Ils vont répandre le Kruger.

Hillary Jake avait parlé d'une voix sèche, presque clinique. Elle poursuivit dans un silence de mort.

— C'est ça, le plan Darwin. Utiliser les moustiques comme moyen de propagation…

Lucas sut qu'elle avait raison à l'instant où elle prononçait la sentence. Subitement, tout se mettait en place : les menaces informelles du groupe Darwin, la désinvolture de Firth à l'égard de la police, les justifications tronquées de Linn Visnar. Hillary l'observait, attentive à sa réaction. Ce fut comme un déclic, ou plutôt, une glissade en arrière. En une seconde, il se trouva replongé aux jours les plus sombres de sa vie, quand il avait fallu réagir en urgence face à la pandémie Kruger.

— Y a-t-il des personnes qui ne sont pas à jour vis-à-vis de leurs antiviraux ?

Trois mains hésitantes se levèrent. Compte tenu de la chaleur, certains participants étaient arrivés en bras de chemise et les femmes portaient des robes sans manches.

— Ceux qui sont le mieux protégés donneront des pièces de vêtements aux autres pour se couvrir. Fouillez les tiroirs, si vous trouvez du plastique, n'importe quoi pourvu que ça fasse barrière, n'hésitez pas à en faire usage. Une dernière chose : des gens vont se faire piquer devant vous, ils s'écrouleront et seront secoués de frissons. Ce sera impressionnant, mais vous ne pouvez rien pour eux. Certains tomberont dans le coma, les autres… Je ne sais pas exactement comment les autres vont changer ni comment ils vont réagir. L'essentiel, c'est de gagner un endroit sûr et de prendre des dispositions pour pouvoir fonctionner tant que dureront ces attaques.

Des coups de feu claquèrent plus bas et le drone chancela en perdant de l'altitude, avant de chuter comme une pierre. Ils entendirent le choc quand il s'écrasa au sol.

Le service de sécurité avait manifestement pris l'attaque au sérieux.

Alan parlait au téléphone. Les autres semblaient sortir de l'état de stupeur que la vision des moustiques et le discours de Lucas avaient suscité.

Beaucoup commencèrent à appeler chez eux. La panique était palpable.

Anna.

La peur que Lucas éprouvait depuis quelques jours mua en une affreuse certitude. La survie de la jeune femme tenait à sa connaissance du Kruger. Firth l'avait sans doute enlevée pour s'assurer de sa coopération ; surtout s'il prévoyait de se débarrasser des autres scientifiques. Et détenir Alice était un moyen de pression idéal… Il songea à ses propres fils et tapa aussi vite que possible un message pour son ex-femme Manuela. Son portable ne cessait de tinter, mais il ne prit pas la peine de le consulter.

Hillary le rejoignit d'un bond. Elle lui tendit sa carte et, l'espace d'un instant, il se demanda si elle avait bien compris la précarité de leur situation.

— Avant que vous repartiez, je dois vous parler du projet VIRUS. Il faut que je vous emmène quelque part.

— Ce n'est pas le moment…

— Si, justement !

— OK. Vous avez une voiture ?

— Au sous-sol.

— Vous me conduirez à l'aéroport d'Heathrow, après ? Je dois filer à Genève…

— Promis.

Tout en discutant, il ouvrit la porte d'un vaste placard, cherchant de quoi se protéger, et finit par dénicher trois sacs en plastique. Alan avait été plus chanceux en partant à l'aventure dans le couloir. Après avoir forcé l'accès au local d'entretien de l'étage, il revenait victorieux, en brandissant un rouleau de sacs-poubelle et deux blouses assez longues pour envelopper les femmes les plus court-vêtues. Quant aux chiffons, ils feraient office de foulards ou de masques.

Quand tout le monde se trouva à peu près harnaché, Lucas donna le signal du départ. Ils prirent les escaliers, pour ne pas rester coincés dans les ascenseurs. Dans le hall d'accueil, une petite foule se tenait devant le tableau des informations, inhabituellement branché sur CNN. Un bandeau « Flash spécial virus Ganesh » courait sur l'écran. Ils stoppèrent, sidérés par les images des villes attaquées par des hordes de moustiques. Là où avaient eu lieu les défilés des manifestations, les rues étaient parsemées de corps inertes et de pancartes délaissées. L'atmosphère de désolation était palpable. La voix off du journaliste égrenait sa litanie :

« … ne sont pas des cadavres, mais des corps contaminés par le virus que l'on appelle Ganesh. Ces gens devraient se réveiller dans une poignée d'heures après avoir régressé. Oui, vous avez bien entendu : dans une poignée d'heures seulement. L'OMS a décrit le nouveau virus comme une version accélérée mille fois du Kruger. Une version surpuissante et sans vaccin connu. »

Un cliché du Ganesh à l'aspect de pieuvre surgit sur fond noir. En découvrant son allure, Lucas eut le sentiment qu'il ne s'agissait plus d'un retour en arrière, mais plutôt d'une répétition. Ou un effroyable cauchemar.

Il fut à peine surpris par la rapidité de ses équipes. La veille, il avait demandé à ce que les examens de Linn soient transférés immédiatement à un staff de chercheurs à Genève. Son adjoint avait fait du bon boulot.

Quelqu'un se mit à hurler et il distingua un bras tendu vers une grille d'aération. Des moustiques en émergeaient. La terreur le cloua sur place. Une main le tira en arrière. Hillary lui désignait l'escalier de service.

— Vite !

En se laissant entraîner, Lucas ne put s'empêcher de regarder : une partie de la foule se tenait à présent face aux portes vitrées de l'entrée, hermétiquement closes. Un homme, probablement le gardien, vu son uniforme, battait des bras dans une vaine tentative pour échapper aux minuscules ennemis qui l'assaillaient. Avec sa taille impressionnante, ses mains potelées et son front ruisselant, il faisait une cible parfaite. Rien d'étonnant à cela. Le dioxyde de carbone émis par sa respiration, l'odeur décuplée par la sueur et ses mouvements frénétiques équivalaient à des signaux puissants. Autour de lui, le vide s'était fait. Des gens criaient, d'autres remontaient vers les étages. Étrangement, Lucas se rappela la sentence d'un de ses professeurs : « Le moustique est une merveille de la nature. » Quelque chose clochait pourtant. Il mit une seconde à comprendre ce qui le gênait dans le comportement de la nuée : les moustiques s'acharnaient sur le pauvre type comme des lions sur une gazelle blessée. Il tenta de résister à la poigne d'Hillary, mais elle refusa de céder et ouvrit à la volée la porte qui menait au sous-sol.

Linn a mis au moins trois heures à sombrer, et lui... Le gardien venait de tomber à genoux, les mains et le visage constellés de boutons. Il s'affaissa au sol, inconscient. *C'est la multiplication des piqûres et sans doute aussi l'action des deux seringues de vaccin qu'elle s'était injecté.*

Juste avant de s'engouffrer dans l'escalier, il eut le temps de voir que la nuée se détournait du corps pour se ruer vers une nouvelle cible. Une femme qui courait, les bras levés.

— Dépêchez !

Son cœur devait battre à deux cents pulsations minute. Il nota cependant le calme d'Hillary. Elle dévalait les marches tout en fouillant son sac. Elle en sortit un trousseau et appuya frénétiquement sur la clé de contact – seul signe de nervosité – au moment où ils arrivaient dans le vaste parking.

Le monde avait changé quand ils débouchèrent dans les rues de Londres. C'était une zone de guerre. À l'exception de quelques personnes qui fuyaient le bâtiment de l'OMS, la désolation régnait dans l'avenue qui, à peine un quart d'heure plus tôt, résonnait des gyrophares de police. La carcasse du drone abattu gisait sur le trottoir. Un corps était étendu à proximité.

— C'est quoi, ce projet ? Vous avez conscience que nous sommes engagés dans une course contre la montre ?

— Oui, justement. VIRUS va vous aider à repérer la propagation… Nous parlons bien de ça, non ? Une nouvelle pandémie ?

— Je le crains.

Elle alluma la radio. Les infos tombaient en staccato : tous les continents étaient touchés ; pour l'instant, les attaques se concentraient essentiellement sur les capitales et les grandes villes.

Hormis quelques voitures qui filaient largement au-dessus de la vitesse autorisée, les rues semblaient désertes, mais ils ne tardèrent pas à croiser des groupes épars de piétons coiffés de sacs plastique et emmitouflés dans des imperméables, certains quasiment enfouis dans leur parapluie et chargés de valises – un petit malin avait troué le tissu pour se diriger. La plupart levèrent le pouce en agitant les bras à l'approche de leur véhicule, mais personne ne tenta de les bloquer.

— Ils vont en direction de la gare de Saint-Pancras, assura Hillary. Tout le monde va vouloir quitter la capitale. On va assister à un exode. J'espère que vous avez un accès prioritaire, sans quoi…

— On va prendre les problèmes un par un.

— C'est d'accord.

Ils dépassèrent un car de police vide, arrêté sur la chaussée. Les battants arrière grands ouverts révélèrent une forme allongée prise de convulsions. Où étaient passés les flics ? En approchant des bureaux du MI6, ils aperçurent des corps épars et quelques silhouettes recroquevillées. Hillary dut louvoyer pour éviter l'accident.

— Tenez, fouillez dans la boîte à gants. Je dois avoir un tube de crème solaire.

— Parce que vous pensez que ça nous protégera ?

— Vous avez une autre idée ? Avec un peu de chance, ça masquera nos odeurs.

Une Mercedes les doubla en zigzaguant et finit par monter sur le trottoir heureusement vide. Son aile frotta la façade d'un immeuble et le bolide termina sa course dans la devanture d'un fleuriste. Ils eurent à peine le temps de distinguer le conducteur agité de spasmes.

— Bon sang, c'est un foutu cauchemar ! Comment pouvez-vous être aussi calme ?

— Je ne le suis pas. C'est juste de la concentration.

Elle conduisait étonnamment bien, en dépit des autres véhicules qui slalomaient de plus en plus vite pour gagner de précieuses secondes. Lucas prit conscience que sans son flegme, ils auraient probablement eux aussi fini dans le décor.

À la radio, le journaliste annonça que les terroristes venaient de leur faire parvenir un communiqué.

— Votre téléphone ! Vite !

Hillary ralentit sérieusement. Il cliqua aussitôt sur la chaîne d'info en continu et tendit l'écran entre eux.

Un homme coiffé d'un béret en tartan posé de guingois sur le front les toisait mi-goguenard mi-amusé, comme un oncle bienveillant. Il se tenait debout dans un sous-bois, la main posée sur un tronc noueux. Lucas remarqua alors combien cet aspect débonnaire rendait son extrémisme effrayant. La lumière tamisée donnait une impression de calme absolu. Sa voix était posée, presque douce, et jurait avec la teneur de son discours. Il employait un langage châtié.

« Nous sommes l'armée de Darwin. Pour améliorer l'espèce humaine, il faut lui donner un nouveau départ, la soumettre à la sélection naturelle. Les moustiques sont notre arme et notre chance de rédemption. Une possibilité. Certains se réveilleront *erectus*. D'autres émergeront de cette épreuve en surhommes.

Bientôt, en dépit de la peur et des accidents inévitables, vous serez convaincus.

Nous sommes l'armée de Darwin et nous remettons la Terre dans l'état dans lequel l'homme l'a trouvée.

Nous apurons notre dette.

Nous sommes l'armée de Darwin. »

Déclaration de l'OMS sur le virus Ganesh

Face à la menace du virus Ganesh, l'Organisation mondiale de la santé, en concertation avec la communauté internationale, a déterminé les actions des gouvernements et des armées, ainsi que les mesures barrières à respecter par les populations.

DÉCLARATION
THÈME : ALERTE VIRUS
BUREAU D'ÉDITION : SIÈGE DE L'OMS

Tous les déplacements doivent être désormais limités au strict nécessaire. En cas d'urgence, portez des vêtements couvrants, gants et masque. Les moustiques sont capables de survivre et d'attaquer à des températures descendant jusqu'à dix degrés.
L'armée sera chargée de distribuer des vivres et des médicaments par zones. Chaque district aura son propre numéro d'urgence.
Dans les prochaines heures, des dispersions massives d'insecticides seront effectuées par la voie des airs, par drone ou par avion.

Pour éviter toute confusion, les drones gouvernementaux seront de couleur rouge. Durant les quatre heures suivant les pulvérisations, toute personne circulant dehors sera passible d'emprisonnement immédiat.

Sur le Net.

Quelqu'un sur le fil ? J'ai pas été touchée !
Je sais même pas comment je suis rentrée chez moi !
misspandemia

Salut, miss, trop content de te lire !
@Marmotte19 : Tu es en ligne ?!
Savetheplanet

Putain, j'avais raison ! J'avais prévenu !
Manforever

Là, tout de suite, c'est pas le moment, mec !
Y a des milliers de régressions. Et je parle pas
des putains de surhommes qui se réveillent
augmentés, à ce qu'il paraît,
alors on va pas pinailler à savoir « celui-qui-l-a-dit »
en premier ! Grandis un peu !
Savetheplanet

T juste dégoûté parce que t'as rien vu venir.
Manforever

Salut, les mecs ! Waouh !
J'ai carrément flippé ma race !
Winteriscoming

Raconte ! Toi aussi, tu défilais ?
misspandemia

Carrément ! Trois personnes ont été piquées
devant moi ! J'ai pu me réfugier
dans une boulangerie. Après, ils ont tout fermé.
Ceux de dehors ont tapé comme des dingues
pour entrer, c'était trop horrible !
Genre *The Walking Dead*. T'es d'où, miss ?
Capitale ?
Winteriscoming

Presque. La Grosse Pomme ! J'habite
à cinquante kilomètres, en vrai, mais mes parents
vivent là-bas. Ils sont venus se réfugier chez moi.
Il paraît que la situation est pourrie !
misspandemia

Moi, c'est Paris. J'étais au boulot
quand les drones ont attaqué les Champs-Élysées.
Ils ont montré les images complètement dingues !
@Marmotte19 : T'es en ligne ?
Savetheplanet

Marmotte a dû y passer.
Bon, on fait quoi maintenant ?
misspandemia

T'as pas entendu Darwin ?! On attend !
les_erectus_sont_mes_meilleurs_amis

PTDR ! Tu fais partie de leur armée,
pour être si bien dressée ?! C ça ? T d'où ?
misspandemia

Comme toi, miss parano. NY, mais en plein dedans,
et moi, j'ai vu les corps dans les rues,
alors si je te dis que je connais rien à Darwin,
évite de me troller !
Je suis pour qu'on protège les *erectus*,
pas pour jouer avec les virus. Toute façon,
ils vont pulvériser leur saloperie et, comme d'hab,
les labos vont s'en mettre plein les poches !
COMME PAR HASARD !
les_erectus_sont_mes_meilleurs_amis

Faut réagir ! Faut créer nos propres milices !
Manforever

Tu vas faire quoi ? Sillonner les rues
et buter les moustiques à la kalash ?
Savetheplanet

Salut, les rescap' ! Je suis de Moscou et on voit
la place Rouge de mon appartement. Il y avait
une énorme manifestation. Des formes humaines
par dizaines sont couchées au milieu des banderoles.
Papyrusse

Paris, comme Savetheplanet ;) pas trop de dégâts
dans mon coin, mais j'ose plus sortir.
Gomphotherium

Sydney, qui s'est transformé en cauchemar éveillé.
Winteriscoming

Hong Kong, RIP.
Bestpaleoartist

J'ai lu qu'une oasis dans le désert a été attaquée
et tout un village de Touaregs contaminé.
Ils sont partout, pas seulement dans les capitales
ou les grosses villes !
Papyrusse

Trop ouf, les moustiques qui attaquent en nuée !
Carrément flippant !
les_erectus_sont_mes_meilleurs_amis

Aedes aegypti : espèce connue pour son agressivité,
qui s'accommode fort bien d'un environnement urbain.
Ce moustique de petite taille est déjà le vecteur
de nombreuses maladies comme la dengue,
la fièvre du Nil occidental
ou le chikungunya. Normalement,
on le trouve dans les régions tropicales.
Depuis ce matin,
son habitat s'est étendu au monde entier…
Savetheplanet

Autre définition d'*Aedes aegypti* :
belle saloperie.
misspandemia

Des conseils pour survivre
à « l'apocalypse moustique » ?
Papyrusse

Calfeutrez toutes les entrées d'air,
y compris les bas de porte.
Chez nous, l'armée va pulvériser des insecticides
cette nuit. Si vous devez sortir,
fuyez les attroupements. Si vous avez un proche
qui se métamorphose, barrez-vous. On risque pire,
cette fois. Bonne chance à tous !
Savetheplanet

– 14 –

Antenne londonienne d'Interpol, Angleterre, J – 23.

Une ruche. C'est la première image qui vint à l'esprit de Lucas Carvalho. Hillary l'avait emmené au deuxième sous-sol, dans une vaste salle cachée derrière une lourde porte blindée. Une dizaine de personnes s'activaient, affublées de l'uniforme en vogue à Interpol, veste et pantalon bleu anthracite, oreillette et mine revêche. Des écrans, qui couvraient les murs, retransmettaient les images des villes attaquées. D'autres montraient des halls de gare ou d'aéroport, où la foule affluait par vagues. La panique qui régnait dehors rendait la gravité ambiante encore plus saisissante.

Un type rondelet se hâtait vers eux, que Lucas reconnut non sans contrariété, et qu'Hillary lui présenta comme le directeur du centre. Lee Carmack était un ancien avocat passé à « l'ennemi ». Avec son embonpoint et sa veste mal repassée, l'homme avait l'allure d'un représentant de commerce. Il sentait la sueur à un mètre et quelque chose clochait dans son visage, un œil visiblement plus haut que l'autre.

Lui et Lucas ne s'étaient jamais appréciés.

— Bonjour, monsieur Carvalho. Évitons les blablas, je vous propose d'en arriver directement au cœur du sujet. Ce matin, j'ai chargé Hillary de vous ramener ici, mais j'étais loin de prévoir à quel point notre projet VIRUS serait d'actualité. VIRUS signifie « *Very important regressive ultragerm survey* », ce qui pourrait se traduire par « surveillance des virus régressifs très puissants ».

Il les invita à approcher d'un écran géant divisé en cinq sections. Aux données inscrites dans chaque case, Lucas devina qu'il s'agissait de plans tournés la veille à Tokyo, New York, Paris, Shanghai et Saint-Pétersbourg. Sur un autre écran, plus petit, la déclaration de l'armée de Darwin tournait en boucle.

La caméra japonaise filmait les guichets d'un stade. On y voyait une foule en train de faire la queue avant d'oblitérer les tickets dans des bornes. Une liste de chiffres et de lettres défilait en surimpression sur la gauche : « JUKLP6578, FRTY6572… » Lucas ne put masquer un sursaut.

— Je vois à votre tête que vous avez compris de quoi est capable notre bébé.

Carmack pointa un à un tous les plus grands écrans de la salle.

— Combien de temps faut-il à l'OMS pour être informée de l'émergence d'une nouvelle maladie à l'autre bout du monde, à partir du moment où elle se déclare chez un patient ? Deux semaines ? Cinq jours, dans le meilleur des cas. Avec VIRUS, nous sommes désormais capables de suivre en temps réel la propagation de pathogènes dans les plus grandes villes du monde. Nous avons installé dans les principaux lieux publics de la planète des machines capables d'analyser à la volée tous les micro-organismes connus. Pour ne pas inquiéter la population, nous avons dissimulé ces capteurs à l'intérieur d'équipements ordinaires, comme des bornes automatiques ou des distributeurs de billets.

Il pointa son doigt vers le stade de Tokyo.

— Vous voyez ces spectateurs qui font la queue pour entrer ? Si l'un d'entre eux est malade de la grippe, au moment où il va glisser son billet dans la borne, notre machine va le scanner et, en moins d'une seconde, analyser la présence de pathogènes. Si elle détecte le virus de la grippe ou un coronavirus, par exemple, nous serons immédiatement avertis. La surveillance sanitaire de toute la planète, en direct. Voilà la promesse de VIRUS.

Encore remué par l'attaque des moustiques, Lucas secoua la tête, estomaqué. Il savait que les systèmes à lumière laser décelaient des traces microbiennes sur des surfaces – un peu à la manière des détecteurs de sang sur les scènes de crime –, mais ils n'identifiaient qu'une maigre portion des virus existants. Si Carmack disait vrai, les chercheurs de son antenne avaient réalisé un bond technologique incroyable.

— Interpol a développé ce projet à votre ordre ?

— À l'ordre du comité Kruger, précisément, mais vous avez raison, j'en suis à l'initiative.

— Le comité Kruger ? Qu'est-ce que vous racontez ! Et pourquoi n'avoir pas mis au courant mon département des maladies transmissibles ?

Un sourire sardonique arqua les lèvres de Carmack.

— Il faut croire qu'on ne vous dit pas tout, Lucas ! Et il valait mieux pour nous avancer dans l'ombre, car l'opinion publique ne nous aurait jamais laissés faire. Nous avons placé des appareils dans une centaine de lieux à travers le monde. Même avec l'accord des pays hôtes, on pourrait nous accuser de menacer les libertés individuelles. L'aspect juridique, c'est mon domaine : à la première plainte devant un tribunal, nous aurions été obligés de remballer notre beau projet !

— J'ai tendance à penser qu'on doit demander l'autorisation aux gens avant de les suivre à la trace.

— Même si cette trace est biologique et peut mettre en danger l'humanité tout entière ? Les attaques qui ont lieu alors que nous sommes en train de parler sont notre meilleur argument ! C'est à cause de ce genre de propos que l'on vous a mis à l'écart...

Soucieuse d'interrompre la polémique naissante, Hillary Jake reprit la parole.

— Le projet VIRUS a été l'équivalent du projet Manhattan pour le comité Kruger, un programme de recherche ultrasecret, la seule réponse viable à la pandémie précédente. Face à la fertilité des *erectus*, le comité a considéré qu'il fallait une surveillance sanitaire mondiale accrue, sous l'égide d'une police internationale. Interpol était tout désigné.

— C'est fou ! Vous vous rappelez que j'ai suivi de près pendant la pandémie les travaux de ce comité qu'a fondé Stephen Gordon.

Lee Carmack sauta sur l'occasion de le moucher.

— Votre bon ami Gordon a été transformé en *erectus*, c'est pour cette raison que vous avez été nommé à sa succession au département des maladies transmissibles. Moi j'appelle ça une promotion de complaisance. Comme l'a souligné Hillary, après la découverte de la fertilité des *erectus*, la direction du comité Kruger, en l'occurrence votre chère Margaret Christie, nous a confié le projet VIRUS.

— Messieurs, je crois que…

Hillary n'eut pas besoin de préciser la folie de se disputer à cet instant, et son patron dut penser la même chose, car il reprit d'un ton nettement moins vindicatif :

— Nous sommes opérationnels depuis deux ans.

— Autant dire que, depuis tout ce temps, vous épiez le Kruger derrière mon épaule.

Profitant d'un silence, l'agente répliqua d'une voix douce :

— Nous allions vous mettre au courant, vous pouvez me croire.

— Quand ?

— Prochainement.

L'autre enfonça le clou :

— Grâce à notre programme, nous avons endigué un début d'épidémie en Inde. Je n'ai pas besoin de vous rappeler qu'il y a sept ans, la pandémie s'est embrasée à cause d'un trafiquant d'animaux. Le temps de comprendre, il avait disséminé le virus aux quatre coins de la planète.

Lucas accusa le coup. Il avait fait un travail fabuleux pour le compte de Stephen à l'époque. Comment Margaret Christie avait-elle accepté de l'exclure du protocole et de laisser Interpol agir seul, sans véritable contrôle de l'OMS ? La tragédie qui se déroulait en ce moment même altérait à peine le sentiment de trahison qui l'assaillait.

Il s'efforça d'oublier sa rancœur pour écouter Hillary qui enchaînait avec, il fallait l'avouer, nettement plus de diplomatie que son patron.

— Lucas, nous avons bâti le programme VIRUS comme un filet de sécurité, le dernier rempart contre les pandémies. Personne n'avait imaginé ce qui est en train de se produire…

Elle sembla hésiter, et son teint de rousse s'empourpra légèrement.

— Ce qui va suivre risque de ne pas vous plaire. Le système a bipé au Kenya il y a six mois. Les détecteurs à l'aéroport de Nairobi ont décelé la présence du Kruger à l'état de trace.

— Vous vous foutez de moi ?

— Les quantités étaient infinitésimales et la population mondiale continuait de s'immuniser à coups d'antiviraux. Par ailleurs, vous savez très bien que le Kruger n'a pas été éliminé totalement de la nature, malgré l'éradication de la plupart des animaux régressifs. Alerter votre département signait la fin du secret. J'ai jugé que c'était un trop gros risque pour VIRUS. Je me suis plantée. À ma décharge, nos virologues ont catalogué l'aéroport de Nairobi en zone tiède. Le Kruger n'était pas plus préoccupant que les virus de la grippe saisonnière.

— Laissez-moi deviner… Votre zone tiède a perduré.

— Oui, les détecteurs sonnaient à intervalles réguliers, toutes les trois semaines environ. Les billets contaminés par le virus concernaient toujours des vols Nairobi-Madagascar. Leurs propriétaires – en tout cas, les noms figurant sur les réservations – variaient chaque fois. Pourtant, cette régularité n'était pas normale.

— Il s'agissait d'un unique porteur.

— Attendez un peu, cela signifie…

— … qu'il serait porteur sain ou qu'il posséderait un antidote.

— Vous avez mis la main dessus ?

— Ce n'est pas si simple. D'abord, son identification a pris du temps. L'homme disposait d'au moins cinq passeports différents et il dissimulait son visage. Grâce aux caméras de surveillance, on a obtenu un résultat lors de son dernier voyage. À ce moment-là, nous n'avions toujours pas son véritable nom, ni la raison de ses trajets réguliers. Nous n'avions plus qu'à attendre qu'il se représente devant une borne pour l'appréhender.

D'un geste de la main, Hillary Jake fit signe à un programmateur. Quelques secondes plus tard, une vidéo se lançait sur l'un des grands écrans. On y voyait un homme à chapeau traverser une salle d'embarquement aux murs vitrés pour se diriger vers le guichet. L'image se figea au moment où l'hôtesse glissa son billet dans sa machine. La mention « virus Kruger » s'afficha dans le coin de l'écran. La caméra zooma fortement et on put observer le passager de dos et son couvre-chef désuet.

Lucas sentit sa bouche s'assécher.

L'individu continuait à marcher quand une voyageuse surgit en courant et le bouscula. Machinalement, il se détourna pour la regarder s'enfuir, exposant sa face laiteuse à la caméra de surveillance. Aucun doute possible : il s'agissait de l'homme à la tête de l'armée de Darwin, celui qui dissertait tranquillement dans un sous-bois pour annoncer l'apocalypse.

— Vous l'avez reconnu, j'imagine, souffla Lucas.

— Oui, c'est Owen Firth dont vous a parlé Linn Visnar avant de se transformer en *erectus*. Celui qui a kidnappé votre petite copine.

— Écoutez, Lee, ne commencez pas…

— Et vous, ne vous emportez pas. On a eu le temps de faire quelques recherches approfondies sur ce génie de la génétique, c'est le boulot d'Interpol. Bon point pour ce Yankee, il est venu faire sa thèse dans notre belle université d'Oxford, mais vous devez déjà être au courant. Ce que je vais sans doute vous apprendre, c'est que Firth est le rejeton du mariage de la carpe et du lapin. Il a été élevé dans un coin paumé du Nevada par un pasteur du genre pas commode et une chimiste camée. Un bon terreau pour faire pousser un illuminé comme lui. Firth aurait écrit son bouquin controversé après la mort de son fils, qu'il a eu avec une de ses anciennes étudiantes, ils sont divorcés depuis le drame et n'ont plus aucun contact, nous avons vérifié. Le plus drôle dans l'histoire c'est que je donnerais ma tête à couper que c'est lui qui a livré ses propres adeptes ! On a reçu des fichiers cryptés qui les désignaient, preuves à l'appui, et d'après nos analyses, cela ne peut provenir que de lui ! Cela signifie qu'après les avoir envoûtés avec ses boniments apocalyptiques, ce type nous les a livrés contaminés... Le comble du cynisme !

— Oui, Linn m'a dit qu'il avait balancé leurs noms. Bon sang ! L'impénétrable Mme Visnar ! soupira Lucas. Je comprends maintenant pourquoi elle a lâché le comité Kruger du jour au lendemain il y a six ans ! Votre projet VIRUS chapeauté par Interpol ne faisait pas bon ménage avec les ambitions de Firth. En tout cas, si on en croit ce timbré de la génétique – et cela m'a été confirmé par Linn à l'hôpital –, le Ganesh va frapper de deux façons : certains vont régresser, d'autres se métamorphoser en « surhommes ». Quant à savoir ce que ça implique exactement… Cela dit, j'ai une conviction : Firth a enlevé des *erectus* et des préhistoriques pour mener à bien ses expériences, mais il ne s'est pas simplement servi dans les réserves, sinon le virus ne serait pas si différent du Kruger. Selon les analyses phylogénétiques effectuées par nos services cette nuit, le Ganesh est une chimère, une version dérivée du Kruger et du virus du Nil occidental. Autrement dit, on les a greffés pour en fabriquer un nouveau.

Hillary murmura :

— Je suis tellement désolée, Lucas ! Nous aurions dû vous informer.

Elle lança un regard furtif à son supérieur, et Carvalho comprit qu'elle avait probablement désapprouvé l'idée de mettre hors-jeu le service des maladies transmissibles. C'était la première fois qu'elle montrait une faiblesse.

Carmack ne moufta pas. L'urgence de la situation remettait les compteurs à zéro et il en était parfaitement conscient. Lucas demanda d'une voix coupante :

— Vous pourriez utiliser vos machines et y intégrer le Ganesh ?

— Non seulement on peut, mais on a paramétré nos programmes dès que vous nous avez prévenus, hier soir, sur la base des analyses de Mme Visnar. J'espère simplement qu'on ne va pas se faire déborder…

Hillary se tourna vers les scènes de panique qui étoilaient les écrans. À cet instant, les bornes ne servaient à rien.

— Qui aurait pu prévoir ces… *attentats* ?

— Ce qui m'inquiète, c'est la vitesse de régression. Je parierais que le nouveau virus est bien plus virulent que le Kruger. Hillary, avez-vous la possibilité de remonter dans vos archives pour détecter des traces du Ganesh ?

— Le système ne peut reconnaître que les signatures pathogènes connues.

— Vous ne pouvez donc pas remonter au-delà d'aujourd'hui ?

— Exactement. C'est la limite du programme : il ne garde en mémoire que les virus présents dans sa base de données.

Lucas réfléchissait, les sourcils froncés. C'était comme se trouver coincé dans un piège. Il devait évaluer ce qu'ils avaient, se montrer inventif. Soudain, il fit claquer ses doigts.

— Et si à la place du Ganesh, vous cherchiez le virus du Nil occidental ?

— Bien sûr, c'est possible, mais c'est un virus relativement courant, donc vous ne pourrez rien conclure de…

— Il n'y a pas eu d'épidémie de ce type depuis deux ans. Et cela, je peux vous le certifier à cent pour cent grâce aux remontées d'informations du terrain.

C'était une petite pique. Gratuite, mais qui faisait plaisir.

— Allez-y, s'il vous plaît, Hillary.

— OK. L'ensemble des signalements des six derniers mois, cela vous va ?

— Parfait.

L'agente s'approcha d'un pupitre et pianota sur un clavier, faisant surgir un maelström d'images. Lucas avait l'impression d'être face à une bête monstrueuse. La machine remontait le temps : les jours défilaient à toute allure. Cela lui faisait du mal de l'admettre, mais l'emphase de Carmack lui parut parfaitement justifiée.

Le XXe siècle et le début du XXIe siècle avaient été jalonnés de crises sanitaires majeures, jusqu'aux vagues récentes de coronavirus. Pandémie Kruger exceptée, l'ensemble des épidémies avait totalisé des millions et des millions de victimes. À elle seule, la grippe espagnole en avait décimé jusqu'à 50 millions entre 1918 et 1919. En percutant la Terre il y a soixante-six millions d'années, un astéroïde géant avait été le fossoyeur des derniers grands dinosaures. Quel agent pathogène serait « l'astéroïde » de l'espèce humaine ? Virulence, extrême contagiosité, absence de réponse aux antiviraux… Lucas frissonna à l'idée que le Ganesh avait potentiellement toutes les qualités pour remplir ce rôle.

L'image sur le téléviseur central se figea et un planisphère s'afficha à l'écran. Des points rouges signalaient l'ensemble des endroits où le Nil occidental avait été repéré. Quelques taches parsemaient le continent asiatique, ce qui n'étonna pas Lucas. De banales résurgences ponctuelles du virus. En revanche, des zones chaudes entraient en totale contradiction avec l'absence d'épidémie constatée par l'OMS. Elles étaient extrêmement localisées et concernaient trois aéroports : un à Madagascar, un en Ouganda et un en Chine.

Un silence pesant emplit la salle.

Le Ganesh se promenait dans la nature depuis un moment déjà.

L'inquiétude de Lucas lui ôtait toute envie de triompher. Avant qu'il n'ait le temps de réagir, Hillary se chargea de zoomer sur les zones chaudes. L'écran se divisa en trois parties et dans chacune, le nom d'un aéroport s'inscrivit. Celui de l'Ouganda se trouvait très proche de la réserve dirigée par Anna.

— Vous pouvez extraire la liste des passagers concernés ?

Elle hocha la tête. Au bout de dix secondes, cinq patronymes s'affichèrent à l'écran, tous à consonance occidentale.

— Ce sont les faux noms employés par Owen Firth.

— Évidemment… J'ai besoin que vous lanciez des recherches. L'aéroport chinois dessert quelle ville ?

— Sanya, dans l'île de Hainan, une province du Sud. Pourquoi ?

— C'est là que se trouvent Anna Meunier et sa fille.

– 15 –

Grande réserve du Kenya,
J – 22.

Quand le nouveau virus atteignit la réserve, le jeune Kyle en prit conscience à cause d'un bruit.

Le matin même, toujours sans nouvelles d'Anna et Alice, il s'était résolu à retourner dans la réserve avec Ny. Une idée vague mais impérieuse le tourmentait, tellement énorme qu'il n'osait encore en discerner les contours.

Le virus Ganesh avait épargné les villes du Kenya, mais le couvre-feu avait été instauré, par précaution. Ici, chacun pensait que ce n'était qu'une question de temps avant que la vague ne les atteigne. La plupart des employés s'étaient enfuis la veille au soir rejoindre leur famille. Après le petit déjeuner, Mary avait décidé de faire des provisions de fuel et de nourriture. Elle ne rentrerait pas avant des heures.

Depuis sa rencontre avec Wuan, deux jours auparavant, Kyle n'avait cessé de réfléchir à sa curieuse expérience de télépathie. Il ignorait ce que l'*erectus* avait saisi, mais il devinait que plus rien ne serait comme avant. Il n'avait pas osé se confier à sa mère, de crainte qu'elle ne l'arrête. Anna aurait su, elle…

Cette fois, ils empruntèrent le 4 × 4 et passèrent par l'accès réservé aux urgences. Le garçon désactiva le code de sécurité et décida de laisser le passage ouvert, taraudé par un pressentiment. Si on le surprenait ici, il n'aurait qu'à invoquer la disparition d'Anna…

Une plainte sourde s'éleva alors qu'ils approchaient de la falaise située au sud-est du Centre de la Préhistoire vivante. Kyle stoppa le véhicule au bord du précipice et braqua ses jumelles en contrebas, droit sur un troupeau de gnous qui traversaient la savane pour leur migration d'été. L'allure de ces animaux lui avait toujours paru un peu grotesque, mais ceux qu'il observait présentaient un renflement au sommet du crâne. Le bruit provenait de cette spécificité anatomique. Dans l'histoire du règne animal, seuls certains dinosaures avaient possédé une telle cavité nasale capable d'émettre des sons de basson. Ce n'étaient plus des gnous, mais leur version régressive, les *Rusingoryx*, qui vivaient en Afrique il y a cinquante mille ans.

Le nouveau virus avait frappé, forcément…

Comme conscient de son malaise, Ny grogna un avertissement, les sourcils froncés.

— Peur.

L'ancêtre avait raison. Le troupeau émettait un grondement d'alarme à l'approche d'un danger. Kyle devait se dépêcher de rentrer pour prévenir les autres. Mais pas avant d'avoir parlé à Wuan… Il décida de couper la poire en deux et envoya un SMS à sa mère et à Mpho.

Lu sur Internet que des animaux commençaient à régresser. Un type du coin aurait vu des *Rusingoryx* ! Attention aux moustiques !

Rasséréné, il se tourna vers Ny.

— Tu as appelé Wuan ?

— Il vient.

Puis, comme pour lui démontrer la sagesse de la patience, l'*erectus* s'accroupit à l'ombre d'un rocher et ferma à demi ses paupières. Ils se trouvaient sur un promontoire dont la face nord descendait en pente douce sur la plaine. Kyle suivit des yeux une piste qui rejoignait une forêt de magnolias nains datant de la précédente pandémie.

Il se résigna à attendre.

Dans son esprit, tout n'était que chaos. Les vidéos qui tournaient sur Internet l'infectaient comme un poison. Il n'avait que douze ans quand la pandémie régressive avait frappé l'humanité. Dany Abiker, son grand-père, dirigeait alors un refuge animalier en bordure du parc Kruger, et ils avaient été largement épargnés par le déchaînement de violence qui avait submergé les villes. À l'époque, curieusement, il n'avait pas vraiment eu peur, sauf quand les soldats avaient débarqué chez eux pour emmener Dany, contaminé par le virus. Heureusement, Lucas Carvalho l'avait sauvé du zoo… Malgré cela, comme tous les jeunes de sa génération, Kyle souffrait d'une angoisse diffuse que le Ganesh venait réactiver, celle de perdre un proche ou de s'imaginer aspiré dans la spirale du temps, rendu étranger à soi-même. La présence de son grand-père, néanmoins, avait façonné sa pensée.

Kyle était convaincu que les *erectus* leur montraient la voie, un chemin plus harmonieux avec la nature, un monde débarrassé de son inégalité flagrante, du trafic des armes ou de celui de la drogue. Voilà ce pour quoi il se battait. Cette nouvelle pandémie menaçait de tout dévaster et il détestait ce que l'armée de Darwin avait infligé au monde. Pourtant, une partie de lui saisissait la force et la justesse du message…

Une pierre roula, le tirant de ses réflexions. Wuan se dressait devant eux, à peine essoufflé par sa marche.

— Tu es venu.

Le chasseur resta impassible. Il n'avait rien à répondre aux évidences. Ny lui fit signe de s'accroupir et ils demeurèrent un moment silencieux, dans un recueillement paisible. Le garçon cherchait comment s'expliquer, quand il éprouva le curieux frémissement qui s'était déjà emparé de lui. *Les fourmis*… Il devina que l'image de la fourmilière passait dans l'esprit de l'*erectus*. Celui-ci était en train de fouiller son esprit, comme on déterre des ossements ou on arrache des cristaux dans les failles de la roche. C'était une expérience étrange, pas franchement agréable, et surtout beaucoup plus intrusive qu'avec Ny. Malgré ses réticences, il s'obligea à lâcher prise.

La force de Wuan était différente, plus agile et perçante.

Cette fois, les pensées du jeune homme étaient moins erratiques, ordonnées par l'urgence. L'absence d'Anna. Alice. Les images de Londres, New York, Paris, Brasilia, Lagos, Moscou, Pékin, frappés par les drones… Nuées de moustiques. Réveil des *erectus*. Et les autres, ceux qu'on qualifiait de surhommes.

La spirale des visions parut subitement s'inverser et il reçut un flux de colère qui le submergea avec la puissance d'un coup. Aux figures taillées à la serpe, typiques des *erectus*, se mêlaient des scènes de chasse et de danses, des étreintes, puis un commando à la poursuite des chasseurs, des corps démembrés, puis la frontière électrique que certains voulaient abattre, et finalement l'appel, impérieux, irrésistible, qui montait des clans et faisait bouillonner son sang.

Un mot affleura, encore imprécis, une pointe de feu cherchant à se frayer un passage dans la chair, agaçant ses nerfs. Il se mit à gémir sous la force de cette poussée. Alors qu'il était sur le point de défaillir, les syllabes éclatèrent comme une déflagration.

LI-BER-TÉ !

Puis, tout cessa, la fureur et le bourdonnement, remplacés par un silence sidérant.

Kyle aspira l'air chargé de poussière, à moitié groggy. Il sut alors que l'idée qui avait germé en lui durant la nuit était aussi dans l'esprit de Wuan.

Il devait abattre la grande barrière et libérer les *erectus*. Eux seuls pourraient arrêter ce qui venait, au prix d'une guerre s'il le fallait.

La journée avait atteint son mitan quand ils parvinrent au portail. Tout au long du chemin, Ny avait montré des signes de nervosité en épiant la savane, à l'affût d'une menace invisible.

Ils ne croisèrent aucun préhistorique, mais trouvèrent Mpho, calé sur une roche devant le portail ouvert. À leur approche, le géant se déplia lentement. Il paraissait épuisé et légèrement hagard. Au lieu de s'avancer, il leur fit signe de rester dans la voiture, à peine étonné d'apercevoir l'ancêtre en compagnie de son petit-fils.

Si Kyle n'avait pas été aussi troublé d'avoir été surpris en pleine réserve, sans doute aurait-il deviné que quelque chose clochait. Cela faisait plusieurs jours que le Rwandais sillonnait les villages des environs, en quête d'une piste qui le mènerait vers « la patronne ». Il avait interrogé ses anciens partenaires, tous braconniers ou mercenaires, sans obtenir la moindre info. Seul un paysan prétendait avoir vu une voiture suspecte au poste d'essence, sur la route de Kampala.

— Désolé, Mpho… J'ai bidouillé le système pour rencontrer Wuan. On ne peut pas rester sans rien faire et je voulais…

— Ce n'est pas grave. Plus maintenant.

— Ma mère est partie à l'approvisionnement. Elle pense qu'il vaut mieux se barricader que d'évacuer.

— Elle m'a dit. Je l'ai croisée très tôt.

— J'ai besoin de te parler. Tu viens au lodge ?

— Non.

— Les moustiques sont là. On a aperçu des gnous régressifs.

— Je sais. J'ai vu un animal. Qui n'existait pas dans la réserve avant. Un rhinocéros sans corne.

Sa façon de parler, hachée, mécanique, ne collait pas avec ses manières habituelles. Il aurait dû manifester de la réprobation ou de l'inquiétude, au minimum.

— Mpho, il y a un truc qui ne va pas ?

Le Rwandais se contenta de tendre son bras, puis avança d'un pas, suffisamment pour dévoiler la chair boursouflée. Kyle se sentit blêmir. Aussi étrange que cela paraisse, Mpho conservait une expression détachée.

— C’est pas vrai ! Je suis désolé…

— Des courbatures commencent à me lancer dans les jambes et j’ai un début de migraine. Je n’en ai plus pour très longtemps. Anna comprendrait. Quand j’ai décidé de travailler au Centre, je connaissais les risques. Vous n’aurez même pas à me conduire dans une réserve, j’y serai déjà.

— Attends ! Si ça se trouve, ces piqûres sont celles de moustiques sains, tu n’en sais rien. Sois raisonnable, va au moins te réfugier chez toi.

— J’observais le rhinocéros régressif quand j’ai été piqué. Ce ne sont pas de simples moustiques à qui j’ai servi de repas. Il ne me reste pas beaucoup de temps avant de perdre conscience. Pars d’ici, je préfère que tu n’assistes pas à ça.

Consterné, Kyle secoua la tête.

— J’ai vu Wuan et… on ne peut pas laisser les *erectus* comme ça, enfermés comme des bêtes…

— Kyle, c’est trop tard pour moi.

Soudain, Mpho vacilla. Ses paupières s’abaissèrent et ses jambes fléchirent sous son poids.

— Pars.

Ny grogna et Kyle comprit qu’il devait obéir. Il passa la première, appuya sur l’accélérateur, les yeux noyés de larmes.

– 16 –

Bidonville de Makoko, Lagos, Nigéria, J – 22.

La légende indiquait : « Lagos, avant le réveil des *erectus.* »

L'image la plus partagée ce jour-là sur les réseaux sociaux fut celle d'un quartier gagné sur une lagune de la capitale économique, tentaculaire, du Nigéria. Des milliers de cabanes sur pilotis formaient un bidonville où sinuaient d'étroits canaux hachés par des passerelles faites de planches. La photo avait été prise après le survol des drones qui assuraient l'épandage d'insecticide. L'angle de vue, plongeant, laissait voir des dizaines de corps tombés en pleine fuite, manifestement frappés par la régression.

Le cliché avait été pris par un garçon nommé Idris Buhari.

Idris avait seize ans et les mains abîmées par les réparations des filets de pêche. Il vivait seul depuis le décès prématuré de sa mère, emportée par les fièvres. Sa maison avait un toit en tôle et des murs en contreplaqué. C'est juché dessus qu'il avait pris la photo avec un vieux téléphone. Une barque pourvue d'un moteur rouillé mouillait entre deux cordes où séchait du linge.

Comme toutes les villes surpeuplées, Lagos avait été frappée de plein fouet. Chaque jour voyait son lot de réfugiés arriver. Souvent des paysans venus de l'intérieur du pays et fuyant la désolation de leur village. Ils se construisaient une cabane avec trois fois rien et vivaient de petits boulots, de larcins ou de mendicité. Quand il s'était agi d'évacuer, « le jour des moustiques », comme on l'appelait ici, une seule question s'était posée : pour aller où ?

Les plus chanceux, qui disposaient d'une embarcation avec un moteur fonctionnel, avaient pris la mer pour descendre le long du littoral africain. Quant aux autres, ils avaient fait comme Idris, ils avaient colmaté tant bien que mal leur cahute avec les moyens du bord : laine, plastiques, morceaux de tôle, vêtements et même épluchures. Le succès n'avait pas vraiment été au rendez-vous, comme le proclamait la photo. Idris, lui, avait échappé aux nuées de moustiques en s'emmitouflant dans un linge humide, couché dans un panier.

La présence des *erectus* n'était qu'un des ingrédients qui rendaient le tableau à la fois spectaculaire et glaçant. Perchées un peu partout, des mouettes régressives, transformées en archéoptéryx, peuplaient la zone. Pour finir, une épaisse couche d'algues bleuâtres couvrait la surface de la mer, des algues du type de celles qui avaient produit l'oxygène de l'atmosphère des centaines de millions d'années plus tôt. À elle seule, l'image résumait bien la force d'impact du Ganesh et la rapidité avec laquelle le virus avait rebattu les cartes de la faune et la flore.

Le matin même, peu après le passage des drones insecticides, Idris s'était aventuré dehors. Il contrevenait aux consignes déversées par les haut-parleurs. Toute la nuit, elles avaient été répétées : « Restez chez vous, colmatez vos maisons, attendez quatre heures après la dispersion des pesticides. »

Les boniments classiques, avait pensé le garçon. Lui n'avait pas peur des *erectus*. Moins que de la misère ou des moustiques. Pour l'instant, il ne risquait pas de se faire piquer. Par précaution, il avait enfilé un sweat par-dessus son unique chemise, un pantalon et un rideau en guise de chèche.

En se glissant dehors, il avait été sidéré par la vision du bidonville, habituellement en proie à une perpétuelle effervescence. Tout semblait pétrifié dans le silence. Ensuite, il avait aperçu les corps.

Il s'était dépêché de grimper sur son toit pour avoir une meilleure vue. Le top serait de faire le buzz sur Internet. Si ses clichés étaient assez bons, peut-être qu'il pourrait les monnayer. Il se contenterait d'un emploi d'apprenti pour un photographe du centre-ville. Ou mieux, pour le journal local. Idris avait de l'ambition. Il rêvait de devenir un businessman et de gagner suffisamment pour quitter le quartier et habiter le centre, dans une vraie maison avec Kebé, son amoureuse.

Un mouvement l'arracha à ses visions de prospérité. Premier à se réveiller parmi les corps allongés, un *erectus* se relevait. Le garçon songea aux zombies des Yorubas et frissonna. L'occasion était trop belle, pourtant. Prudemment, l'adolescent se laissa tomber sur la passerelle, avant de se faufiler jusqu'à un amas de cageots.

S'il le prenait d'assez près, sa photo vaudrait cher.

L'*erectus* jouait son rôle à la perfection. Il devait être affamé car, à peine sorti de sa léthargie, il se mit en quête d'une proie. Il grimpa sur un toit, évalua les possibilités, puis, d'un seul bond, sauta sur un ponton et rafla un archéoptéryx qui tentait de s'échapper, en plein vol !

Il déchira l'oiseau d'un coup de dents, et gronda de contentement.

Le portrait rapportera au moins cent mille nairas... Pourquoi pas un million ?

L'*erectus* se tenait accroupi sur le ponton, la mâchoire et le plastron maculés de sang. La photo était un peu floue, et surtout mal cadrée, mais elle montrait ce qu'il fallait : sauvagerie, voracité. L'article qu'il avait lu parlait de centaines de milliers de gens qui s'apprêtaient à « éclore », soit en *erectus*, soit en autre chose…

Une brise venue du large sécha sa sueur et l'incita à se décaler afin de rester sous le vent. Il commença un mouvement de reptation, mais son pied heurta un bidon en plastique. Le bruit suffit à alerter l'*erectus*, qui tourna les yeux dans sa direction. Ils se toisèrent un instant, puis la créature lâcha ce qui subsistait de la carcasse et fit un pas vers lui.

Il va me bouffer tout cru !

Avec son mètre quarante et ses bras squelettiques, Idris ne faisait pas le poids. Il ne pouvait pas prendre le risque de courir chez lui, pas sous le nez de l'*erectus* ; en revanche, il avait de bonnes chances de le semer dans l'enchevêtrement de cabanes. S'il faisait une boucle et…

L'*erectus* fit un autre pas. En dépit de ses jambes flageolantes, le garçon démarra comme une flèche, aiguillonné par les mille galères de sa courte existence. Il franchit trois mètres à découvert et s'enfonça dans le labyrinthe de tôle qui menait à l'intérieur du bidonville. Au « chaudron du diable », on disait par ici. Il avait la mémoire de chaque méandre, chaque piège à éviter, les planches manquantes ou les câbles électriques tirés entre deux toits. Il courut sans se retourner, tellement bruyant qu'il était incapable de dire si l'autre le talonnait. Il saurait au moment d'être écrabouillé, ou sa gorge broyée, ou… Il ferma son esprit à la peur, courut encore plus vite. À bout de souffle, il prit le risque de jeter un coup d'œil, juste avant de se faufiler dans une venelle puante.

Rien. Il n'était suivi que de son ombre. Idris étouffa un rire. Il avait réussi !

Par prudence, il patienta encore quelques minutes, mais la présence d'un corps endormi gisant au milieu des détritus ne le rassurait pas. Il irait chez lui prendre ses papiers, de quoi manger, puis il tenterait de rejoindre un cybercafé. Le plus proche se situait à un kilomètre de distance.

Il prit le chemin du retour, vérifiant tous les quinze ou vingt mètres que personne ne le suivait. À l'approche de sa cabane, il se permit de ralentir. Il allait bondir sous le porche, quand une ombre l'alerta.

L'*erectus* s'était tapi sur le toit de sa maison. *Comme s'il savait à l'avance.* Le garçon essaya de se rappeler si les zombies savaient lire l'esprit des vivants, et esquissa un pas en arrière. Cette fois, il était foutu.

— Hey, petit, par là !

Tournant la tête, Idris vit la navette des gardes-côtes. À son bord, un homme l'interpellait tout en manœuvrant pour approcher un ponton. Cinquante mètres les séparaient, bien trop, vu l'agilité de la créature, sauf qu'Idris n'avait pas le choix. Il se lança en avant, galopa vers le ponton, aperçut le petit filet de pêche accroché à la proue d'une pirogue mise au sec. Sans réfléchir, il le chopa au passage, en priant qu'il ne s'embrouille pas, et continua à courir. Au moment où il atteignait son but, il crut sentir le mouvement d'air que produisait l'*erectus* dans son dos.

Emporté par son élan, il tournoya sur lui-même, la nasse soudain déployée dans l'effort. C'était une chose que son oncle lui avait apprise : lancer les mailles afin de piéger des proies vives. Idris se montrait franchement bon à l'exercice.

Cette fois encore, le zombie devança son plan, en se déportant sur le côté. Si bien que le filet retomba par terre.

La créature opéra un formidable saut et Idris s'écroula sous son poids. Il vit sa gueule béer, ou plutôt deux énormes mâchoires, pareilles à celles d'un alligator.

Le coup de feu claqua, effaçant le cauchemar. L'*erectus* bascula en arrière, le front percé d'un trou.

Ce fut la troisième photo qu'Idris publia en ligne : lui, posant avec ses sauveteurs en uniforme. Le message mit à peine une heure pour être repris quasiment dans le monde entier :

Mes anges gardiens. Sans eux,
l'*erectus* de la photo précédente
m'aurait dévoré comme une mouette !
Il a lu dans mon esprit !
Deux fois, il a déjoué mes plans.
Alors, prenez garde au réveil des zombies !
idris_of_makoko

– 17 –

Tokyo, Japon,
J – 22, 19 h 30.

Elle s'arracha au sommeil en gémissant. Son crâne cognait le gong, bien trop fort pour aligner une pensée cohérente. C'étaient comme des flashs. *Une amphète ?*

Les souvenirs peinaient à revenir. Il y avait un trou noir. Son jupon était déchiré. *Mon jupon ?* Elle tenta de se rappeler… *Le jupon de... Kishi.* Elle se releva encore groggy, avisa les dormeurs. Ce n'étaient pas des gens, mais des… *erectus* !

Aussitôt, la mémoire lui revint : la manifestation, Ichiro et le mec trop mignon. Une pensée voleta dans sa tête : *Kishi n'aurait pas aimé se retrouver au milieu des singes…*

Une odeur piquante la prit à la gorge. Derrière les effluves nauséabonds, elle flaira d'autres senteurs plus subtiles : asphalte, déjections d'oiseaux, essence, caoutchouc brûlé, fruit en train de pourrir, urine.

Malgré la migraine, elle éprouvait une curieuse impression de solidité. L'envie de bouger, courir… *sauter !* Sa vision s'éclaircit au point qu'elle put distinguer les minuscules idéogrammes d'une affiche placardée dans un magasin vidéo.

Entraînée par un vieux réflexe, elle se mit à chercher Ichiro parmi les corps. Une vitrine l'attira. Sa silhouette s'y reflétait. Elle observa sa robe en lambeaux, ses bras trop musclés. Son regard avait changé.

T'as un truc différent, Ki. Elle aimait bien ce qu'elle voyait. Elle aimait l'élan qui montait dans ses cuisses, le bruissement sous la migraine. Comme un murmure. Un chant. Une… solidarité ? *Avec qui ?*

Elle se détourna pour continuer à chercher. Ichiro gisait sous le porche d'un immeuble. Ou plutôt, ce qui restait de lui : sa casquette ringarde, son pull bleu. *Emprunté pour le défilé…* Les réminiscences luttaient avec un drôle de sentiment. L'indifférence ?

Le spectacle de son petit ami devenu ce « singe » détesté la laissait froide. *Toute façon, tu allais le larguer, Ki.*

Ki. Elle aimait bien son nouveau prénom.

Un grondement attira son attention. Une femelle titubait dans sa direction, attifée d'un débardeur à paillettes déchiré et d'un pantalon qui l'entravait comiquement.

Dégage !

La femelle stoppa net, le regard noyé par l'incompréhension. Son corps émit l'odeur de la peur.

Elle ne sait pas qui elle est. Elle a faim. Elle m'écoute.

Ki se détourna, sans se soucier des réactions de l'*erectus*. Elle ne craignait plus rien. Elle s'éloigna du carrefour de Shibuya.

C'était le premier jour de sa vraie vie.

– 18 –

Montevideo, Uruguay,
J – 22, 7 h 30.

Il se réveilla dans les bras de David. Celui qui *avait été* David. Il crut d'abord que c'était un genre de cauchemar. La migraine lui vrillait le crâne. Il grogna. Chercha son propre nom. L'odeur de sa sueur avait changé. Les émanations aussi, pourtant, il reconnaissait son appartement. Il le voyait simplement sous un autre jour, plus en profondeur. La vieillesse et le passage du temps. Les pluies et le soleil qui tape sur les tuiles et donne au bois son odeur épicée.

Sergio Varela. Je suis Sergio V...

Cela n'avait aucune importance, qui il était. Le seul vrai souvenir, c'était l'amour pour David. Même changé. Sa peau n'était plus l'ébène qu'il adorait, mais une carnation grise. Son visage s'était massifié et boursouflé, son haleine était aigre. *Odeur de douleur*, pensa-t-il. Il lui semblait aussi l'éprouver, ce tourbillon à l'envers, une plongée sans fin, le feu dans les veines et le crâne qui éclate.

Il attrapa son amant par les épaules, le secoua rudement.

— Daaa… vid !

Les mots accrochaient sa gorge.

L'autre bougea, battit des cils et ouvrit des yeux exorbités. Un grondement enfla sa poitrine. Sergio dut l'écraser de tout son poids pour le maintenir contre le matelas.

— Chuuuut ! Calme. Je suis là.

L'*erectus* secoua la tête frénétiquement. L'effroi anesthésiait une partie de ses forces.

Sergio pesa plus lourdement et parla lentement pour se faire comprendre.

— David, écoute. Le virus est revenu. Tu as été touché. Tu es un *erectus*. Tu te souviens ? Moi aussi, j'ai changé, mais pas comme toi. Je vais t'aider. Je te laisse pas tomber. Je reste avec toi. Tu te rappelles, David Freeman ?

L'*erectus* s'apaisa sous la poigne solide, peut-être à cause des mots. Ou alors, c'était un parfum d'avant. La tête lui tournait, pleine d'images encore troubles, mais la voix les écartait l'une après l'autre. La voix faisait naître un espace de tranquillité.

— Je t'aime, David. Je t'aimerai toujours…

Le visage penché sur lui était mouillé.

L'odeur de sel chatouilla leurs narines et fit remonter chez l'homme devenu Ganesh et chez l'*erectus* à peine régressé le même souvenir. Celui d'une étreinte, de la sueur sur leurs lèvres.

Déclaration conjointe du ministre de l'Intérieur et du ministre de la Défense du Nigéria

Abuja, 13 h 04

Virus Ganesh
Avertissement à la population

Avertissement aux civils résidant dans les villes de plus de cinq mille habitants. L'armée passera, quartier après quartier, pour évacuer la population volontaire vers des abris d'urgence.
Pour ceux qui possèdent un véhicule et un point de chute hors des cités, des convois sous protection seront mis en place chaque matin afin de sortir des agglomérations.
Pour ceux qui restent chez eux, des distributions de vivres seront organisées une fois par semaine, à des points déterminés.
Chaque district sera dirigé par un élu ou un habitant désigné par la communauté, qui sera chargé de faire le lien avec l'administration, le médecin militaire ou les centres d'hébergement temporaires.
Dans tous les cas, évitez absolument les personnes contaminées, même proches. Le virus

Ganesh a deux effets : la régression ou l'acquisition de capacités qui rendent les infectés particulièrement dangereux.
Si vous vous retrouvez en leur présence, ne les provoquez pas. La moindre manifestation de peur ou d'agressivité déclenche des phénomènes d'attaque.

– III –

DÉFLAGRATION

Après le chaos semé par les drones, éclata la guerre des espèces.

Les Ganesh « augmentés » grâce au nouveau virus contre les *erectus* primaires contaminés pendant la première pandémie par le Kruger, les Ganesh contre les *sapiens*, les Ganesh et les *erectus* nouvellement régressés, alliés contre les milices armées. Partout dans le monde, des hommes, des femmes et des enfants furent massacrés. Des milliers d'autres, simplement blessés, se réveillèrent contaminés.

Les moustiques femelles avaient pondu dans les étangs, les mares, les puits, les eaux douces et stagnantes. Parfois, dans un simple pot que la pluie avait rempli. Dès l'éclosion des larves, l'humanité serait frappée par la seconde vague des infections.

Des campagnes géantes de démoustication furent ordonnées, mais le chaos régnait, les forêts primaires germaient, les préhistoriques se multipliaient et les *erectus* commencèrent à occuper certains quartiers désertés.

Alors, la rumeur se répandit : les *erectus* de la réserve kényane s'étaient échappés et marchaient à présent vers les villes. Ils étaient dix mille. Cinquante mille. Cent mille. Le chiffre variait au gré des sources. Les mieux informés parlaient d'un contingent de vingt mille chasseurs.

Les menaces étaient si nombreuses, si terriblement inhabituelles qu'il fallut trois jours aux organisations mondiales, en proie à la panique, pour évaluer la situation. Il fallait se prémunir contre les nuées, mais aussi contre les attaques des ancêtres, le plus souvent dues à la faim ou à la peur, qui engendraient l'agressivité.

Quant à ceux que l'on appelait Ganesh, doués de parole et d'une force incroyable, la plupart des renseignements glanés sur eux vinrent des vidéosurveillances, des drones et de quelques témoignages de proches. Avant leur disparition.

– 1 –

New York, États-Unis,
J – 20.

Assis à bord d'un hélicoptère, Lucas Carvalho contemplait l'océan vert de la forêt nord-américaine. C'était l'œuvre du virus Ganesh. Trois jours avaient suffi. Les dégâts causés par le virus donnaient le vertige. Partout où l'armée de Darwin avait lâché ses armes biologiques, la nature reprenait ses droits.

En contrebas, un îlot d'immeubles, vestiges d'un quartier résidentiel, perçait la canopée. La cité fantôme toute proche de New York se prolongeait plus loin sous la forme d'une ancienne fête foraine avec sa grande roue. En raison du sol goudronné, la végétation était plus clairsemée dans cette zone. Lucas aperçut une poussette vide abandonnée devant un manège. La vie semblait s'être arrêtée net ici. Cette vision lui glaça le sang. Il avait collectionné les lieux de désolation au cours des heures précédentes et il ne parvenait toujours pas à prendre conscience de l'ampleur du désastre.

C'était bien pire que le Kruger et ça le terrifiait.

Soixante-dix-huit heures s'étaient écoulées depuis les premières attaques de moustiques, ou la Grande Contamination, comme disaient les gens. Trois jours pendant lesquels le Ganesh avait commencé à transformer la face du globe. L'involution défaisait peu à peu les réalisations humaines, cités orgueilleuses, chapelets d'autoroutes ou campagnes taillées au cordeau, subitement grignotés par la nature sauvage.

Dans les milieux tempérés, la forêt avançait presque à vue d'œil, progressant par à-coups. De jeunes pousses jaillissaient du sol en pointe de la lisière, croissaient à une vitesse folle. Les végétaux parvenus à maturité laissaient tomber leurs fruits, qui germaient aussitôt à leur pied. À mesure que les troncs grandissaient et se fortifiaient, un nouveau cycle s'établissait.

En Amérique du Nord, une partie des vastes plaines centrales appartenaient au passé. En surgissant de terre, les arbres avaient coupé les voies de communication. Seules les roses de Jéricho et diverses variétés de graminées empruntaient encore les autoroutes et les routes nationales qui exposaient leur béton éventré au ciel.

Le Ganesh se montrait si efficace dans la reprogrammation des cellules végétales que ses effets s'immisçaient jusqu'au cœur des zones arides. Au Chili, le désert d'Atacama, qui détenait auparavant le triste record de l'endroit le plus sec sur Terre, se parsemait désormais de fleurs rouges épineuses, une ancienne variété de magnolias. Les précipitations n'étaient pas plus importantes qu'avant, mais, dopées par une énergie incroyable, les graines soulevées par le vent germaient et déployaient leurs racines dans ces sols déshérités. Métamorphosés, les plateaux andins ressemblaient aux champs de tulipes infinis de Hollande.

En Jordanie, le temple de Pétra avait disparu derrière un mur de lianes et de feuilles de palmiers, lentement grignoté par les formidables racines des arbres géants, et n'était pas sans évoquer la cité d'Angkor. En Écosse, les landes incultes fouettées par le vent n'étaient plus qu'un lointain souvenir. La région montagneuse des Highlands abritait désormais une taïga d'épineux d'où émergeaient quelques rares donjons de châteaux forts.

Comment le Ganesh pouvait-il être aussi puissant ? La vérité se trouvait au cœur des cellules végétales infectées. Une fois en place, le virus manipulait l'ADN en reprogrammant la machinerie biologique avec une efficacité diabolique : l'effet de la photosynthèse décuplait, la production d'hormones de croissance s'emballait.

Des camps voyaient le jour aux quatre coins de la planète, peinant à contenir les « réfugiés du Ganesh », comme on les appelait parfois.

Les « Ganesh », que certains journalistes nommaient « surhommes » ou « HGM », faisaient naître l'effroi, parce qu'ils étaient notre reflet.

Selon les premières constatations effectuées sur le terrain et le témoignage de proches, ces êtres montraient peu d'empathie vis-à-vis de leur ancien entourage à quelques exceptions près concernant des enfants fusionnels ou des individus très impliqués émotionnellement. Rien, cependant, n'était garanti et il leur manquait encore trop de données pour établir un profil-type...

Mais le plus étrange restait leur mémoire intacte. Car les Ganesh se souvenaient ! Ils se rappelaient leur nom, le lieu où ils habitaient, ils reconnaissaient des amis, leur famille. Et pourtant, la plupart agissaient comme si tous les sentiments passés avaient disparu. Des femmes physiquement presque inchangées se réveillaient près de leur mari, puis s'en allaient sans se retourner ni rien emporter. Des hommes lâchaient leur boulot, leur famille ou leur sacro-sainte bagnole de sport. Des gamins fuguaient sans un adieu.

Parfois, ça tournait mal. Quand les proches, bouleversés par la métamorphose, incapables de comprendre le rejet, s'interposaient devant une porte, alors les Ganesh donnaient libre cours à la violence. Ils blessaient, cassaient, frappaient sans se soucier des dégâts.

Puis, ils disparaissaient.

Lucas Carvalho ferma les yeux un instant, étourdi de fatigue. *Deux semaines.* C'était le temps qu'il restait avant l'éclosion des œufs. S'ils ne localisaient pas l'usine à moustiques de l'armée de Darwin, il serait l'heure de louer un vol sur la prochaine fusée à destination de la Lune ou de s'exiler au Népal.

La plupart des moustiques ne goûtaient guère l'altitude, question de pression. Et *Aedes aegypti* n'échappait pas à la règle, incapable de survivre au-dessus de mille deux cents mètres. La vallée de Katmandou se déployant à mille quatre cents mètres, il n'avait pas fallu longtemps avant que la région ne devienne la destination privilégiée des réfugiés. Ce n'était pas la seule, bien sûr. Toutes les villes d'altitude, sur tous les continents, étaient prises d'assaut : Lhassa, Cuzco, Addis-Abeba, Bogota... Et les villages et les stations de montagne étaient pareillement submergés. En Australie, qui ne comportait que quelques localités haut perchées, la population fuyait vers des édens de plus en plus difficiles d'accès.

En dépit de l'épandage d'insecticide au-dessus des villes et du transfert des *erectus* primaires vers les deux réserves encore sous surveillance, de nombreux maires poussaient les civils à quitter les zones dangereuses, là où les *erectus* et les Ganesh avaient pris le contrôle.

Selon les estimations, la population de Katmandou et de ses environs était en passe de tripler et frôlerait les cinq millions d'ici une semaine. Les autorités réfléchissaient à un titre de séjour, accordé aux réfugiés jugés les plus utiles au pays : médecins, ingénieurs et bien sûr des « investisseurs-milliardaires » trop heureux de payer des droits de passage exorbitants... Sur les réseaux sociaux, on voyait fleurir les clichés des cultures en terrasses typiques de la région où venait s'échouer le flot grandissant d'étrangers recalés par les logeurs de Katmandou, qui conféraient aux rizières pavoisées d'abris et de toiles des airs de camping monumental.

En sortant de l'hélico, au sommet d'un building d'une trentaine d'étages, Lucas vit venir vers lui Hillary Jake. Elle l'avait précédé d'une journée, alors qu'il tentait de convaincre les autorités françaises de se lancer dans une opération de sauvetage à Sanya, sans succès. On l'avait envoyé poliment mais fermement se faire voir. Trop d'urgences à gérer pour s'occuper d'une héroïne, voilà *grosso modo* ce que la DGSE lui avait répondu.

— Lee vous attend avec impatience, lui dit-elle avec un demi-sourire.

Carmack venait d'être nommé directeur du comité Krüger2. Il avait été question, un moment, de le rebaptiser comité Ganesh, mais on avait abandonné l'idée par superstition. La communauté internationale avait vaincu la première pandémie, elle l'emporterait sur la seconde…

La salle de réunion était bondée. Outre Margaret Christie, sa patronne envers qui il éprouvait encore un fort ressentiment parce qu'elle lui avait camouflé le projet VIRUS, et Lee Carmack, il y avait des chefs d'état-major américains et des représentants de la branche armée de l'ONU, qui coordonnaient les efforts militaires afin de poursuivre les évacuations. Le comité Kruger2 pilotait la contre-attaque au niveau international, mais vu l'ampleur de la catastrophe, ses attributions avaient été élargies : l'organisme rassemblait des statistiques sur les réserves alimentaires ou les ressources en carburant. En fonction des données, il lançait ou non des opérations d'épandage d'insecticides. De plus, il était chargé de superviser les recherches d'un antidote.

L'ordre du jour, indiqué sur le *slide*, présentait cinq grands axes et des dizaines de sous-titres : population et sécurité, traitement des *erectus* nouvellement infectés, mesures sanitaires contre les œufs et larves, la question kényane et la fuite des clans *erectus* primaires, enquête sur l'ADD (armée de Darwin).

Après l'échange de saluts hâtifs, on invita Lucas à « prendre la réunion en cours ». Il préféra rester debout, et, avant de perdre son élan, leva la main pour demander une interruption. Cela faisait six jours qu'Anna et Alice avaient disparu et trois qu'on lui demandait de patienter, exactement depuis son passage à Interpol. Il avait passé des heures à chercher une bonne façon d'aborder le sujet et n'en avait pas trouvé.

Il s'adressa à Javier Toledo, patron de la Force de maintien de la paix des Nations unies, l'appellation officielle des Casques bleus – par commodité, chaque participant avait son nom et sa fonction indiqués sur un carton.

— Monsieur, bien que je sois conscient d'arriver comme un cheveu sur la soupe, j'aimerais savoir ce que vous comptez faire pour Anna Meunier et sa fille. Elles ont été enlevées sur les ordres de Firth. Selon Linn Visnar, elles seraient détenues à Sanya. Je pense qu'une opération doit être menée aussi vite que possible. Les prisonnières sont forcément retenues dans un lieu névralgique pour l'armée de Darwin. M. Carmack vous confirmera qu'Owen Firth a fait de nombreuses allées et venues là-bas. Nous devons localiser un labo ou un entrepôt clandestin où les moustiques pourraient avoir été élevés. Cela ne se fait pas dans une arrière-cuisine : les terroristes ont répandu dans la nature plus de dix millions d'insectes. Le labo de Madagascar a brûlé, ce n'est donc pas une option. L'armée de Darwin a nécessairement établi une base où donner vie à ses moustiques transgéniques en toute sécurité. Cela requiert une véritable usine de production. Il est possible, sinon probable, que cet endroit soit à Sanya…

Toledo n'avait sans doute pas l'habitude d'être interpellé aussi cavalièrement, et sa grimace n'augurait rien de bon. Toutefois, il se contenta d'assener sa réponse d'un ton neutre.

— Je reviens du Brésil, où il s'avère que l'armée a tenté de vider les rues de Rio de Janeiro de toutes les personnes infectées. Cela a viré à la catastrophe. Un carnage serait un mot plus adéquat. Les rares soldats qui ont survécu ont parlé de sixième sens. Les *erectus* devinaient le mouvement de nos troupes avant même leur passage à l'action. Je sais que cela peut paraître grotesque, et j'ai du mal à y croire moi-même, mais ces *erectus* nouvelle vague possèdent des facultés exceptionnelles, comme celle de voir la nuit. Alors, avant de lancer une quelconque opération de sauvetage, je tiens à m'assurer qu'elle ne tournera pas au fiasco. Par exemple, en me basant sur des renseignements sûrs et pas quelques hypothèses hasardeuses… Pas question d'envoyer nos gars au casse-pipe.

— Mme Visnar n'avait rien d'une « hypothèse hasardeuse », comme vous dites.

— « Avait ». L'imparfait de votre verbe suffit à ma réponse. En outre, Sanya n'est pas une adresse précise sur laquelle échafauder un plan.

— Il y a ici assez de représentants des renseignements pour…

— Monsieur Carvalho, je crois que vous n'avez pas bien compris. Nous gérons les urgences, et Mme Meunier n'en est pas une.

— Et les *moustiques* ?

— Pour l'instant, les seuls qui nous inquiètent sont ceux qui grandissent à l'état de larve, pas les éventuels suceurs de sang que les terroristes pourraient nous rebalancer. Ils ont obtenu ce qu'ils voulaient, non ?

— Négliger cette usine est de la pure folie !

— Lucas…

Margaret Christie venait de se lever, les sourcils froncés. Il la connaissait suffisamment pour comprendre l'avertissement.

— Allons, ne prenez pas la mouche. Nous avons bien évidemment lancé des investigations dans chaque ville où Firth a été enregistré, et Sanya en fait partie. Nous devrions recevoir des résultats bientôt, mais comme le fait remarquer fort justement le général, il est à craindre que cette « usine » soit désormais caduque…

— Et Anna ? Alice ? Vous les considérez aussi comme caduques ?

Il rougit, conscient d'avoir franchi les limites, et s'excusa aussitôt. Personne ne releva. Soit les gens autour de la table étaient trop épuisés par les choix drastiques qu'ils devaient faire, heure après heure, soit ils le plaignaient, tout bêtement.

Lee Carmack en profita pour reprendre la main. Il n'en avait visiblement pas fini avec la polémique.

— Personnellement, ce qui me gêne dans cette affaire, c'est nos *erectus*. Les primaires, j'entends. Mais si j'en crois la rumeur, les clans des réserves qui se sont évadés seraient également doués d'une forme de télépathie. Comment est-ce possible ? Nous serions passés à côté de ces facultés pendant sept ans ? Je sais bien que les consignes de non-ingérence étaient strictes dans les CLPP, mais tout de même les *erectus* étaient filmés par des drones.

Lucas ne put s'empêcher de lui lancer une pique.

— Anna Meunier aurait été à même de vous répondre.

— Elle n'est pas la seule à diriger une réserve.

— Sans doute, mais c'est la seule qui connaisse aussi bien les « primaires », comme vous dites ! Sans compter son pensionnaire, l'ex-Dany Abiker.

— Il s'est enfui, lui aussi ?

— Non. J'ai eu sa fille au téléphone. Ils sont toujours retranchés au CLP.

— En attendant, c'est bien de *sa* réserve que les *erectus* se sont échappés. Nous allons envoyer des enquêteurs pour essayer de comprendre comment cela a pu se produire.

Carmack se renfonça dans son siège, comme pour signifier que le débat était clos. Lucas effectua une ultime tentative, dans l'espoir d'inverser le mouvement.

— Mary Abiker m'a informé qu'Anna venait de découvrir une peinture rupestre. Les *erectus* possédaient donc déjà une conscience bien plus élaborée que ce que nous imaginions.

D'un geste d'autorité, Carmack le coupa dans son élan.

— Merci pour ces précisions sur les mœurs indigènes, vous feriez un très bon agent de voyages, Carvalho. En attendant, si vous me permettez, on a un ordre du jour long comme le bras.

— Je pense que nous devrions écouter Lucas.

Le sourire perpétuellement accroché à ses lèvres trahissait les origines politiciennes du directeur des réserves, Zoe Muya. Malgré cela, l'homme jouissait d'une réputation de franchise. Sa peau noire et son accent rêche racontaient l'histoire d'un enfant né dans un *township* d'Afrique du Sud. Il avait dû lutter pour se bâtir un destin et était à présent à la tête des trois réserves depuis la capitale du Kenya, Nairobi. Au moment de choisir le directeur et l'implantation de son bureau, la majorité des voix à l'ONU s'était portée vers l'Afrique. Le continent ayant été le berceau de l'espèce humaine, il semblait naturel de confier cette tâche à l'un de ses fils.

— Nous avons deux problèmes sur le feu, reprit Lucas. Les *erectus* évadés qui progressent sur le territoire du Kenya, et les nouveaux cas de régression. Pour l'instant, je laisserai de côté le cas des Ganesh, trop atypiques. Mais même en les éliminant des statistiques, la population des réserves va tripler avec l'afflux des « primaires ». Or, si les rumeurs sont vraies et que les *erectus* démontrent une capacité à s'organiser beaucoup plus affirmée – je parle aussi bien des anciens que des nouveaux infectés –, je trouve tout cela particulièrement inquiétant.

Carmack leva la main, sans percevoir l'agacement des autres. Il avait clairement décidé de mener les débats.

— Zoe, je vous ai prié de venir aujourd'hui justement pour que vous confirmiez que ce ne sont que des bavardages de grands-mères. Depuis quand Internet est une source fiable d'information ? Je reçois tous les jours des rapports militaires et je peux vous assurer qu'aucun n'a fait mention de « facultés hors du commun ». Nous parlons de créatures qui s'entre-dévorent, bon sang ! Comprenez-moi bien, je serais le premier fasciné si ces rumeurs étaient vraies, mais j'ai une pandémie à stopper et je n'ai pas le temps de me comporter comme un bon Dieu d'ethnologue au milieu de l'Amazonie ! Alors, est-ce qu'on peut passer aux mesures sanitaires, à présent ?

Javier Toledo fit signe à sa secrétaire, qui lança aussitôt une vidéo. Sur l'écran, aucune indication, sauf l'heure : 00 h 52. Lucas se demanda si c'était par souci du secret ou parce que le général voulait souligner le caractère « ordinaire » de la scène. Un truc qui signifierait : « Où que ce soit, voilà comment ça se passe. »

La caméra était visiblement fixée sur le casque d'un soldat accroupi dans l'habitacle d'un hélicoptère. Près de lui, un homme se mit à rire et mima une arme pointée avec son doigt. Un Casque bleu. L'autre se détourna pour regarder plus bas. Dessous, les lumières d'une ville anonyme. Le halo de son projecteur balayait les immeubles aux façades végétalisées.

Dans la salle, la tension crût au moment où l'on vit les hommes sauter l'un derrière l'autre. La descente ne prit guère plus d'une minute.

« Sergent Ricardo ? » Celui qui filmait se tourna encore une fois. Le chef d'escouade ? Le soldat qui avait mimé le pistolet indiqua une direction et prit la tête du peloton.

L'image tout en teintes de gris – dues à la vision infrarouge – oscillait au rythme rapide de leur progression, droit dans la jungle urbaine. Comment qualifier autrement ces fougères rongeant les trottoirs, les lianes grimpant sur les façades, ou cette porte éventrée par une branche aux allures de tentacule ? Par endroits, le sol irrégulier laissait deviner les épaisses racines des arbres à contreforts.

Un chuintement brisa le silence. Le premier soldat eut à peine le temps de s'étonner qu'il perdit la tête. Tranchée d'un coup net, elle alla rouler aux pieds d'un deuxième Casque bleu, qui fit un trois-cent-soixante-degrés à la recherche de l'agresseur, sans se rendre compte que la menace venait du ciel. Ricardo filmait toujours. La caméra se releva et pointa vers un arbre gigantesque. Une ombre tombait, si rapide qu'on devinait à peine la silhouette d'un *erectus*. Le soldat n'avait pas une chance. Un grondement terrible étouffa son hurlement. L'objectif saisit un bras sanguinolent qui volait dans les airs, littéralement arraché. Puis, un tourbillon confus. Ricardo galopait. Sa panique se devinait au bruit de forge de sa gorge et au tressautement des images. La voix enrouée, il glapit soudain : « Hélico, hommes à terre, code 6, faut me récupérer, code 6 ! »

Amas grisâtre de la végétation en vision infrarouge, trouée plus pâle d'une rue. Course erratique.

Dans la salle, tout le monde retenait son souffle. Hillary laissa échapper un murmure qui ressemblait à un « plus vite ».

Comme si on pouvait encore changer la fin…

Un choc et un autre tourbillon de confusion. La caméra révéla un faciès aux yeux fous. Puis les dents. Puis rien que les sons d'égorgement.

La voix de Toledo les arracha au spectacle morbide. Froide, efficace.

— Ces hommes sont morts en une minute et dix secondes, même si ça a dû paraître une éternité au dernier. Ce ne sont pas des histoires de grands-mères, comme vous dites. Nous avons visionné plusieurs vidéos embarquées au sein de nos unités depuis le réveil des *erectus* primaires. Je vous livre nos conclusions. Un : nos gars ont été décimés par des créatures si parfaitement synchronisées qu'on peut parler de comportement de meute. Deux : aucune meute dans le monde animal n'aurait atteint ce degré de rapidité et d'anticipation de l'ennemi. Trois : la rumeur dit vrai. Ces nouveaux *erectus* sont capables d'anticiper nos mouvements. Donc, ils communiquent. Quatre : contrairement aux *erectus* de la première vague, ceux-ci n'attendent pas d'être en danger pour attaquer. Ils semblent réagir au moindre signal d'agressivité. Peut-être même de peur. Ce qui ne serait pas si illogique. L'affolement engendre l'offensive dans bien des cas… Aussi, je vous le demande, mesdames, messieurs : qu'est-ce que nos soldats sont supposés faire à présent ?

Cette fois, le patron du comité Kruger2 eut le bon sens de s'écraser. Le silence de plomb qui régnait autour de la table était à la hauteur de la consternation générale.

Lucas Carvalho avait déjà vécu cela. Néanmoins, pour la première fois depuis le début des événements, il sentit l'étau se desserrer.

— Si vous permettez, j'ai bien une suggestion…

– 2 –

Vatican,
J – 19.

L'homme avait voulu revêtir son habit le plus humble, mais même ainsi, dans ce coton richement tissé d'un blanc immaculé, il se sentait engoncé dans un costume d'apparat, et d'autant plus misérable. Il n'avait jamais apprécié les ornements trop voyants ni les étoffes brodées et, au moment de s'abîmer dans la prière, la soutane lui parut d'une inutile incommodité.

Cet accès de contrariété masquait une impuissance plus profonde, il le comprit aussitôt que ses genoux touchèrent le sol. Il était pape et découvrait son insuffisance terrible, tellement écrasante qu'elle lui ôtait l'élan d'espérance qui le portait jour après jour depuis soixante ans.

Il avait tant prié ! Les épreuves étaient si grandes ! Pauvreté, guerre, misère de l'âme, exploitation sexuelle, esclavagisme, criminalité florissante, drogues, égarements, prévarication, mensonges… Les maux de ce monde étaient innombrables. C'était dans l'intercession auprès de Dieu qu'il trouvait son apaisement. Cela avait toujours été ainsi, toujours depuis ses dix ans. Dieu consolait, Dieu renversait le désespoir, Dieu défaisait le plus noir de l'âme humaine et transperçait les cœurs les plus durs. Il n'était pas de désolation ni de péché si obscur qui ne soit hors d'atteinte de sa divine lumière.

Il suffisait de le prier.

— Notre Père qui es…

La litanie mourut dans un sanglot. Dieu n'était ni dans les dalles dures qui meurtrissaient ses pauvres rotules, ni dans le crucifié d'albâtre, ni dans la flamme perpétuelle, ni dans la lueur moirée, filtrée par les vitraux.

Dieu se taisait, repoussé par la clameur d'un fou.

Ignace Ier s'abandonna dans sa supplication. Il invoqua le saint nom du Père, invoqua l'Esprit, invoqua le Fils qui avait douté, lui aussi. Il le faisait pour le monde et…

Mensonge ! Il le faisait pour lui. Parce que l'incertitude rongeait son âme.

Il tourna ses pensées vers le saint patron dont il avait pris le nom. Saint Ignace d'Antioche, livré aux fauves par les Romains. Ses paroles lui montèrent aux lèvres.

— « Que je devienne donc la pâture des bêtes. C'est par elles qu'il me sera donné d'aller jusqu'à Dieu. Je suis le froment de Dieu. Que je sois donc moulu par les dents des bêtes pour devenir le pain immaculé du Christ. »

L'appel glorieux de résistance sonnait dans le vide. Si ni Dieu ni saint ne répondait, alors vers qui se tourner ? Depuis la disparition de Giovanni, frappé par le virus, il n'y avait plus personne. Le secrétaire particulier était son confident et son meilleur ami, et sa perte semblait effacer toutes les autres.

Ignace secoua la tête, affolé. Le tourment le faisait délirer ! Le monde avait besoin de sa ferveur, sinon comment s'opposer aux ténèbres ?

Pour la première fois de son existence, néanmoins, l'homme de chair percevait la morsure de la douleur pure.

Pas la douleur d'autrui ni la misère rapportée par ouï-dire, pas les images insoutenables du dénuement, mais l'ébranlement intime, l'abîme vertigineux du doute et son immense solitude, puisque Dieu n'entendait plus son cri.

Une rumeur monta, inhabituelle, sans parvenir à le distraire de ce constat qui l'épouvantait. Il était seul, seul comme jamais aucun homme ne l'était, parce que être pape, c'est être isolé comme l'étoile dans le vide abyssal du ciel. C'est donner en vain sa lumière alors qu'on est mort. C'est continuer à psalmodier alors que les mots n'ont plus de sens…

— *Dios mio !*

Le cri perça le silence et cette fois, Ignace l'entendit, juste avant la détonation d'une arme. Un brouhaha enfla, puis les portes de la chapelle battirent avec fracas et le vieil homme retrouva suffisamment de force pour se hisser debout, les jambes flageolantes.

Dans la trouée de lumière, trois silhouettes découpées, l'une indéniablement humaine, flanquée de ses créatures simiesques. Derrière, il distingua le corps du garde suisse démembré.

Ainsi donc, c'est bien la fin, pensa-t-il.

À cet instant, le désespoir céda face à plus grand que lui. *Fatalité.*

Au lieu de reculer, le pape avança vers le trio démoniaque, les mains ouvertes dans un geste d'accueil, ou bien de résignation, lui-même n'aurait su le dire. Pourtant, il allait à la rencontre de ce qui est, parce que mieux valait périr mille fois que de ressentir l'absence de foi qui venait de l'étreindre.

Les *erectus* fondirent sur lui sans qu'il esquisse un mouvement de défense.

Au moment de mourir égorgé, Ignace éprouva un ultime élan envers son saint patron. N'aurait été la douleur de sa chair martyrisée, peut-être se serait-il réjoui de l'ironie de finir dévoré, comme son prédécesseur.

Puis toute réflexion le quitta et il sombra dans le grand inconnu.

Le festin fut consommé en moins de trois minutes. Les *erectus* répondaient à la colère du Ganesh, guidés par sa pensée.

Celui qui avait l'apparence d'un homme demeurait immobile, en retrait, le regard traversé par une lueur malicieuse. Le souverain pontife ne l'avait pas reconnu, aveuglé par son « épiphanie ».

Giovanni Rovere, archevêque de la curie romaine et secrétaire particulier du pape, avait perdu toute conviction chrétienne en se réveillant trois jours plus tôt.

Ganesh, c'est ainsi qu'on les nommait à présent, lui et les autres.

Il sourit dans la pénombre. Les hommes ne pouvaient décidément pas se passer d'idoles.

En guise d'adieu, il murmura d'une voix rauque :

— Dieu est une invention humaine, l'évolution l'a effacé.

Déclaration de l'OMS sur la nouvelle pandémie

L'Organisation mondiale de la santé alerte les populations sur les conduites à tenir face aux personnes contaminées par le virus Ganesh.

DÉCLARATION
THÈME : PANDÉMIE
BUREAU D'ÉDITION : SIÈGE DE L'OMS

Quiconque est témoin d'une contamination devra signaler aux autorités les malades infectés.
Les individus pas encore sortis de leur stase seront récupérés par des unités militaires, puis dirigés vers des camps de rétention, avant d'être expédiés vers les réserves.
La réserve kényane a été rouverte et la barrière électrique sécurisée.
Nous comptons désormais deux millions d'*erectus* à travers le monde. Le nombre de Ganesh n'est pas encore précisé.
Dans tous les cas, tenez-vous loin des bandes hors de contrôle et ne cherchez jamais le contact, quelles que soient les circonstances !

Les *erectus* sont des êtres primitifs et sauvages, au même titre qu'un lion ou un ours polaire. Ils ne s'apprivoisent pas et restent imprévisibles.

– 3 –

Sur la route de Kitale, vallée du Rift, Kenya, J – 19.

La lumière palpitait au-dessus des arbres, luisances suspectes qui tenaient le petit groupe en alerte. Un oiseau incontestablement régressif creva les frondaisons dans un bruissement d'enfer et s'éloigna à tire-d'aile.

Lucas avait quitté New York pour le Kenya. Avec Kyle, ils s'étaient badigeonnés de répulsif. Pour plus de sûreté, ils portaient des gants et s'étaient enroulé la tête dans un chèche.

Même si Kyle se faisait le porte-parole des *erectus* – qui l'appelaient Kaï –, c'était Ny qui impulsait les décisions. L'ancêtre avait ainsi déconseillé d'exhiber des armes pour ne pas s'attirer d'ennuis s'ils tombaient sur une troupe d'*erectus*.

Ce n'était pas tant les syllabes heurtées de Dany Abiker qui mettaient Lucas mal à l'aise que la démonstration de sa capacité à raisonner, parce que si l'*erectus* était apte à penser, alors tous les autres le pouvaient aussi. Chaque individu que l'on avait étudié, testé puis relégué, et pour qui on décidait de tout, territoire, fertilité, avenir.

Anna avait raison depuis le début. De quel droit les hommes s'étaient-ils arrogé ce pouvoir de vie et de mort ?

C'est Ny qui avait « contacté » Wuan afin de fixer un rendez-vous.

L'idée, qui lui avait semblé si évidente à New York, avait singulièrement pâli sous le ciel africain. Il s'agissait de s'entendre avec le chef des tribus rebelles responsables de dizaines de morts et de centaines de blessés. Lucas avait menti. Devant le comité Kruger2, il avait évoqué des négociations possibles grâce aux capacités télépathiques de Dany Abiker. Or, il espérait davantage, mais cela dépendait entièrement de l'ancien mari d'Anna qui avait régressé en *erectus* et de sa « mémoire » émotionnelle, s'il en avait une…

Ils ne l'entendirent pas arriver. Soudain, Wuan se matérialisa devant eux, comme surgi du néant.

Pour autant qu'on en pouvait juger, ses traits ne laissaient rien paraître, sinon de la méfiance. *Au moins, il n'a pas l'air de vouloir nous égorger*, songea Lucas avec soulagement. Il avait beau avoir été le premier agent de l'OMS à contempler le patient zéro, plus de sept ans auparavant, l'aspect primitif des *erectus* continuait à le fasciner : le bourrelet du front, les lèvres charnues rouge sang, l'incroyable puissance des mâchoires prognathes. Chez Wuan, il décelait aussi une inflexibilité palpable, une énergie qui rendait sa présence presque dérangeante.

C'est un chef de guerre ! Il en a la trempe.

Il esquissa un geste de salut, et comme l'autre ne bougeait pas, il finit par secouer vaguement la main. Devant l'impassibilité de l'*erectus*, il se sentait ridicule.

Vas-y mollo avec le vocabulaire. Tu as face à toi un être qui a deux millions d'années.

— Je m'appelle Lucas Carvalho, je suis un ami d'Anna. On m'a dit que tu comprends notre langue. C'est vrai ?

Aucune réaction. L'*erectus* était aussi expressif qu'un mort. L'évocation de son ancienne compagne n'avait rien produit. Sans négociation possible, l'armée finirait par envoyer des troupes. Et avant, ils bombarderaient les villages occupés. Lucas refoula sa panique. Un début de migraine lui compressait les tempes. Il devait insister.

— Alice aussi a disparu, votre… C'est la fille d'Anna.

Cette fois, il crut percevoir un frémissement et continua à parler.

— OK, on va partir du principe que vous me comprenez, au moins un peu. Nous n'avons plus de nouvelles depuis une semaine… depuis des jours et des nuits ! Elles ont été enlevées par des hommes mauvais. J'ignore même si elles sont blessées ou… Tout ce que Ny a pu sentir c'est qu'elles sont vivantes et ont quitté le continent. Et une femme qui s'appelle Linn Visnar m'a avoué juste avant de partir pour le Grand Sommeil qu'Anna et sa fille auraient été expédiées en Chine, dans une ville in…

Il se reprit juste à temps. Il allait dire « infestée ».

— Une ville peuplée de… gens comme vous, les tribus. J'ai besoin de toi pour la sortir de là. Tu peux la sauver si tu viens avec moi. Je sais que les hommes ont été durs avec les tiens. Mais Anna… Toi et elle, vous avez été proches comme… C'était il y a longtemps. Après le virus, quand tu as régressé, tu étais pourchassé par les soldats, et Anna t'a aidé. Elle t'a sauvé la vie et elle a sauvé beaucoup de tribus. Alors, j'ai besoin de toi. Sinon, je n'ai pas une chance. Viens en Chine avec moi. Si tu fais ça, je vous aiderai une fois que… quand tout sera fini…

Il attendit, persuadé d'avoir sorti un charabia quasiment incompréhensible. Wuan se contentait de le fixer sans rien laisser paraître. Lucas sentit sa migraine s'aggraver et il réprima une grimace. Le découragement l'envahit. Tout ça pour quoi ? Une guerre encore plus violente, parce qu'ils étaient incapables de communiquer…

Alors qu'il songeait à cela, l'*erectus* articula :

— Je te com-prends.

Lucas sursauta. Le guerrier semblait avoir lu dans ses pensées, comme le vieux Ny. Cette idée devenait bien plus dérangeante, parce que cela impliquait une clairvoyance qu'il était loin de maîtriser. L'*Homo sapiens* avait perdu des facultés cognitives au cours de l'évolution. Si la télépathie existait chez les *erectus*, alors ils étaient doués d'une forme de conscience « supérieure ». Leurs capacités d'apprentissage étaient non seulement réelles, mais bien plus riches qu'on ne le croyait. Cela signifiait qu'ils s'étaient plantés dans les grandes largeurs en les considérant comme des singes améliorés !

La veille, Kyle lui avait dressé un portrait des *erectus* bien différent de ce qu'il imaginait : ils dessinaient et faisaient des funérailles à leurs morts, ils utilisaient des outils. D'après les vestiges retrouvés près de la barrière électrifiée, ils avaient la notion de leurs limites. Ils apprenaient à une vitesse sidérante. Selon Ny, ils détestaient se retrouver enfermés. Le « maillage » des communications grandissait de jour en jour depuis la découverte des massacres. Ainsi, leur évolution n'avait rien à voir avec l'évolution passée – l'âge de pierre, l'apparition de la roue, l'âge du fer, cette chronologie appartenait à l'histoire ancienne. Les *erectus*, c'était comme partir d'un point donné et choisir un trajet différent. Ils n'étaient pas seulement des « ancêtres », ils étaient une branche de la famille, le fruit d'une anomalie génétique et d'une conscience humaine « globale ». Mais après la pandémie et les morts, comment pourrait-on inventer une autre politique, un autre chemin possible ?…

En proie à la confusion, submergé par une foule de questions, Lucas tenta de ne pas se laisser aspirer par ses propres interrogations. Il respira un grand coup et demanda simplement :

— Es-tu capable de lire dans mon esprit ? On va essayer un truc… Je suis en train de penser à un chiffre. Tu peux le voir ?

Les fourmis grouillaient sous la peau de Wuan et les images s'entrechoquaient, brouillant le sens de ses paroles. Le visage de la femme aux yeux verts ne s'était jamais effacé de sa mémoire. Même Fille-de-Lune ne l'avait pas arraché. Et l'enfant… l'enfant lui était familière, comme un esprit du songe. Quand An-na était venue à la Pierre-Levée, il avait flairé son odeur à la première seconde. Sa présence faisait naître en lui de la douleur et de la douceur, comme une source cachée qui ne s'était jamais tarie. Elle disait « avant » ou « toi et moi » et il savait, sans pouvoir vraiment comprendre, que c'était une autre vérité. Avant le Grand Sommeil, An-na et Wuan…

La brûlure s'intensifia quand il poussa son esprit à creuser. L'homme n'était pas complètement sincère. En découvrant qu'il portait lui aussi l'image d'An-na, l'*erectus* serra les dents, en proie à l'amertume. Lucas aimait An-na. Les fourmis lui soufflaient cette vérité. Il rageait de ne pouvoir éteindre son désir avec les poings.

Wuan était un chef puissant et respecté parmi les clans, mais les Tikaks, les hommes en armes, le réduisaient à l'état de bâton emporté par le fleuve. L'*erectus* détestait le mensonge. Ce Lucas parlait au nom de tous les siens, mais il était pareil à un chasseur parti en solitaire, courant le long de la grande rivière, une lance à la main. Il voulait trop de choses. Il voulait An-na, mais aussi arrêter la marche des clans. Les hommes avaient peur des chasseurs, c'est pourquoi ils les avaient enfermés dans la « ré-serve ». Naï lui avait expliqué.

Les fourmis couraient le long de ses nerfs et enflammaient sa vision. Tout ce que dégageait Lucas lui hérissait le poil. Mais l'homme pourrait « aider » les clans, même s'il l'ignorait encore.

Quand il ouvrit la bouche, Wuan était redevenu parfaitement calme, et dit avec sa voix traînante :

— Ton i-mage, c'est « neuf ». Je viens avec toi, au-delà la grande eau.

La parole des hommes roulait de mieux en mieux sur sa langue. Bientôt, il apprendrait les mensonges.

Kaï lui avait appris le mot : « stratégie ».

Sur le Net.

Tout le monde va bien ?
Savetheplanet

OK pour moi.
Manforever

Je n'aurais pas parié dessus avant,
mais ça fait plaisir de te lire, Man !
Savetheplanet

PTDR ! Et toi, Save ? Toujours avec tes bestioles
à la ménagerie ?
Manforever

Perso, je me tire de Sydney !
Winteriscoming

OK pour moi aussi ! Winter, c'est quoi ton plan ?
Ça chauffe chez toi ?
misspandemia

On dit que les singes se regroupent dans
la banlieue et qu'ils vont attaquer. Ici, le ministre fait
dans son froc. Les gens se conduisent
en moutons ! Pas question de me planquer chez moi
ou encore pire, de crever dans un centre
de survie parqué à cinquante par dortoir !
Winteriscoming

Tu vas aller où ?
misspandemia

Sais pas encore.
Winteriscoming

Tu veux te battre ?
Manforever

Carrément !
Winteriscoming

Alors, viens à Dublin ! On a créé une milice
et on s'organise pour résister aux attaques.
Notre groupe est solide,
on a des armes, des stocks
de bouffe… et de la bière pour tenir un siège !
Manforever

Vous avez le droit de vous organiser
en bande armée ?
Savetheplanet

Tu crois que je vais demander la permission
aux condés ?
Manforever

Je t'admire trop, Man ! Chez moi,
tout le monde se planque !
misspandemia

Moi, je te plains.
les_erectus_sont_mes_meilleurs_amis

Tu te laisserais bouffer par tes potes, miss monkey ?
Misspandemia

Pas plus que toi. Je pense juste qu'on peut gérer
autrement. Tu veux la guerre des espèces ?
les_erectus_sont_mes_meilleurs_amis

Sans vouloir te réveiller,
on est déjà en plein dedans !
Manforever

C'est pas complètement faux,
mais on peut chercher d'autres solutions, non ?
Savetheplanet

Sur ce coup-là, je te trouve optimiste, Save.
Perso, j'ai vu un Ganesh et ça fout le vertige.
Un type comme toi et moi en plus baraqué,
un regard de tueur.
Le genre de mec qui décide en une seconde
s'il va te massacrer ou te laisser tranquille…
Gomphotherium

Tu l'as vu en vrai ?! OMG !
misspandemia

Yep ! J'étais parti me réapprovisionner en clopes.
J'ai pas eu le temps d'avoir peur que je l'ai vu
qui me barrait la route. Un regard à te geler le cul !
Il m'a fixé trois secondes, avant de disparaître,
juste comme ça ! Sur le coup, j'ai juré d'arrêter.
Je crois que ça m'a sauvé.
Gomphotherium

D'arrêter la clope ?
Winteriscoming

MDR, de pas avoir eu le temps de flipper !
Paraît que ça peut les calmer.
Si tu angoisses, t'es mort !
Gomphotherium

Ça craint !
misspandemia

Moi, je dis que les Ganesh ont rien à voir avec les *erectus* ! Ils s'en servent juste pour faire le sale boulot, du coup, on les déteste. C'est ce que veulent les racios !
les_erectus_sont_mes_meilleurs_amis

Logique. Les mecs se mettent à la colle avec les singes et… pour quoi, au fait ?
misspandemia

Je te cause pas, toi.
les_erectus_sont_mes_meilleurs_amis

@Manforever : T'es sérieux pour la milice ? Tu pourrais m'accueillir ?
Winteriscoming

On est en train d'installer un entrepôt. Y a beaucoup de gens qui préfèrent se regrouper plutôt que de se battre de leur côté, alors tu seras pas tout seul. On est 50.
Manforever

Et les flics ?
Winteriscoming

On en a 3 dans nos rangs. Et un p… d'adjudant à la retraite qui entraîne les bleus à former des commandos.
Manforever

J'aimerais trop vous rejoindre ! Mais Dublin,
c le bout du monde. De toute façon, on peut
presque plus décoller sans autorisation.
misspandemia

Les mecs, je voudrais pas casser votre délire,
mais les vidéos qui circulent sont franchement pas
encourageantes. Vous allez droit au massacre !
Il y a 7 ans, j'ai vu des trucs tellement pourris…
Ma petite voisine tuée par sa propre mère
métamorphosée en *erectus*, j'en rêve toutes les nuits.
Savetheplanet

Au moins, on mourra comme des hommes !
Winteriscoming

Bien dit, Winter ! Les singes nous auront pas !
Manforever

Les singes, comme tu dis,
vont vous foutre une branlée
ou vous changer en moins de 2 : action-réaction !
Vous avez entendu parler des « conversions » ?
les_erectus_sont_mes_meilleurs_amis

My God ! C quoi ça encore ?
Une pub pour chrétiens fondamentalistes ?
misspandemia

Un autre terme pour parler des régressions.
Je crois que les Ganesh aiment particulièrement
convertir les hommes que nous sommes.
Savetheplanet

Baiser de la mort

Erectus de la seconde vague et Ganesh ont infesté une Brasilia désertée par *Homo sapiens*.

Par Olga Benario (São Paulo, correspondante)
Publié aujourd'hui à 12 h 05
The Washington Post
INTERNATIONAL - BRÉSIL - VIRUS GANESH

Il n'y a vraisemblablement plus un seul humain à Brasilia. En tout cas, personne qui réponde au téléphone ou aux appels lancés par des missions de reconnaissance en hélicoptère. La cité tout entière semble tombée aux mains des *erectus* et de leurs alliés, les Ganesh. On estime les contaminés à cinquante-sept mille, soit le nombre exact de personnes disparues, à un ou deux milliers près. Seulement un tiers d'entre elles auraient été piquées le jour de la Grande Contamination. Les autres ont été infectées après.
Depuis, les rôdeurs ont pris le rôle du moustique prédateur. Les forces armées brésiliennes - qui s'aventurent dans le centre-ville uniquement

dans des tanks – affirment que les *erectus* se sont livrés à une chasse à l'homme géante dans la ville. En usant de leurs pouvoirs psychiques ou de télépathie comme d'un « radar à humain », les rôdeurs ont envahi les immeubles, les cages d'escalier, puis les appartements encore occupés. Les « Brasilienses » qui avaient refusé de fuir par peur des pillages ont été convertis.
Cette seconde pandémie n'est guère comparable à la première : les régressés émergent beaucoup plus vite du coma et démontrent une inclination à la violence inquiétante. L'objectif des prédateurs n'est pas de supprimer leur proie, mais de l'infecter. Dans ces attaques ciblées, il semble exister une volonté déterminée à changer le cours de l'humanité. Les nouveaux *erectus*, menés par les Ganesh, ont le sens inné de la biologie du virus.

Bushido

Le courage du maire de Tokyo émeut la communauté internationale.

Par Paola Márquez (Séoul, envoyée spéciale)
Publié aujourd'hui à 18 h 02
The Washington Post
INTERNATIONAL – JAPON – VIRUS GANESH

L'histoire du maire de Tokyo illustre tragiquement cette stratégie de la contamination. Shigeru Miyamoto était réputé pour son courage politique et son engagement écologique, une posture rare au pays du Soleil-Levant, où la discipline constitue l'un des piliers de la société. Miyamoto était issu d'une famille de pêcheurs, avait-il coutume de raconter, et son père ne rechignait jamais à prendre la mer pour poser ses casiers, même quand une tempête s'annonçait. Est-ce le souvenir de cet entêtement qui l'a poussé à refuser l'évacuation alors que la plupart de Tokyoïtes étaient déjà partis, l'image du capitaine qui n'abandonne le navire qu'à la dernière extrémité, ou tout simplement le *bushido*, « la voie du guerrier », astreint au respect de la mort ? Quoi qu'il en soit, quand Shigeru Miyamoto a compris la nature particulière de la contamination, il était trop tard pour quitter la ville. Les faubourgs de Tokyo étaient aux mains de bandes d'*erectus*, menés par des Ganesh peu disposés à la négociation. Le maire a donc décidé de se retrancher avec ses collaborateurs dans l'hôtel de ville, un grand bâtiment du quartier nord. Puis, via les panneaux d'affichage qui abondent dans la capitale nipponne, il a demandé aux derniers habitants de les rejoindre afin d'organiser la résistance. Hélas, à la place de concitoyens éperdus, c'est une armada qui a déferlé, et les retrouvailles se sont soldées par le baiser de la mort. Shigeru Miyamoto a pu se réfugier dans une salle d'archives et s'est enfoui sous une avalanche d'épais classeurs. Il a ensuite pris un cliché de son camouflage qu'il a envoyé à sa fille unique. Le long texto qui l'accompagne constitue aujourd'hui l'un des rares témoignages directs d'une attaque. Le voici retranscrit dans son intégralité :

« Ma fille chérie,
C'est différent cette fois. Tout le monde a été mordu autour de moi, mais pas un pour être mangé. C'est comme s'*ils* savaient instinctivement qu'ils sont contagieux et qu'ils devaient se reproduire pour nous faire disparaître, pour nous noyer sous le nombre. Je me suis caché dans la salle des archives, mais je n'ai guère d'espoir d'en réchapper. S'ils me cherchent, ils me trouveront, parce que l'odeur de ma peur est trop puissante. Ma fille, nous avons su rebâtir nos villes après l'apocalypse nucléaire. Ce sera à toi, à vous, de reconstruire notre monde après l'enfer *erectus*.

Kimi o aishiteru »

– 4 –

Genève, Suisse,
J – 18.

Dans ses relations professionnelles, si Lee Carmack cultivait une forme d'exigence, quitte à se montrer brutal, il n'en demeurait pas moins sensible à l'héroïsme. L'histoire du maire de Tokyo l'émut et il se débrouilla pour faire parvenir un message de sympathie à sa fille Junko, qui avait été le relais de cette tragédie. Toutefois, s'il fut touché, c'est aussi parce que le plan de Carvalho prenait désormais une importance inattendue. Lucas était sur le point d'embarquer avec un *erectus* pour Sanya. Et pas n'importe lequel : le chef des clans enfuis de la réserve kényane. Il y avait là une opportunité dont il ne mesurait pas encore bien les tenants et les aboutissants, mais qu'il pressentait déterminante.

Hillary était retournée à Lyon au siège d'Interpol et lui avait fait part de nouvelles peu réjouissantes.

Le programme VIRUS, opérationnel au lendemain de l'attaque des moustiques, permettait de faire le tri parmi le flot des réfugiés et d'écarter les porteurs du Ganesh identifiables avant d'être contagieux. Selon les premières observations, la durée des comas dépendait de plusieurs facteurs : le nombre de piqûres endurées, la constitution du malade, sa résistance immunologique. Une rumeur prétendait que ceux du groupe sanguin O étaient les plus exposés... En cas de suspicion, les malades potentiels étaient systématiquement enfermés dans des unités médicales, puis transférés dans des camps de rétention, en attendant de décider de leur sort. Trois jours auparavant, un foyer d'infection avait soudain émergé à l'aéroport de Reykjavik, en Islande. En raison de son climat rude, l'île n'hébergeait aucun moustique. Aussi la capitale faisait-elle face à un afflux de migrants qui s'entassaient dans d'immenses camps installés dans ses faubourgs. Ces porteurs du Ganesh arrêtés aux portiques constituaient une énigme. Vérifications faites, tous venaient de villes européennes indemnes du virus, et avaient préféré devancer le mal en s'expatriant. Comment diable le virus avait-il pu les contaminer ? La réponse était venue d'Alessandra Masi, une collaboratrice italienne qui avait voulu vérifier si des cas similaires s'étaient présentés ailleurs dans le monde. Elle en avait découvert en Terre de Feu, à la pointe de l'Amérique du Sud, et à Saint-Pierre-et-Miquelon, l'archipel situé au nord de l'océan Atlantique. Elle avait donc cherché des points communs entre ces deux zones géographiques et l'Islande. Il n'y en avait qu'un : les oiseaux migrateurs. Au mois de juillet, les colonies – des oies essentiellement – quittaient leur lieu d'hivernage pour élire domicile dans l'un de ces endroits. Par malchance, si les volatiles représentaient un vecteur connu de propagation, personne n'avait imaginé que leur version régressive conserverait leur instinct migratoire. Entre-temps, un photographe islandais indépendant avait publié de superbes clichés d'archéoptéryx volant en formation au-dessus de l'Atlantique. Or, il n'était pas rare que les oiseaux soient happés par les réacteurs des avions de ligne et ressortent de l'autre côté sous la forme d'une explosion de plumes et d'une fine pluie de sang. Ce type d'incident était banal aux abords des aéroports. Il avait pris des dimensions tragiques quand des passagers avaient traversé le tarmac à pied, aspergés sans le savoir de microscopiques gouttelettes pourpres. Ils avaient été testés positifs au Ganesh dans la foulée…

Prévenus la veille, la plupart des pays avaient pris la décision de limiter les vols aux opérations militaires ou sanitaires. De toute façon, les flux migratoires étaient en train de virer à la folie.

Carmack pressentait que le pire restait à venir. Jusqu'à présent, le monde s'était surtout concentré sur la menace sanitaire que représentaient les moustiques. Or, les témoignages tels que celui de Miyamoto avaient beau être rares, ils allaient tous dans le même sens. On ne pouvait plus espérer régler le problème *erectus* comme un simple affrontement avec des ancêtres balourds. Il s'agissait d'un combat pour l'espèce humaine et toutes les stratégies, tous les coups seraient bons pour gagner.

Selon toute probabilité, Owen Firth possédait l'antidote au virus Ganesh. Hélas, depuis son communiqué, le terroriste n'avait rien publié. Tous les services de renseignement existants étaient à ses trousses. Il devenait vital de lui mettre la main dessus. Avec un peu de chance, Lucas Carvalho parviendrait à remonter une piste. Dès qu'il reçut la confirmation de l'accord de Wuan, Carmack convoqua une réunion d'urgence.

Le comité Kruger2 s'était étoffé depuis la veille. Outre les scientifiques, il accueillait désormais des représentants internationaux, tous experts dans leur domaine : des membres du renseignement du bloc occidental, un représentant russe et son homologue chinois, un Indien et un Pakistanais, des militaires et des secrétaires d'État nommés expressément au début de la crise. Vu l'accélération de la pandémie, les décisions du comité scientifique influençaient désormais les décisions politiques, sanitaires et militaires.

Jamais personne, dans toute l'histoire humaine, n'aurait imaginé pareille commission. Mais il est vrai que jamais le monde n'avait eu à affronter semblable menace, pas même lors de la première pandémie.

Carmack résuma la situation dans un discours lapidaire : en cinq jours, la pandémie avait pris un virage inattendu qui exigeait une réplique immédiate ! La menace des moustiques se doublait à présent d'un risque hégémonique que personne n'avait anticipé. Les hommes ne combattaient plus seulement un virus ou un insecte, ils devaient affronter un être doué de volonté et doté de talents inégalés. Car, au-dessus des *erectus*, c'étaient indéniablement les Ganesh qui menaient la danse – plus forts, plus vifs et plus intelligents – et il était peu probable qu'ils acceptent de se voir relégués dans un CLP ou une réserve de ce type.

En guise de conclusion, il demanda d'affecter à Lucas un commando d'une douzaine d'hommes pour l'aider à progresser à Sanya.

S'il espérait convaincre par une présentation coup de poing, Lee en fut pour ses frais. Le général sud-africain Jürgen Müller s'opposa d'emblée à l'initiative :

— Mon rôle est de protéger les gens, pas de les exposer à des créatures douées de pouvoirs chamaniques, défendit-il en posant ses mains sur son ventre bedonnant. Et si votre *erectus* en profite pour vous fausser compagnie ? Vous avez réfléchi à ses vraies motivations ? S'ils sont aussi intelligents que vous le prétendez, qu'est-ce qui l'empêchera de prévenir ses congénères et de vous sacrifier ? Désolé, mais pour moi, c'est non !

Il fut rallié aussitôt par l'agent chinois – dont on ignorait précisément le grade et la fonction –, qui s'insurgea contre l'ingérence intolérable d'une intervention étrangère.

Les Européens, en revanche, souhaitaient tenter le coup. Au mieux, Anna Meunier serait libre et l'*erectus* ferait un ambassadeur précieux avec « la bande kényane », au pire, on perdrait une poignée d'hommes, ce qui, en ces temps d'apocalypse, était insignifiant. C'était une idée brillante, la seule qui émergeait d'une avalanche de nouvelles catastrophiques : villes désertées, refuges saturés, colonnes d'*erectus* de plus en plus menaçantes et contaminations exponentielles, sans compter l'éclosion d'une seconde vague de moustiques, ce qui laissait un répit d'à peine dix jours pour reprendre les villes et exterminer les animaux régressifs les plus hostiles.

Le Pakistanais – bien plus malin que Lee ne l'aurait parié – intervint dans le débat.

— Les autoroutes virales sont maintenant grandes ouvertes. Je pense que les terroristes n'ont pas choisi par hasard d'agir en début d'été. Quelles grandes villes nous reste-t-il ?

Radha Khan avait lâché ce « nous » collectif, qui désignait l'espèce humaine au moment opportun. Cela suffit à éteindre la bataille piètrement nationaliste qui menaçait. Carmack lui répondit avec reconnaissance.

— En Asie, une dizaine, dont Shanghai et New Delhi. Autant environ en Europe et en Amérique du Nord. Le Cap a été épargné en Afrique australe. Toute la bande équatoriale d'Afrique et d'ailleurs a été salement frappée.

— Combien de temps avant que le virus ne fasse son nid dans ces régions ?

— Nous sommes en train d'affiner les simulations, mais si la seconde vague de moustiques a lieu, probablement dans les trois semaines, pas plus.

– 5 –

Sanya, Chine,
J – 17.

Quand le numéro s'afficha, Lucas hésita à décrocher. *Pas maintenant !* Il avait besoin de toute sa concentration pour affronter les prochaines heures, et la trouille lui mettait les tripes en vrac. À contrecœur, il se décida pourtant.

— Hillary ? Il se passe un truc ? Je m'apprête à embarquer. On a déjà paumé un jour pour attendre le foutu commando de ton patron !

— Lucas ! Carmack n'aurait jamais dû permettre ça ! Depuis quand un sous-directeur de l'OMS s'expose-t-il ainsi pour aller chercher une civile ? Tu n'es pas un agent de terrain !

— Anna Meunier n'est pas une simple « civile », comme tu dis. Rappelle-moi ce que tu faisais lors de la pandémie Kruger ?

— Oh… Je suppose que je m'agitais dans un bureau, je lisais une tonne de listings, et je carburais au café et à l'adrénaline.

— C'est ce que je pensais. Eh bien, pendant que tu avais encore tes fesses vissées sur une chaise, Anna, elle, crapahutait en Afrique avec moi pour diagnostiquer les premières espèces régressives.

— Autrement dit, tu vas te jeter dans la gueule du loup parce que cette femme te plaît.

En s'approchant de l'hélicoptère furtif qui devait les emmener, Lucas se rendit compte à quel point cette discussion était surréaliste. Plutôt que de répondre, il préféra raccrocher. Dans une autre vie, Hillary lui aurait certainement plu, elle ressentait visiblement quelque chose à son égard, mais elle avait choisi la pire façon de se dévoiler.

Wuan marchait quelques pas derrière lui. Lucas eut la désagréable certitude d'être percé à jour, et ravala sa colère pour se concentrer sur leur mission. La veille, l'*erectus* avait passé de longues heures prostré, avant de désigner un quartier sur la carte d'état-major. Comment le savait-il ? Comment le lisait-il ?

« An-na ici. Fille aussi. »

Pour la première fois depuis leur disparition, l'angoisse de Lucas avait cédé la place à l'euphorie. Elles étaient vivantes ! Après en avoir fait l'expérience, il ne doutait pas une seconde de l'intuition fulgurante de Wuan. Sur la piste africaine, il avait senti son esprit céder comme une toile qu'on déchire, la pression fourmillante d'une pensée étrangère qui creusait sa mémoire, aspirant émotions et souvenirs, puis se retirant en le laissant groggy, avec la sensation d'avoir été secoué et essoré par une houle puissante. Le plus curieux, peut-être, était l'impression qui avait suivi, une sérénité absolue, la certitude que l'essentiel avait peu de chose à voir avec les péripéties de l'existence ou les sentiments fluctuants des hommes, mais concernait la vie elle-même, son impermanence, le souffle du ciel et le cœur battant de la Terre !

Il ne voulait pas y songer – il n'avait rien d'un écolo béat et le mouvement new age lui avait toujours paru ridiculement factice. Pourtant, une part de lui continuait à éprouver cette « paix » ou l'émerveillement de la vie – il ne savait trop comment qualifier ce sentiment.

Bien sûr, il avait fallu convaincre le commando envoyé par Carmack : une douzaine d'hommes surentraînés du SOAR, le prestigieux régiment aérien des opérations spéciales, aussi surnommés Night Stalkers, « les chasseurs de la nuit », et dont la devise était « La mort guette dans l'obscurité ».

Tout un programme, avait songé Lucas Carvalho, partagé entre le soulagement d'être chaperonné et un sale pressentiment que ces hommes les rendraient plus visibles. Jusqu'à l'intervention de Carmack, son plan était simplissime, peut-être trop : se déplacer dans les pas de l'*erectus*, trouver les filles et les ramener aussi vite que possible à la base. Il n'avait besoin que d'un pilote d'hélico qui les attendrait dehors. Pour le reste, Wuan les protégerait, il en était persuadé, au moins le temps de reconduire Anna et sa fille à la réserve.

Au lieu de quoi, Lucas avait dû convaincre le sergent Franklin de le laisser diriger leur petite unité sur le terrain. La mise au point avait failli tourner au vinaigre. Pour ces militaires, Carvalho représentait l'emmerdeur type, d'autant plus cinglé qu'il se fiait à un « singe ». Il avait fallu l'intervention de leur général pour qu'ils cèdent.

Ils grimpèrent dans le ventre du mastodonte, le nouveau bijou de l'armée américaine : un hélicoptère doté d'un double rotor contrarotatif, annulant ainsi l'effet de couple, le rotor de queue étant remplacé par une hélice de propulsion. Le furtif gagnait ainsi en vitesse comme en prise d'altitude et pouvait embarquer jusqu'à dix-huit personnes. Le pilote – un militaire chinois qui avait participé au dernier briefing avant le départ – avait reçu la consigne de survoler le centre de Sanya, le temps de repérer leurs cibles.

Les hommes arboraient une combinaison renforcée, dont l'étoffe épaisse résistait évidemment aux piqûres de moustique, mais aussi aux morsures de la plupart des animaux « modernes ». Le vêtement se terminait par un capuchon à visière dotée de détecteurs, vision nocturne et radar. En plus de leurs armes, ils s'étaient équipés de fléchettes paralysantes, au cas où il faudrait ramener des otages ou exfiltrer des membres de l'armée de Darwin.

Wuan, en revanche, portait sa tunique en peau, tenue habituelle des chasseurs à la saison chaude, et allait nu-pieds. Il dégageait pourtant une force qui rendait dérisoire l'arsenal déployé.

L'engin survola l'aéroport international déserté, puis fila en direction de la côte. Sanya était la cité la plus méridionale de l'empire du Milieu. Avant la seconde pandémie, celle que l'on surnommait la « Hawaii chinoise » était réputée pour ses plages paradisiaques, son temps clément et sa végétation luxuriante. Désormais, le paradis s'était changé en enfer vert. Alignés le long de l'unique bande de sable en arc de cercle, les hôtels se résumaient à des esquisses de béton engoncées dans un corset végétal. On pouvait presque entendre le mortier mugir sous la pression. D'énormes lézardes striaient les murs encore debout. Plus loin, les derniers gratte-ciel du quartier d'affaires avaient les pieds dans un océan de verdure si opaque qu'il masquait le bitume. Pour une raison mystérieuse, certains bâtiments semblaient avoir été préservés de la destruction. Sur les façades, pourtant, fleurissaient les racines aériennes de figuiers géants, qui les faisaient ressembler à des insectes capturés dans une toile d'araignée titanesque.

Une silhouette immaculée surgit en contrebas, dressée sur le ciel d'un bleu d'azur. C'était une statue colossale et quasiment intacte érigée à l'extrémité d'une jetée artificielle lancée sur la mer.

La voix du pilote résonna dans les casques :

« Voici Guanyin, déesse marine de la Miséricorde. C'est la quatorzième statue la plus haute du monde. Elle présente trois faces tournées vers le sud-ouest, le sud-est et le nord. Guanyin veut dire "celle qui écoute les plaintes du monde", elle aide les êtres à atteindre l'illumination. Ici, on la croit capable de libérer les prisonniers de leurs chaînes, de priver les serpents de leur venin et d'arrêter la foudre. Elle protège les morts comme les âmes égarées. »

Il laissa planer un silence, avant de reprendre dans un ricanement : « Il faut croire que notre déesse a manqué de compassion cette fois, à moins qu'elle n'aime pareillement toutes les créatures ! »

L'amertume du ton dissimulait à peine la haine avec laquelle il avait craché « créatures ». Lucas se tourna vers Wuan, mais ce dernier conservait son masque impassible. Soit il n'avait pas écouté ni senti la colère du pilote, soit il s'en moquait.

Les soldats ne réagirent pas non plus. Pourtant, leur dégoût était palpable. Ils détestaient l'idée de servir de garde rapprochée à un *erectus*.

En contrebas, Lucas aperçut alors une bande de préhistoriques qui crapahutaient sur la plage en se dandinant maladroitement, et reconnut le *Tiktaalik roseae*, l'ancêtre de tous les vertébrés terrestres, une créature d'un mètre de long, située quelque part entre le poisson et le crocodile. La plupart des côtes en étaient infestées. Leurs nageoires à l'ossature renforcée leur permettaient d'effectuer quelques pas hésitants sur la terre ferme. Il aurait suffi d'envoyer une section de « piégeurs » ou de nettoyer les lieux au lance-flammes, mais cela demandait des moyens qu'ils n'avaient plus... Et pour protéger qui ?

Carmack l'avait prévenu : le ramassage des corps infectés se faisait prioritairement dans les capitales, les plus grosses villes industrielles ou d'importance stratégique. En Chine, Sanya avait été reléguée en bas de liste. L'armée était déjà bien occupée sur le continent et ne disposait pas de suffisamment de ressources pour nettoyer une cité balnéaire de six cent mille habitants, une peccadille à l'échelle du pays.

Lucas frissonna. La ville avait des allures de cimetière à ciel ouvert, quasiment désertée par les bipèdes, humains ou *erectus*. Il pressentait néanmoins une menace diffuse, sous le couvert des arbres monstrueux, dans les habitations barricadées, nichée au coin des rues. Combien de gens résistaient là-dessous ?

Wuan grogna pour attirer son attention et lui fit signe d'approcher la carte. Il posa son doigt sur un point. « Laboratoire vétérinaire de Sanya », indiquait la légende.

— Ici.

— Tu es sûr ?

Bien entendu, il n'obtint aucune réponse. Pas plus qu'il n'avait eu de précisions en apprenant que beaucoup de chasseurs capturés avaient été emmenés dans cet endroit. Wuan l'avait « senti ».

Pour servir quelle folie ?

Lucas expliqua au pilote leur destination exacte et replongea dans ses réflexions. Pour la millième fois depuis qu'il l'avait entendue, il songea à l'annonce apocalyptique de Firth.

« *Nous remettons les compteurs à zéro.* »

Que cherchait ce type ? À venger la création meurtrie par l'homme ? Par quelle aberration pensait-il réussir son coup quand lui-même ravageait sa propre espèce ? Il songea au *Crépuscule des hommes-dieux* qu'il avait lu deux fois dans l'espoir de trouver une faille. Owen Firth avait beau condamner les égarements de ses contemporains, il ne cessait de se référer à la vie sacrée. Et puis l'homme restait un scientifique, corps et âme !

Il y avait là une absurdité, un cauchemar d'anéantissement d'une impossible logique. Or, l'armée de Darwin n'était pas seulement un groupuscule de dingues. Il n'y croyait pas… Firth ne pouvait pas espérer l'éradication totale d'*Homo sapiens*. Il voulait une chose qu'il cherchait parmi les *erectus*.

Un métissage ?

Il osa penser à Anna et Alice. Elles étaient vivantes, mais dans quel état ? Il ne pouvait s'empêcher de faire le lien avec les *erectus* capturés. Ceux-là avaient probablement servi de « matériau » de recherche. Et elles ? Il les imagina les bras percés de tuyaux d'où s'échappait un liquide rougeâtre. Une usine à virus. Cette seule vision faillit le faire vomir.

« On approche. »

L'avertissement suffit à lui rendre sa lucidité.

L'hélicoptère militaire effectua un virage serré et une immense structure émergea parmi les vestiges des tours : cinq verrières hémisphériques accolées les unes aux autres en file indienne. À cause des panneaux réfléchissant le ciel, le centre ressemblait à un chapelet de gouttes scintillantes. Le diamètre de la plus grande calotte atteignait la centaine de mètres, quand la plus petite ne dépassait pas les dix mètres. L'ensemble conservait son état originel. Lucas s'étonna qu'un tel bâtiment existe au cœur du centre-ville.

En l'absence de piste d'atterrissage, le pilote se dirigea vers un immeuble de trente étages. Il paraissait préservé, mais rien ne garantissait qu'il n'allait pas s'écrouler dès qu'ils auraient mis le pied dessus. Il commença par effleurer le toit avec les patins, avant de se poser délicatement.

Il releva la tête et toisa Lucas, ce stupide Occidental pour qui on avait organisé ce barouf.

— Je vais faire quelques tours en rase-mottes et faire un maximum de boucan pour attirer les prédateurs dans un autre quartier. Ensuite, je reviendrai ici en mode furtif et je vous attendrai jusqu'au crépuscule, à moins que ça commence à sentir mauvais. Dans ce cas, je dégage et on se donne rendez-vous à la tour suivante, sauf contrordre de votre part.

Il désignait un édifice solidement planté dans la jungle, à moins d'un kilomètre de distance.

— Quoi qu'il arrive, je me barre avant la nuit. Alors débrouillez-vous pour revenir à temps, sinon il faudra vous barricader quelque part. Vous connaissez le topo… Ils attaquent généralement entre 23 heures et 4 heures du matin, comme les chasseurs nocturnes.

Il secoua la tête nerveusement. Les treize hommes et l'*erectus* sautèrent sur le toit, dans le vacarme des rotors. Il fallait dégager, et vite ! Wuan prit la tête de la formation sans même marquer un temps de réflexion.

Le changement était flagrant, même pour les membres du commando, qui ne connaissaient « les singes » que par ce qu'ils avaient vu en vidéo. Pas un seul d'entre eux ne s'était frotté aux guerriers préhistoriques. Or, celui qui marchait devant eux semblait suffisamment imposant pour imposer sinon le respect, du moins la méfiance.

L'accès à la cage d'escalier était fermé par une porte métallique. Avant que Wuan ne s'acharne dessus, le sergent disposa une petite charge pour faire sauter la serrure. Ils dévalèrent les trente étages sans prendre le temps de souffler. Le hall, empli de fougères arborescentes, débouchait dans la pénombre d'un sous-bois peuplé d'arbres à contreforts et de lianes suspendues. Une fois passée la porte vitrée automatique – qui fonctionnait encore par on ne sait quel miracle –, la fraîcheur les cueillit par surprise. Ici, le monde civilisé cédait la place à la forêt pluviale. Des papillons morphos voltigeaient entre les troncs moussus, les buissons de fougères et les entrelacs racinaires. De la masse végétale montait une rumeur faite de craquements aussi secs que des détonations, de roucoulades ou de cris étranges à vous filer l'envie de déguerpir… Wuan renifla longuement les effluves, puis, du menton, donna le signal du départ. Au jugé, quatre cents mètres les séparaient de la première verrière. Il était difficile d'imaginer le bitume de la ville sous l'humus épais qui tapissait une sorte de piste, mais qui avait l'avantage de leur permettre de progresser silencieusement.

L'*erectus* paraissait revivre. Cet environnement si différent de la réserve kényane l'emplissait d'une vigueur terrifiante. Il réagissait au moindre froissement de feuilles, au glissement infime d'un serpent. Il focalisait son attention sur le bruit et, en une fraction de seconde, déterminait sa nature ou son degré de menace. Puis, il repartait, parfois en marquant un détour, parfois résolument en avant.

Avait-il recours à son sixième sens ou repérait-il simplement des indices visuels ou sonores ? Impossible à dire…

Ils n'étaient plus qu'à cinquante mètres de leur but quand le chasseur se figea. Aussitôt, le commando l'imita. Seul Lucas fut plus long à réagir, faute d'entraînement. La peur lui fit l'effet d'un coup au plexus et l'empêcha d'entendre, au début. Un bruissement infime. *Quelqu'un se déplace.* Il risqua un regard en arrière. Le sergent fixait l'*erectus*, totalement immobile. *Il s'en remet à lui parce qu'il n'a pas le choix*, songea Lucas.

D'un mouvement vif, Wuan reproduisit alors le claquement d'une tenaille. Le sergent Franklin hocha le menton, puis leva deux doigts en direction de ses hommes. Les derniers de la file se détachèrent du peloton, armes dégainées, prêtes à tirer. Le bruit ténu devint plus net, à croire que leur poursuivant se moquait de leurs précautions, et les militaires se jetèrent en avant, dans un bouquet de fougères géantes. Un cri étouffé échappa au plus nerveux. Lucas s'attendait à entendre le fracas des détonations, mais ils réapparurent, le visage blême, les yeux écarquillés. Derrière eux, le buisson sembla enfler, crever, et « l'arbre marcheur » jaillit, comme craché de la jungle. On aurait dit un échassier coiffé de larges feuilles, balourd malgré ses cinq jambes, en l'occurrence des racines à l'allure de bâtons. Un palmier à échasses ! L'arbre était capable de se déplacer de plus d'un mètre par an, mais ce mouvement était d'ordinaire imperceptible. Là, la progression était sidérante. Le végétal vacilla en projetant lentement une tige ligneuse qui venait de pousser à la base de son tronc. Celles sur lesquelles il s'appuyait quelques secondes plus tôt pourrissaient déjà, de sorte qu'il semblait se mouvoir avec un déhanché extravagant.

Aussitôt qu'il comprit la situation, Wuan s'en désintéressa. Ses compagnons, en revanche, sentirent leur degré de stress s'accroître brutalement. Ils évoluaient dans un univers si éloigné des zones de combats, que leur vigilance se teintait d'une angoisse irrationnelle, presque enfantine.

Ils repartirent en silence et parvinrent au pied de la grande coupole centrale, qui n'offrait *a priori* pas d'ouverture, à moins de la contourner. Le sergent n'avait aucunement l'intention de perdre du temps dans une jungle inconnue. Il remédia au problème en arrosant un panneau de verre d'une rafale. La paroi explosa. Ils pénétrèrent dans ce qui était probablement le hall d'accueil. La clarté qui tombait à pic les éblouit. Wuan ignora le large comptoir et les ascenseurs. Il poussa la porte qui menait aux escaliers et prit la direction du sous-sol. Un silence absolu régnait dans les lieux, au point que Lucas se demanda s'ils n'avaient pas été abandonnés. En bas des marches, un couloir interminable s'étirait, baigné par la lumière crue des néons. Anna et sa fille étaient-elles vraiment ici ? Pourquoi n'avoir posté aucun garde ? *Parce qu'il n'y a rien qui puisse attirer des préhistoriques ; quant aux* erectus, *ils se sont peut-être alliés, d'une façon ou d'une autre*... Lucas remarqua une caméra à son clignotement. Si quelqu'un veillait, il les verrait approcher.

Depuis qu'ils avaient pénétré sous la verrière, Wuan semblait littéralement téléguidé par sa vision intérieure. Ils avancèrent les uns derrière les autres, négligeant une quinzaine de portes fermées. Les militaires suivaient sans marquer la moindre hésitation et Lucas comprit qu'entre le moment où ils avaient décollé et celui où ils avaient atterri, ces hommes avaient oublié leurs réticences. C'était moins la raison que l'instinct de préservation qui les poussait à suivre aveuglément un « singe ».

Le couloir s'achevait sur une vaste salle qui servait d'animalerie. Mais au lieu de beagles, de rats ou de macaques rhésus, c'était un bestiaire préhistorique qui se déployait sous leurs yeux. Les animaux régressifs occupaient des cages en verre, seuls ou par deux, si la taille de l'espèce le permettait. En se faufilant dans la travée centrale, on avait le sentiment de remonter le cours du temps. Ces bêtes auraient dû vagabonder dehors, dans leur univers métamorphosé. Pourquoi les garder prisonnières ? Où donc se trouvaient les chercheurs fous, les soigneurs ?

Les préhistoriques étaient en parfait état de santé. Plumes ou pelage luisants, et visiblement bien nourris. Aucun n'avait été recensé lors de la première pandémie. C'étaient donc les nouveaux cobayes de Darwin. Bizarrement, tous paraissaient jeunes. Lucas remarqua un petit cheval dont les pattes se finissaient sur des esquisses de doigts, et ralentit pour lire sa fiche : un *Miohippus*, né six mois plus tôt. À côté, deux primates qui s'ébattaient sur un treillis de lianes lorgnaient leur curieuse procession du coin de l'œil. Des « jeunes » de quelques millions d'années, nés en février. Dans la cage suivante, une sorte de kangourou arboricole sommeillait sur une branche. Né en février également.

Il n'y avait qu'une explication valable : on avait probablement inoculé le virus Ganesh à leurs parents et vérifié qu'ils étaient aptes à se reproduire. Ces bêtes étaient le fruit d'un processus naturel.

Bon sang, comment on va se tirer de ça, si jamais on endigue le virus !

Le bestiaire aurait émerveillé Anna. L'avait-elle vu ? Lucas l'imagina devant les cages, passant de l'une à l'autre, puis il revint à la réalité. Il n'était question pour elle ni d'émerveillement ni de recherche, pas avec sa fille en péril… La peur le faisait débloquer. Il consulta sa montre et s'étonna du peu de temps passé depuis qu'ils avaient touché le toit de la tour. Trois quarts d'heure à retenir son souffle et guetter un danger invisible. À tenter de comprendre ce qu'il se passait ici.

Plus les secondes s'égrenaient, plus l'imminence de la menace enflait. Alors pourquoi Wuan demeurait si tranquille ?

Parce qu'il va retrouver ses petits copains et qu'il se moque des humains et de son ancienne compagne, dont il ne se souvient même pas ! Parce qu'il nous a piégés !

Il tourna la tête vers les autres. Franklin lui renvoya un regard inquisiteur, mais Lucas n'eut pas le temps de formuler une question. Le fourmillement envahit sa tête tandis que les syllabes éclataient une à une, aussi distinctement que des mots instillés dans son oreille :

Tu dois croire.

Wuan avait flairé sa peur.

Lucas continua à avancer, les dents serrées. S'il avait pu, il aurait pareillement comprimé ses pensées jusqu'à les rendre inaudibles.

Puis, le groupe s'arrêta sur un signe de leur guide. L'*erectus* semblait chercher sa direction et Lucas en profita pour observer les lieux. Les cages étaient propres. Il était clair que du personnel se chargeait encore de l'entretien. Franklin avait dû arriver à la même conclusion, car il chuchota ses premiers mots :

— Gaffe, l'endroit est toujours occupé.

Simultanément, Wuan bondit vers une cage et un gémissement s'échappa de sa poitrine, empreint d'une douleur crue.

Un *erectus* se tenait accroupi dans un coin, le crâne dénudé partiellement couvert par un casque à électrodes plantées directement dans la masse spongieuse du cerveau. L'être était à moitié conscient. Il observa sans broncher les silhouettes qui venaient d'apparaître.

Aucune lueur dans ses yeux rougis, même quand Wuan pressa son front contre la vitre. Une minute passa. Lucas devina que l'*erectus* était en train de fouiller la mémoire du malheureux – comme il l'avait fait avec lui –, sans aucun résultat, si ce n'est que la créature finit par se lever en titubant et frotta doucement sa tête abîmée contre le verre, comme pour saluer son double.

Le spectacle lui vrilla les tripes. Pour la première fois depuis la terrible pandémie, il prit conscience de l'atrocité de ce que les hommes faisaient endurer à ceux qu'on nommait ancêtres ou singes, simplement parce qu'ils étaient différents. Or, cette différence tenait à quoi ? Un regard… Selon qu'on les considérait avec compassion ou dédain, peur, haine ou amour. Voilà ce qu'Anna avait tenté de lui faire comprendre. Et lui, obsédé par ses programmes et ses chiffres, n'avait rien capté…

Soudain, des appels au secours. En reconnaissant la voix d'Alice, Lucas sentit l'espoir se rallumer, une exultation qui balaya en lui l'urgence de la situation. Wuan s'arrêta devant la porte en métal d'une cellule. Les cris provenaient de l'intérieur. Un soldat le dépassa et lui fit signe de se mettre en retrait, le temps de faire exploser la serrure.

L'enfant se tenait recroquevillée dans sa cellule, mais en voyant Lucas, elle se releva d'un bond et se jeta dans ses bras.

Elle se mit à pleurer doucement tandis qu'il la berçait, épouvanté à l'idée de poser la question :

— Et Anna ?

Elle finit par hoqueter :

— Je lui ai parlé tous les jours, et depuis hier, elle répond plus.

— Elle est où ?

Alors, il la sentit se raidir, puis se détacher de lui. Wuan venait de pénétrer dans la pièce, et lui et l'enfant se dévisageaient, un père et sa fille séparés par deux millions d'années… et un secret. Jamais Lucas n'avait remarqué un tel naturel et si peu de crainte quand la fillette tendit la main pour effleurer le guerrier.

— Je sais comment tu t'es fait cette cicatrice à l'oreille, dit-elle en touchant la balafre qui lui striait une tempe. Tu as eu un accident de plongée.

Wuan ne cilla pas. Il rechignait pourtant aux contacts physiques avec les humains. Mais il poussa son esprit pour fouiller celui de l'enfant. Elle parlait d'un homme étrangement familier, un homme absent dont l'ombre tournoyait en lui. La femme aux yeux verts était tapie dans son cœur. Il vacilla sous l'afflux d'une émotion intense et répondit à la question qui la hantait.

— An-na est vi-vante. Elle dort.

— Merci.

Il désignait la cellule d'en face. Aussitôt, le sergent fit sauter la serrure. Anna gisait sur un matelas, inerte. Alice se précipita pour se blottir contre elle, cherchant à nouer ses bras ballants autour de son corps. Lucas l'écarta doucement pour écouter le cœur de la jeune femme. Bien que faible, il battait toujours. Anna avait le teint cadavérique, mais ne portait aucune ecchymose, ce qui le rassura. Il souleva ses paupières, nota ses pupilles dilatées. Elle se trouvait loin, très loin de leur monde. Il prit la jeune femme dans ses bras pour la déposer sur une civière que deux des militaires avaient dépliée, lui injecta une solution de vitamines, vérifia son pouls. Il fallait faire vite, avant que l'ennemi ne débarque. L'absence de personnel ne lui disait décidément rien qui vaille.

Tandis que les hommes se préparaient à repartir, il interrogea le sergent posté en éclaireur.

— Bon sang ! Où est passé Wuan ?

Franklin siffla entre ses dents.

— Parti récupérer un chasseur. Il a dit qu'il nous rejoindrait.

— On peut pas s'en aller sans Lucy. C'est mon amie. Elle est prisonnière.

Alice se tenait campée devant eux, sourcils froncés.

— C'est plus une expédition de sauvetage, c'est un voyage organisé ! Tu sais où elle est ?

Le sergent était nettement plus nerveux depuis que leur chaperon les avait abandonnés à leur sort. La fillette plissa les yeux, comme plongée dans une transe, et murmura :

— Au bout du couloir. À droite.

Des coups faibles mais distincts s'élevèrent au même instant. Sur un signe de Franklin, l'un de ses hommes galopa en direction du bruit et força la porte de la cellule, la dernière. Une fille en émergea, chancelante, et Lucas crut reconnaître Lauryn Gordon ; mais une Lauryn métamorphosée, bien plus sportive et plus puissante que la jeune femme qu'il avait rencontrée une fois, après la pandémie. Elle avait visiblement été droguée, et serait tombée si le soldat ne l'avait pas rattrapée. Il ravala ses questions. Le compte à rebours défilait dans son crâne.

— Je suis désolé, mais nous devons y aller, Alice, dit-il d'un ton pressant. Ta mère a besoin de soins.

Quelle équipe ils faisaient ! Une gamine, Anna dans le coma, une autre avec une sévère gueule de bois… Le talkie-walkie collé à l'oreille, Franklin gronda.

— Le pilote dit que le site d'atterrissage a été pris d'assaut par les préhistoriques et une bande d'*erectus*. Il a repéré un stade près d'ici, épargné par la végétation. Il pourrait se poser là-bas.

— À quelle distance est-ce ?

— À un kilomètre. J'ai enregistré les coordonnées GPS.

— Qu'est-ce que vous en pensez ?

— Les deux femmes vont nous ralentir, mais on peut y être en une demi-heure si on ne se fait pas attaquer. La question serait plutôt : est-ce qu'on va pouvoir s'en tirer sans l'*erectus* avec nous ?

Lucas fixa les deux extrémités du couloir, hésitant. Soit ils essayaient de retrouver Wuan sans garantie de succès, soit ils tentaient la traversée en prenant le risque d'être débordés. Le sergent le suivrait, quoi qu'il choisisse. Il s'efforça de projeter une pensée de détresse, dans l'espoir que Wuan la percevrait là où il était.

— On n'a pas le temps de reporter notre départ : on rejoint l'hélicoptère. Tant pis.

— OK !

Pendant qu'ils discutaient, Lauryn avait été sanglée sur une seconde civière, et malgré ses protestations, un militaire avait chargé Alice sur ses épaules. Ils rebroussèrent chemin en courant. Que s'était-il passé entre ces murs ? L'absence de tout personnel humain s'expliquait forcément par le pire : l'endroit avait été déserté dans l'urgence, et les prisonniers ou les blessés, abandonnés.

Quand ils franchirent en sens inverse l'ouverture dans la verrière, ils ne purent s'empêcher de souffler. Mieux valait se battre dehors que dans cet immense piège sous cloche !

Franklin prit la tête et s'engagea dans une avenue rongée par la forêt tropicale. Les immeubles qui, dix jours plus tôt, se dressaient orgueilleusement de part et d'autre de la chaussée, aujourd'hui transformée en piste, avaient des allures de dents cariées. Vitres brisées, rideaux agités par la brise marine qui venait de se lever. Dans le ciel, des oiseaux aux becs démesurés tournoyaient en piaillant.

Ils remontèrent l'artère et tournèrent dans une autre rue, plus étroite et sinistre. Au bout, on distinguait un dôme, probablement celui du stade. Malgré sa proximité, il semblait inaccessible.

En les abandonnant, Wuan les exposait à un péril mortel. Était-ce volontaire ? Son seul espoir de retourner en Afrique, c'était de repartir avec eux, mais la haine pouvait le guider…

Le sergent jura devant lui et pointa du doigt un immeuble, à une centaine de mètres. Même réduit à l'état de silhouette, on y reconnaissait un *erectus*. À l'aide de lianes qui formaient un échafaudage naturel, il était en train de descendre le long de la façade.

« Les *erectus* aiment être en hauteur. Cela doit être associé à des notions de sécurité et de domination de territoire. C'est probablement un vestige de la vie arboricole de leurs ancêtres. » En se remémorant les paroles d'Anna, Lucas se demanda si l'*erectus* avait fait son nid sur le toit ou à l'intérieur d'un appartement.

— Regardez, là !

Alice désignait au moins quatre autres *erectus* qui descendaient à leur tour de leur perchoir pour gagner le sol. Et combien d'autres qui se glissaient silencieusement vers eux ?

Le sergent interpella sèchement ses hommes.

— Personne ne tire avant mon signal. Peut-être qu'ils nous laisseront tranquilles.

— Sergent, il faut qu'on se concentre sur une chose positive. L'hélico ou la bière qu'on boira en arrivant. Certains parmi ces êtres perçoivent nos émotions et surtout les impulsions belliqueuses. Alors, on se met en mode zen.

Lucas avait parlé d'instinct. Il savait que c'était la seule façon d'éviter un carnage. Pourvu que les soldats comprennent…

— OK, on y va !

Ils se mirent à courir aussi vite que possible, encombrés de leurs civières. Pour l'instant, les *erectus* gardaient leurs distances et semblaient simplement attentifs à leur progression. Avaient-ils vraiment compris que les fuyards ne chercheraient pas la confrontation ? La sueur embuait la visière des hommes, les souffles se faisaient plus rauques, et chacun s'efforçait d'imaginer le meilleur : un bain dans une mer turquoise, le visage aimé d'une petite amie, celui d'une mère, la délicieuse caresse de la nicotine, le ronronnement d'un chat, une soirée entre potes… Tout sauf céder à l'envie de hurler en déchargeant son arme.

Alors qu'il galopait, Franklin sentit le rire monter et lui chatouiller la gorge, repoussant d'un cran l'angoisse de la menace. Il connaissait ses hommes et pouvait se représenter sans peine les fantasmes de chacun…

Il consulta le GPS à son poignet sans ralentir l'allure. Après coup, il fut incapable de comprendre comment ils étaient arrivés aussi vite à la grille du stade. L'enceinte, haute de plusieurs mètres, entourait une large allée envahie par les herbes folles et quelques amas de palmiers démesurés.

— Murnau, tu préviens le pilote !

Par chance, un portail béant semblait les attendre.

Au moment où ils passaient l'entrée du stade, trois *erectus* émergèrent de l'épaisse couverture tropicale qui masquait un gratte-ciel, pour converger dans leur direction. Franklin se dépêcha de claquer la porte d'accès, puis la verrouilla grâce à un collier de serrage qu'il gardait dans son treillis.

À leur gauche, une large travée menait à l'immense pelouse dont il distinguait la verdure. Ces saletés de… les *erectus* avaient entrepris d'escalader la grille et une dizaine d'autres arrivaient, sautant ou galopant courbés. Et toujours pas de trace de ce foutu hélico. *Mais qu'est-ce qu'il fout, bon sang !*

Le cœur battant d'épuisement et de panique, Lucas tentait d'endiguer le pressentiment que c'était fichu.

Nous les attirons comme le sang attire les requins. L'avertissement de Wuan résonnait encore.

Les militaires venaient de s'emparer de leurs fusils-mitrailleurs.

— En dernier recours seulement !

Les hommes-singes affluaient de partout, pire que de la vermine. Ils recouvraient une bonne partie du grillage, à présent, braillant et agités, les visages éclairés par des rictus sinistres. Ces *erectus* n'avaient rien à voir avec Wuan. Le reste de leur conscience était assoupi, enseveli sous un pur instinct animal, et la rage sourdait d'eux, une effroyable pulsion de violence qui pulvérisa les tentatives de penser au meilleur.

— Vite, Lucas !

Après que le soldat l'avait déposée au sol, Alice s'était précipitée vers une arche d'accès et leur faisait signe de se dépêcher.

Le vrombissement venu du ciel les arracha à leur sidération et ils détalèrent vers le terrain.

Une vision d'horreur les y attendait. Sous l'hélicoptère qui planait en vol stationnaire, une foule grouillante dévalait les gradins avec des grognements sauvages. Une véritable infestation. Les *erectus* savaient donc qu'ils viendraient. Les autres n'avaient servi que d'arrière-garde, pour les pousser en avant. *Comme un troupeau*, songea Lucas.

Il s'approcha de la civière où gisait la femme dont il était désespérément amoureux depuis plus de sept ans, et caressa ses cheveux. Même ainsi, amaigrie et comateuse, Anna était d'une beauté absolue.

— Désolé, mon amour, j'ai fait ce que j'ai pu.

Les tirs éclatèrent, tandis que les hommes du commando se déployaient en cercle, formant une dérisoire protection autour des civils. Une dizaine d'*erectus* tombèrent, aussitôt remplacés par d'autres, ivres de violence. Un jeune soldat aux joues rebondies s'était déporté trop près d'une rampe. Alors qu'il rechargeait son arme, une main l'empoigna par le col et le hissa littéralement pour le balancer dans une travée. Avant qu'il n'ait pu réagir, l'*erectus* le mordit sauvagement à la nuque, puis recracha un morceau sanguinolent. La tête à demi tranchée roula sur la poitrine. Le malheureux s'écroula.

Lucas ferma les yeux durant une seconde. Il n'avait pas emporté d'arme. Il était médecin, pas soldat, mais cela n'aurait rien changé… Trois autres militaires tombèrent, leur fusil d'assaut arraché ou brisé comme un vulgaire branchage. On aurait dit que leurs adversaires prenaient un malin plaisir à faire durer la boucherie. Égorgement, démembrement.

Les cris des suppliciés vrillaient leurs oreilles, à rendre fou.

Ils seraient bientôt submergés. Peu importe le nombre de cartons que les mitraillettes infligeaient, leurs ennemis affluaient toujours, de plus en plus nombreux. Un autre tomba, puis encore un autre. Des dizaines de cadavres gisaient autour d'eux. Il ne restait plus debout que le sergent et deux de ses hommes. Et Alice…

L'enfant s'était précipitée pour récupérer un fusil. Pantelante de peur, elle l'avait dirigé vers les assaillants, sans oser tirer. À aucun moment, elle n'avait songé au recul de l'arme, qui l'aurait envoyée valdinguer. À quoi pensait-elle, d'ailleurs ? Étrangement, pas à sa mère, mais à un être dont la rencontre avait suscité une violente émotion.

— Papa.

Elle murmura ce mot comme une incantation magique capable de les protéger. Ses yeux s'étaient clos spontanément. Soudain, les fourmis affluèrent sous son crâne. Elle avait déjà vécu cette désagréable sensation d'être visitée de l'intérieur, mais jamais aussi fort. Les fourmis grouillaient comme des moucherons pullulant sur un reste de melon. Une petite voix dans sa tête lui souffla que les insectes représentaient les *erectus* qui les attaquaient. Elle jugea l'idée absurde et tenta de calmer la nuée qui produisait un vacarme d'enfer. Elle savait comment faire. Elle avait appris grâce à Ny. Il suffisait de porter son attention sur les fourmis en les accueillant comme des amies et le tumulte s'apaisait. Elle n'avait jamais parlé de cela à quiconque, pas même à l'étudiant. Surtout pas à lui. « Tu as des fourmis dans la tête ? Tu es sûre que ce n'est pas un petit vélo, plutôt ? » Kyle. Elle l'avait toujours aimé, aussi loin qu'elle se souvienne. Quand Alice rouvrit les yeux, le fourmillement s'était tu, le monde extérieur avait changé. Combien de temps avait duré son dialogue intérieur ? Quelques secondes, sans doute. Les *erectus* continuaient de déferler, mais à présent, ils contournaient leur petit groupe, comme s'ils ne les voyaient pas. De leur côté, le sergent et le dernier de ses hommes avaient cessé de tirer, sans comprendre ce qu'il se passait, sinon « un putain de miracle ! ».

C'est moi qui ai fait ça. J'ai stoppé l'attaque.

Les *erectus* finirent par disparaître dans les coursives d'entrée et ils demeurèrent seuls au milieu du stade. Six survivants. L'hélicoptère descendait vers eux en aplatissant l'herbe autour, mais Alice baignait encore dans une douce stupeur, à peine consciente du bruit des rotors. Lucas la fixait.

Il a tout vu. Il croit que je suis un monstre. Ou un genre de sainte.

En moins de trois minutes, ils chargèrent les civières et grimpèrent dans l'habitacle, pressés de quitter cet enfer. L'enfant se tenait penchée en avant, cherchant visiblement quelque chose. C'est Lucas qui vit le premier la silhouette qui s'avançait dans la pénombre de l'arche, soutenant l'un des siens. Comme il les désignait, le sergent, complètement à cran, épaula son fusil.

— C'est mon père ! Ne le tuez pas !

Franklin parut sortir de sa transe et hocha la tête. La perte de ses hommes l'avait salement secoué, mais moins que le spectacle des cannibales déferlant sur eux. Quand Wuan arriva à leur niveau, tous remarquèrent son visage maculé de sang. L'autre *erectus* semblait groggy, les yeux vitreux, la tête dodelinante. Le sergent tendit la main pour les aider à embarquer. Il ne comprit pas vraiment pourquoi il les avait épargnés. Sans doute à cause d'une pensée entêtante qui s'était insinuée en lui.

Tu as promis. Tu es un homme de parole.

Sur le Net.

Salut, la communauté des planqués !
Winteriscoming

Salut, voyageur ! Bien arrivé ?
Savetheplanet

Yep ! Trop géant. J'ai été pris en charge
par un réseau de passeurs clandestins.
Ces types possèdent leur propre flotte,
des petits avions qui faisaient du trafic de drogue.
C'était pas donné mais j'ai débarqué
en un seul morceau et j'ai pu rejoindre Manforever
et sa bande ! On est regroupés dans une forteresse
et ça commence vraiment
à ressembler à quelque chose.
Winteriscoming

Putain ! Quelqu'un a entendu parler du
DéfiGanesh ?
Gomphotherium

Le truc qui consiste à se faire infecter exprès ?
Total *fake* ! Tu irais risquer l'égorgement
pour devenir un singe ?
misspandemia

Perso, je préfère faire un carton MDR !
Winteriscoming

Gompho délire pas. J'ai vu une vidéo.
Le mec dit qu'il suffit de communiquer son « envie »,
ensuite, tu donnes un genre de rdv
à un *erectus* et y a plus qu'à...
Savetheplanet

À quoi ?
les_erectus_sont_mes_meilleurs_amis

Le gars prétend que c'est comme
un échange de sang.
Savetheplanet

OMG ! J'y crois pas ! Le mec qui te vend
la peau de l'ours qui va te tuer ! Trop fort !
misspandemia

En gros, tu te « convertis », sauf que t'as
une chance sur 10 que ça marche.
Winteriscoming

C'est quoi l'intérêt ?
misspandemia

Devenir un surhomme. Y en a pour croire
que c'est le pied intégral. Tu deviens plus fort,
tu penses plus vite et tu as des dons de ouf.
Un genre de roulette russe, quoi...
Gomphotherium

Et si tu te loupes ?
Manforever

Ben, tu as perdu à la roulette *erectus*.
La seule différence, c'est que t'es pas mort, Man,
juste un peu changé ! MDR
Savetheplanet

Perso, je préfère les dégommer.
Manforever

On s'en serait doutés, Man ! Quelqu'un a un plan
pour la deuxième vague de moustiques ?
les_erectus_sont_mes_meilleurs_amis

Tu pourrais prendre rdv avec tes potes les
vampires, copine des zombies :))
misspandemia

Change de disque, meuf, tu me fatigues !
Pour parler comme ça, c'est que t'as jamais perdu
quelqu'un que tu aimes vraiment !
Tu sais ce que ça fait de voir emmener ton frère
– qui n'est plus vraiment ton frère
parce qu'il risque de te mordre –
et que tu peux rien faire ?
De te demander s'il est mort ou vivant,
au Kenya ou en Inde,
s'il t'a oubliée ou qu'une part de lui te réclame ?
Tu veux que je précise ?
J'ai pas juste perdu mon frère, j'ai perdu mon double,
on était jumeaux, et depuis sept ans,
je vis comme si on m'avait amputée
de la moitié de mon putain de cœur !
les_erectus_sont_mes_meilleurs_amis

Merde, désolée pour toi ! Je pouvais pas imaginer,
des fois, je suis trop con...
misspandemia

Tu pouvais pas savoir...
les_erectus_sont_mes_meilleurs_amis

Pareil ! Je suis carrément lourd, des fois.
Gomphotherium

Perso, mon *brother* est un gros con,
mais j'imagine…
Désolé, Lesmma ! (ça fait un prénom classe,
les initiales de ton pseudo !)
Winteriscoming

Désolé aussi, miss. Je crois qu'on flippe tous !
Pour les moustiques, l'Europe va demander l'aide
du continent africain, parce qu'ils sont très en avance
sur nous en matière de démoustication.
Entre le palu, la fièvre jaune, la dengue,
le chikungunya et la fièvre du Nil, ils ont été servis,
et on parle d'un programme
qui éradiquerait quasi la deuxième vague.
Savetheplanet

– 6 –

Quartier Lavington, Nairobi, Kenya, J – 16.

Yulu Rudisha s'était levé de bonne humeur, en dépit du bordel ambiant. Le « Lion kényan », comme le surnommait la presse, tenait enfin sa revanche sur ses détracteurs – et ils étaient aussi foisonnants que des crocodiles dans un marigot !

« L'homme puissant se reconnaît au nombre de ses ennemis », avait-il coutume de dire. Bientôt, il changerait sa devise : l'homme puissant se reconnaît au nombre de ses serviteurs.

Son partenaire préférait parler d'« adeptes », mais c'était un langage de Blanc. Le temps était venu de balayer ces enfoirés de Kikuyus et la victoire serait sans appel. Cette fois, il n'y aurait ni recomptage des voix, ni contestation ! Il serait le premier président kényan d'origine luo, lui, le gamin issu de Kibera, le plus grand bidonville de la capitale !

Juste avant les événements, son avocat l'avait prévenu que le président s'apprêtait à le mettre en cause devant la Cour internationale pour son rôle dans les violences qui avaient terni la dernière élection présidentielle. C'était toujours la même histoire depuis que Raila Odinga avait failli accéder à la première marche du pouvoir en 2008 : Kikuyus contre Luos ; pourtant, ces derniers ne ramassaient que les miettes… Lui se garderait bien de reproduire les mêmes erreurs qu'Odinga. Du reste, il n'avait rien d'un marxiste.

Et il possédait un allié de poids.

Le Kényan consulta sa montre, une Jaeger-LeCoultre offerte par un ancien secrétaire d'État avec qui il avait fait affaire. C'était le genre de coquetterie qui lui rappelait le chemin parcouru depuis qu'il avait monté sa première boîte de transport, Panafrika. Ensuite, le BTP. Et puis, la politique…

Onze heures. L'impatience qui l'avait jeté hors du lit dès l'aube se couvrit d'une très légère appréhension.

Sur l'écran de surveillance – il en possédait sept, rien que dans son bureau –, il vit apparaître le convoi des berlines aux vitres teintées. *Juste à l'heure, la politesse des rois blancs*, pensa-t-il en réprimant un rictus.

Il observa les silhouettes descendre des voitures et remarqua aussitôt un type plus frêle, comme engoncé entre trois armoires à glace. *L'homme le plus recherché de la planète n'allait pas se pointer les mains dans les poches. Bien entendu, il s'est travesti !*

Yulu ne put s'empêcher de glousser. Les cheveux teints en blond platine, dressés en épis sur le crâne, Owen Firth était méconnaissable.

Le petit groupe pénétra dans le hall, précédé par Jomo, son majordome et tueur à ses heures perdues.

Quand son hôte s'encadra sur le seuil de son vaste bureau, le Kényan demeura assis quelques secondes de trop avant de se lever pour l'accueillir, les bras largement ouverts dans un geste de bienvenue.

— Owen, *jambo*, mon ami ! J'ai suivi *nos* premiers succès avec délectation !

Il avait exagéré le « nos » volontairement. En venant prendre force et appui au Kenya durant l'étape la plus cruciale de son plan, Firth se mettait inévitablement en position de débiteur. Son partenaire américain – un cinglé qui rêvait de conquérir l'espace – pouvait bien financer les trois milliards qu'avait coûté l'opération Darwin, c'est en Afrique, chez Yulu Rudisha, que l'armée de Darwin dominerait le monde.

— Merci, Yulu, je vous avoue que les derniers jours ont été agités. Mais laissez-moi vous présenter Arès, Jon et Tor, mes fidèles compagnons.

Alors qu'il levait les yeux sur les armoires à glace, Rudisha sentit un choc l'étourdir, l'assaut d'une migraine si violente qu'il laissa échapper un gémissement.

— Bigre ! Allez-y mollo, les enfants, notre ami n'a pas l'habitude de vos manières ! Un par un, c'est déjà bien assez…

En écoutant ces paroles sibyllines, le « Lion » comprit subitement ce qui l'avait frappé. Ces hommes qu'il avait pris pour des mercenaires étaient des Ganesh, autrement dit l'arme qu'il avait contribué à enclencher.

En dépit de leurs différences de teint – l'un était blond, les deux autres bruns –, ils se ressemblaient de façon troublante : même allure athlétique sous des costumes à la coupe impeccable, les cheveux drus formant une calotte luisante sur un crâne étonnamment beau, la mine revêche qui oscillait entre dédain et indifférence. Dans ces blocs inflexibles, presque des caricatures de barbouzes, seuls les yeux semblaient vrais et redoutablement vivants, bleus ou noirs. Ils vous transperçaient en vous laissant l'impression d'être composé de boue friable.

Au cours de l'année écoulée, Yulu avait parfois douté du projet Darwin. C'était trop fou, trop gigantesque. Une promesse inespérée pour l'homme qu'il était, avide de revanche. Yulu Rudisha ne rêvait pas seulement de donner une leçon à ses rivaux en politique, ni même aux affairistes plus ou moins véreux qui l'avaient snobé longtemps. Il voulait une réparation, celle du Nègre sur le colon, l'homme noir sur l'Occidental.

Le continent africain s'enorgueillissait d'avoir été le berceau de l'humanité ; aujourd'hui, il était sur le point de devenir le creuset de sa renaissance.

Yulu avait simplement oublié un détail. On pouvait rêver le monde de demain, élaborer des plans et bâtir une logistique imparable, rien, cependant, ne l'avait préparé à se confronter à la réalité crue. Ces trois « créatures » l'incarnaient de la façon la plus éclatante : des surhommes. Intelligents, puissants. *Dangereux*, lui souffla sa raison. Aussitôt, il toussa et déglutit. Il aurait voulu ravaler de la même manière ses pensées, alors qu'il était bien placé pour savoir que c'était impossible. Cette prise de conscience le mit en colère. Il opta pour la seule issue envisageable, une vérité assenée en forme de provocation.

— Est-ce ainsi que vous traitez vos amis, Owen ? En les faisant sonder par vos « enfants » ? Je crois que j'ai donné des preuves de bonne volonté !

Il s'arrêta juste à temps. Ne pas se plaindre ni se justifier. Ainsi meurent les faibles…

Owen Firth partit dans un éclat de rire. Il semblait étonné, presque séduit, sans doute parce qu'il avait perdu l'habitude d'une telle franchise. C'était rafraîchissant.

— Vous avez raison, Yulu ! J'ai voulu vous faire la surprise en direct, si j'ose m'exprimer ainsi, afin que vous ressentiez la force d'Arès, Jon et Tor. Soit dit en passant, j'ai choisi ces prénoms sur un coup de tête ; j'aime bien, pas vous ? Bref, je vous présente mes excuses, ce n'était pas très délicat de ma part, mais je dois avouer que les tensions des derniers jours m'ont passablement épuisé.

— Je peux vous servir à boire ? Un en-cas ? Pour vos… Jon ? Arès ? Tor ?

— Autant en finir avec l'état des lieux. Nos amis se regroupent en phalanges dans chaque grosse ville pour l'ultime phase du plan. Celle-ci est prévue trois jours après l'éclosion de la seconde vague de moustiques OGM.

— Il y a peu de chance que ça réussisse avec les insecticides que l'armée a balancés partout…

— Aucune importance. Je n'ai jamais cru que les gouvernements resteraient sans réagir. La seconde vague est une diversion.

— Alors, pourquoi donner un calendrier si précis ?

— Les comptes à rebours excitent nos partisans et mettent la pression aux plus rétifs. Psychologie de base, mon cher.

— Mais serons-nous assez forts pour imposer des conditions ?

— Bien assez.

— J'ai peur de ne pas trop vous suivre. Vos… Ganesh ne sont pas si nombreux !

— Sans vouloir vous vexer, vous pensez à courte vue, mon ami. Pendant que l'armée et les polices s'efforcent de contenir les *erectus*, les Ganesh ont le champ libre. Les hommes croient encore avoir le choix, or ils sont coincés. Sans vaccin, quelle alternative leur reste-t-il ? Se faire tuer ou être contaminé. Chaque mort est un ennemi en moins, chaque régression est un soldat qui viendra agrandir notre armée.

— Mais une guerre pareille ne se gagne pas en un mois !

— Qui vous parle de guerre ? Moi ? La guerre est un terme du vieux monde en train de s'écrouler sous nos yeux. Vous avez dû entendre mon communiqué, les gens le passent et le repassent, un DJ en a déjà fait un tube, qui sait s'il ne finira pas en hymne planétaire !

Owen Firth ne riait plus, mais ses yeux luisants lui donnaient l'air dément. Disparu, le professeur débonnaire vêtu en tonton écossais ! Son trouble hystérique rendait l'impassibilité des Ganesh plus menaçante. Yulu se demanda brièvement quels pouvaient être leurs sentiments. Si l'émotion de leur mentor les atteignait ou si, au contraire, ils ne réagissaient qu'aux ordres, pareils à des robots.

Âmes damnées !

Les mots surgirent avant qu'il n'ait le temps de les censurer et il toussa une fois encore. Il devait nettoyer son esprit de la moindre bribe de jugement, écouter et imaginer l'avenir. Lui, Yulu Rudisha, à la tête de son pays, peut-être même du continent africain…

Brutalement, le discours de Firth changea de ton.

— Il ne s'agit pas juste de pouvoir, Yulu, c'est notre espace vital que je rétablis. Par notre aveuglement, nous avons dévasté la Terre. Aujourd'hui se pose une question très simple pour l'humanité : vivre ou mourir par avidité. Le problème, c'est que nos cerveaux sont formatés pour ne jamais répondre à ce dilemme. Vous avez entendu parler du striatum ? C'est une structure nerveuse logée sous le cortex, qui libère la dopamine quand nous satisfaisons nos besoins fondamentaux. Or, le striatum, forgé à la préhistoire, est devenu mortifère à l'ère industrielle. Le besoin d'assouvissement est sans fin, la machine s'emballe, on veut toujours plus et on finit par nier la menace du changement climatique en dépit de la raison, parce que rien n'est pire que l'incertitude.

— Comment cela ?

— L'incertitude favorise l'orgie. Toujours plus de consommation, toujours plus de stimuli. Ce n'est pas une volonté délibérée, c'est une réaction biologique du cerveau primitif. Vous me direz que c'est l'impasse, alors qu'il nous suffit d'activer le siège de l'inhibition, renoncer à certaines libertés et changer nos priorités. Cela paraît si simple… seulement voilà, nous sommes quelque huit milliards qui voyons arriver le mur sans céder d'un pouce. J'ai donc décidé d'y remédier. J'ajouterai que j'accepte le poids de cette décision. Et vous savez pourquoi, Yulu ?

Le Kényan se contenta de secouer la tête. De toute façon, Owen ne réclamait pas de réponse.

— Parce que j'ai une vision. Et ma vision est assez vaste pour libérer le monde. Alors si cela se fait au prix de quelques millions de morts, plus quelques millions de régressions, soit ! Cette fois, je frappe à la tête ! Chaque chef d'État, chaque magnat de la finance, chaque industriel, chaque décideur se verra proposer un marché : ou bien ils entrent de leur plein gré dans le nouveau monde et bénéficient d'un vaccin, ou bien ils persistent dans l'erreur et en paient le prix ! Les hommes craignent les *erectus*, et plus encore de se métamorphoser eux-mêmes, mais ils n'ont pour l'instant aucune idée de la force des Ganesh. Un seul de mes enfants, placé judicieusement, renversera une ville. Un Ganesh auprès d'un ministre ou d'un président, et le pays se ralliera à notre cause… J'ai eu un fils, autrefois. C'était un gamin précoce, curieux de tout, un… (Sa voix parut sur le point de se briser, mais Owen se reprit.) Il n'avait qu'une dizaine d'années quand il est mort, mais il était promis à un grand destin. Je l'ai su dès l'instant où mes yeux se sont posés sur lui. Il m'a fallu toutes ces années pour comprendre qu'à travers lui vivent les Ganesh, mes héritiers. Mon fils est mort au crépuscule des *Homo sapiens* pour annoncer leur venue.

— Monsieur, nous avons une vidéoconférence avec la Chine…

La voix était étonnamment désincarnée, d'une diction parfaite, froide, sans intonation. Le blond s'était avancé d'un pas. Jon ? Ou bien Tor ? Ou Arès ? Yulu n'était pas certain de les distinguer. *L'effet de la peur ou l'un de leurs pouvoirs ?* C'était la première fois qu'il entendait un Ganesh s'exprimer. Cela ne fit qu'aggraver son malaise. Jusque-là, il n'avait guère réfléchi à l'émergence d'un contingent de surhommes. Dans son imagination, ils n'étaient qu'une extension des singes, parfaitement adaptés aux besoins de leur projet. Mais ces types…

Owen Firth l'observait, une lueur de malice dans les yeux.

Yulu Rudisha fit un effort pour reprendre contenance.

— Je peux vous mener à vos appartements. J'ai fait préparer par mon majordome l'aile est…

— Allons, mon ami, pourquoi ne pas me poser directement la question ?

— Je ne comprends pas…

— Je n'ai pas besoin de m'inoculer le virus pour vous entendre penser. Du reste, je suis vacciné… Vous vous demandez ce qui interdirait à Arès, Jon, Tor ou n'importe lequel de leurs semblables de nous renverser, nous, les hommes ?

— Eh bien…

Le Kényan se tortilla, gêné par la proximité des autres. Owen Firth était-il fou ou tellement convaincu de leur fidélité qu'il pouvait discuter de cela sans la moindre précaution ? En même temps que les interrogations le traversaient, fugaces, à peine formulées, il s'efforçait de ne pas les penser.

— Ils sont stériles.

— Quoi ?

— Ils peuvent infecter des hommes et des femmes et baiser comme vous et moi, mais ils n'auront jamais de descendance.

— Mais… les *erectus* ?

— Les *erectus* l'étaient il y a plus de sept ans, quand tout a commencé. Avec Linn Visnar, nous avons initié un processus pour les rendre fertiles. Ce n'est pas le cas avec les Ganesh, c'est le seul argument que je possède pour… disons limiter leur soif d'indépendance. Quoi qu'il en soit, cela ne les préoccupe guère pour l'instant… Ai-je raison, Arès, Jon ? Tor ?

Le trio acquiesça, imperturbable.

— Une seule chose les intéresse : le sort de notre bonne vieille planète. Bien… je crois que nous avons fait le tour… Je vais devoir vous laisser.

— Pardonnez-moi, mais…

Yulu Rudisha avait beau se sentir vidé, passablement inquiet aussi, il ne pouvait pas céder si facilement. Trop de détails clochaient, et la désinvolture de son partenaire, au lieu de le rassurer, l'angoissait plutôt.

— Vous avez parlé d'un vaccin. Quand pourrons-nous en bénéficier ?

— « Nous » ?

— L'armée de Darwin. Ses fidèles… moi… J'imagine que vos proches partenaires l'ont déjà…

— Détrompez-vous. Je suis le seul à être vacciné.

— Mais… *pourquoi* ?

— Par prudence. Quel meilleur argument pour s'assurer que vos alliés resteront jusqu'au bout ? Je n'en vois pas…

— C'est de la folie ! Et en cas de problème ? Il pourrait arriver n'importe quoi, un accident, un moustique, une attaque…

— C'est un risque que je suis prêt à prendre… À présent, conduisez-moi, Yulu. Je dois parler à notre ami chinois et il déteste attendre…

Un sourire énigmatique fleurit sur les lèvres de Firth. Son hôte comprit que la discussion était close. D'ailleurs, Arès, Jon et Tor venaient de se mettre en branle vers l'escalier. Inutile de faire appel à Jomo pour les mener à leurs appartements, les Ganesh les avaient déjà parfaitement situés.

Yulu Rudisha demeura un long moment avachi derrière son bureau, les yeux fermés, l'esprit vide. Il ne voulait pas réfléchir à ce qu'il avait contribué à faire exister. Le plus fabuleux projet depuis l'apparition de leurs ancêtres sur Terre. *Habilis*, *erectus*, néandertaliens, *sapiens*… Il s'était pris pour un dieu. Seuls les dieux se moquent de briser les hommes pour façonner le monde à leur convenance.

Une idée désagréable chatouilla sa conscience. Pourquoi Owen Firth n'avait-il pas traité directement avec le président ? Que voyait-il en lui ? Un pion ?

Un pion qui s'est pris pour Dieu. Pauvre Yulu…

– 7 –

Base militaire de Kampala, Ouganda, J – 16.

Le réveil ressemblait à une éprouvante remontée de l'enfer. Lumière trop vive. Odeur agressive qui raclait les muqueuses de son nez.

Elle se tourna, protégeant son visage de l'éclat du néon. Une main s'appuya sur son épaule, la faisant rugir d'effroi.

— Anna, c'est moi, Lucas ! Tu es sauvée ! Je t'en prie, ma chérie, tout va bien, à présent.

Elle demeura un instant à haleter, avant de trouver le courage de le regarder. Il l'observait avec une ferveur mêlée de pitié qui lui parut incongrue. *Mon amant...* Elle avisa la main posée sur son bras. Elle aurait voulu se dégager, mais choisit de s'abstenir. Elle se sentait lasse à mourir.

— Ma fille ?

— Alice est en parfaite santé. Elle est avec Kyle, en ce moment. Tout le monde a quitté le lodge par sécurité. Mary et Ny sont là aussi. Nous nous trouvons en Ouganda, dans une base militaire sous haute protection. Tu étais à Sanya, dans le sud de la Chine. Tu as été droguée, mais ton corps a éliminé la plupart des toxines, selon les médecins. Ils ont été obligés de te faire une injection. D'ici un jour ou deux, tu devrais te sentir bien mieux.

— Il y avait une jeune femme avec nous…

Elle hésita, de crainte d'en dire trop. Les effets de la drogue l'engourdissaient encore. Le souvenir du professeur Wu Tian penché sur elle la traversa, et elle dut se mordre la langue pour ne pas se remettre à crier.

Comment Lucas aurait-il pu imaginer les horreurs qu'on lui avait infligées…

— Tu parles de Lauryn ? Elle est saine et sauve, et elle a demandé à te voir.

— J'aimerais bien…

— Écoute, je ne veux pas te presser, mais les militaires sont impatients de t'interroger.

— Oh, s'il te plaît… pas maintenant. Je ne pourrai pas.

— Je sais. Je leur ai dit que ça passerait par moi, au moins les premiers jours. De toute façon, les choses vont tellement vite… Tu peux me raconter ? Ils t'ont…

— Ils voulaient que je collabore à des expériences. C'était chez eux une obsession. Avec ma fille en otage, je n'avais pas vraiment le choix.

Elle fit une pause en s'efforçant de faire la part entre ce qu'elle pourrait révéler et ce qu'elle garderait enfoui au plus profond. Le sourire du professeur Wu Tian tandis qu'on l'installait dans le fauteuil. La morsure des électrodes quand il envoyait les décharges « cérébrales », et la plongée dans le chaos des synapses de

« l'autre » – Koko ou l'un de ses semblables. Ses souvenirs s'emmêlaient dans la douleur et la peur. Les secousses électriques quand elle se trompait ou résistait. La brûlure de la drogue qu'on lui injectait pour « gagner en intensité ». Le professeur s'intéressait aux facultés cognitives des *erectus*, notamment la télépathie. Cherchait-il à réveiller ces facultés chez l'homme moderne ? Difficile de répondre quand on est systématiquement sous l'emprise de la drogue. Pourtant, elle se souvenait vaguement de tests où il fallait deviner des symboles dessinés sur des cartes que Koko tenait dissimulées. D'autres où il fallait influencer un ordinateur qui piochait au hasard un nombre parmi des dizaines. Quand Anna échouait – souvent –, elle était punie... Seule la présence de Lauryn l'avait sauvée de la folie. Chaque soir, après les séances du professeur, la jeune femme pénétrait dans son esprit pour effacer le plus à vif, les traumatismes et les chocs causés par le voyage hallucinatoire de son pauvre cerveau malmené.

— Penses-tu qu'un élevage de moustiques était organisé dans le labo de Sanya ?

La question de Lucas la ramena au présent et l'espace d'un instant, elle se demanda de quoi il parlait, puis se souvint des images de manifestants poursuivis par des nuées d'insectes. Elle s'efforça de s'exprimer calmement. *Comme l'ancienne Anna...*

— Non, je ne crois pas. Dans mon bâtiment, il y avait presque exclusivement des salles d'expérimentation animale destinées aux préhistoriques et aux *erectus*, ceux qu'ils « prélevaient » dans les réserves. J'avais raison, Lucas, les pseudo-massacres cannibales n'étaient qu'une mise en scène. Il faut prévenir les autorités !

— Anna, on est très loin de tout ça ! C'est grâce à Wuan que nous avons pu vous sauver… mais je dois quand même t'avertir que lui et la plupart des clans proches de la frontière se sont enfuis de la réserve. C'est leur chef. Même s'il n'est pas encore retourné auprès des siens, ses troupes ont pris des villes qu'ils occupent.

— Comment ça, « qu'ils occupent » ? Tu parles comme s'il y avait une guerre !

— Une guerre, pas encore, mais un bordel sans nom qui pourrait virer à l'apocalypse. Juste après votre enlèvement, un groupe terroriste a balancé un nouveau virus sur les populations, via des moustiques. On en est presque à deux millions de personnes infectées dans le monde. Le Ganesh, c'est ainsi qu'a été baptisé le nouveau virus, a deux effets : soit il fait régresser les contaminés de la même façon que le Kruger, à cela près que les nouveaux *erectus* sont plus vifs et plus belliqueux, soit, dans 10 à 12 % des cas selon les régions, ils développent des capacités qui les transforment littéralement en surhommes. Ces humains augmentés, appelés les Ganesh, qu'on peine à distinguer physiquement de nous, sont non seulement dangereux, mais parfaitement insaisissables. Pour l'instant, on ignore ce qu'ils veulent. Grâce à des épandages massifs d'insecticide, nous espérons contenir la seconde vague de moustiques prévue dans une semaine environ. En Afrique, notamment ici, nous sommes tranquilles. Il y a eu peu de cas d'infection comparé aux autres continents, grâce aux campagnes déjà engagées contre le paludisme.

Malgré l'avalanche d'informations qui lui tombait dessus, Anna se focalisa sur une seule :

— Yann… Wuan vous a aidés ?

— Oui.

Pour la première fois depuis les tortures de Wu Tian, Anna éprouva une émotion dénuée d'amertume ou de peur. Une gratitude immense, et la conviction que son travail n'avait pas été vain. Elle ne s'était pas trompée, ni sur les capacités des *erectus* à éprouver des sentiments complexes et à « penser » le monde, ni sur la mémoire inconsciente de son ex-compagnon. Il demeurait une empreinte profonde. Et Alice, leur fille.

Lucas avait remarqué son brusque relâchement. Il en profita pour pousser son avantage. Le temps pressait et il fallait se mettre d'accord avant que les militaires n'interviennent avec leurs gros sabots.

— J'espère maintenant le convaincre de se rallier à nous. Et j'aimerais… t'avoir de mon côté.

— Et que comptes-tu lui proposer en retour ? Un séjour dans un paradis terrestre et une bonne castration ?

Les mots n'étaient pas plus tôt sortis de sa bouche qu'elle les regretta. Elle tendit le bras, effleura son visage.

— Pardon. Je débloque un peu.

— Non, tu as raison, je le méritais. Je dois quand même te dire une chose… Au retour, pendant qu'on se dépêchait de rejoindre l'hélico, Wuan est resté à l'arrière. Il voulait libérer un semblable et il est tombé sur un homme. Il m'a aussi révélé que ce type vous avait fait du mal, à toi et à des *erectus*, et qu'il l'a tué pour cela. Je crois… je crois qu'il l'a proprement égorgé à coups de dents.

Il s'empourpra soudain, conscient qu'elle pourrait se méprendre sur son intention.

— Je ne dis pas ça pour te faire peur… juste pour que tu saches qu'il a beaucoup évolué depuis que tu l'as vu. Il s'exprime presque parfaitement et… il est capable de penser dans ma tête. C'est difficilement explicable.

— Je sais…

— À part ça, on a envoyé une batterie d'analyses au labo. Je n'ai pas encore tous les résultats, mais il y a un truc qui me chiffonne avec les tiennes, mais rien de grave, les drogues qu'on t'a injectées ont probablement faussé les données, pas la peine de se prendre la tête…

— Je ne suis pas inquiète.

— Il y a autre chose que tu dois savoir. Il faut que je t'en parle, je suis désolé.

— Je ne suis pas sûre d'être d'attaque pour les mauvaises nouvelles.

— Tu m'en voudrais de te le cacher. De toute manière, tu l'apprendras à un moment ou à un autre.

— Je t'écoute.

— Alice a éloigné les *erectus* quand nous étions cernés. Il lui a suffi de fermer les yeux pour les faire fuir. Tu comprends ce que ça signifie ? Elle a des sortes de pouvoirs… comme les *erectus*.

— Donne-moi ta main, Lucas.

Il obtempéra. Sa peau était chaude, moite, et Anna éprouva un élan d'amour. Elle ressentait le besoin de le toucher pour lui avouer ce qui lui avait tant pesé depuis la naissance de sa fille.

— Je sais et je crois que j'ai toujours su qu'elle était… spéciale.

— Comment ça, toujours ?

— C'étaient de petites choses que je ne voulais pas voir, mais qui, mises bout à bout, rendaient mon enfant différente.

— Pourquoi ne pas m'en avoir parlé ?

— Parce que je ne voulais surtout pas l'envisager ! Depuis l'attaque du Muséum, voilà sept ans, je vivais avec la crainte que le Kruger avait pu infecter mon bébé d'une façon ou d'une autre. C'était bien plus simple de me persuader que son comportement étrange était dû à son tempérament ou à notre drôle de vie.

— Cela aussi, tu aurais pu me le dire.

— Et tu aurais fait quoi ? Tu aurais eu pitié ? Tu es bien content de l'avoir sous la main pour lui faire passer une batterie d'examens…

— Anna, tu plaisantes ?

— Tu travailles pour l'OMS, tu es médecin, tu…

— Je suis surtout un homme qui t'aime, alors si tu me crois capable de…

— Pardon, j'exagère encore, mais… moi aussi, je tiens… je tiens à notre relation ! Je voulais que tout soit pur entre nous. Je ne supportais pas l'idée que tu me voies comme la mère d'une enfant malade. Et je le souhaitais encore moins pour Alice. C'est une gamine enjouée. Pas une bête curieuse, ni une… hybride !

Elle cracha ces derniers mots avec une telle expression de dégoût que Lucas sentit son cœur se serrer.

— Calme-toi, mon amour. Ce n'est pas parce qu'elle est en partie infectée par le Kruger que ça change quoi que ce soit.

— Alors, c'est sûr ?

— J'ai fait réaliser un test de détection. Alice répond positivement. Malgré les antiviraux, son sang contient une quantité importante de particules virales. C'est comme si quelque chose s'était réveillé en elle.

— Mais elle va bien, n'est-ce pas ?

— Oui, mais il se peut qu'elle développe des capacités…

— Tu l'as dit aux médecins militaires ?

— Non.

— Merci.

— C'est possible aujourd'hui parce que l'urgence est ailleurs, mais tôt ou tard…

— On verra à ce moment-là. Tu viens de le dire, on est au bord d'une nouvelle apocalypse, alors on va retrousser nos manches une fois de plus, non ?

Elle souligna sa sortie d'un clin d'œil et Lucas ne put s'empêcher de rire. Son Anna était revenue, repoussant la pauvre créature apeurée qui s'était réveillée en hurlant.

— Tu te sens d'attaque ?

— Je veux que tu m'arranges une entrevue avec Lauryn et Wuan.

— Lauryn ? Tu peux m'expliquer ?

— Je ne sais pas comment… mais je pense que Lauryn a été infectée, elle aussi, parce qu'elle a des pouvoirs.

— Une *erectus* ! C'est impossible…

Les mots moururent d'eux-mêmes sur ses lèvres. Ce qu'Anna suggérait était tellement énorme !

— Ce serait une…

— Une Ganesh, oui, puisque c'est ainsi que vous les appelez. Et je peux t'assurer que ses pouvoirs sont immenses.

— Ce qui me surprend c'est son empathie. Qu'est-ce qui nous assure qu'elle n'est pas feinte ?

— Je l'ignore, mais son implication s'explique peut-être en partie à cause de son histoire personnelle… Ce que je sais en revanche, c'est que sans son aide, je ne serais pas sortie vivante des mains du professeur.

— Bon sang, Anna, moi, j'appelle ça un sacré coup de chance !

— Quel optimisme ! Rappelle-moi, on est combien ? Une dizaine de désespérés contre le monde entier ?

— Il faut bien commencer quelque part…

– 8 –

Centre Kruger2, Genève, Suisse,
J – 15.

Hillary Jake ne décolérait pas. Elle écrasa nerveusement le mégot de sa cigarette, le jeta dans une des trois poubelles du *rooftop* et alluma aussitôt une énième clope. Le soldat posté à quelques mètres d'elle ne lui accorda pas un regard. La ville de Genève était sous contrôle. L'ensemble des bâtiments officiels étaient sécurisés.

Elle consulta sa messagerie, en vain. Lucas ne l'avait toujours pas rappelée, mais s'était contenté de lui envoyer un compte rendu succinct de leur raid sur Sanya, avec une série d'analyses bactériologiques sanguines et urinaires à faire d'urgence – celles d'Anna Meunier et de Lauryn Gordon, mais aussi d'Alice et de Wuan. Or, toutes recelaient des anomalies, à l'exception des examens de l'*erectus*.

Elle contempla les espaces verts exubérants d'où émergeaient quelques immeubles. Elle avait abandonné ses bureaux de Lyon pour suivre son patron à Genève, devenu le centre névralgique de la réplique au nouveau virus. Depuis que les chercheurs avaient été regroupés ici, ils se trouvaient au centre du monde. *Le monde civilisé des hommes,* pensa-t-elle en grimaçant, *tu parles d'une foutue jungle !*

L'équipe scientifique Kruger2 bossait jour et nuit, avec l'objectif d'éradiquer les larves pondues durant la première attaque des drones et de localiser l'usine à moustiques. Lee Carmack avait pris la tête de ce programme, en plus de superviser l'application VIRUS. Les idées et procédés affluaient du monde entier, et une demi-douzaine de chercheurs avaient pour mission d'évaluer la fiabilité des propositions et surtout leur rapidité d'exécution. Seules les meilleures parvenaient à l'équipe « Alpha », regroupant les scientifiques chargés de la menace que représentaient les insectes.

« Une usine à moustiques » australienne avait une piste pour combattre le Ganesh : issu de recherches collaboratives, leur procédé consistait à inoculer aux femelles une bactérie capable de stopper la transmission de certaines maladies, type dengue, à l'être humain. Ils avaient effectué des lâchers en Australie, au Brésil et en Indonésie avec un certain succès.

Un labo américain proposait une toxine tueuse de moustiques parfaitement inoffensive pour l'organisme humain.

Les Chinois et les Français offraient à la communauté le résultat de dix ans de recherches sur des moustiques OGM. Une fois le virus « domestiqué », ils préconisaient l'introduction de quelques individus génétiquement modifiés dans la nature, afin de transmettre le caractère de résistance au Ganesh à 100 % de leur progéniture.

Un fabricant de moustiquaires faisait don de tonnes de sa production contre la promesse de voir son nom cité.

Des industriels danois mettaient à disposition de l'Europe une ligne de ponchos imbibés de répulsif.

La seconde branche de l'équipe Kruger2, la plus importante, chapeautait les recherches autour du nouveau virus : réplique antivirale d'abord, avec, à terme, l'espoir d'un vaccin. Elle était dirigée par June Fenton, une épidémiologiste et biologiste de renom, jusque-là responsable de l'unité de génomique virale et vaccination d'un des plus prestigieux centres de recherches au monde. Sous son impulsion, les meilleurs scientifiques du moment avaient élaboré des séquençages du génome Ganesh et s'acharnaient à trouver des solutions.

À côté de ce bouillon d'inventivité né de brillants cerveaux, les représentants des pays alliés s'évertuaient à collaborer – officiellement –, quand ils n'étaient pas en train de combiner de nouvelles alliances pour de futures stratégies – officieusement. Personne ne semblait se rendre compte que la plupart de ces plans seraient caducs avant même d'être nés. Le monde changeait à toute allure, mais ces ambassadeurs rompus à la *realpolitik* étaient tout simplement incapables d'intégrer le chaos dans leurs calculs. Or, plus les heures passaient, plus la situation se complexifiait.

Pour sa part, Hillary Jake pensait avoir une assez bonne vision du problème, d'abord parce que c'était une pragmatique, ensuite parce qu'elle avait vécu en première ligne l'attaque des drones. Si elle mesurait l'énormité de la menace, elle n'en demeurait pas moins convaincue que le projet VIRUS, associé à une réplique antivirale, finirait par les sauver. C'était une conviction profondément ancrée : la science avait fabriqué cette horreur virale, la science en débarrasserait l'homme !

Elle alla jeter son mégot et retourna s'accouder à la rambarde du toit-terrasse. L'air embaumait la chlorophylle et le parfum sucré d'une plante qui avait fleuri dans un bac abandonné. Elle ferma les yeux pour essayer de se calmer et tenta quelques respirations profondes. Elle embrassait la philosophie préconisant de s'adapter aux choses qu'on ne peut maîtriser.

Que cherchait vraiment Lucas Carvalho ? Même si les investigations étaient au point mort partout, elle le rendait en partie responsable de cet échec. Son enquête prenait l'eau depuis le début. Toutes les polices du monde couraient après l'armée de Darwin et pour quel résultat ? Rien, *niente*, *nada* ! À croire que cette troupe diabolique se résumait à des fantômes ! Alors que tous s'escrimaient à jouer collectif, monsieur s'entêtait dans son coin ! Elle y voyait l'influence d'Anna Meunier. Sans elle, Lucas Carvalho serait probablement à ses côtés ; au lieu de ça, il perdait son temps dans le trou du cul de l'Afrique, après avoir mis en danger la vie de soldats pour aller la chercher.

La quinquagénaire s'était trompée sur son compte et ne l'admettait pas. Sans doute avait-il de l'imagination et du culot, mais l'essentiel de ses compétences revenait à prendre des risques inconsidérés. C'était un profil psychologique pertinent au XXe siècle, quand des virus émergeaient de villages perdus au fond de la brousse et qu'il fallait rapporter des échantillons. Aujourd'hui, l'épidémiologie était entrée dans l'ère de l'informatique et de la surveillance sanitaire généralisée. Lucas appartenait à une époque révolue.

Son téléphone vibra dans sa poche, l'arrachant à ses obsessions. L'un de ses adjoints venait de lui envoyer un message : « On a du lourd, venez vite ! »

Elle se précipita vers l'ascenseur, saluant le garde d'un « merci » incongru. Enfin, il se passait quelque chose !

— Ça bouge du côté de VIRUS…

Goran Bogdanov lui indiqua l'écran du programme d'Interpol. La couleur rouge avait quasiment disparu du planisphère, ce qui signifiait que les épandages d'insecticides avaient porté leurs fruits et que les contaminations avaient tari. Il subsistait encore quelques points rouges, qui figuraient les personnes porteuses de traces du virus en train de s'enregistrer aux bornes (certaines avaient été redéployées devant les refuges, d'autres couvraient toujours les aéroports). Ces individus seraient arrêtés avant d'être conduits en centre de rétention, où se déterminerait leur futur.

Il fallut quelques secondes pour qu'Hillary comprenne ce qui clochait dans le tableau général. L'aéroport de Katmandou et ses environs immédiats, où des bornes avaient été placées aux guichets automatiques des banques. Le nombre de points rouges était anormalement élevé.

— C'est comme ça depuis ce matin.

— Des voyageurs contaminés ?

— Non. Il n'y a pas plus de visas depuis que le camp est bondé, même si on assiste à un léger reflux.

L'habituel lot d'optimistes qui croient que comme certaines villes ont été sécurisées, ils peuvent retourner chez eux et reprendre leur vie d'avant… Le syndrome de l'autruche, en gros, la tête dans le sable et le cul à l'air ! ironisa Goran.

— Alors quoi ? Les gens se sont mis soudain à exprimer davantage le virus ?

— Je ne vois pas d'autre explication.

— Cela signifie un nouveau foyer de contamination, précisément au moment où le virus recule ! Tu sais comme moi que les moustiques ne survivent pas à l'altitude de Katmandou. Tu as vérifié les autres camps en hauteur ?

— Bien sûr. Il n'y a aucun changement. Cela se passe uniquement à Katmandou.

— Alors, il faut aller sur place et tirer ça au clair rapidement. Je vais dire à Alessandra Masi de se préparer. Elle t'accompagne.

— J'ai déjà prévenu chez moi.

Le Serbe esquissa un sourire entendu. Il connaissait l'impatience légendaire de sa patronne et il avait anticipé. Malgré ce défaut, il l'aimait bien, et elle était ultrasexy, ce qui ne gâchait rien…

— Parfait. Et soyez prudents, personne ne joue au cow-boy.

— OK, de toute façon, les westerns, ça n'a jamais été mon truc.

Il hésita avant d'ajouter, hilare :

— Je préfère les films catastrophe.

– 9 –

Base militaire de Kampala, Ouganda,
J – 15.

L'obscurité était tombée sur les baraquements, à un kilomètre au nord du lac Victoria. Les lieux baignaient dans une humidité quasi permanente portée par un vent d'ouest. Profitant de la présence militaire importante, les autorités ougandaises avaient érigé un camp de toile pour les réfugiés, à quelques centaines de mètres à peine.

Alice s'allongea sur son lit, soulagée d'être seule. Des barrissements lointains d'éléphants se mêlaient au ronronnement des groupes électrogènes. Pour une oreille moins exercée que la sienne, le brouhaha des soldats couvrait la rumeur de la forêt environnante. L'odeur grasse de l'essence, ajoutée aux effluves sucrés de la friture, lui tournait la tête.

Elle songea aux hommes réunis sous la lumière des néons, bien à l'abri derrière les barbelés, convaincus que la vie leur accordait une pause pendant la nuit, parce qu'ils étaient débarrassés des prédateurs nocturnes. Elle pouvait sentir leur illusion comme elle avait flairé les manœuvres des deux médecins un peu plus tôt, alors qu'ils lui faisaient subir une batterie de tests médicaux et qu'ils lui posaient des rafales de questions. Ce n'était pas vraiment difficile de leur donner les réponses qu'ils attendaient. Elle n'avait même pas eu besoin de les écouter penser, il suffisait de regarder leurs expressions.

Pour elle, au contraire, le temps était en train de s'emballer. Peut-être parce que son père était là, tout près… Elle n'avait pas eu le droit de le revoir et lui parler depuis leur retour. Elle recevait des signes plus forts que d'habitude et se sentait pressée par une urgence qui n'avait ni nom ni explication.

Elle ferma les yeux. Elle tenta de laisser venir les pensées sans rien bloquer, malgré la petite voix qui lui soufflait de sortir dehors, de rejoindre les autres, de faire comme si elle était une fille normale, une gamine amoureuse de Kyle…

Derrière ses paupières closes, le jeune homme surgit enfin, campé dans la plaine d'Afrique, sous un soleil de plomb. Le tapis végétal blond se déroulait à perte de vue, embaumant une odeur forte et épicée que le vent arrachait aux herbes à éléphant.

Soudain, le sol se couvrit d'une masse grouillante de fourmis rouges, comme jaillies des pores de la terre. Elles se regroupaient, s'accumulaient en deux tas. Le plus petit s'éleva au rythme des insectes qui venaient l'alimenter, formant bientôt une silhouette humaine. Les traits imprécis s'affinaient à mesure que les fourmis affluaient, et prirent l'apparence de Lauryn. L'autre amas fourmillant avait rejoint Kyle pour se fondre en lui.

Les deux silhouettes tendirent leurs mains, l'une vers l'autre, s'effleurant à peine, avec une expression de joie gourmande.

Le cœur d'Alice se brisa quand elle comprit.

Ils s'aiment-s'aimeront maintenant-demain, quelle importance, je ne suis rien qu'une gamine à ses yeux... M'aime bien, m'aime pas... Pourquoi justement Lauryn ? Avec une autre, j'aurais pu essayer, lui dire de m'attendre parce que moi, je l'aimerai pour toujours...

Les amoureux étaient composés de fourmis et, en même temps, n'en étaient pas. C'était le privilège des rêves... de pouvoir être deux choses à la fois.

Alice se força à ouvrir les yeux. Mais la scène restait imprimée dans son esprit. Elle aurait souhaité pouvoir agir dessus, mais savait que c'était impossible. Combien de fois s'était-elle résignée ces derniers jours ?

Je ne peux pas changer la réalité.

Elle voulut revenir à la vision de la savane africaine pour explorer le paysage, et l'image de Lauryn se désagrégea lentement. Ses yeux se fermèrent de nouveau. Kyle se dressait toujours au milieu des herbes, pareil à un totem façonné d'argile rouge. L'odeur de terre et de végétation se fit suffocante, provoquant un début de migraine. La plaine était en train de s'altérer, puis la sculpture se défit à son tour et les fourmis se rassemblèrent sous une nouvelle forme : une molécule d'ADN.

L'enfant connaissait bien la structure si typique en double hélice. Sa mère la lui avait souvent dessinée. « C'est l'échelle des hommes, affirmait Anna quand elle était petite, celle qui mène de la terre au ciel. »

Des paires de brins reliaient les deux tiges avec une régularité de métronome. Alice se laissa aspirer par leur danse. L'image vibrait. Peu à peu, les tiges fondirent, remplacées par d'autres plus vigoureuses. Puis, subitement, la molécule d'ADN s'enroula sur elle-même comme une pelote de laine, virevoltant dans les airs en direction d'une silhouette. Pas Kyle, quelqu'un d'autre… Son cœur s'emballa sans qu'elle comprenne pourquoi. L'enfant sentit sa peur croître alors que la forme humaine grandissait si vite qu'elle dut lever la tête. Le visage de fourmis se pencha vers elle et soudain, elle la reconnut : c'était Anna qui lui souriait.

Le choc sortit Alice de sa transe. Elle suait à grosses gouttes, le souffle coupé par l'angoisse. Elle gémit, recroquevillée en boule pour donner moins de prise à l'image, mais celle-ci l'aspira de nouveau.

Sa mère la regardait avec amour. Pourtant, sa tristesse déferla comme un monstrueux raz de marée et elle la ressentit dans sa propre chair. Elle aurait aimé s'en extraire, en finir avec cette vision, mais la lumière aveuglante de la savane l'en empêchait.

La fillette distingua une colline à l'horizon et comprit intuitivement qu'elle n'était pas faite de terre. La vague ondulante avançait à une vitesse affolante, si bien qu'elle ne tarda pas à percuter Anna, qui explosa, se désintégra en milliers de morceaux qui retombèrent au sol et germèrent aussitôt, donnant vie à d'innombrables copies de la jeune femme. L'armée de clones avançait à présent dans la savane. Leurs pas martelaient la terre et chaque percussion résonnait dans la tête d'Alice, s'amplifiant jusqu'à former un chœur de tambours sauvages.

Elle s'écroula enfin, terrassée par la douleur, convaincue d'être le jouet d'une force indomptable. L'idée qui se formait dans son esprit était bien trop puissante pour être balayée.

ADN.

Et un autre mot, dont elle ne mesurait pas les conséquences.

Antidote.

– 10 –

Katmandou, Népal,
J – 14.

Vus de l'escalier où les envoyés du comité Kruger2 progressaient, les environs de Katmandou offraient un spectacle à couper le souffle. Des centaines de milliers de tentes bigarrées couvraient les pentes escarpées des collines qui entouraient la capitale du Népal. Alessandra Masi reprit son souffle, les mains appuyées sur ses genoux, époustouflée par la scène. Si l'agente de l'OMS n'était pas venue chercher la clé d'une énigme virale, elle aurait tout aussi bien pu se croire à Woodstock en 1969, ou à un pèlerinage destiné à célébrer une fête religieuse. Elle se remit en marche en se demandant si les réfugiés avaient afflué non seulement à cause de l'altitude qui préservait des moustiques, mais aussi pour se placer sous la bénédiction protectrice de l'Éveillé. En franchissant l'entrée de Swayambhunath, également nommé le Temple des singes, elle éprouva une pointe d'émerveillement. L'endroit était un haut lieu du bouddhisme, habituellement l'un des plus fréquentés de la vallée. Ce jour-là, cependant, seule une cinquantaine de promeneurs avait attaqué les trois cent soixante-cinq marches qui menaient au hameau entourant le stupa, et où se mélangeaient cafés et monastères, boutiques et habitations. Dès qu'elle aperçut le premier macaque, pourtant, elle ne put retenir un mouvement de recul. L'animal errait en solitaire parmi les pèlerins qui allumaient des bougies sur des présentoirs. Soudain, il bondit sur une sculpture en pierre et se lança à l'assaut d'un chapelet de drapeaux de prières tendu jusqu'à la flèche du gigantesque dôme dont le sommet en forme de tour s'ornait des yeux peints de Bouddha.

L'Italienne n'avait pas une culture très pointue en termes d'espèces préhistoriques, toutefois, elle avait lu assez de rapports sur la pandémie pour reconnaître un macaque régressif. Sa mâchoire était avancée, presque autant que celle d'un chien. Surtout, il possédait une queue préhensile qui lui servait à s'agripper à peu près n'importe où.

Elle interpella Goran Bogdanov, qui observait un moulin à prières, veillant à chuchoter.

— Tu as vu ? On est arrivés dans la zone chaude. Le virus est là !

Il haussa les épaules, mais répondit sur le même ton.

— Probable… Mais n'oublie pas que les primates sont plus sensibles que nous au Ganesh.

— Je ne parierais pas ma vie dessus !

— Flippe pas ! S'il y avait eu des attaques de préhistoriques, on aurait été les premiers au courant. Et puis on est parés, non ?

Alessandra hocha la tête sans conviction. Juste avant de partir en expédition, elle s'était enduite de répulsif des pieds à la tête, puis avait enfilé des vêtements serrés aux chevilles et aux poignets. Malgré cela, elle se sentait vulnérable. Goran lui paraissait moins inquiet qu'obsédé par l'usine à virus. Le Serbe accordait peu de foi aux programmes d'éradication des moustiques. Cela ne ferait que déplacer le problème et, en termes de biotope, on se préparait une bonne catastrophe environnementale.

Elle secoua la tête, se trouvant idiote et surtout inutilement froussarde. S'ils faisaient chou blanc, ils pouvaient s'attendre à d'autres attaques en plus de la bombe virale qui exploserait d'ici cinq petits jours et la contamination en préhistoriques serait le dernier de leurs soucis ! Les micro-organismes avaient le chic pour vous ramener à votre réalité biologique de chair et de sang, ils se fichaient éperdument des scénarios optimistes comme des prédictions résolument apocalyptiques !

L'équipe sanitaire du camp de réfugiés les avait aiguillés dans cette partie de la vallée, à l'ouest de Katmandou. Ils étaient formels. Les résultats des questionnaires pointaient tous la zone du temple. Depuis deux semaines, ils recevaient des gens paniqués qui venaient de se faire piquer par un moustique. Certains fantasmaient des insectes imaginaires, mais dans le lot, une douzaine avaient effectivement été contaminés par le Ganesh. Bien entendu, on les avait isolés et envoyés dans des centres adaptés. Alessandra avait pourtant du mal à croire qu'ils trouveraient quoi que ce soit par ici. Le temple était perché à plus de mille trois cent soixante mètres d'altitude.

D'où venaient ces satanés insectes, et comment faisaient-ils pour survivre à cette hauteur ? Elle n'en avait aucune idée, mais commençait à redouter une mutation. En matière de panique, ce serait dévastateur…

Tiens-t'en à ce que tu vois !

Elle s'empressa d'emboîter le pas à Goran, qui venait d'emprunter une allée flanquée d'une vingtaine de tentes. Malgré les rumeurs de contamination, les réfugiés s'accrochaient à ce bout de terre consacrée par quinze siècles de prières. La voie menait sur une place serrée entre d'antiques maisons à étages d'un rose presque ocre, avant de se perdre dans les venelles commerçantes. Le lieu était paisible, désert, hormis un enfant en haillons occupé à entasser des galets en une tour fragile.

Ils avancèrent en scrutant chaque mètre carré sans vraiment savoir quoi chercher. Une odeur de poisson frit flottait dans l'air, qui réveilla l'appétit d'Alessandra. Il devait être largement midi passé…

— Là, regarde !

Le Serbe désignait une bouche d'aération devant laquelle s'agitait un nuage d'insectes volants. La jeune femme hésita : impossible de savoir s'il s'agissait d'*Aedes aegypti* à cette distance.

— Tu crois que ce sont nos coupables ?

Ignorant la question de Goran, Alessandra contourna la façade ornée de minuscules fenêtres en bois sculpté. Ses flancs décrépits possédaient des fenêtres plus accessibles, mais de grands panneaux de bois empêchaient de voir à l'intérieur du bâtiment. Les murs écaillés supportaient une charpente à l'aspect diluvien. Ils tapèrent contre les volets et appelèrent en vain. Les lieux étaient inoccupés.

— On essaie d'entrer ?

Le Serbe trépignait d'impatience. Elle acquiesça, vaguement rebutée. L'édifice n'avait rien d'un centre de recherches. C'était probablement la maison d'une famille de commerçants où ils dénicheraient une cuvette d'eau stagnante. Les moustiques pouvaient survivre à l'état de larve, même en altitude. Quelque chose ne collait pas, toutefois. Ces larves n'étaient pas arrivées toutes seules, cela supposait donc une action préméditée. Malgré l'invraisemblance de l'hypothèse, ils devaient vérifier.

— Ouais, on y va.

Goran ouvrit son sac à dos, et en sortit deux masques étanches et des combinaisons intégrales d'un bleu électrique pas franchement discret. Ils s'équipèrent aussi vite que possible. Mieux valait ne pas attirer l'attention, au risque de provoquer les questions d'éventuels passants.

L'une des portes était cadenassée par une chaîne visiblement récente. Le Serbe la fit sauter d'un coup de pince et ils se faufilèrent dans une cuisine aux murs noircis. La pièce avait été utilisée il y a peu, comme en témoignaient des restes de nourriture. Il régnait un silence de mort. Un rai de lumière filtrait à travers les volets, mais plutôt que de rouvrir la porte ou d'entrebâiller les vantaux, ils allumèrent leurs torches pour inspecter chaque recoin, tiroirs, marmites et même les paniers entassés contre un mur.

Rien. Pas la moindre trace d'eau croupie.

Alessandra avait la bouche sèche. Elle commençait à regretter d'avoir accepté cette mission de terrain. C'était du pur orgueil ! Après son succès lié aux oiseaux migrateurs, on l'avait regardée comme une pointure. À cet instant, cependant, la pointure aurait adoré se retrouver planquée derrière son ordinateur, dans un bureau étouffant, à Genève ou ailleurs, très loin d'ici. Il y avait un truc qui ne collait pas. Quelque chose de malfaisant…

— Ils sortaient bien de quelque part, ces enfoirés de moustiques !

Goran venait de vérifier l'évier fissuré.

Il restait une porte à pousser. Alessandra s'arma de courage et souleva le loquet de bois…

Derrière le battant, elle crut voir l'enfer.

Un essaim de moustiques vrombissait dans le faisceau de la torche.

Il doit y en avoir des milliers ! Pas des larves, mais des Aedes aegypti *en pleine forme !*

Malgré sa blouse protectrice, son pouls monta en flèche. Elle comprit à cette seconde ce qu'éprouve une brebis cernée par une meute de loups. Les insectes, pourtant, l'ignoraient superbement.

— Ils font quoi ici ? Ferme cette porte !

La peur de Goran eut pour effet de calmer l'accès de panique d'Alessandra. Elle réprima un gloussement.

— Ce sont des mâles. Je n'en ai jamais vu une telle concentration dans la nature, c'est incompréhensible.

— OK, alors je fais un prélèvement et on se tire !

Il farfouilla de nouveau dans son sac et brandit une épuisette. En moins de trente secondes, il piégea une poignée de moustiques. Une fois les insectes attrapés, le filet se détachait de façon à rentrer dans une boîte hermétique.

Alessandra parla à mi-voix, comme en transe.

— La seule fois où j'en ai vu autant, c'est lorsque j'ai visité un laboratoire qui élevait des moustiques pour lutter contre le paludisme.

— Tu ne crois pas que…

Ils échangèrent un regard incrédule. Elle acheva la phrase de Goran avec un frémissement d'excitation palpable.

— Quoi ? Qu'on a trouvé l'usine à moustiques des terroristes ?

— Dans un gourbi pareil ?

— Ce serait une sacrée chance. D'un autre côté, si tu voulais cacher un labo ultramoderne, ce serait malin, non ?

— Je ne sais pas. Je t'avoue que ça me dépasse, et puis, c'est toi, la spécialiste. En attendant, si on parvient à dégotter des données qui nous aiguillent sur l'antidote, je jure de me raser le crâne comme un moine bouddhiste !

— Alors, on continue. Il y a un escalier au fond.

— OK, c'est toi la cheffe !

L'étage s'avéra toutefois aussi décevant que la cuisine. Après avoir inspecté les chambres et une salle d'eau vétuste, ils regagnèrent le rez-de-chaussée. L'escalier se prolongeait vers un sous-sol obscur. Du peu qu'Alessandra en savait, les maisons anciennes ne possédaient pas de cave. Son cœur s'emballa. Une odeur entêtante de Javel montait vers eux. Ils s'engagèrent dans la descente, braquant les torches sur les marches qui s'achevaient sur un large couloir.

Alessandra avait oublié sa peur. Le faisceau de lumière éclaira un carrelage blanc immaculé, totalement incongru. Son pressentiment se confirma lorsqu'elle découvrit, derrière une vitre embuée, une grande vasque remplie d'un liquide pourpre et reliée à un système de réfrigération.

Du sang.

Étouffant un cri, Alessandra saisit la main de Goran et la pressa de toutes ses forces.

C'était leur preuve !

De nombreuses recherches étaient menées sur des moustiques, la plupart destinées à trouver des parades aux maladies dont ils étaient les vecteurs. Or, il fallait bien nourrir les pensionnaires. La majorité des labos utilisait des poches de sang, mais certains scientifiques n'hésitaient pas à payer de leur personne pour rassasier leur cheptel. Ils se laissaient piquer, quitte à supporter la démangeaison de centaines de boutons. Et il fallait remettre le couvert tous les quatre jours… Au début, c'était douloureux, mais on finissait par développer une résistance aux piqûres. Un collègue d'Alessandra prétendait ainsi qu'il communiait mieux avec ses cobayes.

Cette méthode n'était valable qu'à petite échelle. Quand on élevait des millions de moustiques, comme l'armée de Darwin, il fallait nécessairement recourir à la version industrielle du procédé, à savoir disposer d'une citerne de sang – de vache ou de mouton – et d'un réseau de distribution.

Du halo de sa torche, Alessandra suivit la canalisation qui sortait de la machine et s'enfonçait dans le corridor carrelé.

Ils avaient trouvé l'usine à moustiques.

— C'est dingue ! Tu vois ce que je vois ?

Goran souriait si largement qu'on aurait dit un gamin campé devant un sapin de Noël. Elle commanda d'un ton brusque :

— Prends tout en photo !

Une multitude de serres imperméables s'alignaient sur des étagères. Virevoltant derrière leurs moustiquaires, les insectes devaient produire un sacré bourdonnement, mais à travers la paroi épaisse du masque, elle ne percevait qu'un doux vrombissement. Il y avait au bas mot plusieurs centaines de caissons, car le couloir s'étendait largement au-delà des limites de la maison. Il avait probablement été construit des mois, voire des années plus tôt, selon des plans précis. Goran attira son attention sur une grille au plafond. Des moustiques échappés d'une serre percée s'y pressaient. Un courant d'air créé par le conduit d'aération devait les aspirer.

Pour la première fois depuis leur arrivée, Alessandra se demanda où était le propriétaire et se rappela les traces relevées dans la cuisine.

Et s'il revient et nous tombe dessus ?

Tandis que Goran passait un coup de fil, certainement à Jake ou Carmack, elle tenta de se raisonner. La priorité numéro un était de prélever un échantillon de femelles. Il fallait aussi sécuriser la bouche d'aération et vérifier la présence de matériel informatique. Ensuite, ils retourneraient au camp prévenir les autres… Elle repensa au cadenas brisé et se demanda comment cacher les traces de leur intrusion. Il faudrait combien d'heures pour préparer une équipe d'intervention ? La destruction de l'usine, c'était plutôt du ressort de Goran.

Elle observa les installations une nouvelle fois pour tenter de discerner un piège éventuel et l'idée la frappa comme la foudre.

L'armée de Darwin avait installé l'usine en altitude parce que personne n'aurait songé à chercher des moustiques au-dessus de mille quatre cents mètres ! De cette façon, ils s'assuraient d'avoir une arme bactériologique disponible, même en cas de confinement… Ils avaient tout prévu, jusqu'à la fuite accidentelle des moustiques incapables de survivre plus de quelques heures. C'était quasiment imparable. Sauf que, bien sûr, il y avait une faille. *Il y en a toujours une…* Sans l'afflux massif de réfugiés et l'appli VIRUS, jamais personne n'aurait soupçonné un lieu pareil. *Le plan presque parfait !*

Alessandra imagina leur retour triomphal. À eux deux, ils venaient de résoudre le problème « moustiques » qui occupait tout un service de chercheurs insomniaques. Ils en avaient discuté maintes fois avec les autres biologistes : on ne pouvait pas éradiquer tous les insectes de la planète sans rompre l'équilibre des écosystèmes. À présent, le problème était résolu ! Bien sûr, il restait un travail de fond énorme à faire, mais, du moins, la menace d'une seconde vague pandémique s'éloignait…

Goran riait au téléphone. Alessandra comprit qu'il parlait probablement à Hillary Jake. Hillary était le genre de femme qui rend les hommes complètement crétins, une bombe sexy au cerveau de tueuse. Et son âge, loin de décourager les candidats, la rendait encore plus désirable.

Vaguement irritée, elle s'approcha d'un caisson pour observer de plus près les moustiques.

— *Aedes aegypti*, murmura-t-elle pour elle-même.

Le faisceau de sa lampe vacilla, menaçant de s'éteindre. Elle avait oublié de vérifier la pile. Elle secoua la torche, mais la lumière baissa encore.

L'endroit possédait fatalement un système électrique. *On n'a même pas vérifié ! Quels amateurs on fait !*

Elle repéra l'interrupteur non loin de l'entrée et rebroussa chemin. Elle tentait de trier ses pensées entre l'espoir, la joie frénétique et un reste d'inquiétude qui la taraudait.

Un jour, je raconterai cette histoire à mes gosses, façon « ta mère, cette héroïne » !

Elle songea à Marco, son compagnon qui l'attendait à Lyon dans leur appartement douillet. Il lui manquait. Ils ne s'étaient pas vus depuis plus d'une semaine et à peine parlé, parce qu'elle avait eu un million d'urgences à traiter… Ensuite, elle imagina la réaction de ses collègues, l'immense soulagement d'être débarrassés de cette épée de Damoclès qui leur pourrissait la vie depuis l'attaque des drones. *Il n'y aura pas de seconde vague !*

Elle avait l'index sur l'interrupteur quand le cri de Goran lui perça les tympans.

— Non ! Pas…

Mais c'était trop tard : elle avait déjà appuyé.

Une violente détonation ébranla les fondations, soufflant littéralement la maison de briques.

Quand les pompiers parvinrent sur les lieux du sinistre, il leur fallut plusieurs heures avant de se rendre compte qu'aux gravats se mêlaient des restes humains. En dépit de sa puissance, l'explosion avait épargné une partie du corridor qui s'étendait sous les maisons voisines. Les serres quasi intactes présentaient toutes des déchirures. Personne ne comprit exactement l'importance de cette curieuse découverte. Ils n'en eurent pas le temps.

Ce fut un carnage. Un carnage dont le silence n'était rompu que par le bourdonnement des insectes affamés. Il était 22 heures quand les *Aedes aegypti* firent leurs premières victimes.

À 1 heure du matin, la plupart des lumières étaient éteintes sous les tentes des réfugiés. De tout temps, les moustiques avaient été la hantise des campeurs, mais ceux-ci se croyaient désormais préservés, hors d'atteinte des pires prédateurs que l'espèce humaine avait jamais connus. C'est cette sécurité qu'ils s'étaient payée en quittant leur maison pour aller s'installer aux portes de Katmandou.

Les moustiques s'immiscèrent dans les tentes, dont les pans étaient ouverts car la journée avait été particulièrement chaude, dépassant les trente degrés ! Après, tout ne fut qu'une affaire de biologie. Une fois la victime piquée une première fois, son odeur corporelle se modifiait en raison de processus moléculaires à l'œuvre dans le sang, qui attiraient davantage de moustiques. Un cycle infernal était lancé. Au bout de trois piqûres, le sang contenait une quantité suffisante du Ganesh pour opérer la métamorphose.

À l'aube, quand le soleil se leva au-dessus de la chaîne himalayenne enneigée, des corps prisonniers de leur stase parsemaient les flancs verdoyants des faubourgs de Katmandou, des fêtards tombés dans le Grand Sommeil, des amoureux ou des dormeurs à la belle étoile. Dans le camp installé au pied de la colline du temple, les deux tiers des réfugiés dormaient profondément. Aucun ne se leva ce matin-là, même quand leurs parents ou amis miraculeusement épargnés vinrent les secouer pour les réveiller.

Tous ces corps n'étaient que des cocons d'où émergeraient bientôt des créatures préhistoriques. Il ne restait qu'une poignée d'heures avant qu'ils ouvrent les yeux.

AP

Associated Press – Dépêche
Par Jacques Baujard
10:02 a.m., heure locale

Opération réussie pour le comité Kruger2

(Genève, AP) Le comité vient de confirmer la nouvelle : l'usine des moustiques OGM a été entièrement détruite par un commando allié.
Au cours de l'opération, des fuites ont été constatées et une dizaine de milliers de personnes ont été touchées et transportées dans un centre médical en attendant de statuer sur leur sort.
L'ONU assure que le danger d'une seconde vague massive est écarté. Toutefois, il est recommandé aux réfugiés de rester dans les camps tant que la sécurité n'aura pas été rétablie dans les régions infestées par le virus Ganesh.

– 11 –

Base militaire de Kampala, Ouganda,
J – 13.

L'orage avait éclaté peu après le déjeuner, plongeant le campement dans une atmosphère lugubre de fin du monde. Des nuages noirs roulaient d'un bout à l'autre du ciel, zébrés d'éclairs dantesques. La pluie frappait sans discontinuer depuis deux heures, assourdissante, sur les toiles et les tôles.

Anna était restée une éternité les yeux fixés sur ce déluge. Dieu merci, on l'avait libérée de l'infirmerie, qui lui rappelait de trop mauvais souvenirs, et on lui avait affecté une tente avec sa fille. Alice devait traîner avec Kyle, probablement.

C'était un soulagement, même si elle avait de la peine à se l'avouer. La solitude agissait comme un baume amer. Elle ne voulait plus réfléchir, plus ressentir, plus rien ; et pourtant, l'assaut des pensées ne la laissait pas en paix, des bouts de rêves ou d'espoirs que les mots de Lucas avaient fracassés le matin même.

Il lui avait raconté l'explosion de l'usine à moustiques. Et annoncé le résultat définitif de ses analyses. Comme s'il y avait un lien de cause à effet. Et de fait, la révélation avait agi avec la violence d'une déflagration. Elle ne parvenait pas à comprendre pourquoi, surtout avec un ex-compagnon métamorphosé en *erectus*, et leur fille qui se tenait à cette frontière mouvante entre les deux espèces.

Elle portait le virus Ganesh. Il courait dans son sang, imprégnait ses cellules, pourtant, elle ne possédait ni la prescience de sa fille ni les dons de Lauryn. Elle n'était qu'elle-même, la bonne vieille Anna, infectée au cours de manipulations dont elle n'avait gardé qu'un souvenir vague et terrifiant.

On l'avait droguée, manipulée et torturée, et voilà que ce virus demeurerait en elle pareil au sceau du bourreau.

Un pigeon bagué, c'est ce qu'elle était ! Un cobaye, le produit d'expérimentations ! Bientôt, on lui pomperait le sang et elle ferait l'objet d'autres manipulations, d'examens, de recherches. Les virologues devaient encore déterminer si l'absence de symptômes était due à un contrepoison qu'on lui aurait injecté, et qui neutraliserait momentanément les effets du Ganesh, ou bien à un vaccin capable de bloquer le virus *in vivo*.

Cela signifiait d'innombrables tests.

Qui es-tu réellement, Anna ? Un monstre de foire ? Ou bien une femme objet, une femme antidote.

Le haut-le-cœur lui tordit l'estomac. Anna se roula en boule sur le lit de camp dans l'espoir que la crampe passe plus vite. Elle imagina ce que cela ferait de régresser. Tenta de pleurer, en vain.

De noir, le ciel était en train de virer à un magma ardoise, chaotique, traversé par des rais de lumière. La pluie avait cessé et un silence pesant régnait sur la base. *Comme si la terre reprenait son souffle*, songea-t-elle.

Elle se releva et tituba vers l'entrée de sa tente, qui faisait face au fleuve. Dans la pénombre orageuse, elle aperçut plusieurs formes bouger sur les berges. Un instant, elle crut reconnaître un groupe d'*erectus* sous le couvert végétal – des meutes errantes avaient été signalées à proximité de la base –, mais peut-être avait-elle confondu avec des impalas régressifs.

Les *erectus* étaient partout, dans sa tête, sous sa peau, dans son imaginaire.

Son regard se porta vers le sud, vers un coude du fleuve, là où le camp de réfugiés commençait et s'étirait jusque sur les collines environnantes. On aurait dit une succession de vagues hirsutes sous l'exubérance d'une forêt tropicale débridée.

Elle s'efforça de faire le point sur ce qu'elle savait. Il fallait retrouver une logique, pour reconquérir la maîtrise de soi.

Lucas était sous pression. Sa patronne et Carmack insistaient pour qu'il retourne à Genève, où son expertise serait précieuse ; mais il avait réussi à les convaincre qu'il serait plus utile sur le terrain. Anna le soupçonnait de vouloir la préserver. Elle lui en était reconnaissante, bien sûr, mais la terreur brouillait tout.

Selon lui, la situation était en passe de devenir incontrôlable. Or, seule une alliance solide avec les *erectus* pouvait éviter le pire. Wuan commençait à perdre patience. Il refusait de parler ou de se mêler aux autres. Lucas comptait sur elle pour le sortir de son mutisme mais, à l'idée de croiser son regard, elle avait des sueurs froides. Depuis leur retour de Sanya, le chef des clans rebelles demeurait sous la « protection » de gardes armés dans une tente prolongée d'un terrain clôturé qui avait toutes les caractéristiques d'une prison.

Pendant ce temps, les clans qui s'étaient tenus tranquilles jusque-là venaient de quitter Kitale sans que l'on sache pourquoi. Les drones avaient repéré leur retraite le matin même et suivaient leur progression ; mais cela devenait plus difficile à mesure qu'ils s'enfonçaient à couvert de la forêt pluviale.

Comble de malchance, Lauryn semblait se replier sur elle-même. Anna se demanda si elle aussi vivait une sorte de contre-choc. Elles s'étaient retrouvées « en vrai », mais le sentiment de gêne entravait tout. Anna se rappelait une adolescente frêle, apathique, et elle avait face à elle une fille dont l'énergie transpirait littéralement, animée par un feu intérieur singulier. Elle n'avait pas su comment la remercier d'avoir « parlé » avec sa fille. Trop de non-dits, et cette impression d'être transparente, surtout.

C'est une Ganesh et nous la considérons comme une pestiférée.

Subitement, le sentiment d'oppression la poussa hors de la tente. Elle se mit à marcher au hasard, dans les travées boueuses, ignorant les soldats qu'elle croisait. Le ciel s'était brusquement dégagé et l'air était gorgé d'humidité. Elle leva les yeux et fut surprise de voir de la vapeur d'eau au-dessus de la canopée. La saison était caniculaire, une fois de plus.

Elle songea aux mots utilisés par l'armée de Darwin, qu'elle avait lus et écoutés parmi les nombreux comptes rendus qu'elle avait réclamés pour comprendre la situation. Les terroristes avaient raison sur un point : les hommes avaient esquinté la Terre avec l'inconscience d'enfants gâtés. Ces sept dernières années, les eaux montaient partout, le ciel crachait des particules qui asphyxiaient les mégapoles ; or, ils traitaient les *erectus* de singes ou de sous-hommes, persuadés d'appartenir à l'espèce suprême.

Jusqu'où la folie les mènerait-elle ?

Un petit serpent traversa le sentier à un mètre d'elle, noir et luisant, et sinua vers le talus herbeux. Cela fit jaillir une image dans son esprit et elle revit distinctement la seringue dans la main de son tourmenteur.

Combien de fois l'avait-il piquée ? Pourquoi mener des expériences génétiques sur quelqu'un après le début de la pandémie ?

Le serpent disparut dans le fouillis d'herbes hautes. À cet instant, le cri d'un rapace la fit tressaillir. Anna leva la tête et vit l'archéoptéryx tournoyer dans le ciel en battant furieusement des ailes. *Vacillation de la vie, orbes, mouvement, molécules palpitantes partout.* Elle cligna des yeux, étourdie.

L'intuition qui venait de la frapper était trop terrifiante pour s'y attarder, pourtant elle sut aussitôt qu'elle avait raison.

Ce salopard de Wu Tian a modifié mon ADN.

Elle tenta de repousser cette idée. Elle était encore faible, sous le coup de son éprouvante captivité, mais elle eut beau faire, l'hypothèse refusait de lâcher.

C'était d'une telle évidence ! Et ça collait parfaitement avec le radicalisme absolu du message terroriste.

Peu importait la guerre des hommes, Darwin avait déjà gagné, en quelque sorte…

Il restait toutefois à le prouver et elle savait comment.

Elle prit la direction de la tente de Lauryn, cantonnée juste à côté du poste de garde. Une manière de la surveiller, sans compter les drones.

Anna aurait pu leur apprendre que tout cela ne servait qu'à leur donner bonne conscience. Si Lauryn Gordon décidait de s'en aller, personne ne l'arrêterait.

Sur le Net.

Super nouvelle ! L'OMS vient de sortir un communiqué disant qu'avec le largage d'insecticide et la destruction de l'usine de moustiques à Katmandou le risque de seconde vague est quasi nul !
Savetheplanet

On a fêté ça aussi ! Virée rodéo pour choper un singe !
Winteriscoming

Oui, on a bien rigolé !
Manforever

Je vois pas trop ce qu'il y a de géant à massacrer des *erectus*. T'as quel âge, Winter ?
Savetheplanet

Majeur et vacciné. Et toi ? Tu fais dans ton froc ?
Winteriscoming

Faut toujours que tu la joues vieux con, Save !
On se rend utile !
Manforever

C'est le taf de l'armée, ça. Perso,
je suis pas pour les milices privées.
Savetheplanet

OK frenchie, lâche l'affaire !
Manforever

Salut, les mecs !
LucyFer

C'est pas vrai !
les_erectus_sont_mes_meilleurs_amis

Putain, Lucy !!!!!!!!!!!!!!!!!!!!!!!!!!!!!!!!!!!!
Savetheplanet

T pas morte !!! merde, si tu savais comme
j'ai culpabilisé de t'avoir refilé un tuyau pourri !
Manforever

T ki ? Moi, c'est Gomphy pour les potes.
J'aime bien ton blase, LucyFer ;)
Gomphotherium

Waouh ! Trop contente d'avoir de tes nouvelles !
Comment ça va ? Tu nous as foutu
une méga-trouille !
misspandemia

??! :))
Winteriscoming

Je sais pas trop pk je reviens. J'ai été infectée.
LucyFer

Infectée ? Tu veux dire que tu as le virus ?!
Savetheplanet

Oui.
LucyFer

OMG !!! *OHMYGOD !!!!!*
misspandemia

T un putain de singe ?!
Winteriscoming

Fuck !
Manforever

La ferme, les RR ! C'est de Lucy qu'on parle !
Savetheplanet

Je suis ce qu'on appelle une Ganesh, oui.
LucyFer

Oh ma puce !!! désolée ! Enfin,
sauf si ça te convient ? Je sais pas trop quoi dire, là !
les_erectus_sont_mes_meilleurs_amis

Pareil ! Mais trop heureux de te lire !
Savetheplanet

Merci. En réalité, je ne sais pas trop
pourquoi je vous écris.
LucyFer

Tu te sens comment ?
misspandemia

Physiquement : exceptionnelle.
Mais il faut supporter d'être traité en cobaye.
J'ai passé 3 IRM
(squelette, cerveau et re-cerveau),

2 scanners (cérébral et coronaire), 2 échographies, 7 radios, une coloscopie, une endoscopie et 14 prélèvements sanguins.
LucyFer

Respect.
Manforever

Je croyais que les singes te débectaient, Manforever ?
Gomphotherium

C pas pareil. C Lucy et j'ai merdé en l'adressant à un contact pourri. Modernhabilis, c'était lui ?
Manforever

Le premier maillon de la chaîne, oui. De l'histoire ancienne, comme vous dites les *sapiens*.
LucyFer

De quoi tu te plains, LucyFer ? Tu peux sortir de chez toi sans risquer ta peau vu que t'es déjà infectée !
Gomphotherium

Ça fait quoi ?
Winteriscoming

Tu peux préciser ?
LucyFer

D'être comme toi ?
Winteriscoming

Un peu complexe à définir. Mais laisse-moi te donner un exemple parlant. Je te vois exactement comme tu es. Plus trouillard que courageux. En colère. Tu as éliminé des *erectus* avec ta bande.

Tu as aimé tuer. Et tu as des problèmes sexuels.
Comment vous dites, déjà ? Éjaculation précoce ?
LucyFer

Alors là, tu l'as pas volé, Winter !
les_erectus_sont_mes_meilleurs_amis

Calmos. C pas très fair-play, ça, LucyFer !
Manforever

Winter est un gros balourd, mais avoue que
ce n'est pas facile pour nous, Lucy...
Savetheplanet

Moche mais MDR ! L'arroseur aspergé vite fait :))
misspandemia

Vous êtes sûrs que votre copine est pas un troll ?!
LucyFer, comme pseudo, c limite, non ?
Gomphotherium

Je m'appelle Lauryn Gordon.
LucyFer

Enchantée, Lauryn. Moi, c'est Betty, de NY !
les_erectus_sont_mes_meilleurs_amis

Attends... comme la fille de Stephen Gordon ?
Le mec qui était avec Anna Meunier
pendant l'attaque du Muséum ?! Tu plaisantes ?!
Savetheplanet

C'est bien moi. Je ne vois pas l'intérêt des pseudos,
mais je n'ai pas pris le temps de rectifier.
LucyFer

Lauryn Gordon = Antéchrist = Apocalypse.
L'un ou l'autre, c la même pourriture !
Winteriscoming

L'Apocalypse est une révélation.
Celle d'un nouveau monde.
LucyFer

C'est du Darwin tout craché ! T'es de leur côté ?!
Manforever

Perso, je te vendrais pas l'ours
tant qu'il n'est pas raide mort !
misspandemia

Lauryn, on peut parler en MP ?
Savetheplanet

Visiblement, je me suis trompée.
Je n'aurais pas dû vous écrire.
LucyFer

S'il te plaît, pars pas !
Tu as des contacts avec les *erectus* ?
Tu peux me dire ce qu'ils pensent
de nous ? Ce qu'ils ressentent ?
S'ils se souviennent ?
les_erectus_sont_mes_meilleurs_amis

Ils sont votre passé et ils sont votre avenir.
Vous n'entendez pas ce que la Terre vous crie ?
Dieu n'est pas une loi ni une morale.
Pas plus qu'un Esprit saint
qui voltigerait quelque part au-dessus
de nous. Si vous voulez une religion,
alors écoutez l'air et l'eau, le souffle sur les arbres,
regardez le feu
et la pierre, et tout ce qui est vivant.
LucyFer

Brûle en enfer, Lauryn Gordon !
Gomphotherium

Tu parles ! Elle serait trop contente !
Winteriscoming

Lauryn, je plaisante pas,
je te file mes coordonnées. @LucyFer ?
Savetheplanet

Elle s'est barrée. Rien à regretter.
Manforever

Vous êtes dingues ou quoi, les mecs ?!
Vous connaissez beaucoup de Ganesh
qui communiquent avec nous ?! Vous préférez
vous comporter comme des sales cons
plutôt que d'essayer pour une fois
dans votre vie de réfléchir !!!!!
Savetheplanet

Tu dois choisir ton camp, Save !
Winteriscoming

Vous êtes décidément trop cons !
les_erectus_sont_mes_meilleurs_amis

Moi, je dis que bientôt, les Ganesh vont
révéler leur vrai visage !
Manforever

– 12 –

Base militaire de Kampala, Ouganda,
J – 13.

Lauryn coupa la connexion de son ancien compte.

Elle visualisait avec netteté chaque personne derrière les pseudos. Le soigneur animalier parisien qui préférait se plonger dans le travail plutôt que d'affronter l'adolescence difficile de sa fille. La meilleure amie des *erectus* qui rêvait d'échapper à une existence étriquée, son passé douloureux et son métier de comptable. Buck, le pseudo-lanceur d'alerte qui l'avait aiguillée sur les trafiquants chinois et qui aurait vendu son âme pour passer sur CNN. Misspandemia et ses complexes de fille obèse qu'elle cachait derrière sa colère et toutes les théories du complot à la mode. L'amertume de Winteriscoming et sa honte saumâtre. La panique de Gomphotherium derrière ses vantardises.

Elle avait voulu voir son passé et cela n'avait servi à rien. Si sa mémoire gardait les souvenirs intacts, ceux-ci s'étaient figés, tels des insectes pris dans l'ambre. Elle distinguait chaque détail, mais sa vision était lisse, sans aspérité et curieusement morte. Lauryn pensa furtivement à Margaret. *Sait-elle que sa petite protégée est devenue une Ganesh ?* Les *sapiens* avaient une vision très dramatique des choses.

Puis elle évoqua l'image de son père, ainsi qu'elle le faisait chaque jour depuis sa propre transformation. Elle ignorait la raison de cette habitude. Elle appréciait de savoir qu'il avait veillé sur elle dans l'ancien monde. Avant, elle aurait été submergée par la colère, l'envie de vengeance, le besoin de comprendre ou le sentiment d'injustice. Seul le lien restait, la certitude qu'il avait été un bon père. De la gratitude, aussi. Mais moins que celle qui la liait à la vie elle-même.

La Vibration.

Elle huma l'air et sut qu'Anna était en marche. Odeur de l'herbe mouillée et de peur. Odeur curieusement sucrée du courage. Et une dernière, métallique et tiède à la fois.

Le fourmillement dans son crâne était aussi doux qu'une caresse.

Elle leva les yeux au moment où Anna s'encadrait sur le seuil de sa tente, et lui sourit afin d'apaiser son angoisse.

La paléontologue ne s'embarrassa pas de préliminaires. Même si elle ignorait l'étendue des pouvoirs intuitifs de Lauryn, elle les savait assez puissants pour lui éviter d'avoir à argumenter.

Elle attaqua d'emblée :

— Je pense que je suis porteuse du gène Ganesh, mais j'ai besoin d'en être sûre. Il n'y a qu'une seule façon de savoir si je peux résister au virus : je dois m'infecter. Je ne peux pas demander cela à Wuan, pour la bonne raison qu'il porte le gène du Kruger. Alors, à moins d'aller me perdre dans la forêt en priant pour tomber sur un *erectus* nouvellement infecté, je n'ai pas trouvé mieux que toi !

Elle rougit, se reprit :

— Pardon, Lauryn, c'est assez mal exprimé, je me rends compte… Je veux juste…

— Tu souhaites que nous échangions nos sangs. C'est une vieille coutume *sapiens*, non ? Vous appelez cela devenir « frères de sang ». En l'occurrence, nous serons des *bloody sisters* !

Devant la mine contrite de sa visiteuse, son visage s'éclaira. Elle reprit plus sérieusement.

— J'ai très bien compris, Anna. Et je suis d'accord.

— Eh bien, moi, j'ai peur de me tromper. Ce n'est pas juste que je tente le dia… Je ne prends pas seulement le risque de me transformer en *erectus*… Si je suis vraiment porteuse du Ganesh, ça veut dire qu'il existe une porte de sortie, mais…

— Tu as peur de quoi, Anna ? De ton ADN ?

— J'ai peur de ce que cela signifie pour les hommes.

— Alors, c'est une peur inutile, parce qu'elle appartient déjà au passé. Le vivant est voué à l'évolution ou à la destruction.

— Je n'ai pas ta philosophie, Lauryn. Et je suis encore *sapiens*, du moins, pour le moment…

— La philosophie n'est que l'idée du monde. *Sapiens*, *erectus*, animal ou végétal, tu crois vraiment que cela revêt une telle importance ?

La question était purement rhétorique. Lauryn reprit à mi-voix :

— J'aimerais que tu préviennes tes amis. Owen Firth est à Nairobi. Ne me demande pas où exactement, je l'ignore. Et je ne veux pas être interrogée.

— Mais… comment veux-tu que je présente l'info ?

— Tu n'as qu'à leur dire que ça t'est revenu, comme un flash, que tu as entendu cela pendant ta capture. Il n'est pas question que je leur serve de souris de labo ou de boîte à indices, d'accord ?

— D'accord.

Anna n'avait guère le choix. Un silence contre un silence. D'ailleurs, elle aurait sans doute agi de la même façon si elle avait pu.

D'un geste vif, Lauryn attrapa un sac duquel elle tira un canif suffisamment court pour le dissimuler dans sa main. Anna comprit qu'elle l'avait probablement subtilisé.

Heureusement, seuls Lucas, le sergent Franklin et l'état-major du camp étaient au courant du statut particulier de l'otage libérée, mais pour combien de temps encore ? Que se passerait-il quand on apprendrait la vérité ?

Lauryn était la première Ganesh à collaborer. Il fallait donc la ménager en répondant à ses demandes « raisonnables », tout en anticipant une éventuelle tentative de fuite, ce qui impliquait de la mettre sous étroite surveillance vingt-quatre heures sur vingt-quatre. Deux drones furtifs lui étaient affectés, en plus d'un flicage humain pas vraiment discret.

Lauryn avait évidemment découvert le dispositif, mais elle n'en avait cure. Elle était bien assez occupée à évaluer son nouvel environnement et ce qu'elle sentait monter – « sentir » était le terme juste, elle flairait autant qu'elle pressentait un événement d'une ampleur inédite. Or, ce dernier possédait une odeur de bois brûlé et de vent, un relent âcre, acide, qui mettait tous ses sens en alerte.

Anna tendit sa main, paume vers le ciel, s'accrochant à son regard comme une enfant.

Lauryn la rejoignit tout en s'arrangeant pour que ses mouvements restent invisibles, et se courba au-dessus de leurs mains jointes, dans une parodie d'amitié. D'un geste vif et précis, elle s'entailla le majeur, avant d'inciser celui d'Anna. Le sang jaillit, métallique et tiède comme dans sa vision.

— Sœurs de sang pour le meilleur et pour le pire, chuchota Anna.

Son « amie ».

Lauryn esquissa une ombre de sourire. Elle aurait pu lui révéler à l'avance ce qui l'attendait, mais toute chose va à son pas.

Winteriscoming avait parlé d'apocalypse.

Elle aimait bien le mot.

– IV –

GWAR

– 1 –

Sur la route de Nairobi, vallée du Rift, Kenya, J – 12.

Les habitants avaient fui. Les *erectus* progressaient néanmoins avec prudence, remontant de larges avenues où alternaient échoppes aux façades bigarrées, terrains vagues et cabanes en tôle. La ville n'appartenait plus aux hommes, mais à la nature toute-puissante.

Mpho leva la main pour marquer une halte. Il flairait une menace sans pouvoir lui donner la forme d'une pensée et cela l'inquiétait. Ses compagnons ne montraient aucun signe d'appréhension, mais le Ganesh n'était pas rassuré pour autant. Les chasseurs possédaient un instinct moins affûté que le sien, et ils connaissaient mal le fonctionnement humain. Pour eux, la guerre se résumait à un affrontement brutal et sans merci.

Le Ganesh espérait trouver des *erectus* errants ou quelques bandes qui auraient profité des commodités de la cité déserte. Mais ils ne croisèrent qu'une colonie de babouins échappés des parcs et des macaques régressifs qui s'amusaient à piller tout ce qui restait de comestible.

Ils reprirent leur marche vers le sud, à travers la vallée du Rift. Partout, le même schéma se répétait. Des villes fantômes où les hommes, avant de fuir, avaient claquemuré les contaminés dans des prisons, des entrepôts et des églises, les vouant à une agonie terrifiante. Désolation et souffrance dans tous les lieux qu'ils traversaient, les *erectus* humaient la puanteur, et leur colère envers les *sapiens* augmentait à chaque pas.

Halte après halte, leur armée grandissait. Après la trentaine de chasseurs découverts dans la première église, ils en avaient délivré soixante dans un état terrible, puis quatre-vingt-dix dans le bourg suivant. Ils progressaient lentement. À chaque nouvelle libération, il fallait nourrir les corps affamés, enseigner les mots et l'histoire des clans, montrer le maniement des armes : les sagaies et la masse, les flèches et le lance-pierre qui, bien manœuvré, s'avérait tout aussi mortel qu'une balle de fusil.

Le nombre de rescapés avait explosé à Eldoret, le chef-lieu du comté. En une journée, deux cents nouveaux *erectus* vinrent grossir leurs rangs.

Cette fois, ils avaient bivouaqué trois jours pour permettre aux derniers arrivants de reprendre des forces. Ils avaient choisi un ancien hôtel de luxe, dont les jardins abritaient une faune rendue à l'état sauvage, aras flamboyants, singes régressifs, chats-tigres et quelques gnous égarés qu'ils chassèrent pour faire provision de viande.

Ils étaient repartis au matin du quatrième jour.

L'armée de Darwin – ainsi la nommait Mpho dans sa tête – formait désormais un long défilé qui avançait dans les rues poussiéreuses. Eldoret signifiait « rivière pierreuse » et tirait son nom du mince filet d'eau boueuse qui parcourait et irriguait les terres agricoles des environs. Le Ganesh connaissait cette cité pour l'avoir traversée quand il était encore un homme, simple employé du CLP.

Si sa mémoire restait intacte, le guerrier n'aimait guère évoquer sa vie d'avant. Sa curiosité envers le sort d'Anna et de sa fille, de ses anciennes relations ou de ses propres parents, s'amoindrissait de jour en jour. Pire, il éprouvait un genre de répulsion à penser aux humains, la certitude qu'il ne serait jamais totalement accepté. Il avait beau être bien plus proche des hommes que des chasseurs *erectus*, cela ne changeait rien.

Ce n'était pas une histoire de racisme, cette fois, mais une rivalité d'espèces.

Plongé dans ses réflexions, Mpho marchait d'un pas tranquille, tentant d'ignorer la menace qui se profilait. Dans Eldoret, les multiples zones marécageuses tenaient lieu de terrains vagues le long de la rivière Sosiani, et les relents d'insecticide flottaient encore, imprégnés dans la boue. Leur erreur fut de traverser ces faubourgs. Les chasseurs se mirent à chanceler en gémissant, la tête prise dans un étau, aveuglés par une migraine fulgurante. Certains vomirent, d'autres tombèrent, foudroyés par de terribles malaises. Mpho sentit monter le mal, mais il ne percevait plus rien, sauf des éclairs derrière les paupières. La seule chose qu'il put commander furent les mots de retraite qu'il fit passer à ses troupes : *« Relevez-vous et retournez vers le centre ! En arrière, vite ! »*

Ce fut la débandade, un cortège de chasseurs titubants qui s'extirpèrent péniblement de l'attraction des marais nauséabonds, les plus forts traînant les faibles derrière eux, les rares enfants accrochés aux pagnes des femmes clopinant à l'aveuglette, guidées par la voix de Mpho, un fil ténu, presque anémique, qui leur chuchotait de fuir.

Après un large détour, ils finirent par atteindre la forêt et s'enfoncèrent à travers les fougères géantes, où ils s'effondrèrent.

À peine remis, le guérisseur s'activa parmi les groupes. Sur ses instructions, les femmes furent envoyées chercher des plantes contre la fièvre, qu'il fit infuser dans des calebasses.

Mpho dénombra une cinquantaine de chasseurs trop affaiblis pour reprendre la route, sans compter les derniers moribonds qu'ils avaient découverts dans les cages d'un zoo. Ils les rejoindraient à Nairobi, s'ils le pouvaient. Il n'était pas question de s'attarder dans cet endroit de malheur qui tuait la vision et torturait les corps.

– 2 –

Base militaire de Kampala, Ouganda,
J – 11.

Wuan était désormais officiellement prisonnier. Ainsi en avait décidé le commandant de la base, en dépit des protestations de Lucas Carvalho et du sergent Franklin, qui comptait dorénavant parmi ses plus fervents défenseurs. L'*erectus* avait conclu un pacte et l'avait honoré. En le retenant captif, les militaires rompaient leur engagement et sapaient la fragile confiance avec le seul *erectus* « libre », puisque Ny pouvait difficilement entrer dans cette catégorie. Le vieux sage avait beau communiquer avec les siens, il n'en demeurait pas moins « apprivoisé », voire dénaturé par la compagnie des humains.

C'est en partie à cause de cette décision inique que Lucas accepta de ne pas parler aux autorités militaires en apprenant le geste fou d'Anna.

Elle s'était volontairement infectée avec le Ganesh. Grâce au ciel, l'antidote fonctionnait vraiment. Pourquoi

Wu Tian le lui avait-il injecté ? À cause de sa relation avec Wuan sur laquelle le professeur l'avait interrogée de nombreuses fois pendant sa captivité ? Parce qu'ils voulaient que l'icône de la première pandémie soit symboliquement préservée ? Quoi qu'il en soit elle n'avait ni régressé ni subi les changements biologiques imputés au virus, qui vous métamorphosaient en une sorte de surhomme impénétrable et austère. Elle portait l'antidote dans son sang.

Bien entendu, il avait fait parvenir les prélèvements sanguins à l'équipe de June Fenton, qui travaillait d'arrache-pied sur cette nouvelle piste. En attendant, Anna circulait librement à travers le camp.

Rien n'était plus pareil depuis son retour. Bien sûr, tout le monde bossait quinze à seize heures par jour, mais cela ne suffisait pas à expliquer la distance qu'Anna imposait.

La jeune femme avait changé. Les épreuves ne l'avaient pas brisée, mais elle semblait beaucoup plus mélancolique et réservée. Lucas ne savait plus quoi faire ni quels mots prononcer pour l'atteindre. Aussi, quand il reçut son message, ce fut comme une bouffée d'air frais.

« Tu peux passer à ma tente ? J'ai besoin de te parler. »

Il n'acheva pas l'e-mail qu'il était en train d'écrire. Le cœur battant la chamade, il se mit à courir en se traitant d'idiot et le sourire aux lèvres.

S'il espérait un retournement, la mine d'Anna suffit à le doucher. Elle était assise sans rien faire, le regard vague. À son entrée, elle releva la tête et déclara simplement :

— Je veux voir Yann.

Il tenta de masquer sa déception d'une grimace.

— Tu sais bien qu'il faut en référer au commandant.

— Pas si c'est toi qui le visites.

— Et je te cache dans ma poche ?

— Le gardien se contentera de ton laissez-passer. Je suis une chercheuse, à leurs yeux.

— Admettons. Que lui veux-tu ?

— Il nous a sauvées, Alice et moi.

— Effectivement. Comme le sergent, Murnau et moi. Mais certains ont eu moins de chance. On a perdu dix hommes.

— Tu cherches à faire quoi, Lucas ? Me culpabiliser ?

— Je voudrais juste que tu reviennes parmi nous ! Que tu te réjouisses, je ne sais pas…

— Nous ? Les humains dont je fais partie ? Je ne suis pas sûre que ce soit si réjouissant.

— Anna, le monde est au bord du gouffre et toi… toi, tu t'enfonces dans le marasme et je me sens impuissant à t'aider !

Elle s'empourpra, visiblement gênée.

— C'est juste que… je n'arrive pas à me dire que nous sommes en train de redevenir ennemis avec les *erectus* ! C'est comme si le cauchemar recommençait, tu te rappelles ? Tous ces morts, les massacres, il y a sept ans… on ne va pas revivre ça, si ? Tout le monde parle de guerre ou d'extermination. Les réserves accueillent des nouveaux cas. Mon adjoint a disparu, probablement infecté. Quant à mon CLP, on m'a prévenue qu'il rouvrait sous commandement armé et j'en déduis que j'ai perdu mon job ! Bien entendu, personne ne m'a demandé mon avis. Pire, j'ai l'impression d'être devenue une pestiférée. Et voilà que j'apprends au petit déjeuner que Wuan est prisonnier ! Alors, oui, je tiens à le voir, je lui dois au moins ça !

— Je sais, mais sois consciente que tout ce que tu projettes, il le sentira d'une façon ou d'une autre.

— Que cherches-tu à me dire…

— Wuan pourrait avoir un rôle décisif un jour… Les clans l'écoutent !

— Je suis bien placée pour le savoir.

— Très bien. Et nous ?

— Nous ?

— On devient quoi là-dedans ? On est censés être amoureux ! On agit comme deux potes, on ne s'est pas touchés, même pas embrassés depuis ton retour !

— Laisse-moi du temps, Lucas. Je ne suis pas en état émotionnel de décider quoi que ce soit.

— Pourquoi j'ai l'impression que ça sonne pire qu'une condamnation ?

— Parce que tu es épuisé et stressé, comme moi.

— OK, je dois me rendre à Genève demain. Le comité Kruger2 prévoit une grosse réunion. Je ferai l'aller-retour, ensuite nous y verrons plus clair…

Le ton laissait planer une interrogation qu'elle se garda de relever. Après un instant de silence, il lui fit signe de le suivre. Anna lui emboîta le pas docilement. Elle comprenait sa frustration, mais elle était incapable de se forcer.

La veille, en constatant que le virus n'avait pas eu d'effet sur elle, une vieille douleur s'était réveillée. Ça l'avait submergée. Le fossé qui la séparait de Yann était désormais infranchissable.

Curieusement, elle n'avait jamais formulé les choses aussi clairement. Tant que le Kruger existait, même tenu à distance par les antiviraux, l'infection restait concevable et cela signifiait une infime possibilité de rejoindre Wuan un jour. Ce n'était évidemment pas une pensée consciente et l'option ne l'avait jamais effleurée jusqu'à aujourd'hui ; pourtant, en se mettant hors d'atteinte de la pandémie, Anna voyait l'évidence : jamais plus ils ne se retrouveraient.

Elle songea furtivement à la fresque de Michel-Ange figurant la création d'Adam, le doigt de Dieu tendu vers celui du premier homme. Elle se sentait écartelée par la même impossibilité, séparée non pas du divin mais de son ancien compagnon par l'épaisseur du temps.

Wuan était retenu dans une cellule à l'intérieur d'un container qui servait de « centre de convalescence provisoire ». Un euphémisme pour ne pas parler de prison. Le soldat posté devant connaissait sans doute Lucas, car il les laissa passer sans rien demander.

L'endroit était relativement vaste et tristement dépouillé. Seule concession à leur hôte, il bénéficiait d'un lit et d'un tapis. Sur les parois aveugles, on avait scotché quelques affiches de safari, probablement dans l'espoir illusoire d'évoquer l'extérieur à défaut de fenêtre.

Totalement idiot ! Ils le prennent pour un demeuré !

En voyant Wuan se relever, Anna essaya de réprimer sa colère. Elle devait rester aussi neutre que possible.

Une lueur passa dans les yeux bruns de l'*erectus. De la malice ?* Il lui parut différent, plus fort et silencieux, puis elle comprit que c'était elle qui avait changé.

Elle s'adressa à Lucas d'un ton plus sec qu'elle ne l'aurait voulu.

— Tu peux nous laisser ?

— Ce n'est pas une très bonne idée. Je reste à la porte, si tu veux.

Elle soupira, partagée entre la résignation et l'agacement, puis s'approcha du prisonnier, suffisamment pour ne pas être entendue.

L'*erectus* exhalait la sueur et un relent terreux. Un frisson la traversa. Il la fixait, impassible. Or, elle aurait juré que son sang bouillonnait autant que le sien. Elle le savait, aussi sûrement que la vague de tristesse était en train de briser son cœur.

Elle murmura avec douceur.

— Je ne serai jamais comme toi, Wuan. Je resterai une femme *Homo sapiens*.

Il cilla, mais ne répondit pas. Son souffle soulevait sa poitrine velue. Les muscles dessinaient sa force, *comme des rivières, ou des filins d'acier*, pensa-t-elle, distraite par l'envie d'appuyer sa joue contre sa peau rien que pour éprouver sa réalité, retrouver ce qui les avait liés autrefois, sans mots ni réflexion.

Juste le sentir...

Au bout d'un temps qu'elle fut incapable d'estimer, elle reprit d'une voix tremblante.

— Je ne sais pas ce qui va se passer entre les chasseurs et les hommes, mais tu dois nous aider, Wuan. Pas juste pour les tiens, pour toi ou moi, mais pour le monde entier, tu comprends ? Les hommes et les *erectus* doivent être amis !

Il bougea imperceptiblement et ses narines s'écartèrent largement.

Il la respirait.

Elle entendit sa réponse de très loin.

— An-na.

Puis il sourit.

– 3 –

Centre Kruger2, Genève, Suisse,
J – 10.

— Mesdames, messieurs, j'ai d'importantes nouvelles pour vous.

Devant le parterre de journalistes convoqués pour une conférence improvisée le matin même à la suite d'une grosse réunion, le directeur du comité Kruger2 avait la voix qui tremblait. Lee Carmack avait rarement vécu un moment aussi solennel. Du temps où il plaidait, il avait parfois défendu les droits des minorités, mais jamais il n'aurait imaginé qu'un jour, cette minorité serait l'espèce humaine ! Une colère contenue sourdait en lui. Il s'apprêtait à annoncer au monde entier qu'un antidote existait en théorie mais qu'il était inutilisable pour l'instant…

Du brouhaha s'élevait de la salle. Des rumeurs avaient commencé à circuler sur le Web de l'annonce prochaine d'un vaccin. Carmack aurait aimé coincer l'abruti qui avait balancé une telle absurdité. Les journalistes étaient excités comme des fennecs les jours de pluie. Il tapota sur son micro pour réclamer l'attention de son public.

— S'il y a une chose que j'ai apprise, c'est de ne pas écouter les rumeurs. Alors autant vous le dire tout de suite, June Fenton, qui est ici présente, n'a pas découvert de vaccin contre le Ganesh.

Il n'aurait pas pu mieux s'y prendre pour relancer le ramdam. Cette fois, il attendit que le silence revienne.

— À la place, elle a découvert quelque chose de plus fascinant, mais aussi de plus terrible. Quelque chose qui interroge notre nature humaine. Oui, il existe une parade au Ganesh, mais une parade comme aucun biologiste n'en avait encore imaginé. La seule question qui vaille est celle-ci : sommes-nous prêts à aller jusque-là ?

Ses mots douchèrent le fébrile enthousiasme des journalistes. Carmack épongea son front où perlait une sueur froide. D'ordinaire si sûr de lui, il hésita un instant à balancer le discours soigneusement préparé.

— Comme vous le savez, nous avons effectué des analyses sur une personne qui a « bénéficié » d'un traitement spécial. Inutile de me questionner, son identité restera secrète, mais ces examens sanguins éclairent d'un jour nouveau les recherches sur le virus. Grâce à eux, l'équipe de Mme Fenton est parvenue à révéler un moyen de contrecarrer le Ganesh au sein même des cellules que le virus prend pour cible. Oui, vous m'avez bien entendu : depuis le début de la crise, nous cherchions la solution dans des composés biologiques exotiques, alors qu'elle était sous notre nez dès le départ, à l'intérieur même de notre corps. June est meilleure vulgarisatrice que moi, je vais donc lui laisser la parole. June ?

L'épidémiologiste se leva dans un silence de plomb. Minuscule, elle évoquait les créatures elfiques. Cheveux courts d'un blanc de neige, traits fins, elle paraissait sans âge. Contrairement à Carmack, elle ne s'embarrassa pas de préliminaires et débuta d'un ton neutre.

— Pour aller à l'essentiel, disons que le Ganesh résistait à toutes nos tentatives d'attaque parce qu'il pénètre à une vitesse si foudroyante à l'intérieur des cellules qu'il ne nous laisse pas le temps de le détruire à l'aide d'anticorps. Pourquoi pénètre-t-il si vite ? Parce qu'il prend le même chemin que vous si vous vouliez aller d'une vallée encaissée à une autre : plutôt que de contourner ou gravir la montagne, il emprunte un tunnel qui traverse la paroi cellulaire. Or, ce tunnel existe dans chacune de nos cellules à cause d'un gène. Faites muter ce gène et vous détruirez le tunnel, c'est aussi simple que cela.

Elle fit une pause et les journalistes crurent qu'elle avait fini. Tous sans exception levaient déjà la main, en quête de précisions. Elle les rabroua sèchement :

— Je n'ai pas terminé ! J'espère que vous mesurez les conséquences de ce que je viens de dire, mais au cas où je me serais mal fait comprendre, je tiens à mettre les points sur les i : je parle bien de thérapie génique. Oui, il existe une parade au virus, mais il y a un coût à payer. Ce coût, c'est la transformation du génome. Vous comprenez maintenant pourquoi M. Carmack vous a dit que nous avions découvert quelque chose de plus fascinant et de plus terrible qu'un vaccin. Alors, je pose la question à chacun d'entre vous : acceptez-vous de modifier vos gènes pour vous protéger du virus ?

La suite ressembla à une passe d'armes entre interrogations affolées et répliques d'une redoutable concision. June Fenton avait révélé l'essentiel et elle était pressée d'en finir, c'était visible.

— Comment s'appelle le gène qui peut nous sauver ?

— Nous l'avons baptisé le gène G. G comme Ganesh.

— Vous êtes sûre qu'il n'existe aucune autre option ?

— Certaine, à court et moyen terme.

— Qu'est-ce qui vous permet d'être aussi affirmative ?

— Trente ans de recherche en génétique.

— La manipulation génétique ne vous effraie pas ?

— Vous voulez modifier la couleur des yeux de vos futurs enfants ? Vous n'aurez d'autre choix que de rentrer dans les cellules reproductrices et modifier les gènes qui contrôlent cette couleur. Pas d'altération de votre génome. Autre question ?

— Vous vous rendez compte de ce que vous exigez des gens ?

— Parfaitement.

— Si on vous suit, pour se protéger du Ganesh, il faudrait accepter d'être des organismes génétiquement modifiés.

— C'est exactement ça.

Sentant la tension monter, Lee Carmack tenta de relativiser le franc-parler de la biologiste.

— Ce n'est encore qu'une piste à l'étude ! Cela n'entrave en rien la recherche d'un vaccin !

Le correspondant du *Washington Post* saisit la balle au bond. C'était un Afro-Américain solidement charpenté qui aurait été plus à l'aise parmi les marines qu'au milieu de ses confrères hystériques.

— Ce que Mme Fenton appellerait le long terme ?

— Oui, on peut le voir ainsi.

— C'est un choix trop radical ! Qui en voudrait, sinon une minorité ?

— Vous avez consulté le dernier bilan des victimes ? La situation militaire s'améliore et nous avons repris possession de la majorité des grandes villes, hormis Brasilia et Tokyo. Pour autant, nous ne sommes pas encore sortis d'affaire. Vous savez pertinemment qu'en cas d'affrontement il suffit d'une morsure et c'est l'infection assurée.

— C'est votre argument ?

Carmack négligea la provocation, sans quoi le type ne le lâcherait pas.

— M. Carvalho de l'OMS sera mieux à même de nous éclairer… Combien vous dites, Lucas ? Deux millions ? Deux millions de gens qui ont régressé. Si vous leur aviez demandé, monsieur, je pense qu'ils auraient été ravis de se faire tatouer !

L'expression lui était venue spontanément. Il en saisit l'intérêt devant l'ébahissement général. Pendant un instant, le temps se figea et June Fenton en profita pour reprendre la parole. Elle semblait presque amusée.

— L'image du tatouage est assez parlante. Vous modifiez une petite partie de vous-même, comme une scarification, un symbole tribal.

Le correspondant du *Washington Post* réprima un sourire. La scientifique le provoquait à son tour.

— La comparaison est audacieuse.

— Pas autant que la décision que nous aurons peut-être tous à prendre un jour.

— C'est une menace ?

— Un pronostic réaliste.

— Votre choix est fait ?

— Votre question est tendancieuse, mais vu la situation, j'y répondrai volontiers. Si nous obtenons un antidote dans des délais raisonnables, et dans l'état actuel de la pandémie, oui, je me ferai « tatouer ». Et vous ?

L'envoyé spécial inclina la tête en signe de capitulation.

— Je n'en sais rien. Et je ne serai pas le seul à hésiter.

— Je peux me permettre un conseil ? Ne tardez pas trop à vous décider. On ne parle pas ici d'une simple grippe, pas même d'un coronavirus plus ou moins meurtrier. On parle de replonger deux millions d'années en arrière.

Un journaliste néerlandais se dressa d'un bond, agacé par la longueur de l'échange.

— Pourquoi refuser de nous donner des précisions sur le porteur du gène G ?

Lee Carmack lança un regard à son adjointe. Hillary Jake acquiesça et s'empara du micro.

— Cet aspect de l'enquête est confidentiel.

— Cet individu est-il né avec cette mutation génétique ?

— Non. Il l'a acquise.

— Comment ?

— C'est tout aussi confidentiel.

L'autre refusa de lâcher. Faute de maîtriser la partie scientifique du problème, il espérait des éclaircissements sur des thèmes plus sensibles.

— Il paraît que l'*erectus* coupable d'avoir libéré ses tribus est sous les verrous. Pouvez-vous confirmer ?

— Il collabore, c'est tout ce que je suis en droit de vous dire. Cet aspect de l'enquête est confidentiel, répéta Hillary d'une voix morne.

— Et les Ganesh ?

— J'imagine que vous faites allusion aux personnes contaminées qui développent des capacités hors normes. À ce stade, il n'apparaît pas qu'ils soient impliqués dans la guérilla.

— Vous pouvez être plus claire ?

— Non.

— Le porteur du gène est-il humain ?

June Fenton leva la main pour intervenir. Carmack était bluffé par sa pugnacité. Jusqu'à présent, elle s'était montrée peu loquace lors de leurs réunions et jamais il ne lui aurait prêté le moindre talent oratoire.

— Je suppose que vous opposez *sapiens* et *erectus*, ce qui est une erreur. Toutefois, je vais faire simple et vous répondre oui.

— Et il est totalement immunisé.

— Oui, en ce qui le concerne.

— C'est-à-dire ?

— Il serait inconséquent de se baser sur une seule analyse, faite en laboratoire qui plus est. Nous devons poursuivre les travaux.

— Autrement dit votre « tatouage » n'a rien d'une panacée !

— La panacée est un mot grec qui signifie remède à tous les maux, et nous en sommes loin ! Mais l'antidote est une sacrée piste, surtout si nous pensons à court terme. Un vaccin ne s'obtient pas en trois mois. La pandémie du Kruger remonte à bientôt huit ans et nous n'avons toujours pas de vaccin ni de réponse incontestable.

Le Néerlandais fut séché. Alors qu'il cherchait une manière de répliquer, le correspondant italien fut le plus prompt à réagir. Face au front uni des orateurs, il avait décidé d'attaquer le maillon faible de la chaîne, en l'occurrence le héros de la première pandémie. *Un héros fatigué, au bout du rouleau*, devina-t-il.

— Monsieur Carvalho, vous avez été en première ligne lors de la pandémie Kruger. On peut avoir votre sentiment ?

Lucas se lança dans l'arène sans prendre le temps de réfléchir. L'entrevue entre Anna et Wuan l'avait contrarié, bien plus qu'il ne voulait se l'avouer.

— Eh bien, comme nous le savons tous, la menace des moustiques est quasiment écartée. En revanche, nous sommes face à une véritable guérilla qui nous oppose aux nouveaux *erectus*, passablement plus agressifs que ceux de la première pandémie.

Carmack tenta de l'interrompre, mais Lucas força le ton.

— En refoulant les victimes de la pandémie dans les réserves, nous mettons la poussière sous le tapis. Attention, je ne conteste pas la philosophie des CLP. Même avec le risque de surpopulation, nous n'avions pas d'autre choix que de parquer ces pauvres gens pour limiter la propagation du virus. Toutefois, maintenant que la menace « moustiques » est quasiment neutralisée, je pense qu'il faut envisager le futur et planifier une politique sanitaire ambitieuse. Même quand nous aurons bouclé la population infectée, ces territoires demeureront des foyers de contamination potentiels, sans même parler d'attentat terroriste. Les réserves sont des bombes virales. Nous devons assurer l'inviolabilité des frontières. C'est la priorité.

La fin de la conférence vira à la foire d'empoigne, surtout quand les journalistes comprirent qu'ils n'obtiendraient rien de plus. Carvalho avait « foutu le bordel », « un chien dans un jeu de quilles » dans une communication soigneusement maîtrisée, selon Carmack. Le directeur du projet VIRUS ne décolérait pas. Ils avaient une guerre à régler, et ce morveux de l'OMS venait de tendre le bâton aux plus extrémistes d'entre les racios ! Le plus incompréhensible, dans sa posture sécuritaire, c'était qu'il avait bataillé pour collaborer avec Wuan.

Lee attendit d'être à son bureau pour éclater. Hillary, quant à elle, demeura prudemment en retrait. Ils s'étaient salués juste avant la conférence de presse, mais le malaise était patent.

— Vous êtes dingue ou quoi, Lucas ? Qu'est-ce que c'est que cette fixation sur les *erectus* ? Je crois que votre proximité avec Anna Meunier vous a fait perdre votre objectivité. Vous dirigez le service des maladies transmissibles de l'OMS, bon sang : laissez aux gens compétents la gestion des réserves !

Malgré le camouflet, Lucas conserva son flegme. Il savait depuis les premières opérations de ratissage qu'il faudrait un jour crever l'abcès. On bouclait les malades et on oubliait la menace sanitaire, ou on la minimisait, ce qui conduisait sensiblement au même résultat. Anna n'avait rien à faire là-dedans. Moins contrarié et fatigué, il aurait sans doute lissé son discours face aux journalistes. Mais cela ne changeait pas le fond du problème et il en avait assez de brosser les politiques dans le sens du poil.

— Vous n'avez donc pas compris, Lee ? Certes, nous avons le contrôle de la plupart de nos capitales, mais à quel prix ? Combien de soldats avons-nous perdus ? Combien d'*erectus* y ont laissé la vie ? Le public ne connaît pas les chiffres parce qu'il y a eu trop peu de témoins capables de faire fuiter des images. Nous avons la maîtrise des drones, donc de l'information.

— Et alors ? Qui va s'en plaindre ?

— Le tableau que nous avons dressé était très parcellaire, voire idyllique. En réalité, les campagnes et les faubourgs sont infestés par des bandes errantes d'*erectus*, sans parler des Ganesh ! Personne ne peut affirmer de quel côté ils sont. J'ai entendu des rumeurs sur les clans qui suivaient Wuan. Je viens d'apprendre qu'ils se sont remis en marche et seraient menés par un individu de type *sapiens*.

— La rumeur est vraie.

— Alors, c'est soit un adepte de Darwin, soit un Ganesh.

— Un Ganesh. Le plus intéressant, c'est qu'il s'agit de l'adjoint d'Anna Meunier. Il a été infecté sous les yeux de Kyle Abiker. Ce dernier nous l'a confirmé.

— Kyle vous a dit pour son grand-père ? Dany ou Ny, comme il l'appelle, est parvenu à guider une souris dans un labyrinthe jusqu'à la sortie par la seule force de la pensée. Cela augure le pire. Imaginez que les autres communiquent avec des préhistoriques ! La boîte de Pandore n'est pas le virus, Lee, c'est ce qu'il révèle chez les contaminés !

— Pour les *erectus*, nous avons des indices sérieux qui nous laissent à penser qu'ils ont un talon d'Achille. Reste à trouver l'arme adéquate.

— De quoi vous parlez ?

— Leur odorat est surdéveloppé. Reste à trouver l'arme adéquate, mais pour l'instant nous n'avons rien, du moins c'est encore à l'état expérimental. De toute façon, je n'ai aucune envie de voir cette nouvelle se répandre dans la presse parce que vous aurez pété un boulon.

— C'est parfaitement injuste et carrément insultant !

— Écoutez, Lucas, votre boulot, c'est de trouver la parade aux pandémies, pas de décider du sort des régressifs ni de conseiller les ministres des Armées. Pour l'instant, on met le paquet sur l'antidote.

— À d'autres ! La thérapie génique est une technique encore trop récente. June Fenton a sans doute exagéré pour frapper les esprits. Elle ne prônera jamais une riposte sans être certaine à 200 % de son efficacité. À ce jour, il est impossible de se prémunir des mauvaises surprises. Qui serait assez fou pour jurer que l'injection du gène G n'aura pas d'effet secondaire ?

— Il y a sept ans, nous avons développé un antidote au Kruger en un temps record. Il n'y a aucune raison que nous n'y arrivions pas encore.

— Vous savez très bien que nous avons eu une chance de pendu ! Les miracles sont comme la foudre, ils ne frappent pas deux fois au même endroit.

Hillary Jake avait écouté avec une impatience grandissante, les yeux perdus sur les toits ensauvagés de Genève. On aurait cru une expérience de « ville végétalisée » comme on commençait à en concevoir un peu partout dans le monde, sauf que celle-ci aurait tourné à la catastrophe. Elle finit par éclater.

— Lucas, taisez-vous ! Face à une telle menace, nous devrions nous serrer les coudes, or vous continuez à faire cavalier seul. Nous nous battons sur tous les fronts et vous parlez de sécuriser les réserves ! Je suis d'accord avec Lee, vous perdez votre objectivité !

Lucas fut tellement estomaqué qu'il en resta coi. Hillary était jalouse au point d'en oublier leur tutoiement ! Il décida de calmer le jeu autant que possible et répondit posément.

— L'avenir de l'humanité dépend des décisions que nous prendrons dans les jours qui viennent, tout le monde est d'accord là-dessus. De mon côté, je veux retourner à Kampala, je serai plus utile là-bas.

— Vous n'avez pas écouté, Lucas…

— C'est vous qui n'entendez pas. Je crois qu'on va avoir un problème avec Wuan et sa soif de liberté.

— Les *erectus* ne sont pas votre problème, combien de fois vais-je vous le répéter ! s'impatienta Carmack. Votre accord avec ce rebelle portait sur Sanya…

— Il était censé retrouver les siens…

— Et nous tiendrons notre promesse… quand tout ça sera fini.

— Cela ne sera jamais fini, c'est ce que vous ne pigez pas !

— Carvalho, encore un mot et je fais jouer mes relations pour que vous soyez muté dans un placard !

— Vous pouvez me menacer tant que vous voulez, ça ne changera pas d'un iota la réalité. Et ça va nous retomber dessus si on continue à fermer les yeux !

– 4 –

Base militaire de Kampala, Ouganda,
J – 9.

Le tintement métallique résonnait à intervalles réguliers. Ben Carter, le soldat qui gardait l'entrepôt de rétention, pensa d'abord à un problème de canalisation (pas de quoi interrompre sa partie d'échecs sur l'ordinateur), puis révisa son jugement en percevant des gémissements inarticulés : l'un des *erectus* emprisonnés cognait sa timbale contre le mur. Il soupira d'exaspération. Ces bêtes-là n'avaient rien à faire dans un centre militaire. Abandonnant sa partie, il alla se poster devant la cellule occupée par le singe blessé et fit coulisser le judas. Corps immobile, endormi.

Il passa à la cellule suivante, où Wuan avait été placé quelques heures plus tôt, à la demande du commandant de la base.

Les ténèbres régnaient à l'intérieur. Ben fronça les sourcils, vaguement contrarié. La veilleuse fonctionnait encore lors de sa dernière ronde !

Il avait beau faire, les *erectus* lui inspiraient autant de perplexité que de terreur. Empoignant son arme à sa ceinture, il déverrouilla la porte de sa main droite tout en éclairant, de l'autre, le fond du réduit. Il s'imaginait trouver la créature prostrée contre le mur. Or, il n'y avait personne à l'intérieur, juste une timbale suspendue à un fil, qui se balançait encore. C'est son mouvement de pendule qui l'avait fait percuter la paroi.

En remontant le fil, le halo de la torche embrasa une silhouette. Ben crut découvrir une araignée velue collée au plafond. Il n'eut pas le temps de comprendre son erreur que le sang jaillit de sa carotide par un bout de ferraille.

Wuan avait utilisé le pied de son lit.

Le chef des clans rebelles observa l'homme qui s'agitait au sol, paume plaquée sur sa gorge pour stopper l'hémorragie. Il n'aimait pas ôter la vie, mais il avait besoin de temps. S'agenouillant, il l'acheva de la même main sûre avec laquelle il aurait tué une antilope.

Il utilisa la clé pour libérer Tanaë, un de ses compagnons. Il lui chuchota d'aller l'attendre dans les fougères qui bordaient la palissade d'enceinte. Il se faufila ensuite d'une tache d'ombre à une autre, évitant les flaques de lumière dispensées par les lanternes ou les projecteurs. Il ignorait la localisation précise de sa destination, mais se fiait aux fourmis pour y parvenir. Elles le poussaient dans la direction du grand pylône bardé d'antennes. C'est par lui que les humains communiquaient à distance. À mesure qu'il se rapprochait, l'excitation le gagnait.

Sous la tente, An-na dormait paisiblement, couverte d'un simple drap. Dans le lit à côté, Wuan flaira l'odeur de l'enfant.

Les fourmis l'avertirent de la présence de gens, tout près, mais il ignora l'information car eux aussi étaient dans un sommeil profond.

Il scrutait le visage diaphane, cherchant la source de son besoin. Des images émergeaient, si vagues et lointaines qu'il doutait de leur réalité. Lui et An-na ensemble, une montagne blanche si froide qu'on s'y brûlait, tous les mots qu'elle lui avait chantés avant, quand il était encore incapable d'« entendre ». Son odeur sucrée.

Il demeura debout, oscillant légèrement sur ses jambes, tenaillé par un désir impossible à interpréter. Pas seulement l'envie de sa peau ; plus fort, l'envie de l'emmener avec lui, loin du bruit et des soldats. Plus il les « entendait », moins il les comprenait. Ce besoin fait de peur et de pouvoir, leur indifférence aux éléments qui faisaient le monde, la terre, l'eau et l'air, les plantes et les bêtes. Ils étaient tous liés, mais les hommes l'ignoraient. Leurs yeux étaient presque aveugles, leurs sens atrophiés. Leurs pensées grouillaient comme des têtards dans une flaque, aussi fragiles, inutiles.

Il voulait qu'elle lui ressemble. Elle avait dit qu'elle ne serait jamais comme lui, causant sans le savoir un sentiment de perte étourdissant.

Il se pencha sur son bras abandonné et la renifla. Plus haut, sa bouche exhala un soupir et il éprouva l'envie de la mordre. Que leur salive et leur sang se mêlent…

Le vent s'était levé et la brise l'effleura à travers le pan de la tente.

Il recula lentement. Il devait retrouver les siens. Cette femme n'était pas pour lui. Elle faisait partie des « hommes » qui avaient proféré des mensonges.

Il n'attendrait plus.

Le cœur lourd, il rejoignit Tanaë et le hissa sur ses épaules pour grimper sur l'arbre dont une branche maîtresse frôlait la clôture de barbelés.

Ils mirent deux jours à atteindre les clans. L'esprit de Mpho était puissant et le trajet aussi net que s'il avait été tracé en ligne de feu. Pour avancer plus vite, Wuan invoqua deux solides *Ugandax*, les ancêtres des buffles, afin de traverser la savane. Ils grimpèrent sur leur dos et se laissèrent porter.

Même s'il n'avait jamais traversé ces régions faites de landes verdoyantes et de bosquets touffus, le chasseur pressentait que le monde était en train de muer. Partout, l'herbe jaillissait dans une explosion communicative, fougères arborescentes aux palmes gigantesques, mousses envahissantes qui tapissaient les plaines autrefois arides, lianes et lierres partis à l'assaut des baobabs, bouquets de prêles géantes qui semblaient déferler dans la grande plaine du Rift comme une mer déchaînée. Sous l'exubérance végétale, il discernait comme un mouvement dans les profondeurs de la terre, celui de la sève fusant de la racine aux feuilles, ou de l'ébranlement des roches enfouies, mais aussi dans les tourbillons du vent et la course furieuse des nuages. Quand ils crevaient pour déverser sur eux une pluie drue, nourrissante, les chasseurs l'accueillaient avec gratitude. L'eau du ciel les lavait de leurs épreuves, Tanaë surtout, qui avait enduré l'enfermement, les drogues, les coups quand il se rebellait. Le malheureux n'avait guère de mots pour raconter la peur que les hommes-médecine avaient infligée à son esprit ; mais petit à petit, ses yeux recommencèrent à regarder le monde autour de lui, son cœur se remit à palpiter à la pensée des retrouvailles.

Au deuxième soir, ils tombèrent sur les premiers chasseurs des clans. Les *erectus* étaient une quinzaine. Les plus jeunes accoururent et les entourèrent en poussant des cris de joie. Ils tendaient les mains pour les toucher, frottaient leur nez pour les renifler, persuadés qu'ils revenaient d'entre les morts.

Juchés sur les *Ugandax* épuisés, ils remontèrent la longue file des marcheurs, en direction du « guide ».

Mpho surveillait leur progression depuis le début.

C'est lui qui avait envoyé l'impulsion ayant conduit Wuan à fuir la base de Kampala. Il le voulait à ses côtés. Le chef du clan de la Pierre-Levée était bien plus qu'un chasseur, il était de la race des guerriers et les *erectus* le suivraient où qu'il les mène. Et le temps était venu de se mettre en marche, partout sur le grand continent.

Les autres avaient déjà commencé à affluer des provinces avoisinantes.

Comme tous les êtres de son espèce, Mpho s'était réveillé du Grand Sommeil avec des capacités d'intelligence et de force exceptionnelles. Il se situait « ailleurs », entre *sapiens* et ancêtres, entre le raisonnement et l'instinct, entre la connaissance acquise et la gratitude intuitive de vivre. Cette mue – ou quel que soit le terme de sa métamorphose – lui faisait entrevoir une autre réalité. Ses vieux attachements perdaient de jour en jour de leur importance, balayés par une urgence à la fois sensorielle et idéologique : sauver la Terre.

Or, en dépit de leurs disparités profondes, Ganesh et *erectus* possédaient une chose en commun : le lien fondamental qui les reliait à la nature vivante, aux éléments. Ensemble, ils entendaient le monde gémir et étouffer sous le joug humain, ils voyaient la folie destructrice et les dégâts systématiques que les *sapiens* perpétraient autour d'eux.

Une extinction de masse.

Pour autant, les effets de la pandémie, les affrontements et le désordre qui avait culminé avec l'attaque des moustiques lui apparaissaient comme une tempête à la surface d'un océan profond.

Mpho n'était pas naïf, c'était antinomique avec sa nature, il avait conscience qu'en cas de guerre, beaucoup seraient amenés à se ranger dans un camp ; mais pour l'instant, le futur était porteur de trop de « possibles probabilités » et il se méfiait des choix simplistes ou des engagements qui finiraient en impasse.

Malgré les dévastations des *sapiens*, il se refusait à les condamner collectivement. Peut-être était-ce un reste de son passé humain. Ou peut-être son goût de la nuance, incompatible avec un jugement radical.

Rien ne pressait, d'ailleurs. Après que les moustiques l'avaient piqué, Mpho s'était contenté d'observer et de méditer en solitaire, avant de rallier les *erectus* rebelles. C'est leur quête de liberté qui l'avait décidé.

Il émanait des chasseurs une vibration qui rejoignait la sienne. En langage d'homme, cela aurait pu se résumer à « vivre libres sur une planète saine ».

Puis Wuan était parti et il avait attendu.

Une nuit, Mpho avait perçu une exhortation à la fois familière et intrusive qu'il avait d'abord tenté d'ignorer, mais le flux était puissant et revenait le tourmenter sans relâche. Le diapason provenait de ses semblables. Au lieu de le tranquilliser, cette découverte l'avait mis dans un état inaccoutumé de tension. La plupart du temps, à de rares et mortelles exceptions qui s'achevaient en impitoyable duel, les Ganesh s'ignoraient. Ce n'était pas une question de rivalité, ils ne se considéraient pas comme des adversaires, plutôt comme des êtres à part, trop intenses et singuliers pour s'accommoder ensemble. Chacun d'entre eux ressentait une nécessité vitale d'espace, un territoire sur lequel personne ne viendrait empiéter ni rivaliser avec qui que ce soit. Mpho ignorait si c'était dû à sa mue. En dépit de son intellect surboosté, il devinait cependant qu'il avait besoin de temps pour appréhender qui il était, et ce que le monde voulait de lui.

C'est pour cela que l'appel l'avait troublé. Les Ganesh « émetteurs » parlaient au nom de l'armée de Darwin. Ils étaient trois et ceux-là avaient fait leur choix. Le Rwandais les pensait plus puissants que lui. Des guerriers surentraînés. Lui ne savait pas encore, même s'il avait cédé à l'injonction de marcher, ouvrant la voie aux *erectus*.

Nairobi. C'était de la capitale kényane que les Ganesh lançaient leur appel.

Mpho avait toutes les raisons de se méfier, *a fortiori* quand il s'agissait d'un genre de prophète autoproclamé. Sauf que sans Owen Firth, il n'aurait jamais existé, du moins le nouvel être qu'il était.

Owen Firth avait donné vie aux Ganesh.

Son créateur battait le rappel de « ses troupes ». Il voulait une terre purifiée. Il voulait être un Dieu pour les hommes rendus à la raison.

La lune montait dans le ciel, énorme et pâle, quand l'*erectus* et le Ganesh se retrouvèrent face à face. Ils se saluèrent avec une réserve faite de respect et de prudence. Wuan flairait la force de Mpho pour l'avoir perçue dès leur première rencontre. Il pressentait également que la créature qui l'observait n'était pas un *sapiens*, malgré son apparence et sa taille de géant. En cas d'affrontement, Wuan aurait peu de chance d'en réchapper ; mais son énergie était « bonne », il le savait aussi.

Ils s'accroupirent devant le feu, comme c'était la coutume dans les tribus, et ils échangèrent les mots de paix.

Si Mpho l'avait voulu, il aurait pu éclater l'esprit du chasseur comme une vulgaire noix, mais il ne tenta jamais de forcer ses pensées.

Il lui parla de ce qu'ils avaient vu, des villages désertés par les hommes, des *erectus* libérés et du terrible effet des odeurs, celles qu'il nomma insecticides.

Wuan parla de la ville où Tanaë avait souffert, des Tikaks qui l'avaient retenu après lui avoir promis la liberté, de la volonté des hommes qui méprisaient celle des chasseurs.

Lui aussi voulait voir la grande ville. Il ne se laisserait plus enfermer comme une bête. Les siens ne serviraient plus de proie.

S'il fallait se battre, alors ils lèveraient une armée…

– 5 –

**Quartier Lavington, Nairobi, Kenya,
J – 8.**

Yulu Rudisha ne dormait plus depuis une semaine. Il survivait, reclus dans sa propriété, hanté par des questions sans réponse, fuyant les appels ou les rendez-vous. Il passait des heures à surfer sur Internet ou à regarder CNN, en quête du moindre indice qui signifierait qu'il avait eu raison, qu'il était visionnaire, lui, le Lion kényan sauveur de son pays. Un messie. Le futur président.

Quelles sombres conneries ! Tout sonnait faux ! Par orgueil, et séduit par le chant suave des promesses, il avait ouvert ses portes à une force qui le dépassait ; ce n'était pas seulement ce fétichiste de Firth, mais les démons qui lui servaient d'escorte !

Par chance, les Ganesh ne lui accordaient plus aucune attention. Depuis qu'ils avaient exécuté leur petite démonstration de puissance, ils estimaient probablement l'avoir maté et s'étaient établis chez lui comme en terrain conquis. Un jobard les aurait jugés parfaitement accommodants. Ils n'étaient ni bruyants ni capricieux. Ils ne commandaient pas de putes, ne réclamaient pas d'alcool ni de drogues. On aurait cru des cinglés de moines télépathes. Des fanatiques dénués d'émotions et de vices. Ce qui les rendait encore plus effrayants… Quand ils ne veillaient pas sur leur patron-prophète, ils déambulaient pareils à des ombres à l'intérieur de la propriété. Yulu les avait espionnés, plongés dans des transes sans fin ou en train de humer longuement les effluves de la ville. Il en était resté glacé jusqu'aux os.

Le pire, c'était quand ils s'adonnaient à leur sport. C'est bien la seule occupation qui aurait pu les humaniser, si seulement le spectacle de leurs exploits avait ressemblé à autre chose que des démonstrations impossibles ! Ils bondissaient le long des façades, escaladaient les toits ou partaient courir des heures et rentraient pas même essoufflés. *D'horribles mutants…*

En découvrant les images des drones – non pas les officielles diffusées à la télé, mais les vidéos de l'armée qu'il recevait grâce à ses contacts –, Yulu avait compris que les bandes d'*erectus* qui affluaient vers Nairobi devaient être téléguidées par Jon, Tor et Arès. D'une façon ou d'une autre, grâce à leur puissance cérébrale, ils commandaient les singes.

Yulu n'avait jamais voulu cela.

Il osait à peine se l'avouer et enfouissait cette idée sous des couches de sourires crispés quand il croisait Owen – cela arrivait rarement, heureusement ! Mais plus les jours passaient, plus sa panique grandissait.

Une semaine…

Il ne se faisait aucune illusion. Firth n'avait pas besoin de lui. Ni du président actuel, qui s'était d'ailleurs sagement replié vers une ville moins exposée. Le pays ne l'intéressait même pas tant que ça, ni les infrastructures.

Owen Firth voulait l'Afrique afin d'y régner. Ce satané Blanc rêvait d'un territoire aux ressources pléthoriques, un nouveau poumon vert où son armée prospérerait. Et une fois de plus, le continent noir serait sous la férule du colon. Il se rappela le *Faust* des Mungzus, des Blancs, et se demanda si le véritable péché n'avait pas été de s'associer à ces faces de hyène en oubliant la vieille alliance des Noirs.

Le Lion kényan s'était vendu pour assouvir son envie de pouvoir, et ça le menait où ?

Yulu Rudisha ne serait pas traître à sa race. Il s'était trompé gravement, mais il pouvait encore sauver son âme.

La veille, un cousin lui avait fourni le numéro personnel de son éternel rival. Malgré ses craintes, Yulu goûtait l'ironie de l'histoire. Finalement, c'était auprès d'un frère ennemi qu'il irait chercher refuge.

Il attendit d'être sûr que les autres étaient partis en ville et s'isola dans son bureau, refermant les stores pour ne pas se laisser distraire par la magnificence du jardin.

Il composa le numéro, les doigts tremblants. Le président avait été prévenu qu'il appellerait. Il imaginait déjà son plaisir à le savoir vaincu.

Il se trompait. Peter Njoroge, le président du Kenya, n'avait pas la tête au plaisir, pas même pour écraser cet enfoiré de Yulu.

Il écouta néanmoins ses doléances jusqu'au bout, ponctuant de quelques « je vois » le compte rendu erratique qu'on lui fit : les Ganesh redoutables, la télépathie, le plan qui donnerait à Owen Firth « les clés du royaume » (Rudisha avait toujours goûté l'emphase), le danger qui guettait les hommes de bonne volonté.

Finalement, le dirigeant lui répondit avec une lassitude de mauvais augure.

— Bien, et que veux-tu que je fasse, vieux brigand ?

— Ce que tu peux ! Tu as l'oreille des chefs d'État, et l'appui des armées alliées ! Tu peux au moins les prévenir…

— Tu penses à quoi ? Une frappe ciblée pour anéantir ton palais ?

Durant un instant, Yulu resta sans voix. N'était-il pas suffisamment éprouvé par le destin pour qu'on se moque de lui ? Et soudain, il prit pleinement conscience de ce que le président lui proposait : une issue. La seule, sans doute, qui éradiquerait la tête du serpent.

C'était cela. Frapper à la tête. La pulvériser. Et lui… lui profiterait de la nuit pour s'enfuir. Il sacrifierait sa maison et bien des choses qu'il avait amassées pendant toutes ces années, mais si c'était la condition pour sauver son pays… Et Peter Njoroge s'en souviendrait.

De toute façon, il n'avait guère les moyens de finasser. Il répondit d'un ton plus affirmé.

— Pourquoi pas. Si je m'assure que tout le monde sera là… Es-tu certain d'avoir l'accord des Américains ?

— Si ce que tu me dis est aussi grave, pourquoi hésiteraient-ils ? Le pays est sous cloche, les journalistes inexistants. On parlera d'une explosion… une parmi d'autres.

— J'ai besoin de savoir quand. La nuit, c'est encore le plus sûr. Mais je dois pouvoir m'échapper avant.

— Je te rappelle.

— Non !

— Alors, je t'envoie un message par notre ami commun.

— Vous devez faire vite !

— Tu n'es pas le seul à t'impatienter.

— Tu as ma vie entre tes mains…

— J'en ferai bon usage.

— Ensuite… je peux compter sur toi ?

— « Ensuite », c'est un mot de Blanc, vieux lion !

Le jour qui suivit cette conversation, Yulu Rudisha passa par tous les stades, de l'espoir à la terreur. Quand il avait terminé le cycle, de la foi la plus crédule au pessimisme le plus noir, ça recommençait : les doutes, les arguments et les contre-arguments, la peur, les pressentiments, la suspicion, l'angoisse, l'espoir encore, auquel il s'accrochait comme un insecte emporté dans les tourbillons du fleuve.

Peu lui importait à cet instant de tout perdre, il ne pensait qu'à une seule chose : sortir du piège qu'il avait lui-même tissé.

Lui, le mauvais pratiquant, pria ses ancêtres comme jamais il ne l'avait fait.

Le soir même, il reçut un message de son cousin. Ce serait pour l'aube, dans à peine sept heures. Le cousin s'excusait pour son retard, et évoquait le passage d'une « comète » dans le ciel de Nairobi à 4 h 45.

Yulu était prêt, un survivant aux yeux rouges d'insomnie, la peau grise, les nerfs à vif.

Quand Owen le convia à partager le dîner « car ils avaient des choses à discuter », il déclina en prétextant des fièvres. Il se savait incapable de jouer la comédie une minute de plus.

Il croisa Tor, l'un des trois Ganesh, et baissa les yeux comme une servante. Ce dernier ne lui accorda pas un regard et laissa son esprit en paix. Ses deux acolytes demeuraient invisibles, mais ils étaient probablement quelque part dans la maison, à vriller la tête d'un pauvre gobeur de fables !

Yulu se mit à compter les minutes. En restant tranquille, assis derrière son bureau, il lui semblait se condenser et devenir presque inexistant, assez négligeable, en tout cas, pour qu'on l'ignore.

Il avait prévu d'emporter un peu d'or, mais la superstition l'en empêcha. Il ne toucherait pas au coffre, ne préparerait aucun bagage. S'il prenait quoi que ce soit avec lui, ça lui porterait malheur.

Le sacrifice de ce que tu as pour gagner ta liberté !

Les minutes s'égrenaient avec une lourdeur effroyable. Il songea que tant que ses hôtes vivraient, il serait à leur merci, à portée d'une fulgurante pensée. Il avait vu ce que les Ganesh faisaient à ceux qui les gênaient. Leur force était comparable à la foudre, mais une foudre lente, une lame de feu qui s'enfonçait en vous jusqu'à calciner la moindre vérité.

À 22 heures, il quitta son bureau pour rejoindre sa chambre et s'étendit sur le lit. Derrière les murs, on entendait la meute des préhistoriques, cris, rugissements, rires en cascade des macaques régressifs.

La plupart chassaient la nuit. Il faudrait être prudent, ne pas se laisser surprendre.

Évidemment, il ne comptait pas prendre la Mercedes blindée. Autant déclencher l'alarme. Bien sûr, il aurait pu prétendre rejoindre une maîtresse, ou ne rien dire et s'en aller, mais son mensonge l'éclairerait comme une lanterne.

Il n'avait qu'une arme de poing et sa volonté.

Pour fouetter son courage, Yulu se remémora son enfance dans le bidonville, les ruses et sa vivacité d'alors. Il était agile comme personne, assez malin pour déjouer le sort. La flamme ne s'était pas éteinte, elle était en lui.

Il prévoyait de s'évader vers 4 heures, l'heure creuse, où le sommeil est le plus profond.

Il se demanda qui avait décidé pour la frappe, et si le président comptait s'attribuer le mérite de cette prise. S'étonna de la rapidité avec laquelle l'opération avait été approuvée. Douta. Somnola. Se réveilla en pleine panique, certain que l'heure était passée.

Minuit.

Il se leva et observa les ombres dantesques des palmes que le vent agitait. Il pria pour que la pluie s'abatte, mais le ciel était clair, les étoiles bien visibles depuis que le couvre-feu était déclaré.

À la place du président, il aurait ordonné qu'on allume toutes les lumières de la ville, une torche gigantesque pour traquer les ombres, acculer les prédateurs.

Il douta de nouveau. Trembla et finit par aller se servir un bourbon. Il ne devait pas boire, pas plus qu'un verre.

Celui du condamné.

Il aurait voulu racler son imagination et en chasser tous les fantasmes qui surgissaient. Le bourbon l'apaisa un peu, et il sombra dans une rêverie qui n'avait ni queue ni tête.

Il s'était recouché. Il surveilla la lente progression des minutes et finalement, il fut 4 heures.

Il voulut se lever, mais en fut incapable.

Il perçut un remuement, comme si on percutait un meuble. Quelque chose que l'on cogne en passant. Il chercha à bouger, sans comprendre pourquoi ses jambes ne lui obéissaient plus. Pensa qu'il rêvait, mais sa peur était bien trop nette, bien trop brûlante. Quelqu'un approchait. Les yeux écarquillés, il regarda la porte s'ouvrir et le soulagement l'inonda.

Jomo, le fidèle Jomo, s'encadrait sur le seuil de sa chambre.

Yulu parla et s'aperçut alors qu'il avait encore l'usage de sa langue :

— Jomo, aide-moi, par pitié ! Soulève-moi, je n'arrive pas à bouger !

— Je ne peux pas, patron.

— Ne dis pas de connerie, j'ai besoin de toi et on a peu de temps !

— Peu de temps pour quoi ?

La panique empêcha Yulu Rudisha de s'étonner de la question. Jomo ne polémiquait jamais. Il obéissait sans état d'âme et était payé en conséquence.

— Pour fuir. On doit quitter la maison d'ici quarante minutes !

— Pourquoi si vite ?

— En quoi ça t'intéresse ? Je te dis de m'aider !

— Et moi, je vous réponds que je ne peux pas, patron. C'est pas compliqué.

Ce fut à cet instant, à cause de l'insolence de son majordome, que Yulu comprit.

— Tu es de leur côté ?

— Ils m'ont dit de vous transmettre un message. Ils s'en vont. Ils vous remercient de votre hospitalité.

— Écoute, Jomo, tu n'as qu'à me soulever et me laisser quelque part, dans la Mercedes, suffisamment loin…

— Loin de quoi ?

— Une frappe.

— Ils ont dit que la paralysie n'était que passagère. Elle devrait se dissiper d'ici une heure.

— Dans une heure, je serai mort.

— Patron… vous m'auriez laissé ?

— Jomo… par pitié…

Yulu se força à ravaler les supplications qui lui montaient aux lèvres. De toute façon, Jomo avait déjà tourné les talons.

Il avait joué et perdu. Owen Firth, son « partenaire », n'avait même pas jugé bon de lui signifier lui-même sa condamnation. Il s'était servi de son majordome pour lui envoyer sa propre trahison au visage. Ainsi, il lui exprimait son mépris.

Décidément, les Blancs étaient prévisibles en matière d'insulte. Le président était-il dans le coup ? Ou bien les mutants avaient-ils perçu ses intentions ?

Quelle importance, maintenant…

Il songea que c'était le genre de fable qui l'aurait fait rire, autrefois. Que la rivalité entre Luos et Kikuyus était aussi inutile que les chicanes de deux vieilles femmes. Il se rappela son bidonville et comme il s'était senti invincible, enfant. Prit conscience qu'après tout, il avait eu une belle vie et que sa fin serait spectaculaire. Une explosion de lumière.

Puis, il ferma les yeux.

Yulu Rudisha, le vieux Lion kényan, se prépara à mourir.

– 6 –

Plaine de Nairobi, Kenya,
J – 6.

Anna et Lucas survolaient désormais la grande plaine où s'étaient amassés les clans rebelles et les rescapés des massacres, formant un flot impressionnant de chasseurs. Le plus stupéfiant restait l'armada de *Gomphotherium* qui composaient une hallucinante cavalerie. Par instants, un barrissement ponctuait la marche de l'incroyable légion. La présence de ces animaux régressifs accentuait le sentiment d'irréalité qui se dégageait de ce déferlement. Les bêtes avançaient sur la piste creusée par le piétinement entre les herbes, comme tirées par un fil invisible.

L'esprit des guerriers, c'est lui qu'elles suivent toutes ! comprit Anna, penchée en avant pour mieux observer le spectacle dantesque. *Un esprit collectif que la télépathie rend plus incisif et efficace. Comment s'y opposer ? On ne peut pas les massacrer ni se laisser massacrer… alors ?*

Pour la centième fois au moins, la paléontologue se demanda quelle était la part de responsabilité des Ganesh dans cet immense mouvement.

La veille, les drones avaient filmé l'armée dans son entier. Les *erectus* ne se cachaient plus. Ils convergeaient sur Nairobi, vers Owen Firth et ses partisans. Parmi la trentaine de chefs – ils se distinguaient à d'impressionnantes peintures de guerre –, Anna avait reconnu Wuan, puis Mpho. Devant ce visage quasi inchangé, une vague de culpabilité et de regrets l'avait submergée. Son adjoint était devenu un Ganesh par sa faute, en la cherchant dans la réserve. Elle n'avait jamais trouvé l'occasion de lui dire à quel point sa présence avait été importante… Mpho l'avait suivie et protégée dès son installation au Kenya. Il l'avait encouragée quand elle doutait, défendue auprès de ceux qui estimaient que sa vision des régressifs était trop subjective et sa gouvernance trop laxiste.

Désormais, il était trop tard.

Elle repoussa ces réflexions pour se concentrer sur l'armée en marche. Les *erectus* (trois mille ? davantage ?) progressaient à travers la savane verdoyante à un rythme soutenu. Déjà, les hautes tours de Nairobi se dessinaient à l'horizon. Combien de temps leur faudrait-il pour atteindre la capitale ?

Elle se tourna vers Lucas et réprima un nouvel accès de culpabilité. Il était rentré en catastrophe en apprenant l'évasion de Wuan. Depuis, il lui avait à peine décoché trois phrases. Si on l'avait conviée à se joindre à l'expédition de repérage, c'était simplement pour sa connaissance des mœurs *erectus*, sûrement pas pour ses prises de position ! Outre le pilote, un soldat les accompagnait, chargé de filmer et d'identifier les chefs des groupes – ceux-ci comprenaient une centaine d'individus chacun, ce qui, en cas d'attaque, permettait une dispersion rapide. Anna et Lucas portaient un casque isolé et doté d'un micro, si bien qu'ils pouvaient communiquer sans se soucier d'être entendus.

— Est-ce qu'il est considéré comme un ennemi, maintenant ?

Elle n'avait pas besoin de préciser de qui il s'agissait, mais Lucas feignit d'hésiter :

— Tu veux parler de ton protégé ?

— Wuan vous a sauvés à Sanya, tu l'as dit toi-même…

— Peut-être, mais il a tué un garde.

— Et vous, vous lui avez menti ! Un *erectus* ne pense pas comme nous, tu devrais le savoir ! Il n'aurait assassiné personne si vous les aviez laissés libres de leurs mouvements, lui et l'autre chasseur !

— On ne va pas se disputer maintenant, ce n'est plus trop d'actualité. Tu me confirmes que Firth se trouve à Nairobi ?

— Oui.

— Inutile de te demander de qui tu tiens cela. Regarde ! Voilà la véritable force de Darwin. L'attentat, l'ensauvagement de la planète, tout ça n'avait qu'un seul objectif : réunir cette armée.

Il désignait la plaine métamorphosée, où la colonne avançait implacablement. Anna protesta :

— J'imagine mal Firth répandre un virus simplement pour permettre à une poignée d'*erectus* de gambader librement !

— Il s'agit moins des *erectus* que des Ganesh. Ce sont eux les véritables meneurs. Les informations qui nous parviennent sont très inquiétantes.

— Alors, Mpho et Wuan seraient alliés ?

— Probablement. Sur les photos des drones, en tout cas, ils marchent de front. Je pense que l'épicentre de cette guerre est effectivement Nairobi, et plus largement l'Afrique.

— Tu crois qu'il y a un lien avec l'évasion de Wuan et les clans du CLP ?

— Cela m'étonnerait qu'un type aussi méthodique que Firth ait changé ses plans et modifié sa destination finale simplement parce que quelques clans ont trouvé le moyen de s'enfuir.

— Alors quoi ?

— Je n'en sais rien…

Anna aurait dû être horrifiée. Pourtant, elle ne pouvait s'empêcher d'éprouver une sorte d'émerveillement face au plus formidable regroupement d'animaux au sens large que la Terre ait connu depuis l'émergence de la vie, voilà près de quatre milliards d'années. De nombreux observateurs avaient déjà témoigné de collaborations inter-espèces, des lionnes venant en aide à des gazelles blessées, des enfants élevés par des louves, des amitiés improbables entre oiseaux et félins, ou quelques naufragés ramenés sur les côtes par des dauphins. Rien, cependant, n'égalait cette armée mi-humaine mi-animale qui s'apprêtait à déferler sur Nairobi. Bien sûr, l'histoire comptait des précédents : deux siècles avant J.-C., la célèbre armée d'Hannibal avait traversé les Pyrénées avec trente-sept éléphants parmi ses rangs pour affronter la grande Rome ; mais était-ce vraiment comparable ? Wuan, lui, alignait plus de cent cinquante *Gomphotherium*, sans compter les dizaines d'espèces qui leur faisaient cortège. Rien qu'à les regarder évoluer, elle eut la sensation du sol tremblant sous leurs pas.

— Il y a peut-être une explication.

La voix de Lucas résonna dans son casque, la tirant de ses réflexions. Elle leva la tête et remarqua qu'il avait pâli.

— De quoi parles-tu ?

— Firth, à Nairobi… La ville abrite le centre de contrôle des trois réserves, c'est bien ça ?

— Oui.

— Une simple pression sur un bouton et toutes les portes s'ouvrent. Trois réserves sur trois continents. Tu imagines le risque de contagion planétaire ? Firth et Wuan ont des intérêts communs, Anna…

— Quoi ?

— Tu penses pouvoir convaincre Wuan de revenir vers nous ?

— Tu es dingue ! Il s'est évadé, je te signale, et il est largement assez intelligent pour comprendre qu'en tuant un militaire, il s'est grillé auprès des soldats !

— Effectivement, mais il est tout aussi capable de discerner la vérité. Si nous lui proposons un marché avec des contreparties et de solides garanties, alors, toi, tu pourras peut-être le convaincre.

— Bon sang, Lucas, vous comptez vraiment vous servir des *erectus* jusqu'au bout !

— Anna, on n'a pas le choix, si cette armée rejoint Firth, cela va être terrible.

— Je ne crois pas à ta théorie. Je vois mal Wuan de mèche avec lui.

— Qu'ils soient ou non complices, leurs intérêts convergent et il nous faut un levier. Ça pourrait le sauver, Anna.

— Tu es d'un cynisme…

— Non. Je suis réaliste et surtout, j'essaie d'éviter un genre d'apocalypse. Si on laisse faire, il y aura des massacres des deux côtés. Il y a trois millions de personnes saines à Nairobi. Tu es la seule à pouvoir empêcher un bain de sang, mais tu seras prise entre deux feux. Souviens-toi comment ça s'est fini il y a sept ans lors de l'assaut donné par l'armée dans le Muséum d'histoire naturelle.

— Pourquoi ne leur balancez-vous pas des bombes tout de suite ! Pourquoi attendre Nairobi ?

Lucas détourna le regard, visiblement embarrassé. Il dut comprendre qu'il ne servait à rien de mentir, et soupira.

— Nous avons essayé à l'aube. Quand les avions ont survolé la piste, la colonne avait disparu, fondue dans la jungle. Cela conforte ce que l'on soupçonne. Ils devinent nos intentions. Ou bien ils ont été prévenus, d'une façon ou d'une autre.

Soudain, ils perçurent le barrissement des pachydermes et Anna crut reconnaître la silhouette de Wuan perché sur le *Gomphotherium* de tête. Une rumeur indistincte montait vers eux.

— *Gwar-gwar*, clamaient les *erectus*.

Elle sentit le sang se figer dans ses veines. C'était un mot anglais déformé ou la contraction de deux langues.

War. Guerre.

Elle secoua la tête, en proie au désespoir. L'affrontement était partout dans la nature. Dans la jungle, les chimpanzés menaient des raids pour exterminer un groupe voisin qui convoitait l'arbre fruitier prodigue constituant leurs ressources. Les fourmis se livraient des luttes territoriales sans fin entre colonies. De véritables batailles rangées faisaient rage chez les mangoustes rayées à la saison des amours. Beaucoup d'espèces sociales réglaient leurs différends par le conflit. Les humains ne faisaient pas exception. Les *erectus* non plus.

Ils étaient tous ivres du combat à venir.

– 7 –

Nairobi, Kenya,
J – 5.

La vidéoconférence devait débuter à minuit heure locale au Kenya, 23 heures au Caire, 22 heures à Vienne, Prague, Rome ou Paris, 18 heures à Brasilia, 16 heures à Washington, 15 heures à Mexico, 8 heures à Canberra, 5 heures à Singapour ou à Pékin.

Sur les cinq continents, la plupart des chefs d'État avaient été prévenus par des « intermédiaires » plus ou moins autorisés, lesquels avaient été eux-mêmes contactés par des chefs du renseignement, un coup de fil anonyme ou une « pensée » impérieuse que personne n'aurait mise en doute. Pas après avoir ressenti la puissance typiquement Ganesh…

Très vite, en tout cas, les décideurs de la planète furent informés : Owen Firth donnerait depuis Nairobi une vidéoconférence à laquelle ils étaient conviés. Les grandes villes avaient beau avoir été à peu près sécurisées, la menace « moustiques » écartée, ce genre de convocation ne se traitait pas par le mépris. Si bien qu'à l'exception de quelques notoires mégalomanes, une bonne centaine d'hommes d'État éminents retenaient leur souffle devant les écrans noirs, tandis que leurs secrétaires, ministres, diplomates, agents de renseignement et profileurs s'entassaient dans des QG bondés.

Tous les services de sécurité du monde se préparaient à remonter l'appel, afin de déterminer sa provenance exacte et mettre en place la réplique adéquate : un bunker à encercler, un quartier à bombarder, un commando à expédier. Ils firent hélas chou blanc, et ne dénouèrent que trois jours plus tard les fils de Gal Bakshi, l'éminente spécialiste en sécurité informatique qui avait disparu des radars.

Une bonne moitié des participants se firent briefer par des psychologues rompus aux négociations délicates, d'autres se contentèrent de consulter les militaires, certains appelèrent même Anna Meunier. Parmi les chefs d'État, dix au moins étaient secrètement acquis à la cause « darwinienne » (quoique le terme prêtât à confusion) pour des raisons peu avouables : un surcroît de pouvoir, la peur, un conseiller aux dons insoupçonnés ayant subi la métamorphose.

Au bout d'une attente interminable, l'homme qui tenait le monde en otage apparut sur l'écran, le visage éclairé par un sourire de bienvenue. On aurait dit le brave oncle débonnaire et légèrement excentrique de la famille, pas vraiment l'allure d'un terroriste, et cela rendait sa bienveillance encore plus redoutable. Pour l'occasion, il avait revêtu une tenue de safari et un panama blanc, un choix douteux ne présageant rien de bon pour les pays qui avaient eu à souffrir du colonialisme.

Owen Firth n'avait pas fait les choses au hasard.

— Messieurs, mesdames, commença-t-il avec simplicité, on ne va pas s'embarrasser de controverses. Je vais vous exposer un marché non négociable. Bien entendu, je n'attends aucune réponse de votre part…

Comme un professeur passablement irrité, il ferma les yeux en soupirant quand fusèrent des exclamations.

— Soyons raisonnables, vous ne feriez que gagner du temps en alignant des contre-propositions inacceptables et vous me feriez perdre le mien. Je crois que nous pouvons tout de suite passer à la conclusion !

— Alors, ce n'est pas un marché ! Pas sans négociations !

Le Premier ministre danois s'était dressé, aboyant assez fort pour se faire entendre, et se fit applaudir par la majorité des chefs d'État.

— C'en est un dans la mesure où chaque partie est considérée. D'un côté, l'armée de Darwin et ses adeptes, de l'autre, vos pays.

— Mettre en balance un groupe d'individus et les nations du monde, voilà qui est totalement déséquilibré !

La chancelière allemande venait de prendre la parole, devançant le président américain qui bafouillait d'indignation. En dépit de la gravité du moment, elle n'était pas mécontente de voir l'Europe en première ligne dans ces tractations incongrues. *Du chipotage de marchands de tapis*, songea-t-elle avec une appréhension grandissante. Ce type les narguait de façon trop flagrante.

Il n'était pas prêt à transiger, en cela le Danois avait raison !

Zoe Muya, le directeur des réserves, qui avait été convié à la dernière minute, s'insurgea à son tour.

— Les réserves n'ont rien de zoos, et elles permettent aux hommes et aux ancêtres de cohabiter sans danger !

— Monsieur Muya, vous me tendez si gentiment la perche… Je n'ai pas évoqué l'Afrique, or elle tient la première place dans notre marché. C'est un prix raisonnable contre la paix à laquelle vous semblez désormais tous tellement attachés ! Le continent africain abritera le peuple *erectus* et ses représentants, les Ganesh, ainsi que tous les adeptes d'un juste retour à la nature. Nous permettrons l'évacuation des populations autochtones sur une période de six mois et vous pourrez « négocier » leur répartition sur les quatre autres continents.

Un silence de mort accueillit le discours, rompu par le rire hystérique de ce grand timonier. Le président américain, qui avait cessé de bafouiller, retrouva la force de glapir :

— C'est une plaisanterie !

— À l'évidence, non. Mais je suis heureux de noter la consternation générale. Je vous avoue que je ne m'attendais pas à une si belle unanimité ! Considérons cela comme un effet secondaire vertueux qui vous sera fort utile lors de vos prochaines tractations. Démocraties et dictatures marchant main dans la main face au défi ! Le problème migratoire sera résolu dans la foulée, puisque chacun prendra sa part.

Peter Njoroge approcha son visage de l'écran, si près qu'on put voir ses tempes palpiter.

— Monsieur Firth, vous ne pouvez pas imposer aux pays africains ce chantage immonde. En tant que président du Kenya, je refuse d'en discuter !

— Dites-moi, cher Peter… À combien estimez-vous la population de Nairobi aujourd'hui ? Même après les départs, elle monte à environ trois millions ?

— C'est une menace ?

— Que se passera-t-il, selon vous, une fois que les *erectus* auront envahi votre capitale ? Quand bien même l'armée étriperait la moitié des clans, qu'adviendra-t-il des survivants ? Imaginez leur réaction face à *Homo sapiens* le massacreur ! Sans possibilité d'obtenir leurs antiviraux, combien de temps croyez-vous que les hommes résisteront, sachant qu'ils finiront *erectus*, contaminés par ceux qu'ils auront affrontés…

Face au silence abasourdi du Kényan, Owen Firth se radoucit.

— Allons, chers collègues, ne prenez pas ces mines consternées, ce ne sera pas un marché de dupe. Contre votre accord, je m'engage à ce que la grande Afrique devienne le poumon de la Terre. Avec la multiplication des forêts primaires et une économie fondée sur l'équilibre parfait, nous ferons amplement notre part. La sauvegarde de la planète est un bien petit prix pour la survie d'*Homo sapiens*, n'est-il pas vrai ?

L'homme souriait avec une insupportable bonhomie et conclut sur un improbable clin d'œil – clin d'œil que les profileurs remarquèrent après coup, car sur le moment, personne ne saisit l'ironie. Puis l'écran devint noir.

Un marché non négociable.

Owen Firth n'avait même pas attendu d'entendre leurs contre-propositions ou leurs menaces.

– 8 –

Plaine de Nairobi, Kenya,
J – 4.

Les patins de l'hélicoptère effleuraient à peine le sol qu'Anna sauta à l'extérieur, sur l'épaisse couche de bruyères. Aussitôt, l'appareil s'éleva en grondant. Le pilote avait ordre de tourner sur zone jusqu'à son retour.

Anna se trouvait dans la savane bordant la nouvelle forêt régressive, à une centaine de mètres des premières lignes de l'armée de Darwin. Le bruit des rotors assourdi par la distance l'angoissait au lieu de la réconforter.

L'opération avait été décidée quelques heures après la conférence catastrophique de Firth. Le commandement à Kampala ne cachait pas son scepticisme, mais vu la situation, mieux valait une dernière tentative que rien du tout.

Évidemment, Lucas avait plaidé pour que le sergent Franklin et lui-même l'accompagnent. Elle s'y était fermement opposée. S'il y avait une chance d'être entendue, elle devait y aller seule.

Elle embrassa du regard la grande armée, songea que certains avaient déjà dû tuer, qu'ils n'auraient aucune pitié à l'éliminer. Des *erectus* avaient stoppé leur progression et tournaient leurs faces brunes et aplaties dans sa direction. Les tripes nouées par la terreur, elle se demanda si son espérance de vie dépasserait la minute. Elle aspira l'air par la bouche, suffoquant à demi. Son idée était une pure folie.

Elle commença à avancer. Un mètre, deux, puis dix. Même si sa fragilité était évidente, mieux valait se présenter en amie. Elle écarta les bras pour montrer qu'elle ne portait pas d'arme, et se sentit grotesque. *Tu vas crever comme le Christ en croix et t'auras l'air maligne !*

Certes, ils ne pouvaient plus la contaminer, mais ils pouvaient la bouffer toute crue ! Quand Alice était venue lui dire de faire attention, ce matin, Anna avait fait en sorte de brouiller son angoisse en la saoulant de recommandations. Lauryn avait promis de s'occuper d'elle, quoi qu'il se passe. Elle aimait bien la gamine, en dépit de son tempérament Ganesh. Elles passaient désormais pas mal de temps ensemble, et puis, il y avait Mary et Kyle…

Elle s'efforça de faire le vide dans son esprit ainsi que le lui avait conseillé Lucas. Elle pensa au corps nu de son amant, au goût de sa peau, avant de repousser cette idée. Ce n'était pas le moment de regretter ! Elle tenta alors d'imaginer le visage de Yann, celui d'avant, mais s'aperçut que c'était impossible. La peur écrasait tout.

Cinquante mètres. Soixante… Les chasseurs la regardaient avancer, aussi impassibles que des vigies. Derrière eux, le flot continuait à couler.

Un barrissement puissant fit trembler l'air et la masse des *erectus* parut se fendre en deux. Anna se figea, certaine d'être la cause de ce remue-ménage. Un instant plus tard, Wuan émergea, chevauchant son *Gomphotherium*. Quand il s'immobilisa, l'animal était si proche d'elle que les pointes arrondies de ses défenses supérieures frôlaient son visage. Elle s'obligea à ne pas frémir et bascula la tête en arrière pour fixer son ancien compagnon dans les yeux. Elle voulait apparaître comme un livre ouvert afin qu'il comprenne ses intentions pacifiques, mais il se contenta de l'observer du haut de l'animal préhistorique. Sa posture indiquait clairement qui était le dominant. Fugitivement, elle se remémora une scène entre un mâle gorille, un dos argenté, et sa femelle, l'attitude soumise de cette dernière quêtant l'approbation du premier. La honte la submergea, autant à cause de la référence aux singes que de sa lâcheté.

Wuan avait changé. Quelque chose s'était durci depuis leur dernière entrevue. Ce n'était pas une transformation physique, plutôt une attitude. Elle comprit en un éclair : *Il se méfie de moi !*

Il serra les mâchoires et elle saisit qu'il l'« entendait » ressentir. Quand il se décida à rompre le silence, sa parole avait gagné en fluidité ; mais elle était froide, presque cassante.

— Pourquoi tu viens ? C'est mon peuple, mon histoire.

Il avait buté sur le dernier mot, révélant son trouble. Elle était sûre qu'il mentait, ou du moins qu'il exagérait son indifférence afin de la renvoyer. Elle reprit un peu d'aplomb : tant que le lien entre eux persistait, il restait un espoir.

— Tout ce qui te concerne, Wuan, est aussi mon histoire.

— Toi et moi pas pareils, femme !

— Nous sommes différents mais pas ennemis ! Tu m'as sauvé la vie en Chine, je veux sauver la tienne.

— Les chasseurs pas peur. Nous avons armes.

— Des lances, des masses, des flèches, des lance-pierres ? C'est ça, vos armes ? Crois-moi, elles ne font pas le poids face à celles des soldats ! Si tu continues, des engins volants viendront vous massacrer, toi et les tiens.

— Mpho sent Volants de loin.

Ainsi, Lucas avait raison. Elle réprima l'envie de pleurer, tant elle se sentait impuissante.

— Je connais Mpho. Avant, il était mon ami, mais ce n'est pas un chasseur comme toi ! Tu sais ce qu'il veut ?

— Il aide les chasseurs.

— En ville, vous serez piégés entre les tours, les murs en pierre. Les avions vous trouveront !

— Mpho dit que les Tikaks n'attaquent pas les hommes qui sont dans la ville, nombreux comme des fourmis.

— Mpho se trompe. Les soldats attaqueront.

— Il dit que dans une lune, il sera trop tard pour les hommes.

— Trop tard ? Il connaît Darwin ?

— Il parle pour la Terre.

— Wuan, tu dois m'écouter. Reviens dans la réserve avec les tiens. Je t'aiderai. Sinon, vous allez mourir. Les hommes ont des armes trop puissantes.

— Nous avons le courage, plus fort que tes armes.

— Tu as les pensées embrouillées. Ce n'est pas juste une bataille, vous aurez le monde entier contre vous !

— Ne l'écoute pas, Wuan ! gronda Tanaë.

Le guerrier avait surgi sans qu'elle remarque son approche. Mais Anna le reconnut instantanément. Il s'agissait de l'*erectus* blessé que Wuan avait sauvé dans le labo de Sanya. Elle et lui s'étaient aperçus quelquefois dans les couloirs de leur prison chinoise, escortés par leurs bourreaux. Lui aussi avait servi de cobaye, pourtant, il ne manifestait aucun signe de reconnaissance, encore moins de sympathie. Il s'était exprimé en anglais, sans doute pour souligner son hostilité, et la toisait avec animosité. Il poursuivit d'un ton sans appel :

— Les *sapiens* tuent ceux du clan.

Anna tendit la main vers Wuan, la paume tournée dans sa direction.

— Parlons encore. Si tu ne le fais pas pour moi, alors écoute pour ton enfant, Alice. Elle m'a dit que tu savais…

Cette fois, elle le vit frémir. Son nez épaté se retroussa en une curieuse grimace, perplexité ou douleur, il était difficile de trancher. Elle n'osait plus bouger ni ajouter un mot de peur de déclencher une réaction irréfléchie. Alors qu'elle commençait à regretter d'avoir évoqué la petite, Wuan tapota l'épaule de sa monture, qui s'inclina jusqu'au sol. D'un bond, il fut près d'elle et se dandina comme pour gagner en hauteur. À présent, sur la terre ferme, il était légèrement plus petit qu'elle.

Tanaë grogna de colère.

— Femme *sapiens*, toi *gwar*.

En dépit de son vocabulaire limité, le sens était parfaitement compréhensible et Wuan ne s'y trompa pas.

— Calme, elle pas ennemie. Laisse-nous !

— Elle mauvaise. Elle rend toi faible, déclara Tanaë en crachant sur le sol.

À contrecœur, il fit néanmoins demi-tour pour rejoindre les autres. Anna sut qu'il lui restait peu de temps pour plaider sa cause.

— Fais arrêter tes chasseurs, Wuan. L'armée de Darwin est mauvaise, l'homme qui les commande est fou, il te trompera.

— Tromper ? Comme les Tikaks ?

— Nous ne sommes pas tous pareils. Certains hommes ne veulent pas la guerre ! Nous agrandirons votre territoire.

— Tu veux que chasseurs rentrent dans réserve ?

— C'est la meilleure solution.

— Non. Ja-mais !

Il bafouillait de colère et secouait la tête furieusement. Anna se serait giflée pour sa maladresse ! Mais quoi dire ? Quelles promesses pouvait-elle lui faire ? On ne part pas au combat sans munitions. Les militaires l'avaient laissée aller sans lui fournir la moindre proposition. C'était passé à la trappe vu l'urgence stratégique. Après tout Wuan n'était pour eux qu'un *erectus* de la première génération, sans doute plus dégourdi que ses congénères mais incapable de s'opposer aux Ganesh. De la chair à canon.

— Jamais, répéta-t-il plus calmement.

Anna eut le cœur serré en le voyant soudainement se voûter sous le coup de la douleur.

— Femme de Wuan est morte, tuée par les hommes. Tanaë voit Okou mort et les Tikaks tuent son esprit. Les diables enlèvent ceux du clan.

Il marqua une courte pause, cherchant les mots les plus durs dans sa langue.

— Pour vous, réserves sont comme zoos. Mpho montre zoo. Hommes pensent *erectus* comme bêtes. Hommes tuent et font captifs les chasseurs. Hommes tuent la Terre. Où est la li-ber-té ?

Il émanait de sa question une telle souffrance qu'Anna prit conscience de l'inutilité de sa démarche. Elle chuchota pourtant :

— À Sanya, pourquoi as-tu tué l'homme et l'*erectus* qui m'avaient enfermée dans une prison ?

— Parce qu'ils font mal à toi.

— Si je me mêlais aux habitants de la ville, est-ce que tu me ferais du mal ?

Au lieu de répondre, il se contenta de la fixer. Son œil noir ne reflétait plus rien.

C'était terminé. Elle avait tenté et échoué.

Anna ne parvenait pas à se dire que c'était la fin. Elle ne pensait à rien, surtout pas à ce qui venait de se passer, mais sa conviction grandissait, brouillant toute logique : les clans de sa réserve allaient mourir. Avant cela, ils massacreraient la population de Nairobi. La guerre des espèces débutée sept ans plus tôt ne trouverait pas d'issue, jamais, parce que l'homme ne peut se couper de ses racines sans périr. Ils avaient commis une faute terrible…

L'hélicoptère piqua en avant et se stabilisa à un mètre du sol. Lucas se penchait vers elle, la main tendue.

Elle s'apprêtait à monter à bord quand un horrible pressentiment la fit pivoter.

Wuan n'avait pas bougé. Il fixait le deuxième Volant qui venait d'apparaître dans le ciel et se déplaçait à une vitesse impressionnante. Laissant une traînée épaisse et grise dans son sillage, il se dirigeait droit vers les siens…

Le *Gomphotherium* émit un terrible rugissement, juste avant que le missile percute le sol dans une explosion de terre et de corps mêlés.

Quand la fumée se dissipa, l'air résonnait des cris des rescapés. Des macaques s'étaient réfugiés dans les massifs d'arbustes et un félin fuyait sur trois pattes, l'arrière-train en partie arraché. Wuan était en train de se relever, sonné. Le pachyderme renversé par le souffle avait fait rempart de son corps imposant. Le guerrier tituba parmi les cadavres d'*erectus* et d'animaux. Il trouva Tanaë agonisant dans un cratère creusé par la déflagration. Son visage avait brûlé, des cloques couvraient sa peau luisante de sang. Ses lèvres bougèrent, mais aucun son n'en sortit.

Wuan tourna la tête. L'avant de la longue colonne s'était dispersé avant même que la poussière ne retombe. Les centaines de guerriers et les préhistoriques avaient filé vers la forêt qu'ils longeaient, à une centaine de mètres.

Il lança un dernier regard à Tanaë. Les morts se pressaient dans sa mémoire, si nombreux qu'ils attisaient sa colère. Fille-de-Lune, Okou et Tanaë étaient les derniers et lui montraient désormais le chemin.

Anna avait eu le réflexe de plonger au sol. Elle se releva, galvanisée par la colère : l'armée avait profité de leur présence pour envoyer un appareil chargé de les bombarder. Pourquoi le pilote s'était-il contenté d'un tir ? Elle l'ignorait. Mpho l'avait peut-être neutralisé.

Les cris de Lucas l'atteignirent enfin et elle comprit que le fracas de l'explosion l'avait rendue sourde durant quelques secondes. Il la suppliait de sauter à bord, mais elle s'écarta de l'appareil pour chercher Wuan du regard. Elle le vit aussitôt, non loin d'une carcasse de *Gomphotherium*. Il était vivant ! Le soulagement qui l'inondait reflua à l'instant où il se tourna vers elle. Il prononça un seul et unique mot.

— *Gwar.*

Elle avait sa réponse.

Le sergent Franklin les attendait sur le tarmac, la mine funèbre. Le commandant l'avait chargé d'annoncer la mauvaise nouvelle à Mlle Meunier, puisqu'ils entretenaient des rapports cordiaux.

Franklin resta factuel, il ne connaissait pas de meilleure manière de dire les choses. Par ailleurs, il considérait la paléontologue comme une sacrée nana, le genre de beauté à vous retourner la tête et le bide, et dotée d'un cran que beaucoup de militaires auraient pu lui envier.

Vers 10 heures, le soldat chargé de surveiller l'*erectus* Dany Abiker avait donné l'alerte, sans qu'on comprenne bien le timing de sa disparition, puisqu'elle remontait visiblement au petit matin. À la relève, à 8 heures, rien n'avait été signalé, ni par le soldat de nuit ni par le suivant.

On avait cherché Kyle, le petit-fils, pour l'interroger. Lui aussi manquait à l'appel. Et Lauryn Gordon, volatilisée au nez et à la barbe du planton. Selon les vidéos, elle avait emmené Alice, sans contrainte, toutefois. Auparavant, elle s'était rendue à la tente des Abiker jouxtant l'unité fermée où Dany résidait depuis leur arrivée à la base. Selon toute probabilité, elle avait utilisé ses pouvoirs télépathiques.

Le petit groupe s'était rejoint devant le mess et avait convergé tranquillement vers le parking, où ils étaient montés dans un 4 × 4 de l'armée – non sans avoir vérifié deux ou trois véhicules avant, ce qui supposait qu'ils avaient pris leur temps. À bord de la Jeep, ils avaient traversé un quart du camp pour rejoindre l'accès latéral de la base, celui qui donnait sur la rive du fleuve. Ils étaient passés sans encombre devant les gardes et avaient disparu des radars.

Personne ne les avait arrêtés pour la bonne raison que personne ne leur avait prêté attention. Comme s'ils étaient subitement devenus invisibles.

– 9 –

Base aérienne de Nairobi, Kenya,
J – 3.

Grâce à leurs yeux nyctalopes, les chasseurs voyaient quasiment aussi bien sous le ciel étoilé qu'en plein jour. Ils étaient quatre, Wuan, Torok, Chen et Kish, et s'étaient portés volontaires. Ils avaient laissé le gros de leur armée à l'abri de la jungle pluviale et galopaient à travers la savane.

Torok avait appelé un archéoptéryx au plumage jaune et noir issu d'un calao régressif, débusqué quelques jours plus tôt dans un massif de fougères géantes. La créature ailée les suivait de loin en décrivant des orbes silencieux.

Il leur fallut seulement une heure pour effectuer les trente kilomètres qui les séparaient des faubourgs de Nairobi. À trois reprises, ils s'étaient aplatis au sol, le temps de laisser passer des patrouilles en 4 × 4.

La base militaire s'étalait derrière un talus haut de cinq mètres surmonté d'un double grillage. Plutôt que d'essayer de le franchir, ils en firent le tour en restant à distance. Deux soldats seulement gardaient l'entrée.

Le premier se tenait devant la barrière de sécurité. Percevant un bruit sourd, il épaula le fusil qu'il portait en bandoulière. Deux griffes surgies du ciel se refermèrent sur le canon et lui arrachèrent l'arme des mains. L'archéoptéryx avait frappé, poussé par la pensée de Torok. Au même instant, alors que l'homme se mettait à hurler, deux cailloux pulvérisaient les projecteurs du portail et Wuan sauta à la gorge du militaire, coupant net le cri. Son cou brisé fit un bruit de bois mort. Le second soldat s'était enfermé dans sa guérite. En voyant les *erectus* encercler son poste, il ouvrit la bouche, le fusil vainement brandi devant lui dans un geste dérisoire de protection. Il ne pouvait se résoudre à tirer, puisqu'il faudrait ouvrir la vitre blindée. La mort le faucha avant qu'il ait trouvé la présence d'esprit de déclencher l'alarme : Kish enfonça la porte et lui broya la cage thoracique d'un coup de poing d'une violence inouïe.

Mpho avait décrit à Wuan les Volants qu'ils devaient mettre hors d'état de nuire, puis donné des instructions précises. Il lui avait même montré des photos sur ce qu'il appelait un « écran ». Coup de chance pour le commando, avions et hélicoptères étaient à l'abri d'un hangar immense. Ils tuèrent trois plantons supplémentaires et se mirent au travail.

Au petit matin, les soldats de la principale base aérienne de Nairobi eurent la mauvaise surprise de découvrir les dégâts infligés à leurs appareils : les rotors arrière des hélicoptères de combat avaient toutes leurs pales pliées, des boulons avaient été déversés dans les réacteurs des avions de chasse. Les uns et les autres étaient cloués au sol, inutilisables.

– 10 –

Plaine de Nairobi, Kenya,
J – 2.

Kyle appelait ça la transe. Il prétendait que beaucoup de tribus indiennes ou inuites invoquaient les esprits à la manière des *erectus*, en se plongeant dans un état de conscience modifié, qu'ils fumaient des plantes et jouaient des tambours, et que le son faisait monter les visions. Il disait que c'était comme se brancher sur le monde invisible.

Kyle avait besoin de mots, surtout pour expliquer ce qui le dépassait. Alice comprenait cela, mais une partie d'elle avait envie de lui dire : « Chuuut, écoute les fourmis marcher ! » Elle pouvait les entendre venir avant même de les sentir. Sauf qu'elle ne voulait pas vexer son amoureux, même s'il n'y avait presque aucune chance pour qu'il l'aime vraiment un jour. Et puis, elle lui devait bien ça. En apprenant leur projet de fuite, Kyle avait exigé de les accompagner. Il surveillerait

Alice, c'est ainsi qu'il avait présenté la chose, puisqu'il était le seul *sapiens* adulte et responsable. Ça avait amusé Lauryn, mais c'est Ny qui avait « poussé » pour qu'on l'emmène. L'ancêtre aurait donné sa vie pour son petit-fils, car il lui avait rendu sa dignité d'être humain-*erectus* en lui enseignant des choses afin de comprendre le monde.

La « transe » était terriblement plus forte avec Lauryn et Ny ; c'était s'envoler d'un coup et toucher les étoiles, ou s'embarquer pour les montagnes russes, mais dans la stratosphère. Un truc géant, impossible à décrire.

Ça s'était passé la première nuit. Ils avaient roulé toute la journée pour parcourir deux cents kilomètres de pistes défoncées. Régulièrement, ils stoppaient le véhicule pour déplacer des obstacles, ou bien ils faisaient des détours à cause des carcasses de camion. Quand ils avaient finalement décidé de bivouaquer, Alice était tellement secouée qu'elle eut l'impression que le sol tanguait légèrement sous ses pas.

Heureusement, Kyle avait emporté moult rations. Ils avaient dîné devant un grand feu en discutant de leur trajet du lendemain. Pour se diriger, il suffisait à Ny ou à Lauryn de se concentrer et de « sentir » la piste. Alice avait ravalé une vanne pourrie sur leur flair du jour qui lui avait tanné les fesses. Elle brûlait d'impatience de rejoindre son père. Elle savait que c'était idiot d'imaginer Wuan en papa, mais elle ne pouvait pas s'en empêcher, c'était plus fort qu'elle. Elle savait aussi que sa mère serait sûrement très malheureuse de sa fuite, elle était désolée, sauf qu'il fallait qu'elle retrouve son père… C'était un peu comme l'Appel de Lauryn ou de Ny. Personne ne leur demandait d'y résister ! Et puis elle n'avait pas le temps ni l'envie de culpabiliser. Sa mère comprendrait forcément ! Elle comprenait toujours.

Après le repas, Lauryn avait proposé de se mettre en méditation. La jeune femme voulait comprendre d'où venait l'Appel, parce que ce n'était pas très clair. Il existait deux canaux, « un peu comme des traits d'union », avait-elle expliqué à l'enfant. Le canal le plus flou était fait du rêve des *erectus* et de la nature elle-même. L'autre, plus net et plus étroit, venait du centre de Nairobi. Probablement de Ganesh comme elle, mais qui avaient choisi de suivre l'armée de Darwin.

Alice s'était sentie à la fois fière et terrifiée qu'on l'invite à la transe. Elle se doutait bien qu'entendre les fourmis en compagnie de Lauryn et de Ny devait sacrément secouer. En fait, c'était à la fois pire et beaucoup plus évident. Une méga-expérience qui paraissait finalement assez normale. Un truc en elle que l'on activait, comme on presse un bouton.

Cette nuit-là, les fourmis avaient dessiné la terre, les arbres et les fleuves, le ciel, les étoiles et les espèces mélangées, *erectus*, *sapiens* et Ganesh. Si quelqu'un lui avait demandé une description précise, Alice n'aurait su quoi dire ; sa vision ressemblait aux rêves qui s'effilochent dès que l'on tente de les retenir. C'était sûrement par manque d'habitude, parce que Ny et Lauryn, eux, n'embrouillaient rien du tout !

Le deuxième jour, ils parcoururent encore cent kilomètres à travers la jungle primaire, puis, le lendemain, en fin d'après-midi, ils parvinrent enfin à destination. Wuan ne manifesta aucune surprise en les voyant surgir. C'est ainsi que l'enfant devina qu'il les attendait.

Les *erectus* les observaient avec curiosité. Certains semblaient méfiants, d'autres indifférents, mais aucun ne montra d'agressivité, pas même envers Kyle le *sapiens*. La plupart des chasseurs portaient des peaux de bête tannées, des carquois remplis de flèches, des lances ou des massues. L'ambiance était bizarre, pas vraiment à la guerre, même si tous savaient que la grande bataille aurait lieu le lendemain.

Wuan leur expliqua que les femmes resteraient dans la jungle – sauf celles qui voulaient combattre – en compagnie des plus jeunes, des ancêtres et des guérisseurs chargés de soigner les blessés. Ensuite, il les entraîna dans une clairière où on avait regroupé les animaux sous la garde de « ceux qui les avaient choisis », laissant entendre que l'animal et son guide ne se trouvaient jamais par hasard, qu'il existait un lien assez puissant pour nouer une alliance.

Alors que la nuit tombait, ils se promenèrent à travers le campement, passant d'un feu à un autre, saluant les chasseurs, échangeant quelques mots. Parfois, Ny ou Lauryn s'arrêtaient pour poser des questions. Plusieurs *erectus* vinrent renifler la petite, intrigués par ce qu'elle dégageait, bien plus que par Kyle. L'enfant au physique métissé appartenait aux deux mondes, ils le flairaient d'instinct. Alice, pour sa part, se sentait déchirée par ses différences, d'autant que son père l'avait à peine regardée depuis qu'ils étaient arrivés.

Chez les *erectus*, les paroles comptaient bien moins que la présence, elle le ressentit en marchant parmi les clans, et cette découverte l'emplit d'une infinie tristesse, parce que les hommes, eux, se berçaient de discours. C'est à cet instant qu'Alice éprouva de la peur. Ce n'était pas tant son métissage, ce n'était même pas que Wuan la traite en invitée, elle avait peur pour ceux qui mourraient, pour ceux qui seraient épargnés et qui finiraient enfermés, et aussi pour les hommes qui seraient massacrés.

Elle redoutait la guerre qui n'aurait jamais dû exister.

Ils achevèrent le tour du camp et Wuan les invita autour d'un cercle de pierres où un jeune *erectus* s'affairait à allumer un feu.

Alice éprouva une vague nausée, sans comprendre immédiatement que c'était la proximité du garçon qui la troublait. Il y avait quelque chose en lui de… familier ? Non… son front bosselé n'était pas différent de celui des adultes, simplement moins marqué par les années. Il paraissait tout aussi curieux d'elle, mais vaguement rétif.

Ils étaient en train de se jauger, comprit-elle soudain. Sans bien savoir pourquoi, elle s'assit légèrement en retrait, de façon à pouvoir l'épier. La nausée se chargeait à présent d'une sorte d'attraction magnétique. Ils étaient comme deux aimants qui s'attirent et se repoussent en même temps. Pas franchement agréable, pourtant Alice n'avait aucune envie d'y échapper.

Une femme les avait rejoints, portant une calebasse de viandes piquées sur des tiges rigides qu'elle disposa habilement au-dessus des braises. À cet instant, Wuan se pencha et lança quelques mots incompréhensibles au garçon. Celui-ci leva la tête, ses yeux brillèrent à la lueur des flammes. Alors Alice sut et la nausée céda aussitôt, remplacée par une sensation de vide.

Ils étaient père et fils !

Il lui fallut quelques secondes pour réaliser ce que cela signifiait pour elle.

Sous le coup de la stupeur, elle s'était recroquevillée sur place. Quand elle releva le menton, elle vit que les deux *erectus* l'observaient d'un air énigmatique. Eux aussi savaient.

Ils se dévisagèrent tandis que les autres échangeaient des propos sans importance. Ils avaient eu leur dose d'émotions et le repas représentait une trêve bienvenue.

C'était tellement étrange de se dire que tout ce temps, alors qu'elle grandissait, le jeune *erectus* existait aussi ! Quel âge avait-il ? Forcément environ un an de moins qu'elle, pourtant il paraissait déjà mûr, presque adulte… Alice ne connaissait même pas son nom, elle ignorait sa vie, ses habitudes, son caractère ! Elle ne savait presque rien des *erectus*, à part sur le vieux Ny, mais ce n'était pas pareil, il ne comptait pas comme… un père ou un frère !

Elle serra les dents en sentant la douleur monter. Elle ne pouvait pas pleurer devant eux ! Pas ainsi, comme une petite *sapiens* idiote !

La pensée s'imposa alors en elle.

Je m'appelle Uk.

Le soulagement l'envahit tout entière. Ce prénom était une main tendue, la légitimité qu'Alice avait toujours poursuivie – car, en se révélant, ce frère *erectus* lui offrait la vérité sans chercher ni à l'épargner ni à la fuir. Leurs liens de sang avaient beau être infimes, presque intangibles, ils existaient. Sous l'œil du père, les mots de Uk scellaient cette reconnaissance mutuelle.

Ils dînèrent de gibiers sauvages que les chasseurs avaient piégés le jour même, loin du campement. Les clans refusaient de manger les préhistoriques qui combattaient à leur côté, cela aurait été comme dévorer un frère ou une mère. Malgré la fatigue, tous semblaient attendre quelque chose, mais l'enfant n'y accorda pas d'importance, trop occupée à échanger des regards avec Uk. Ils se flairaient à leur manière, et parfois la sœur croyait deviner un sourire esquissé chez le frère, alors elle s'efforçait d'ouvrir son esprit de façon qu'il entrevoie un peu d'elle-même.

Mpho les rejoignit à la fin du repas. Durant une seconde, Alice fut incapable de le reconnaître. L'adjoint de sa mère n'avait guère changé pourtant, c'était toujours le géant noir qui travaillait chez eux, mais son esprit n'était plus le même. C'était comme l'odeur qu'on dégage, âcre ou sucrée. Comme un bleu d'azur qui se charge d'encre sombre. Mpho le Ganesh était bien plus grave et mystérieux que Mpho le *sapiens*.

Après les salutations, Lauryn et Ny se levèrent pour lui emboîter le pas et Wuan lui commanda de les suivre. Comme Kyle faisait mine de les accompagner, il l'arrêta d'un geste.

— Toi, non. Dormir près du feu.

Uk ravivait les flammes. Elle le fixa, brusquement désorientée, mais il refusa son regard et elle comprit que le moment était passé, la rencontre avait eu lieu, la vie continuait et rien ne pouvait l'entraver, ni l'absence, ni le malheur, pas plus que les joies ou une improbable fraternité…

Le petit groupe marcha en silence jusqu'à la rivière et descendit sur une vaste pierre plate où ils s'assirent en demi-cercle. Mpho et Lauryn se faisaient face. Alice se glissa entre Ny et Wuan.

Elle tremblait, mais étrangement, la peur qui la hantait reflua très vite. Les yeux clos, elle se laissa aller. On aurait dit qu'une force la guidait en douceur. Il n'était plus question du lendemain, plus question de temps. Il suffisait de s'ouvrir à ce qui est, d'être là, de laisser venir la vision des fourmis.

La montée fut encore plus fulgurante que la veille, sans doute parce que la puissance de Mpho et de Lauryn décuplait celle des *erectus* et de l'enfant à mi-chemin entre les mondes.

La vision commença par une longue procession de fourmis noires. L'affluence était telle qu'elles formaient un serpent d'ébène colossal. L'anaconda myrmécéen sinuait sur la plaine, écrasant arbres et collines dans un bruit terrifiant. Dans son sillage, pourtant, les formes renaissaient, buissons, vallées et fleuves, forêts fertiles, créatures dans une profusion impossible à saisir. Les odeurs étaient suffocantes, si imbriquées qu'elles finissaient par devenir un parfum « unique », l'exhalaison du ventre de la terre ou le souffle des âges.

Soudain, de l'horizon monta un cri aigu et un nouveau colosse prit forme, rouge écarlate. Lui naissait des tours d'une ville, plus dragon que serpent, il tournoyait sur la cité, écrasant les ponts, les façades des immeubles d'où s'échappaient de minuscules créatures, bientôt englouties dans les nuages causés par l'écroulement des bâtiments.

Nairobi, rugit la vision. Alice sut alors que le monstre écarlate représentait l'armée de Darwin, les personnages lilliputiens qui fuyaient n'étant autres que les hommes et les femmes qui vivaient là.

Puis, aussi subitement que la ville avait germé, tout s'effaça, les odeurs et les images du chaos ; tout sauf le sifflement d'une puissante aspiration. Alice devina que c'était « eux » qui le produisaient. *Ils sont trois*, pensa l'enfant, trois ombres sans visage, et leur esprit était si vigoureux qu'elle serra les dents en gémissant.

Ils les appelaient. Les absorbaient, tel un siphon terrifiant. Elle pouvait déjà sentir les pensées des autres voltiger vers eux. Alors, elle se mit à résister, sans savoir pourquoi ni comment, arc-boutée sur sa certitude. *« Résiste-leur »*, chantait une voix dans sa tête, murmure d'Anna ou le sien propre, comment savoir, ses pensées désordonnées tourbillonnaient, cruelles, précises ou folles : *Kyle ne m'aimera jamais, « Eux » ne sont ni mauvais ni bons, ils sont juste les gardiens de la porte des morts, Wuan ne me reconnaît pas, mon père n'est pas* Homo sapiens. *Eux, ils sont le cœur qui bat de l'armée de Darwin, ses pensées, ils sont la vengeance, la destruction, et c'est la faute des hommes, c'est leur violence, leur colère, leur destruction, mais moi, je ne peux pas, moi, je suis moitié* sapiens *moitié* erectus, *je suis celle qui peut…*

La petite s'écroula sur le sol, évanouie. Wuan fut le premier à s'arracher à la spirale de la vision. Il mit quelques instants à comprendre que la fille d'An-na gisait sur l'herbe. Il grogna, ce qui suffit à tirer les autres de la transe.

L'*erectus* tendit la main, effleura la veine de son cou. Le sang pulsait vite, elle n'était pas blessée, mais la vision était puissante et ça l'avait ébranlée. Même lui avait éprouvé sa violence, il en était encore étourdi.

D'instinct, il se pencha assez près pour flairer la peau et derrière les relents de fatigue de l'enfant, il reconnut la suavité de la mère. Cette trace infime le bouleversa. Il aurait voulu repousser son trouble, comme il avait repoussé le contentement de voir surgir Alice, même s'il n'avait rien montré jusque-là. Il avait laissé Uk la rencontrer, il avait vu et senti comment ils se tournaient autour pour se saluer, mais il rejetait sa propre émotion.

Peut-être que si elle n'était pas tombée, il aurait pu l'ignorer.

Wuan ne voulait pas réfléchir à ce mystère. De la même façon qu'il refusait de céder à la femme aux yeux verts. Pourtant, devant le corps frêle de la petite, il se laissa envahir par la certitude.

L'enfant et lui étaient liés.

– 11 –

Upper Hill, Nairobi, Kenya,
J – 1.

Jon et ses compagnons frémirent en sentant rompre le fil. Le silence-vertige qui suivit provoqua une rupture dans la trame de leur esprit. Un trou noir dont plus rien n'émanait, ni images ni odeurs.

Ils laissèrent passer quelques secondes avant de retrouver leur aplomb. Puis Arès grogna en s'ébrouant. C'était le plus jeune d'entre eux, moins rompu à la force du rêve. Il quêta le regard de Jon, mais celui-ci l'ignora : il refusait de laisser transparaître la moindre défaillance, même devant son « frère ». Plutôt que de le rassurer, il s'approcha de la fenêtre et s'abîma dans la contemplation du ciel étoilé.

Ils logeaient désormais au dernier étage de l'un des gratte-ciel du quartier international de Nairobi, à moins de trois cents mètres de la Britam Tower, le lieu le plus sécurisé du continent depuis que l'armée guidée par Mpho s'était mise en marche.

Le maître affirmait que c'était désormais leur territoire. La ville et ce qui l'entourait, les terres à l'infini, les monts Kenya et Kilimandjaro aux neiges scintillantes qu'on apercevait par temps clair.

Il dormait quelque part au-dessous d'eux, ignorant ce qui venait de se produire. C'était une idée perturbante – le maître pouvait se montrer naïf ou même arriéré –, pourtant Jon avait appris à la domestiquer, tout comme il acceptait d'oublier son passé d'homme. Ce soir, néanmoins, les limites cérébrales de M. Firth lui parurent dérangeantes.

Jamais le Ganesh ne doutait du maître. Il n'en avait pas le droit. Jamais, sauf cette nuit, depuis que le fil de la transe était rompu.

Jon interagissait très peu avec ses semblables, Arès et Tor exceptés, mais ils étaient « frères ». M. Firth les avait dressés ainsi. Le maître haïssait le passé, « un boulet qui entrave les âmes fortes ». Il affirmait s'en être délesté pour entamer sa quête du monde nouveau. C'est ce qu'il prétendait et jamais Jon n'avait mis en doute ses paroles. Les Ganesh étaient incapables de sonder un homme porteur de l'antidote. Or, Firth était immunisé.

Le dressage était un concept obscur. Jon n'appréciait guère le mot, pas plus qu'il n'aimait réfléchir à ce qu'il signifiait, ou à ce que Firth avait fait avec leur esprit. Il savait l'essentiel : le maître les avait rendus forts. « Invincibles », clamait-il dans ses moments d'emphase. Et il ajoutait : « Vous êtes mes héritiers, les nouveaux créateurs du monde. N'oubliez jamais de qui vous tenez votre puissance, ou elle vous sera arrachée et vous ne serez plus que des ombres ! »

Parfois, Jon aurait voulu forcer sa mémoire, même si c'était interdit.

Il sentit la présence de Tor dans son dos.

— C'était quoi, cette chose ?

La question le heurta avec la violence d'un coup. Il n'était pas le seul à avoir éprouvé la discordance. *Pas une chose, un esprit impossible à comprendre.* Il enfouit cette idée en lui et se tourna vers ses frères en esquissant un geste vague, comme pour signifier que cela n'avait pas d'importance.

— Quelqu'un pense avec eux.

— Qui ?

— Cela ne change rien.

— C'était une vision divergente. Résistante. Ça a brisé l'Appel.

— Ça l'a juste interrompu.

— On prévient le maître ?

La voix d'Arès contenait trop de questions et Jon grogna. Il se demanda si c'était par lui qu'était venue la rupture du rêve. C'était comme un début de corruption, une fragilité. Or, la fragilité générait l'imprévu, et son éducation – *dressage* – l'en avait prémuni.

Il répondit d'un ton neutre :

— Non, le maître dort.

— Il voudra savoir.

— Tu te trompes. Owen veut savoir les choses qu'il peut régler. Il ne veut pas connaître ce qui t'encombre.

Jon était le seul à appeler le maître par son prénom, et uniquement en de rares occasions. Il le faisait pour marquer le fait qu'il était le premier. Premier Ganesh, premier *dressé*, le plus fort d'entre eux. À cet instant, le passé le chatouilla sous la forme d'images. Lit de sangles, chocs électriques, douleurs. La souffrance avait la transparence de l'eau et la morsure du feu. Elle englobait tout et maintenait son esprit dans un carcan.

Il secoua la tête. La fragilité était en train de le contaminer. Un doute ?

Tor et Arès attendaient que Jon parle.

— Demain, nous sonderons le Ganesh. Les autres obéissent.

Ses frères acquiescèrent, mais il ne leur prêta aucune attention, parce que sa mémoire venait de cracher un nouveau souvenir.

Il était allongé sur le lit, ou plutôt sanglé des pieds à la tête. Son crâne en porc-épic hérissé d'électrodes. Une coiffe barbare qui répétait inlassablement les deux mêmes mots, encore et encore, à broyer toute pensée, à émietter son esprit, à anéantir l'espace et le temps.

Encore et encore.

Obéissance. Fidélité.

– 12 –

Faubourgs de Nairobi, Kenya,
Jour J.

Nairobi était la seule grande ville au monde plantée au milieu de la savane. La ligne des gratte-ciel se dressait sur l'horizon, comme le reflet d'une humanité vivant en harmonie avec son environnement.

Au pied de ses faubourgs s'étalait, il y a peu, une prairie herbeuse où broutaient les rhinocéros noirs et les girafes. Le gigantesque parc national qui flanquait la cité était ouvert sur sa partie sud pour permettre la migration des gnous et des zèbres. Désormais, il noyautait la ville. Contaminée par le Ganesh, la végétation gloutonne avançait inexorablement. Néanmoins, contrairement aux agglomérations frappées par le virus, la capitale kényane demeurait le cœur palpitant du pays. L'armée avait fait un sacré boulot dans les jours qui avaient suivi l'attentat. Grâce à son intervention (et à la démoustication massive), les trois millions d'habitants avaient quasiment été épargnés lors de la Grande Contamination. La suite relevait d'une erreur humaine : le président Peter Njoroge avait péché par optimisme. Quand les *erectus* avaient convergé sur sa ville, il était déjà trop tard. Une évacuation massive aurait donné lieu à des scènes de panique et des massacres inutiles.

Son peuple était coincé, pris en tenaille entre l'armée des clans et la jungle. Où fuir ? Comment ? Les routes étaient défoncées sous la pression des racines envahissantes, l'aéroport international Jomo-Kenyatta, situé à seulement quinze kilomètres du centre, était quasi inaccessible. De toute façon, il aurait fallu pas moins de quinze mille avions pour évacuer l'ensemble de la population. La veille encore, en dépit des annonces catastrophiques, les habitants se pressaient dans les marchés toujours ouverts afin de faire des provisions, de quoi tenir un siège. Depuis l'aube, un silence sinistre écrasait les quartiers. Plus personne ne se risquait dehors, hormis les colonies de macaques et les unités de combat qui se mettaient en position.

Le président se terrait dans un bunker avec un noyau de collaborateurs triés sur le volet. Depuis les dernières informations relatives aux Ganesh, il refusait de recevoir quiconque en chair et en os pour ne pas risquer d'être sous influence.

Le bombardement de la résidence de Yulu Rudisha n'avait servi à rien. Les Ganesh s'étaient échappés juste avant la frappe.

La grande bataille aurait lieu aujourd'hui. Le président ordonna une dernière réunion d'urgence, ensuite, il rejoindrait la Britam Tower.

Le bâtiment abritant le QG des CLP bénéficiait de trois cercles de protection, tous indépendants les uns des autres, afin de limiter les risques d'interférences. Pour pénétrer à l'intérieur du premier cercle, on devait passer devant des bornes VIRUS, fournies par l'OMS. La moindre alerte déclenchait la fermeture des sas et le porteur du virus – infecté, Ganesh ou *erectus* – se retrouvait piégé. Trois unités de soldats étaient sur le pied de guerre. Malgré ces précautions, le président n'avait que peu d'espoir.

Si l'armée des clans parvenait à percer leurs défenses, la tour tomberait et ce serait le début de la fin pour son pays.

À la suite de la conférence d'Owen Firth, Njoroge avait dû admettre que personne ne viendrait au secours du Kenya. Sous couvert d'une aide militaire et logistique, les pays alliés attendraient de voir comment la bataille tournerait avant de proposer quoi que ce soit. Le « berceau de l'humanité » servirait d'offrande propitiatoire aux terroristes. *Comme toujours*, fulminait le président. En gros, on lui envoyait des troupes et du matériel, pour le reste, c'était « bonne chance et débrouillez-vous ».

Il était prêt au sacrifice ultime. Si le bateau « Nairobi » coulait, il mourrait avec lui.

– 13 –

Jour de *Gwar*.

L'armée s'ébranla avant l'aube. Wuan et Mpho avançaient en tête, perchés sur des *Gomphotherium*. Les milliers d'*erectus* progressaient vite, lancés à petit trot, sautant les obstacles, cavalant à quatre pattes ou d'arbre en arbre quand ils traversaient des zones boisées.

Gwar. Le mot tournait telle une incantation dans l'esprit de Wuan. C'était une forme de prière, bien que le concept du Dieu des hommes ne signifiât rien. Il le scandait en silence, pour noyer les doutes qui le rongeaient. Sa vie seule ne comptait pas, mais celle de ses chasseurs et des *erectus* qui marchaient derrière lui, oui. L'image de la femme aux yeux verts le tourmentait. Et puis, il y avait l'enfant. Il avait demandé à Torok de veiller sur elle avec le vieux Ny, mais il n'était pas certain de pouvoir la retenir longtemps. Il avait senti sa force la veille et il était encore troublé par sa vision.

Il savait qu'elle voyait juste. Derrière les *sapiens* et leurs Tikaks, il y avait cet homme, Owen Firth. Il avait senti son ombre planer, il n'aurait pas su l'expliquer avec des mots, c'était une impression de sourde menace.

L'afflux de haine et de colère lui coupa le souffle. Il ne pouvait pas décider sous le coup de l'émotion. Qui étaient les vrais ennemis ? Comment se prononcer alors que l'armée de Darwin se battait au nom des siens ?

Il jeta un regard à Mpho et celui-ci tourna vers lui un visage impassible.

Le choix dépend de toi seul, répondit le Ganesh dans sa tête.

Ils crevèrent la lisière des arbres. La savane s'ouvrait devant eux, et plus loin, sur la ligne du ciel, ils virent les tours dressées, improbables totems des hommes qui avaient oublié leurs racines.

Après avoir avancé à découvert sur une centaine de mètres, Wuan leva le bras pour arrêter la grande marche. Le soleil se levait sur le jour de *Gwar*. À moins d'un kilomètre se déployaient les forces kényanes. Essentiellement des camions d'artillerie et mille fantassins, avec l'appui de drones armés. Les généraux avaient préféré cantonner le gros des troupes en barrières successives, mais ils estimaient avoir une bonne chance de décimer une partie des *erectus* dès l'entrée des faubourgs.

Face à ce déploiement guerrier, Wuan oublia les doutes qui le minaient. Son peuple devait vaincre, aujourd'hui.

Plutôt que de crier, il propulsa sa pensée destinée à enflammer le cœur des guerriers. Elle disait à peu près :

Les hommes sont comme des proies et se rassemblent en harde. Nous les isolerons par petits contingents, ils seront plus faciles à vaincre. Ils doivent mourir, tous ceux qui veulent nous détruire !

Ensuite, il leva le poing et le silence tomba sur la plaine. Même les babouins cessèrent leurs criailleries.

— *Gwar !* hurla Wuan en lançant sa monture.

Le cri se répercuta de bouche en bouche dans une clameur sauvage, se répandit sur la plaine du Rift, pareil au roulement du tonnerre.

La première guerre entre espèces de l'histoire de la planète débuta sur ce cri.

Moins de deux cents mètres plus loin, alors que les chasseurs se déployaient en groupes pour ouvrir la harde des *sapiens*, une pluie de feu s'abattit sur eux.

Ce fut un carnage. Les *erectus* et les préhistoriques étaient balayés, foudroyés en pleine course par les balles traçantes et les obus d'artillerie. Au-dessus de leurs têtes, les Volants les mitraillaient, et ceux qui n'avaient pas de bouclier furent pilés sur la terre rougie de sang.

C'est alors que les archéoptéryx entrèrent dans la danse. Tombant comme des pierres depuis le ciel, ils fondirent sur les engins, les arrachant en plein vol pour les fracasser contre le sol. Certains parvinrent à les broyer, d'autres, à cause d'une mauvaise prise, périrent déchiquetés, et une douzaine de volatiles s'écrasèrent avec les machines, agonisant sur place.

La mort venait d'en face, à moins de trois portées de lance, mais il n'était plus temps de viser, et les *erectus* continuaient à courir malgré ceux qui chutaient.

L'armée de Wuan avait l'avantage du nombre : dès qu'un chasseur s'effondrait, il était remplacé par un autre. Lancés en avant de la charge, les *Gomphotherium* barrissaient effroyablement. Leur épaisse cuirasse ne les protégeait qu'imparfaitement. Beaucoup s'écroulèrent criblés de balles. Ceux qui les menaient périrent avec eux, frappés par la mitraille, écrasés sous les six tonnes de leur monture, ou piétinés par les suivants. Néanmoins, une bonne moitié parvint à percer la ligne ennemie. Les pachydermes possédaient une résistance à la douleur que leur fidélité galvanisait encore. Ils se jetèrent sur les camions-obus avec une rage aveugle, et les rares soldats qui survécurent parlèrent d'un affrontement titanesque.

Le premier *Gomphotherium* était albinos. Si la trompe d'un éléphant constitue un outil d'une puissance fantastique capable de renverser un hippopotame, le préhistorique avait retrouvé une puissance décuplée en régressant. Il enroula ce robuste appendice autour d'un canon brûlant et le plia comme un vulgaire branchage. Cela se joua à un dixième de seconde. L'artificier avait déjà pressé le bouton de tir. L'explosion pulvérisa les combattants, pour ne laisser que des lambeaux de chair dont personne n'aurait pu déterminer la provenance. La mort les avait mêlés, hommes, animaux et *erectus*.

Les pilotes des engins blindés comprirent la leçon et reculèrent en vitesse pour se mettre hors de portée des pachydermes. Mais les chasseurs avaient saisi la manœuvre, avant même qu'ils aient entamé leur mouvement.

Perché sur sa monture, Chen lança son attaque par la diagonale et obligea un tank à se dérouter. Trois autres mastodontes foncèrent aussitôt pour le prendre à revers, encerclant le char dans le piège. Puis ils fondirent sur leur proie, l'écrabouillant de toute leur masse. Les soldats périrent littéralement compactés dans la carcasse.

Un à un, les engins de mort furent isolés et réduits en miettes. Trois *Gomphotherium* succombèrent sous des tirs d'obus.

C'est seulement à cet instant, alors que s'engageait le corps à corps, que Wuan s'aperçut de l'absence de Mpho. Il ne perdit pas de temps à le chercher. Il le devinait quelque part en retrait.

Le Ganesh s'était effectivement éloigné au moment de l'assaut. Il avait mené sa monture sur une éminence de terre, à une centaine de mètres, afin d'observer les forces en présence. Les cadavres jonchaient le sol, formant des taches sur l'herbe piétinée, mais ces pertes ne seraient pas suffisantes pour arrêter les *erectus*. Les archéoptéryx tournoyaient dans le ciel et leurs cris rauques galvanisaient les chasseurs déchaînés qui se battaient presque à mains nues, ignorant toute prudence. Même blessés, l'épaule fracassée par un tir, ou une jambe à demi amputée, ils se jetaient sur les soldats et d'une torsion leur brisaient la nuque.

Mpho flaira les odeurs de sang et de métal, puis ferma les yeux pour s'abstraire du combat, comme il s'était extirpé de la mêlée.

Éparpillés dans la ville, les Ganesh veillaient. Ils étaient un millier peut-être. Pour la plupart, ils ne participaient pas aux combats mais demeuraient concentrés sur leur vision. Certains poussaient les bêtes à frapper, d'autres harcelaient les hommes pour les faire sortir des maisons. Le noyau dur semblait attendre l'Appel : celui du trio de Darwin.

Mpho visualisa les positions aussi nettement que des points sur une carte, puis il se mit en route.

Il choisit le flanc ouest de l'armée kényane et obligea quelques soldats à tirer sur leurs propres troupes, de façon à se frayer un couloir parfaitement sûr. Sur son *Gomphotherium*, il passa sans encombre à travers la ligne armée et remonta une avenue chamarrée de fleurs de camélia, vers le quartier de Langata. Une fois parvenu là, il continuerait en direction du quartier des affaires.

Dans son dos, l'affrontement faisait rage. Les hommes avaient repoussé une attaque meurtrière au prix d'une section entière, mais ils contenaient la vague des *erectus* à coups de mitraillette.

Wuan venait de s'abriter derrière la carcasse d'un camion quand Chen le rejoignit. Il haletait, le front balafré d'une blessure, les yeux étincelant de fureur.

— Moi, j'attire les Tikaks. Toi, tu cours devant avec les autres.

Chen désignait les immeubles. Là-bas, personne ne pourrait les piéger. Les cachettes étaient innombrables et ils pourraient grimper presque n'importe où. Ce serait alors un véritable combat au corps à corps et les hommes perdraient…

Wuan grogna son accord et empoigna le guerrier par le cou pour frotter son front contre le sien. Il respira l'odeur de sa colère, et ne discerna aucune peur chez lui.

Dans une meute, les mâles alpha ne s'exposent pas en première ligne. Ils demeurent en retrait parce que de leur survie dépend celle du clan. Chen le savait, tout comme il savait que l'affrontement, en s'enlisant, leur ferait perdre trop de chasseurs.

Chen grimpa sur un *Gomphotherium* et le poussa à barrir. Puis, il le dirigea vers le sommet d'une colline qui dominait le champ de bataille – celle où Mpho s'était arrêté un peu plus tôt. Une fois arrivé à destination, il fut rejoint par une centaine d'*erectus*.

Les soldats étaient trop occupés à repousser une attaque de préhistoriques pour se soucier d'eux. Ils tentaient de repousser la vague animale, des babouins aux crocs démesurés, des buffles, des guépards, deux girafes mordeuses et même un essaim d'abeilles. Mais quand ils virent la vague des *erectus* dévaler la pente en hurlant à pleine gorge, ils reformèrent tant bien que mal leurs rangs et recommencèrent à mitrailler, la peur au ventre.

Presque la moitié des *erectus* moururent avant de parvenir à la ligne de feu. Il restait une cinquantaine de chasseurs quand Chen atteignit le flanc de l'armée kényane. Les babouins survivants repartirent à l'attaque, mordirent et étripèrent. Ils sautaient au visage des soldats, arrachaient les oreilles, le nez, les lèvres, déchiquetaient les jugulaires, brisaient les mains qui tenaient les fusils, crevaient les yeux qui visaient. À leurs côtés, les *erectus* se déchaînaient avec presque autant de sauvagerie. Au milieu du tumulte, trois *Gomphotherium* embarqués dans l'assaut saisissaient des soldats avec leur trompe, et s'en servaient pour assommer les autres.

Wuan entraîna le reste de l'armée vers les immeubles. Ils étaient un millier à pénétrer dans les rues végétalisées de Nairobi. Les lieux étaient déserts, pétrifiés, et pourtant la vie palpitait encore partout.

L'*erectus* leva la tête pour humer l'air. Il perçut une sorte de rumeur étrange, une clameur sans paroles ni cris, et il comprit qu'il s'agissait de l'effroi des habitants terrés chez eux.

Malgré sa rage et le sang qu'il avait vu répandu partout, il prit le temps de réfléchir.

— Si les hommes n'attaquent pas, on laisse les hommes vivre.

L'ordre se répercuta parmi les chasseurs. Certains montaient déjà le long des lianes grimpantes, préférant progresser en hauteur. D'autres couraient de porche en porche, ou sautaient par-dessus des centaines de véhicules immobilisés, déjà rongés par une marée de mousses et de lichens. Quelques blessés boitillaient, soutenus par un compagnon. Pas un regret, pas une hésitation. Il fallait avancer.

Wuan fit apparaître l'image de la grande tour. Lauryn la lui avait montrée pendant leur vision, la veille. Elle renfermait la clé des réserves. C'est là qu'ils iraient. *Libérer les* erectus, *tous !* Garder cette liberté, comme ils avaient autrefois gardé le feu, veillant sur lui nuit après nuit, avant de comprendre comment le ranimer.

Il sonda l'atmosphère, cherchant l'esprit de Chen, vainement. Il y avait trop de bruits et d'odeurs, trop de cris et de morts.

Ils s'engouffrèrent dans une artère totalement engorgée. Un défilé de voitures et d'autobus encombrait la route et débordait sur les trottoirs. Face à l'obstacle, le *Gomphotherium* renâcla. Ses larges pieds s'enfoncèrent d'abord dans le capot d'une voiture, puis dans le toit, provoquant un bruit atroce de froissement métallique.

La Britam Tower se dressait au-dessus des immeubles et Wuan frissonna en la regardant.

Ils avaient eu de la chance, malgré les morts.

Le plus dur était encore à venir.

– 14 –

Jour de tristesse.

Collée contre la vitre du cockpit, Anna observait les rues ensauvagées du centre-ville, fascinée par sa métamorphose, les trottoirs tapissés de mousses, mangés par les fougères arborescentes, les lianes pendant sur les façades des immeubles, au-dessus desquels tournoyaient des archéoptéryx. Un petit groupe de Kényans réfugiés sur un toit agitait un drapeau blanc, sans doute dans l'espoir qu'on viendrait les chercher. Des barrissements lointains de *Gomphotherium* résonnaient entre les bâtiments, à la fois terribles et envoûtants.

Elle ravala un juron de frustration. Personne ne l'avait écoutée quand elle avait plaidé pour laisser sa liberté à Wuan. À présent, Alice était dans la nature et elle ignorait comment la rejoindre. Le pire, c'était que, depuis qu'elle était immunisée contre le virus, elle semblait insensible à la suggestion comme à la télépathie. Son esprit était devenu un coffre-fort. Même sa fille chérie ne pourrait pas lui envoyer de signe – « Hey, maman, je vais bien, j'ai juste fugué pour rire, mais plus jamais je te ferai un coup pareil ! Je serai aussi sage qu'une potiche ! Juré, craché ! »

C'était stupide, évidemment. La petite allait bien, forcément. Elle était débrouillarde, intelligente. Et à moitié *erectus*. D'ailleurs, Lauryn la protégerait. Personne n'irait se frotter à une Ganesh à moins d'être cinglé… ou Ganesh soi-même ?

À force d'empiler les hypothèses, elle devenait dingue.

Une heure auparavant, le commandant de la base l'avait autorisée à prendre l'hélico avec Franklin et Lucas. Les militaires lui devaient bien cela après le sale coup qu'ils avaient tenté. Tout ça pour exploser deux *Gomphotherium* et une vingtaine de chasseurs ! Puisqu'elle ignorait où se trouvait Alice, sa seule chance d'obtenir une réponse restait encore de se rendre à l'épicentre de la bataille, là où tous convergeaient.

Le président kényan les conviait à une réunion d'urgence. Lucas et elle s'étaient à peine parlé depuis les événements. Entre les appels et la panique ambiante, Anna avait la sensation d'être emportée dans un tourbillon sans queue ni tête d'informations contradictoires.

La voix du pilote crachota dans les casques.

« Une forêt bordait les quartiers nord. Ses arbres ont colonisé la ville en seulement trois semaines… »

Personne ne prit la peine de répondre.

La Britam Tower apparut soudain. Reconnaissable à ses façades triangulaires légèrement inclinées, elle ressemblait à un gigantesque prisme posé au milieu de la ville. Une vigne vierge tentaculaire la corsetait de toute part.

Deux minutes plus tard, ils atterrissaient sur le toit de la résidence présidentielle, un grand édifice au style victorien, héritage de la colonisation anglaise.

Peter Njoroge était un homme avenant, qui avait la réputation d'être sévère mais juste. D'après la rumeur, il était arrivé au pouvoir sans coup d'État ni trop de corruption, par un travail acharné et un réseau d'amis choisis. Ce jour-là, il portait un costume sombre et des lunettes à monture métallique qui lui donnaient l'allure d'un pasteur. Il parlait d'une voix calme, avec une circonspection qui ne cachait pas une rage à peine contenue.

Il les salua d'un hochement de tête, sans interrompre son échange avec Zoe Muya, le directeur des réserves.

— Nous devons tenir coûte que coûte.

Ministres et généraux, les traits tirés par la veille prolongée, se pressaient autour d'une table où le petit déjeuner avait été servi, café et viennoiseries probablement préparées sur place. La scène avait quelque chose de surréaliste, un groupe de gens, dont la plupart ne se connaissaient pas, buvant leur café juste avant l'apocalypse !

— Et si nous bombardions les réserves ?

La question venait d'un général à la retraite, ancien mentor du président. Muya bondit en avant.

— Vous voulez dire bombarder des *erectus* sans défense ?

— Pour l'instant. Si les portes s'ouvrent, ils vont se répandre sur le continent sud-américain et le sous-continent indien.

— Vous êtes cinglé ! Et pourquoi pas un nouvel Hiroshima ?

— Vous avez une autre idée ?

— Ça suffit !

Peter Njoroge les toisait avec férocité.

— Je crois que vous n'avez pas vraiment compris notre situation. Les alliés nous lâchent ou, pour user d'un euphémisme, ils nous laissent nous débrouiller ici. Ouvrir ou non les réserves n'y changera rien.

— Alors on fait quoi ?

— Vous voulez la vérité ? Je n'en sais absolument rien. Peut-être que nos invités auront une idée, ils ont eu à les combattre autrefois.

Lucas se racla la gorge. Devant sa mine hagarde, Anna ne put s'empêcher d'éprouver un élan de tendresse.

— Comment comptez-vous protéger les civils, monsieur ?

— Plusieurs sections se sont positionnées de façon à prendre les *erectus* en tenaille et les diriger vers le stade. Ensuite, ce sera à l'aviation de jouer.

— Vous êtes au courant que ce ne sont pas les sauvages que nous imaginions ? Je ne parle même pas des Ganesh, qui lisent dans les pensées avant même que nous songions à dégainer. Votre plan est foutu d'avance.

— Je suis d'accord, ajouta Anna.

— *Pardon ?*

L'état-major grondait, et le président leva la main pour faire taire les protestations.

— Nous sommes deux, ici, à avoir assisté à la conférence de Firth. L'Occident nous lâche, l'Asie nous lâche, le monde entier nous lâche en attendant de voir venir. Voilà la vérité ! Jamais l'armée ne viendra à bout des *erectus* de cette façon. Le terroriste a sinistrement résumé la situation : les survivants se répandront sur la terre d'Afrique et feront d'autres victimes qui se lèveront pour propager le virus à leur tour…

Le président déglutit. Durant un instant, il parut sur le point d'éclater en sanglots. Sa voix tremblait quand il reprit la parole.

— Depuis deux jours, je tente d'engager des pourparlers avec les Ganesh, ce sont les seuls qui peuvent nous aider. Mais si quelqu'un a une idée…

Lucas sembla reprendre espoir.

— Monsieur, nous connaissons au moins une Ganesh. Lauryn Gordon. Peut-être que si nous partons en éclaireurs, nous parviendrons à établir un contact…

Le président hocha la tête.

— Alors accompagnez-moi à la Britam Tower.

— Je viens avec vous !

— Non, Anna !

Carvalho voulait bien risquer sa peau, mais il refusait l'idée qu'Anna se mette à nouveau en danger. Sept ans auparavant, elle avait choisi de défendre les *erectus* et s'était retrouvée en première ligne… pas cette fois.

— J'irai, que tu sois d'accord ou non. Si j'avais écouté les conseils raisonnables, j'en serais encore à astiquer des fossiles dans le sous-sol mal éclairé d'un laboratoire poussiéreux pour le compte d'un chercheur mâle, dominant, lui-même en train de se fossiliser ! Pas question que je reste ici à me tourner les pouces. Je le fais pour ma fille. Et parce qu'on ne va pas laisser se produire un massacre sans réagir !

Elle se garda de dire de qui elle parlait, hommes ou *erectus*. D'une certaine façon, cela n'avait plus aucune importance.

À une portée de flèche, la grande tour se dressait, semblable à un arbre géant.

Wuan marqua une halte, autant pour observer que pour se faire voir. Il reniflait la multitude des soldats et derrière eux, plus impérieuse, la présence des Ganesh. Ils étaient venus en nombre, et leurs esprits vrombissaient comme des essaims furieux.

Mpho l'avait prévenu. Les chasseurs devraient affronter les Tikaks. C'était leur lutte. Pendant ce temps, le Ganesh sonderait les esprits.

Disposées devant les portes étincelantes – du verre, selon Ny –, des machines roulantes formaient un rempart solide.

Tout autour de lui, les chasseurs brandirent leurs armes en guise de menace. Beaucoup s'étaient emparés de boucliers après avoir déchiré ou perdu leur carapace d'écorce durcie à la flamme, des portières arrachées aux voitures ou des panneaux publicitaires capables d'arrêter « les balles de feu » des Tikaks. Un grondement sourd émanait de leur poitrine. Encore enivrés par la charge, excités par les relents de fièvre et la peur qui suintait des immeubles, ils n'attendaient qu'un signe pour s'élancer. Vivre ou mourir ne comptait plus, seul importait le parfum de liberté qui les accompagnait depuis que Wuan les avait affranchis.

Ce dernier se concentrait, attentif à capter les émotions des *sapiens*. *Effroi. Inquiétude. Solitude.* Et puis des bribes de phrase qu'il saisissait au vol.

On nous a lâchés comme des moins que rien.
Les autres se sont fait laminer !
Comment on tient devant ces monstres ?

S'il ne comprenait pas tout, l'essence des mots était fulgurante.

Fendant la foule des *erectus*, Chen venait d'apparaître, juché sur l'animal-montagne dont les flancs étaient souillés du sang ennemi. Ils échangèrent quelques grognements de retrouvailles. Des tirs sporadiques éclatèrent à l'arrière de la colonne. Les troupes *sapiens* s'étaient regroupées pour mener une contre-offensive. Il fallait bouger. Wuan reporta son attention sur la tour géante. Mpho avait fait naître dans son esprit la vision d'une salle. C'est là qu'il devait se rendre pour ouvrir les barrières des réserves et libérer les clans du monde entier. Une fois qu'il l'aurait trouvée, il serait guidé. Malgré tout, le guerrier redoutait un piège. Devait-il attaquer de front, comme dans la plaine ?

La compagnie du Ganesh lui manquait. Il s'était habitué à l'avoir à ses côtés, à s'appuyer sur sa froide sagesse. Avec lui, les visions étaient plus fortes, comme éclairées par le feu du ciel.

— Hommes mourir ?

Chen devait avoir perçu son malaise, car il l'observait, les sourcils froncés.

L'air s'emplit soudain d'un puissant martèlement. Ils se tournèrent vers la source du vacarme. D'une artère venait de surgir l'une de ces grosses machines – un minibus, dans le langage *sapiens* – mue par deux pachydermes au galop, leur trompe enroulée dans le cadre des fenêtres. Arrivés face à la tour, et avant que les hommes aient pu saisir ce qui se déroulait, les *Gomphotherium* esquissèrent un ample mouvement de façon à présenter le flanc du véhicule aux soldats, puis ils se précipitèrent en avant.

De stupeur, Wuan écarquilla les yeux. Derrière leurs boucliers, il venait de reconnaître les meneurs : Torok, le guérisseur, et la femme Ganesh, celle qui veillait sur l'enfant. À cet instant, il distingua Alice, agrippée à son dos comme un petit singe. On l'avait emmitouflée dans une enveloppe d'écorce, d'où émergeaient deux jambes brunies.

Son cri fut couvert par la fusillade qui venait d'éclater. La plupart des balles ricochèrent sur la coque métallique en gerbes d'étincelles. Le bélier improvisé percuta la barrière improvisée, ouvrant un passage entre les blindés, et finit sa course dans un fracas de verre brisé et de tôle froissée.

Les portes vitrées étaient pulvérisées.

Le *Gomphotherium* de Wuan sonna la charge d'un barrissement, mais les *erectus* couraient déjà vers la brèche en poussant des hurlements. Les soldats mitraillaient sans discontinuer, appuyés par des snipers réfugiés dans les immeubles avoisinants. Des *erectus* foudroyés tombaient par dizaines ; d'autres se catapultaient au-dessus des obstacles dans des bonds prodigieux, puis s'accrochaient aux lianes de la tour, avant de chuter, droit sur leurs proies. Ceux qui se trouvaient à l'arrière grimpaient le long des façades, cherchant les tireurs embusqués.

Soudain, un frémissement parcourut la ligne ennemie. Des soldats lâchaient leur arme pour s'empoigner la tête en hurlant de douleur. Un cri sauvage, né de nulle part. Leurs compagnons écarquillaient des yeux terrifiés en gémissant.

Wuan éprouva un soulagement si intense qu'il en trembla : c'était l'œuvre de la femme Ganesh, celle qui tenait l'enfant sous sa protection.

Aussitôt, une pensée fusa dans son esprit.

Je t'attends dans la tour. La petite est avec moi.

Il profita de la confusion générale pour se faufiler jusqu'au bâtiment. Le *Gomphotherium* montrait des signes de faiblesse, mais il chemina lourdement jusqu'au mur recouvert de lianes. Les flancs secoués d'un frisson, il attendit que Wuan s'y accroche, puis, lentement, fléchit sur lui-même. Gisant sur le sol, il trouva la force de soulever sa grosse tête et lança une dernière plainte, un adieu qui exprimait autant de douleur que d'encouragement. La bête s'était sacrifiée, comme les chasseurs tombés sous les tirs, les *Ugandax* écrasés sous les blindés, les archéoptéryx explosés par les drones changés en mines volantes. Tous, préhistoriques et *erectus*, s'immolaient pour que la Terre vive et que le peuple des clans la protège…

Les tirs reprenant leur feu nourri l'obligèrent à se déporter vers un angle mort. La Ganesh était probablement quelque part dans la tour. Plutôt que de forcer le passage et risquer une blessure, Wuan préféra grimper le long du treillis végétal. Il trouverait bien un accès pour se glisser à l'intérieur.

Il leva les yeux vers le ciel. Le sommet se perdait derrière une écharpe de brume. Alice l'attendait. Cela lui donna l'élan pour repartir à l'assaut de la paroi.

– 15 –

Premier jour du monde d'après.

Owen Firth s'était levé du mauvais pied et son humeur accentuait un sale pressentiment. C'était stupide. Indigne de lui.

Il aurait voulu éprouver de la joie, au minimum l'excitation de la victoire, au lieu de ruminer sa fatigue. Les derniers jours avaient été éprouvants. D'abord, il y avait eu l'explosion de son usine, à Katmandou. Son piège avait certes fonctionné, et son centre était parti en fumée, il n'en restait pas moins que ces maudits militaires avaient été plus rapides qu'il ne l'avait prévu. L'incident avait singulièrement allégé la menace pandémique et donc la pression sur les États. Après cela, il avait dû régler son compte à cet imbécile de Rudisha, et déménager dans la précipitation. Enfin, la vidéoconférence. Même s'il n'en attendait pas vraiment des miracles, Firth avait espéré autre chose. C'était pourtant un marché honorable. Un continent pour cinq.

Vingt pour cent des terres émergées, et l'assurance que le monde cesserait son inévitable déclin jusqu'à sa destruction.

Les hommes sont résolument fous !

Il s'ébroua en grimaçant. Il s'était réveillé à 5 heures et se sentait déjà épuisé. C'était le jour J. Celui de sa gloire. Il ne pouvait pas perdre. Pas avec son triumvirat de super-télépathes !

Les trois Ganesh étaient déjà au boulot, plongés dans la transe pour galvaniser les troupes, contacter leurs semblables, convaincre les hésitants. Owen savait qu'il exigeait beaucoup de leurs cerveaux, mais après tout, il les avait élevés dans ce but. Il regretta cependant de ne pas avoir pris le temps de dresser une troupe plus conséquente. Hormis ses « enfants » qui faisaient preuve d'une obéissance parfaite, les Ganesh « sauvages » montraient une forme d'indépendance.

Il n'avait pas eu le choix. Un dressage exigeait du temps et des moyens, or la réussite de son plan tenait à sa fulgurance. Il devait vaincre, et vite ! Ensuite il aurait toute latitude pour former une armée d'élite, fidèle et disciplinée.

Il ricana en songeant que l'armée de Darwin tenait essentiellement à trois merveilles cérébrales. Tous les autres, les adeptes du mouvement, les *erectus* en quête de liberté, et même les Ganesh convertis loin de ses labos, pouvaient s'avérer problématiques. Pas eux, Jon, Tor et Arès, ses « fils » issus de la nature et de sa vision chamanique, puis de ses propres expériences.

Owen demeurait réaliste. Ils ne gagneraient pas la guerre à eux seuls, mais ils représentaient le cœur de son dispositif et un levier capable de changer la marche de l'humanité.

Jon était son préféré, celui qui l'avait sans conteste surpris au regard de ses antécédents. Un ancien flic d'élite chopé un peu au hasard dans un bled d'Alabama – au nom prédestiné de Desolation. Son foie était en sale état, son esprit passablement embrouillé, mais après les injections et un solide dressage, il avait révélé un exceptionnel potentiel.

Shane Wee, alias Tor, était employé dans l'hôtel de Singapour où Firth avait ses habitudes. Il avait postulé pour être cobaye en toute connaissance de cause, conscient que sa mémoire serait effacée qu'il devienne Ganesh ou *erectus*, cela faisait partie du dressage. C'était précisément ce qu'il voulait. Sa mère était une prostituée d'Orchard Road, et lui, un bâtard condamné à porter le mélange des sangs. Logiquement, Owen aurait dû refuser, mais sa curiosité l'avait emporté sur la règle. Il ne l'avait pas regretté. Tor était doté d'une endurance hors pair.

Arès était le benjamin, un ancien orphelin des faubourgs d'Istanbul, appelé alors Iskander Demir, qui avait régenté trois gamins encore plus paumés que lui, et qui s'était imaginé en caïd de la pègre. Avant d'en arriver là, la petite bande avait passé des années à détrousser les touristes pour survivre. Malin, robuste et prêt à tout, Arès avait dévoilé une âme de fidèle suiveur – sans doute son abandon avait-il engendré cette prédisposition. Même le dressage n'avait pas totalement effacé le besoin d'approbation et de camaraderie, mais il ferait un auxiliaire parfait, l'ombre de Jon.

Ils étaient l'arme ultime, la plus perfectionnée qui soit.

Quant aux autres, les Ganesh par infection, ils serviraient tout de même le plan, aimantés par l'Appel irrésistible de Jon et ses « frères ». Owen représentait leur salut, le seul futur possible.

Les tirs tarissaient, il était l'heure de se mettre en route. Owen avait suivi l'assaut des *erectus* sur les vidéos de surveillance. Il comptait rejoindre la Britam Tower pour recevoir les chefs des clans, du moins ceux qui auraient survécu. Puisque les gouvernements refusaient sa proposition, il avait bien l'intention de désactiver les barrières des trois réserves. Ensuite, il renverrait les *erectus* se battre.

Cette idée suffit à lui donner un regain de vitalité. Il vérifia son allure dans le miroir qui tapissait le mur du salon, face à la baie vitrée, de façon à refléter le ciel de Nairobi.

Ce matin, il avait opté pour sa tenue favorite, un peu chaude mais d'un chic inégalable : un costume en tweed léger à chevrons bleu et vert, un gilet écossais jaune moutarde et une casquette plate. Au dernier moment, il ajouta un Beretta, davantage par coquetterie que par nécessité. Écosse et Italie, le mariage idéal en matière d'élégance !

Il se trouva magnifique et regretta de ne pas apparaître sur les écrans. La journée serait chargée et ces imbéciles de *sapiens* avaient sans doute d'autres chats à fouetter que de l'admirer. *Dommage*...

Il avait conscience que tout cela n'était qu'une forme de revanche sur les fantômes qui le hantaient :

le pasteur et ses costumes tristement amidonnés dont émanaient le parfum même de la rigueur et de la privation et celui, plus subtil et délicieusement pervers, de sa mère disparue. Jacqueline arborait des oripeaux aussi anarchiques que sa pensée : flamboyants et mal assortis.

Chez lui, le vêtement était l'expression d'un paradoxe, la maîtrise du désordre alliée à un sens esthétique imparable. Quand la communauté scientifique l'avait mis au ban de la société, il avait érigé ce goût de la mode en réponse implicite : rien ni personne ne pouvait l'atteindre. La toile de flanelle ou la popeline de coton le protégeaient des railleries comme du malheur.

La salle dans laquelle les Ganesh méditaient était sombre, la lumière du jour occultée par de lourdes tentures.

Jon, Tor et Arès oscillaient doucement, paupières closes. L'air autour d'eux semblait saturé, comme chaque fois qu'ils se mettaient en état de conscience modifié.

Les voir ainsi, indifférents et paisibles, nichés dans la stase comme dans une bulle temporelle, causa une impression pénible à Owen. Le malaise qui l'avait saisi plus tôt lui assécha la gorge. *De la jalousie ?* C'était absurde.

Généralement, il se gardait d'interrompre la transe, mais l'impatience le poussa à commettre sa première erreur. Il s'avança jusqu'à Jon, empoigna rudement son bras.

— On y va !

Le Ganesh ouvrit les yeux, les pupilles agrandies sous l'effet du choc. Un éclair traversa son regard, qu'il occulta d'un acquiescement. Tor et Arès se relevaient déjà d'un mouvement souple. Ils attendirent les instructions sans broncher.

Owen se demandait parfois ce que ses « enfants » pouvaient penser. C'était une interrogation de pure forme, entachée d'un anthropomorphisme très *sapiens*. Les Ganesh raisonnaient autrement. Ils n'aimaient guère discuter de sentiments et possédaient une vision très pragmatique de l'univers. Aujourd'hui, toutefois, il aurait voulu un véritable échange, d'égal à égal.

Il haussa les épaules en répétant :

— On y va. Il est grand temps de libérer nos amis *Homo erectus*. Vous enverrez les clans à travers la ville. Ce président d'opérette a refusé de négocier, il en paiera le prix avec la contamination des Nairobiens. Trois millions d'*erectus* qui se répandront comme la peste sur l'Afrique. D'ici six mois, je parie qu'il se montrera beaucoup plus coopératif…

— Bien, maître.

Le ton de Jon lui parut étrange, teinté d'ironie.

C'était impossible, évidemment. Jon n'avait aucun sens de l'humour, pas même du sarcasme. Il était d'une gravité affligeante.

Ils empruntèrent l'ascenseur. Trente-trois étages qui les propulsèrent au rez-de-chaussée. Sur le parvis, il régnait un silence de mort. Les gens étaient planqués chez eux. Owen distingua des visages derrière quasiment chaque fenêtre.

Il n'avait pas le pouvoir de capter les pensées, mais il ne fallait pas être un génie pour les deviner.

Ces hommes et ces femmes seraient prêts à tout pour qu'on les sauve.

Qui sait… il n'aurait peut-être pas à attendre six mois.

Ils convergeaient vers la salle des commandes, depuis les escaliers et les ascenseurs. Des *erectus* et ses semblables, dont Jon sentait l'énergie avec acuité. Et puis, la curieuse résistance qu'il avait perçue l'autre nuit. Elle attendait là-haut.

Cela le perturbait et l'excitait étrangement.

Fille-enfant. Autre. Différente.

La créature réveillait quelque chose qui venait de très loin, comme un remugle échappé des profondeurs. L'odeur lui échappait parce qu'il ne la comprenait pas. Elle chuchotait à présent, directement dans sa tête. *S'il te plaît.* Le reste des mots-pensées demeurait trouble, trop fragile pour qu'il le capte.

La voix du maître le heurta alors qu'il cherchait à remonter le fil ténu. Jon éprouva alors une véritable colère. C'était la première fois. Et c'était impossible. Son cerveau avait été conformé pour l'obéissance absolue.

La colère sentait le sang et l'ordure. Elle le prenait à la gorge et brouillait son esprit.

Il déglutit et sentit la perplexité de ses frères. L'odeur nauséabonde se propageait à eux, les contaminait. Ils ne dirent rien cependant, et ce mutisme apaisa le Ganesh.

Ils patientaient devant les ascenseurs. Le hall était jonché de cadavres. Quelques mourants gémissaient pour attirer leur attention, en pure perte.

— Tu es devenu sourd, Jon ? Je t'ai posé une question !

Owen Firth lui faisait face, le regard inquisiteur. Il avait entendu, mais la réponse importait peu. Néanmoins, il répliqua d'un ton neutre.

— Il y a des *erectus*. Ils sont là-haut.

Il ne révéla pas la présence des Ganesh. Il agit sans raison, sauf peut-être cet éclat de colère qui continuait à brûler en lui. C'était à cause de l'interruption. La voix acide du maître. Et pour ce terme : maître.

S'il te plaît, écoute-les ! Ils veulent leur liberté, pas la guerre ! Tu peux les aider !

Voilà que la fille-enfant recommençait. Dans un éclair de conscience, Jon saisit une pensée. Ceux-là étaient *erectus* et *sapiens*. Elle faisait le lien entre eux. *Il ne faut pas les tuer, ils sont...* Elle continuait à lui parler, car c'est à lui qu'elle s'adressait, mais sa langue butait. Alors, il chercha à tâtons dans le dédale des impulsions.

Le mot jaillit, aussi clair et pur que la brise : « innocents ».

Le terme chatouilla ses lèvres. Ainsi, il comprit que c'était la fille étrange qui provoquait cela : la colère et le sourire.

Les portes de l'ascenseur s'ouvrirent, dévoilant un soldat agonisant. Le garçon avait dû se réfugier là faute de pouvoir fuir.

Arès regarda Owen Firth. C'était lui qui était chargé des corvées. L'autre se contenta de soupirer.

Le Ganesh saisit les jambes inertes et tira le corps de la cabine. Le soldat parut revenir à la vie, suffisamment pour émettre une plainte.

— De l'eau, par pitié !

Il devait les prendre pour des civils.

Jon l'observa avec un certain intérêt. Jeune, la peau ambrée, un visage d'ange. Sous des cils fournis, un œil mouillé qui cherchait sa compassion. Père ougandais, mère italienne. Kibuuka-Enzo. Son prénom africain signifiait « guerrier valeureux ». Kibuuka était entré dans l'armée afin de l'honorer. En raison de ses traits délicats, il subissait des railleries incessantes depuis l'école primaire. Cela l'avait déterminé à s'engager, pour devenir un homme que l'on respecterait. Il venait de rencontrer une fille, métisse comme lui. Il voulait l'épouser et tout changer dans sa vie. Il jouait du trombone et rêvait d'une carrière de musicien. De percer à New York.

Il avait peur de mourir.

Jon se détournait déjà, quand le mot revint le heurter.

Innocent !

Arès levait la main pour l'achever. Il l'arrêta d'un élan bref :

— Non.

Kibuuka mourrait sans doute. À moins que la chance ne lui sourie encore.

Ils s'engouffrèrent dans la cabine en silence. Owen tapotait la paroi d'une main nerveuse. Il sifflotait, à présent. Jon ne pouvait percer ses pensées, mais son corps était lisible. Le maître avait retrouvé son aplomb habituel. Sa force ne résidait pas dans ses muscles mais dans sa volonté. Et en eux, ses « héritiers ».

Il avait martelé en eux l'obéissance et la fidélité. Ce matin, bizarrement, ces concepts puaient l'ordure et le sang.

Jon ferma les yeux pour retrouver le calme de la transe. Les effluves tourbillonnaient dans l'espace. *Excitation. Peur. Fièvre. Espoir. Combat.*

La fille-enfant avait cessé de lui parler et Jon mit quelques secondes avant d'identifier ce qui le perturbait.

Il voulait l'entendre à nouveau.

Ils quittèrent le palais présidentiel au petit trot. Franklin avançait en tête, fusil-mitrailleur à l'épaule, Lucas veillait sur Anna et le président en fermant la marche. Lui aussi était armé.

Peter Njoroge avait refusé de se laisser escorter. Il trouvait indigne d'exposer les hommes de sa garde rapprochée. On ne va pas se suicider avec des employés. Toutefois, il ne fit part de son pessimisme à personne. Inutile de décourager les autres.

Les rues de Nairobi étaient anormalement calmes. Parfois, une fusillade éclatait, bien vite rompue. La plupart des drones avaient disparu, éliminés par les oiseaux. Ils entendirent à deux reprises un hélicoptère bourdonner, une explosion lointaine, le hululement strident des sirènes.

Franklin s'aidait d'un GPS radar qui leur indiquait les coins à éviter, mais plus ils approchaient de leur destination, plus la menace d'une rencontre grandissait. Pendant qu'ils s'équipaient, Lucas les avait briefés : rester neutres, ne projeter ni agressivité ni effroi, était la meilleure façon de ne pas attirer les *erectus*. Aux premiers signes de leur présence, néanmoins, ils progressèrent en se dissimulant derrière les voitures ou dans des renfoncements entre deux immeubles. La vision de ces silhouettes trapues qui évoluaient d'arbre en arbre, grimpaient à toute allure sur les façades ou surgissaient de nulle part, avait de quoi épouvanter !

Ils franchirent l'entrée d'un petit parc envahi par des plantes régressives. La ceinture végétale formait un bouclier sonore. De l'autre côté de l'avenue, ils aperçurent la Britam Tower. Le sergent en profita pour chuchoter :

— Pour l'instant, ils sont surtout occupés à poursuivre et à tuer ceux qui veulent leur mort. On continue et on évite de trop regarder.

Anna n'avait qu'une crainte : ne pas retrouver sa fille. Le reste lui apparaissait secondaire. Pourtant, en arrivant sur l'avenue, elle manqua de défaillir. Les rues avaient été le théâtre d'intenses combats qui n'avaient épargné aucun des camps. L'esplanade où se dressait la tour n'était qu'un gigantesque charnier à ciel ouvert. Le président secoua la tête, horrifié par le spectacle des corps tordus, broyés, sanguinolents. Soldats et *erectus* réunis dans la mort… Parfois, les cadavres étaient tombés dans une parodie d'étreinte féroce. C'était insoutenable. Une colère froide s'empara du chef d'État. Il était prêt à mourir, mais il ne le ferait pas sans combattre. Il ramassa un fusil et jura entre ses dents.

— On y va !

— Non ! On attend qu'ils s'éloignent !

Lucas désigna un groupe d'*erectus* en train d'escalader la face nord de la tour. La végétation les avait masqués jusqu'à ce qu'ils dépassent l'entrelacs de lierre épais qui recouvrait les deux premiers étages. Ils grimpaient avec une aisance terrifiante, se jouant du vertige, et leur force se devinait à leur rapidité quasi surnaturelle.

Anna s'avança à croupetons. Sa détermination vacillait. Wuan n'avait peut-être jamais atteint cet enfer, et si par miracle elle le retrouvait, rien n'assurait qu'il sache où était Alice. Elle toucha le bras de son amant, quêtant son réconfort.

— Tu crois vraiment qu'on va le trouver ?

— Wuan ? J'imagine qu'on a une bonne chance. Je l'ai vu à l'œuvre et c'est un sacré combattant. Mais si on tombe sur ce taré de Firth… Anna, je t'en supplie, attends-nous ici. On va te dégotter un endroit sûr pendant que nous trois, on file à la salle de contrôle des CLP. Il y est peut-être déjà. Si on met la main dessus, je te jure qu'on te le ramène ! S'il t'arrive quoi que ce soit…

— Chuuut.

Anna effleura sa bouche et ses yeux brillèrent. Il n'avait pas vu ce regard depuis leur dernière nuit, il y a une éternité… Il lut de l'amour mêlé à la supplique, une tendresse gourmande et sa fragilité émouvante, tout ce qu'il connaissait d'Anna et qu'elle savait si bien cacher sous sa carapace de femme forte.

— Je dois y aller, mon amour, alors facilite-moi les choses.

Mon amour. Elle savait si bien le rattraper par le bout du cœur ! Lucas sut que derrière la manipulation, elle était sincère, mais poussée par l'urgence.

— D'accord.

Les baies vitrées du rez-de-chaussée avaient été fracassées. Ils traversèrent le hall en s'efforçant d'ignorer les dépouilles. Tandis qu'ils attendaient l'ascenseur,

Anna se mit à douter. Ils débarquaient armés, en plein dans la gueule du loup. Que trouveraient-ils là-haut ? Des *erectus* enragés à la moindre provocation de leur part ? Une bande de terroristes cinglés ? Wuan ?

Les portes s'ouvrirent et ils pénétrèrent dans la cabine. Ça puait le sang frais. Elle remarqua des traînées et une grosse flaque à peine sèche. Son cœur battait si fort qu'elle en avait la nausée.

Les étages se mirent à défiler sur le panneau lumineux, vite, bien trop vite. Sous la lumière crue des néons, Lucas la fixait avec intensité. Franklin avait le visage durci au point d'en être méconnaissable. Le président kényan avait fermé les yeux et respirait trop rapidement.

Elle se demanda de quoi elle avait l'air, si elle transpirait la panique.

Chaque battement de cœur scandait un nom. *Alice. Alice. Alice.*

L'ascenseur s'arrêta et s'ouvrit en chuintant sur un couloir désert. Ils l'empruntèrent prudemment, jusqu'à une porte blindée, entrebâillée.

Le sergent Franklin, qui les précédait, poussa le lourd battant et pénétra dans la pièce, suivi par le petit groupe. L'endroit ressemblait à un poste d'aiguillage, un mur couvert d'écrans qui retransmettaient en direct ce qu'il se passait dans différentes parties des CLP.

— Anna Meunier !

L'exclamation la cueillit par surprise. Au centre de la salle de contrôle, on aurait dit qu'Owen Firth prenait la pose, secouant négligemment un pistolet, comme pour l'inviter à une danse. À ses côtés, trois types baraqués les toisaient.

— Quel plaisir ! Vous venez assister à notre apothéose ? Je suis ravi de vous revoir dans ces circonstances. Et notre président…

La nausée empira. La *revoir* ? Cet enfoiré débloquait. Et puis, soudainement, elle se rappela. Pas seulement le terroriste qui tournait en boucle sur les vidéos, mais ce visage penché sur elle, juste avant les chocs électriques. Owen Firth était là, avec le scientifique chinois, quand elle se faisait torturer.

Un grondement la tira de sa sidération. Wuan se tenait dans un coin de la pièce. Il avait dû briser une vitre pour entrer, car son poing saignait abondamment. Elle le supplia doucement, l'appelant par son prénom *sapiens* par réflexe, indifférente à ce qui les entourait.

— Yann, où est ma fille ? Je t'en prie…

Elle ne percevait pas la tension ambiante, elle ne remarquait rien, ni l'apathie des autres, ni leur silence.

Un mouvement encore. La porte du fond s'ouvrait, livrant passage à Lauryn. Derrière, une petite silhouette apparut.

Anna tomba à genoux et écarta les bras.

— Ma chérie…

Les choses allaient trop vite, et pourtant, le temps s'était pétrifié. Alice n'avançait pas. Son regard allait de Wuan, son père biologique, aux barbouzes de glace. Anna, insensible à tout le reste, insista.

— Ma puce, viens avec moi.

— Au risque de vous contredire, cette gamine ne bougera pas d'ici !

Owen Firth jubilait, sa mauvaise humeur envolée. Il pensait rencontrer quelques *erectus*, un piètre public pour l'ouverture des réserves, et voilà qu'il retrouvait quelques-uns de ses meilleurs cobayes, sans compter le président kényan.

— Lucas…

— Votre Lucas ne bougera pas non plus, j'en ai peur. Ni ce brave Peter, ni le soldat qui vous sert de coupe-file. Un jeu d'enfant pour mes protégés.

Elle recula, buta sur le sergent. Les trois hommes, debout, les yeux écarquillés remplis de désespoir, semblaient enfermés dans leur corps de chair, incapables du moindre geste.

— Anna, vous connaissez ce… chasseur ? Un ancien compagnon ? Il me semble que j'ai lu des choses là-dessus… Toi, approche !

Wuan hésita, refusa de bouger.

— Tu veux ouvrir ces satanées barrières ? Alors, obéis !

Le *sapiens* exhalait des effluves détestables, brutaux. Pourtant, l'*erectus* ne perçait aucune de ses émotions. Il n'avait pas d'images. Avec An-na non plus, mais son odeur lui plaisait, familière et douce.

L'enfant attira son attention. Elle « poussait » des mots dans sa tête, dodelinant sur place.

Pas la guerre. La paix. N'écoute pas ce sale mec ! Il est mauvais. Il faut ouvrir les barrières et faire la paix, il faut vivre ensemble, c'est le seul chemin, il n'y en a pas d'autre !

Tissée à son énergie, celle de Lauryn ondulait, puissante et lumineuse, venue en contrepoint pour appuyer la force des images.

— Elle fabrique quoi, cette peste ?

Owen Firth n'était pas stupide. Il venait de remarquer une anomalie. L'*erectus* n'obéissait pas, Meunier se fichait carrément de ses menaces, et la gamine… la gamine était la cause de ce désordre, il l'aurait juré.

C'est alors qu'il commit sa seconde erreur. Parce qu'il était impatient, frustré, qu'il avait perdu l'habitude d'être ignoré. Au lieu de commander à Jon de sévir, il avança droit sur la fillette et l'attrapa violemment par le bras.

— Viens par ici, toi. Je crois que j'ai été un peu trop laxiste en te laissant tranquille à Sanya.

— Lâchez-la !

Anna rugissait de colère. Il ricana et tira l'enfant à sa suite pour se placer devant les commandes qui actionnaient les barrières électriques. Puis, il enclencha le processus d'ouverture.

Enfin, il se tourna vers son public, rayonnant.

— Dans deux minutes…

Il ravala le reste. Anna Meunier venait de bondir sur l'arme du sergent et la soulevait dans une tentative suicidaire. Firth brandit son Beretta sans réfléchir, visa la tête, tira.

Le cri d'Alice éclata, aigu à vous déchirer l'âme.

Le Ganesh l'entendit dans sa chair, perçant les os, ondoyant dans ses veines. La douleur contenue dans le hurlement fit basculer Jon.

Il écoutait la fille-enfant depuis qu'elle avait commencé à parler, la veille. Même troublé, déstabilisé, il aimait le chemin de son esprit insaisissable. Il aimait ce qu'elle levait en lui, c'était la première fois depuis son éveil.

Le cri venait de faire exploser sa mémoire, et Jon se vit, dédoublé. Il vit son corps sanglé, il vit son cerveau dénudé, exposé, mitraillé de suggestions, de commandements répétés, tannés à même sa mémoire. On avait martelé en lui l'ordre du monde comme on cloue une proclamation. On avait façonné et mutilé son esprit sans pitié, sans altérité, sans l'harmonie qui dicte la marche de toute chose. On l'avait dressé à croire une voix unique, endurci au mensonge. On avait fait de son cerveau un programme bon à l'obéissance, poussé à une fidélité aveugle.

Un fragment de souvenir de sa vie « d'avant » luttait pour remonter à la surface, et il ferma les yeux, le souffle coupé. Des noms tournoyaient dans sa tête, des sensations partielles mais aussi acérées qu'un coup de lame. *Eden, la brûlure de l'alcool, une douleur immense. Eden. Le sourire d'Eden.* Ses lèvres gravant en lui un « je t'aime », si profondément qu'il s'étonna de l'avoir oublié. Enfin surgit la dernière image de sa vie d'homme, ce satané 4 × 4 qui l'avait emporté, inconscient, et ce marché de dupe auquel il avait cédé pour quelques dollars.

Skull, autrefois, il s'appelait Skull. Et avant cela, Noah Dillman.

La déflagration de la vérité tourbillonnait, et s'y mêlait la souffrance de la petite mi-*sapiens* mi-*erectus*. Jon comprenait désormais pourquoi son esprit l'avait tant fasciné ! C'était pareil à une vague immense, une houle d'énergie qui l'arracha au carcan de son conditionnement.

Il vit l'enfant qu'il avait été jadis. Le petit Noah sur sa bicyclette, lancé à pleine vitesse dans la côte de Selma, persuadé que le monde était assez vaste pour sentir à jamais la joie de filer sur le bitume.

Il avança et, d'un seul mouvement, écrasa le crâne génial du petit homme. Son maître.

Owen Firth était mort avant même de toucher le sol.

Le temps s'emballa. Tor et Arès avaient cessé de maintenir la pression sur les hommes armés et tentaient de décrypter la réaction de leur frère. Peter Njoroge se jeta sur les commandes, mais il était trop tard, les clans se déversaient sur les territoires interdits, tandis que les troupes postées à couvert faisaient pleuvoir un feu d'enfer sur les *erectus*. Il demeura prostré face aux images, hanté par une question : *C'est la guerre des espèces... Comment la stopper, maintenant ?*

Alice sanglotait devant sa mère. Lucas l'avait soulevée, cherchant son souffle, mais elle gisait entre ses bras, inerte, si blême que son espoir vacilla.

— Anna, je t'en prie.

Wuan s'approcha pour humer la femme aux yeux verts. Il ne voulait pas. Un sanglot rauque le secoua tout entier. Il ne percevait plus les mots, il ne sentait plus rien sauf la souffrance immense d'avoir perdu les siens.

C'est le sergent Franklin qui fut le premier à réagir. Après s'être assuré que les trois Ganesh se tenaient tranquilles, observant la scène avec leur foutue mine imperturbable, il se glissa vers le corps de la jeune femme, prit son poignet et écouta, les yeux fermés.

— On a un pouls. Faible, mais peut-être qu'on peut la sauver…

– 16 –

New York, États-Unis,
six mois après la Grande Contamination.

— Je ne me ferai pas tatouer.

— Je crains que vous n'ayez guère le choix, répliqua Carmack en s'efforçant à l'indulgence.

Lucas avait une sale mine et il refréna son irritation.

Ils terminaient un déjeuner sur la terrasse de l'ONU. Le directeur du comité Kruger2 s'inquiétait de savoir quand Carvalho se remettrait au boulot. Après avoir frôlé l'effondrement, le monde était toujours au bord de l'explosion. La disparition d'Owen Firth n'y avait rien changé. Désormais, Jon, Tor et Arès menaient les négociations. Pour l'instant, le moins qu'on puisse dire, c'est qu'ils se montraient aussi inflexibles que leur mentor. Mentor que l'un d'eux avait par ailleurs assassiné.

Le continent africain s'était vidé de la moitié de ses habitants. L'Occident négociait pour demeurer « territoire *sapiens* ».

L'ancien avocat tenta de jouer sur la corde raisonnable.

— Vous savez très bien que le personnel des institutions « sensibles » doit se mettre en conformité. On ne peut pas prendre le risque d'une infection incontrôlée. Si vous refusez l'injection, on vous virera, purement et simplement. Vous êtes un bosseur, Lucas, vous ne tiendrez jamais sans ce poste !

Le serveur déposa deux tasses de café. Il marchait prudemment pour ne pas trébucher sur le réseau de racines. Le virus Ganesh avait beau avoir singulièrement reculé ces dernières semaines, New York était toujours en proie aux plantes invasives.

Carmack revint à la charge.

— Cent vingt millions de personnes se sont déjà fait injecter dans les veines la séquence G. Chaque jour, nous avons des millions de candidats et vous tergiversez ?

Lucas soupira. La vision des *erectus* envahissant les villes « libérées » de toute présence humaine avait traumatisé beaucoup d'entre eux. Même si les Ganesh avaient permis d'éviter la catastrophe et poussé les *erectus* des réserves indienne et sud-américaine à rejoindre l'Afrique, le casse-tête migratoire continuait à pourrir les fragiles accords entre États. Le continent africain restait une bombe à retardement et le cauchemar de l'invasion subsistait.

— Chacun est libre d'accepter ou non ce traitement. Moi, je le refuse.

— C'est à cause d'Anna Meunier ?

— Non. Pas seulement… Disons que je n'ai pas l'intention de modifier mon ADN.

— Mais c'est absurde ! Vous êtes un chercheur, non ? En refusant, vous devenez *de facto* une porte d'entrée au virus parmi la population.

— Écoutez, Lee, je vis entouré de phénomènes. Alice Meunier est une hybride et les Abiker, qui l'ont plus ou moins élevée avec Anna, ont un *erectus* en guise de père et grand-père. Il se trouve qu'ils ont accepté de nous rejoindre à Genève, le temps de voir comment les choses vont tourner. Lauryn Gordon aussi. Depuis Sanya, elle s'est attachée à la gamine et je vous avoue qu'elle a été d'une sacrée aide ! On a décidé de partir loin. Alors, de toute façon, que je sois ou non tatoué n'a plus grande importance. J'ai donné ma lettre de démission hier.

Il réfléchit un instant, avant de tenter de s'expliquer.

— Ça va peut-être vous paraître bizarre, mais je tiens à mon humanité « basique ». J'ignore si c'est par souci d'altérité ou parce que j'aime les mélanges.

Il sourit pensivement, les yeux dans le vague.

Carmack accusa le choc. À vrai dire, ce n'était pas une franche surprise. Margaret Christie lui avait appris que Carvalho avait pris trois mois de vacances. À son retour, il s'était surtout consacré aux recherches, en zappant la partie politique de son poste. C'est pour cette raison que la directrice de l'OMS avait demandé une faveur de manière non officielle à Carmack : sonder les intentions du désormais mythique directeur du service des maladies transmissibles. Et le convaincre de rentrer dans le rang, tatouage compris. Elle n'osait pas le faire elle-même car elle connaissait le ressentiment de Lucas à son égard.

Ils sirotèrent leur café en silence, puis Carmack ajouta :

— Je vous regretterai.

Lucas ne prit pas la peine de répondre.

La chape de tristesse qui l'écrasait depuis des mois semblait déjà moins lourde.

– 17 –

Atoll de Manihi, Polynésie française, un an après la Grande Contamination.

Cory Barlo ne s'était jamais senti à l'aise en avion. Alors, survoler les hauts fonds en plein Pacifique à bord d'un vieux coucou rouillé, c'était un peu comme un tour gratis au pays des cauchemars. Cent vingt, c'était le pouls que mesurait sa montre intelligente, quarante au-dessus de la normale. Cory la laissait branchée en permanence depuis son premier jour d'embauche à l'OMS. Il se demanda encore une fois ce qu'il foutait là. *Par nostalgie ou pour la dose d'adrénaline ?* Rien n'était plus pareil depuis le départ de Carvalho. Hillary Jake avait quitté Interpol pour prendre sa place. Boulot académique, agenda réglé comme du papier à musique. Il regrettait Lucas et ses inspirations barrées. L'ancien directeur vivait dans un atoll paumé avec l'enfant d'Anna Meunier. Il la considérait comme sa propre fille. Ses fils étaient venus à deux reprises passer quelques jours, entre deux examens. Ils adoraient l'atoll et l'ambiance qui régnait chez leur père… Autant de raisons pour s'accorder des vacances au bout de la Terre !

— Vous êtes sûr de vouloir atterrir à Manihi ? C'est un sacré trou perdu. Son seul mérite est d'être à dix-sept mille bornes de ces enfoirés.

Le pilote n'avait pas prononcé le mot *erectus*, mais c'était tout comme.

Cory vérifia l'arrimage de sa mallette en alu et tenta d'apaiser sa respiration. Si on découvrait qu'il avait emporté le matos sans document officiel, il serait probablement viré.

— Et qu'est-ce que vous venez faire ?

Cory opta pour la vérité :

— Aider un ami.

Le nez de l'avion piqua droit sur une plage blonde immaculée qui encerclait un lagon turquoise. Quelques nuages bas suivaient la ligne de côte. L'aérodrome – en réalité, une simple piste – coupait en deux une forêt de palmiers.

Une brise soutenue soufflait sur le tarmac. Lucas l'attendait, en chemisette fleurie et bermuda. Cory s'apprêtait à le charrier sur sa tenue quand il remarqua la fille. *Incroyable, Lauryn Gordon !* Il se redressa, gêné. Il n'y avait aucune raison de stresser, puisqu'il était tatoué. Cela limitait fortement les intrusions cérébrales. Et puis, selon le nouveau code « *sapiens*-Ganesh », les télépathes ne s'amusaient plus trop à sonder les esprits, sauf les fauteurs de troubles et les imprévisibles. Lauryn Gordon n'entrait évidemment dans aucune de ces catégories, plutôt dans celle des légendes vivantes.

N'empêche, Cory n'avait pas trop l'habitude de les fréquenter. Jamais, en fait…

Lucas s'avança pour l'étreindre avec un grand sourire.

— Ça fait plaisir de te revoir, vieux ! Merci d'être venu !

— Pas de quoi. Je ne savais pas trop comment occuper mes premières vacances en dix-huit mois…

— Tu as ce que je t'ai demandé ?

— Tout est là, dans la boîte.

Il désigna la mallette posée à ses pieds.

— Tu n'imagines pas le service que tu me rends !

— Alors c'est vrai, tu en as trouvé un ?

— C'est Lauryn qui l'a déniché ! Pardon, j'en oublie les présentations ! Lauryn Gordon, Cory Barlo, un de mes anciens collaborateurs et le favori, bien sûr !

Gêné, le biologiste rougit et s'en voulut.

— Ravi… je sais pas trop quoi dire, en fait. En tout cas, c'est super excitant. Oh ! Avant que j'oublie… Margaret Christie vous envoie ses salutations. Je crois qu'elle aurait aimé être à ma place !

La Ganesh esquissa une ombre de sourire – pour elle, le comble de la joie ! Elle voulait probablement le mettre à l'aise. Heureusement, elle embraya tout de suite sur le vif du sujet.

— Ça devrait bouleverser beaucoup de choses que vous pensiez vraies en biologie.

— Vous me mettez l'eau à la bouche.

— Tu comprendras mieux dans notre labo, enchaîna Lucas. On est attendus. On ira au faré ensuite pour poser tes valises.

— Faré ?

— La maison polynésienne typique. Celle que tu vois dans les pubs pour le paradis ! Mary Abiker nous a préparé un festin ! C'est la mère de mon adjoint. En réalité, toute la famille bosse en équipe. Mary, Kyle, Ny, Alice et Lauryn, notre superviseuse en chef…

Il paraissait plus heureux que jamais, surtout après « l'accident » d'Anna Meunier. Cory l'envia soudain, alors qu'à aucun moment il n'avait fantasmé mieux que l'OMS. Mais bosser avec une troupe pareille, ça avait une certaine gueule !

— Vous avez un équipement dans cet endroit ? Sérieux ?

— Je te laisse la surprise, on est arrivés. Ici, tu fais le tour de l'île le temps de cligner de l'œil.

Carvalho n'avait pas menti. Leur laboratoire de campagne occupait une cabane de pêcheur montée sur pilotis. Une passerelle en bois le reliait à la plage. À l'intérieur, une pièce unique d'une vingtaine de mètres carrés. Les cloisons étaient doublées de façon à rendre le lieu étanche, mais parfaitement ventilé. Un matériel de pointe encombrait une bonne partie de l'espace : dessiccateurs, réacteurs automatisés, réfractomètres, spectrophotomètres, balances et plusieurs écrans vidéo.

— Waouh ! Et moi qui croyais t'apporter la lumière avec ma mallette. Comment vous vous êtes procuré tout ça ?

— Disons que tu n'es pas le seul ami que j'ai gardé dans le métier.

Cory lui posa la question qui lui brûlait les lèvres.

— Hillary Jake m'a dit qu'on t'avait proposé de réintégrer l'OMS et que tu avais refusé.

— Je suis passé à autre chose, vieux. Avec ces grosses institutions, c'est toujours le même cirque. J'en ai ma claque, et puis, je suis trop vieux pour jouer à ça.

— *Trop vieux ?* Tu rigoles ! Moins de quarante-cinq ans, c'est pas si croulant.

— Non, mais c'est l'âge où la direction que tu prends devient significative. Je n'ai plus le temps de m'égarer et encore moins de m'encroûter. C'est ce qu'on me proposait en restant directeur.

Barlo n'insista pas. Il venait de repérer la webcam.

— Elle est toujours dans un coma artificiel ?

Lucas se tourna vers l'écran posé sur son bureau. C'était une connexion directe avec l'hôpital de Genève, une faveur qu'on lui avait accordée. La caméra filmait Anna dans son caisson de verre, plongée dans un sommeil léthargique. Il lui arrivait de se relever la nuit et de venir s'asseoir ici, contempler l'image fixe pendant des heures. Si jamais elle se réveillait, il voulait être là, même à distance. Même en cas de séquelles.

Refoulant son vague à l'âme, il se contenta de hocher la tête avant de changer de sujet.

— Assez de temps perdu ! Voici ta récompense pour nous avoir apporté cet analyseur de biochimie. Lauryn, tu peux lui montrer ?

La Ganesh tapota un moniteur et Cory se pencha sur l'image d'un bleu troublant. La vue sous-marine montrait un homme d'une cinquantaine d'années en apnée statique. Sa poitrine et son cou étaient bardés de capteurs qui remontaient vers la surface. Il ressemblait ainsi à une créature étrange, à mi-chemin entre l'homme et la méduse. L'écran indiquait : « profondeur : 2 ».

— Moana est un pêcheur de perles. Il a passé plus de la moitié de son existence sous l'eau. Son peuple vit de la pêche depuis des siècles. Il a développé une véritable adaptation génétique au milieu sous-marin, au point de se transformer : certains d'entre eux ont un os supplémentaire dans l'oreille, et leur rate s'est hypertrophiée. C'est la contraction de cet organe qui permet d'injecter un surplus de globules rouges oxygénés dans le sang. Sans compter le développement de leur cage thoracique et la sécrétion d'une hormone thyroïdienne. Bref, je te passe les détails… Le corps humain s'adapte à quasiment tous les milieux, ces plongeurs en sont la preuve vivante. Chaque année, les tribus des îles environnantes se lancent des défis. C'est comme ça que Lauryn l'a trouvé.

Il se tourna vers la jeune femme afin de lui laisser la conclusion.

— Lui, c'est leur champion toutes catégories. Il est capable de rester en apnée douze minutes ! Mais cela, c'était avant l'injection de la séquence G.

— Le tatouage ? Vous sous-entendez que cela a modifié son score ?

— Absolument. Aujourd'hui, cet homme tient trente-cinq minutes sous l'eau…

Cory jura, étourdi par le chiffre. Lucas enchaînait déjà, visiblement excité.

— Depuis un mois que nous mesurons sa capacité pulmonaire, elle ne cesse de croître. Elle a déjà augmenté de 50 %. Sa cage thoracique enfle jour après jour comme un ballon. Je sais que c'est difficile à croire, mais c'est la réalité. Et ce n'est pas tout.

— Il développe des branchies et il s'appelle Nemo ?

— Très drôle ! Je veux dire que chacun de ses globules rouges transporte des atomes d'oxygène. Ses veines supportent des hautes pressions sans faire d'embolie. En résumé, son corps est en train de se transformer de façon à augmenter son temps d'apnée !

— Excuse-moi, mais ce pêcheur… il n'est pas…

Cory jeta un coup d'œil gêné à Lauryn. Le sous-entendu était clair.

— Non. Ce n'est pas un Ganesh. Mais la séquence G a manifestement attisé des facultés que l'homme possédait depuis la nuit des temps.

Cory Barlo avait beau comprendre les implications, il avait du mal à y croire.

— Le premier humain augmenté naturellement, alors ?

— En quelque sorte.

Soudain, nombre de voyants se mirent à clignoter. Lauryn se pencha vers l'écran, les sourcils froncés. Pour la première fois, elle laissait poindre une trace d'inquiétude.

— Quelque chose cloche, son taux d'oxygène dans le sang est normal, mais son encéphalogramme ne répond plus. On dirait que son cerveau s'est arrêté de fonctionner.

— Dis à Alice et Kyle de le remonter tout de suite !

Elle hocha la tête et se dépêcha de sortir en parlant dans son talkie-walkie. Lucas se précipita sur le système EEG, qui enregistrait les ondes cérébrales, pour vérifier son relevé. Le même motif se répétait sur les six courbes représentées : une ligne droite succédait à une série de petites montagnes.

— Merde, j'ai pas fait gaffe ! Ça fait dix minutes que son cerveau ne répond pas ! Viens, ils sont à deux cents mètres d'ici !

Kyle et Alice les attendaient au bout de la jetée. Dès que Lauryn avait donné l'alerte, le garçon avait plongé pour récupérer le pêcheur inconscient. Il l'avait délesté de sa ceinture de plomb et remonté avec l'aide de Lauryn.

Quand les autres arrivèrent en courant, Moana gisait étendu sur le ponton, encore bardé de ses électrodes.

— Il est mort ?

Alice semblait paniquée. Avec Kyle, ils étaient chargés de surveiller les paramètres vitaux, prêts à intervenir en cas de problème. Or, ils s'étaient déconcentrés à l'arrivée de Barlo et la séance avait démarré correctement, sans aucun signe de complication.

Kyle se précipita vers Moana, tentant de le réanimer.

— Je pige pas. Tout se passait bien ! Allez, reviens à toi !

Lucas vint aussitôt lui prêter main-forte et tenta de l'apaiser.

— Tu n'es pas responsable. Il a dû faire une embolie cérébrale quand on était à l'aérodrome.

— Ça n'est jamais arrivé !

— Le taux d'oxygène est bon… C'est incompréhensible. Son cœur a dû lâcher…

Alice leva la main d'un geste impérieux. Elle avait fermé les yeux pour se tourner vers son monde intérieur, un monde empli de fourmis et de sensations. Lauryn l'approuva silencieusement.

— Il est pas mort, dit la fillette.

Comme s'il l'avait entendue, le corps fut soudain secoué de spasmes et le pêcheur régurgita de l'eau qu'il avait avalée. Ses paupières se soulevèrent et il fixa Lucas d'un air perplexe.

— Combien j'ai fait ? Record battu ?

Tous explosèrent de rire, à l'exception de Lucas.

Pendant que les autres se chargeaient d'expliquer au miraculé « le petit souci », il repartit au labo analyser les données. Ils avaient forcément laissé passer un détail. Ce n'était pas tant le prodige qui le galvanisait que le champ des possibilités pour Anna. Moana était le premier maillon qui le mènerait sur le chemin de la guérison. *On finira par réussir, mon amour, on te réveillera. Avec ou sans antidote, il y a forcément une passerelle...*

— Tu y crois vraiment ?

Alice s'était glissée derrière lui pendant qu'il étudiait l'encéphalogramme. Il réprima un sourire.

— Tu sais que tu ne peux pas lire mes pensées sans prévenir ?

— J'ai rien lu du tout. Tu es encore simplement plus transparent qu'un panneau clignotant.

— D'accord.

— Tu penses qu'on peut la guérir grâce à Moana ?

À force de veiller sur ses constantes, l'enfant s'était prise d'affection pour leur champion apnéiste. Lucas se rendit compte combien elle avait dû avoir peur. Alice avait beau avoir des capacités hors norme, elle restait une gamine. Père *erectus*, mère « endormie », comme elle disait pour crâner.

Il réprima une montée de larmes et saisit sa main.

— Je le crois, oui.

ÉPILOGUE

Nairobi, Kenya.

L'endroit était sombre et puant. Humide aussi, comme la grotte du clan de la Pierre-Levée.

Wuan percevait des crissements de rats, mais il ne s'en souciait pas. Il dessinait sur un mur, éclairé par la lueur de sa torche. Sa main était plus ferme que quand il avait tracé les contours des diables noirs. Son trait était plus net, plus conscient. Pour contempler sa production, il recula de quelques pas, attentif à ne pas glisser dans la fosse ouverte derrière lui. Ils ne risquaient pas grand-chose, elle n'était pas profonde, mais il pouvait se blesser sur les longues branches de fer.

Le métro des hommes.

Il regarda son œuvre. Les pigments étaient rares dans la forêt des humains, aussi employait-il un fragile morceau de charbon de bois. À cause de cela, le dessin manquait de vie. Il porta trois derniers coups de fusain et, cette fois, fut à peu près satisfait.

An-na ondulait à la lueur vacillante de la flamme.

Son cœur se réchauffa, puis il pensa que les *sapiens* la gardaient captive et sa colère enfla.

— Wuan !

Torok l'appelait, à l'entrée du tunnel. Il jeta un dernier regard à la femme qui habitait son cœur, puis se mit en route. Uk sortit de l'ombre, quêtant son approbation. Le chef n'aimait pas qu'il traîne sous la terre, mais il ne pouvait rien contre son besoin d'aventures. Son fils avait grandi. Bientôt, il ferait son rituel d'initiation.

Il toucha ses cheveux, ému malgré lui.

— Suis-moi !

Le long couloir menait à un escalier qui débouchait sur la place de la grande tour. Une sculpture déboulonnée gisait encore au pied de son socle. Wuan grimpa dessus, dominant la foule des chasseurs qui se pressaient devant lui. Uk avait rejoint Torok et attendait, les yeux brillants.

Mon peuple, songea Wuan.

La fierté le fit se dresser un peu plus. Un mouvement creusait la multitude.

Mpho marchait vers lui, visage impénétrable, l'esprit fermé tel un poing, comme c'était l'usage entre alliés. La Vision se faisait désormais en plein accord entre *erectus* et Ganesh, jamais autrement.

Wuan avait appris à respecter le géant ; celui-ci faisait le lien entre la tribu et les trois chefs Ganesh qui les avaient aidés à vaincre.

Mpho était venu écouter la parole des guerriers.

Dans son sillage, il reconnut Chen, le guerrier insatiable, toujours en colère, toujours prêt au combat. Aujourd'hui, son air radieux avait balayé l'amertume.

Wuan remarqua alors la dépouille fichée au bout de sa lance.

— Prends !

Piquée sur le silex, une tête d'homme le fixait, les yeux vitreux.

Alors, le chef gronda, et tous l'entendirent, car il poussait les mots dans leur crâne.

— Les *sapiens* ennemis des clans, les piégeurs d'*erectus* trouveront *gwar* !

Wuan s'empara de la lance et la brandit bien haut.

Un cri de victoire s'éleva de la marée des ancêtres. Trois syllabes. Un mot appris des hommes.

— Li-ber-té !

Le véritable combat commençait maintenant.

Remerciements

Une bonne histoire est parfois comme une veine de minerai cachée dans sa gangue. Quand, il y a plusieurs années de ça, j'ai présenté à Bernard Fixot et Édith Leblond, qui dirigent les éditions XO, l'ébauche de ce qui deviendrait le premier tome d'*Erectus*, ils en ont immédiatement cerné le potentiel. Cette suite doit tout au nez qu'ils ont eu ce jour-là et à la confiance qu'ils m'ont ensuite témoignée. Elle doit aussi beaucoup à Renaud Leblond, mon éditeur, et à sa patience et sa curiosité infinies. En cours de route, Virginie Jouannet m'a prêté main forte parce que la roche était un peu dure à casser pour moi seul. Merci également à Camille le Doze pour sa relecture attentive. Que tous soient ici remerciés à leur juste valeur.

Table

Composition et mise en pages
Nord Compo à Villeneuve-d'Ascq

Imprimé en Espagne par
Liberdúplex
à Sant Llorenç d'Hortons (Barcelone)
en décembre 2021

POCKET – 92, avenue de France - 75013 Paris
S32239/01